多民族文化背景下的北周文学研究

◎ 高人雄　著

上海古籍出版社

本书为内蒙古草原文学理论研究基地后期资助项目成果

Contents 目 录

多重文化交流的北周文学

在人们耳熟能详的关陇诗歌中，不乏令人神往的
豪迈之气：

单车欲问边，属国过居延。征蓬出汉塞，归
雁入胡天。大漠孤烟直，长河落日圆。萧关逢候
骑，都护在燕然。

（王维《使至塞上》）

雪净胡天牧马还，月明羌笛戍楼间。借问梅
花何处落，风吹一夜满关山。

（高适《塞上听吹笛》）

山河千里国，城阙九重门。不睹皇居壮，安
知天子尊。皇居帝里崤函谷，鹑野龙山侯甸服。
五纬连影集星躔，八水分流横地轴。秦塞重关
一百二，汉家离宫三十六……

（骆宾王《帝京篇》）

渭水自萦秦塞曲，黄山旧绕汉宫斜。銮舆迥
出千门柳，阁道回看上苑花。云里帝城双凤阙，

雨中春树万人家。为乘阳气行时令，不是宸游玩物华。

（王维《奉和圣制从蓬莱向兴庆阁道中……》）

关陇地处西北，唐人对关陇之地的歌唱，气势雄伟，襟怀宏阔。"关"（关中）是汉文化中心地带，"陇"（陇右、河陇）连接西域和边塞，是东西文化交流的枢纽地带。如果说关中有帝都的霸气，河陇则浩瀚雄浑，戈壁雪峰与绿洲牧群，丝绸古道与胡商艺人，羌笛胡笳与边塞烽火，都是最醒目的画面。多民族多元文化在这里聚合，华夏文明与西域、西方文明在这里交流融合。河陇地区是多元文化交融的预热区和过渡带，东西文化通过河西走廊西渐东传。自汉代以来以中原礼乐文化为主干，形成了强韧的中华文化向心力。可以说，关陇地域文化具有多元性、开放性和过渡性等特性。以关陇地域为政治文化中心的北周王朝，其文学因为受到多重文化撞击与交流，蕴涵着丰富的文化元素，为随后到来的隋唐文学发展，准备了丰沃的土壤。隋唐文学正是在北周文学的沃土中蓬勃发展。北周文学是隋唐文学繁荣的前奏，厘清北周文学对深入研究隋唐文学史十分必要。

如何对北周文学内涵作出明晰阐释？为避免孤立片面的研究视角，尽力还原北周文坛风貌，本著将视野投注于多民族融合、多种文化交流的文化土壤，悉心考察从中孳生延续的本土文学。首先从地域民族文化历史、本土世族文化传承考索；继而对北周礼乐建制中胡汉文化的交流、南北东西文人间的文学交流进行探讨；再对关陇盛兴的宗教文化活动以及与之相联系的宗教文学活动予以稽考钩沉。将北周多元的文学土壤环境与文学活动联系起来，逐一将北周文学的内在元素与外在形貌披露出来。

一、北周多元文化

鉴于北周时期关陇特殊的地域文化，我们可以说北周文学是多重文化交流的产物。文学置身于生活的土壤，不同的生活土壤培育不同的人文性格，所谓"秦人劲，晋人刚，吴人怯，蜀人懦，楚人轻，齐人多诈，越人浇薄，海岱之人壮，崆峒之人武，燕赵之人锐，凉陇之人勇，韩魏之人厚"①是也，不同的人文个性造就不同的文风。文学是生活的反映，文学作品或直接或间接体现社会生活。不论是上层政治社会，抑或朝野的宗教活动，都会在作品中或多或少地体现出来。北周多重文化的交流开阔了文人的襟怀，文坛书写的题材广泛了，审美情趣也更趋多样化了。

多民族文化。北周是以关陇地区为核心、北方少数民族鲜卑族建立的政权。北周的建立者宇文泰（周文帝），系鲜卑宇文氏人，六镇军人出身，也是西魏的实际统治者。北周文学（包括西魏文学），历时近半个世纪（535—581 年）。关陇地区自古是多民族聚居地，十六国时期在这一带先后建立过前凉、前赵、前秦、后秦、后凉、西凉、南凉、北凉、夏、西秦及杨氏仇池等割据政权。除前凉与西凉的建立者是汉族外，其他都是北方少数民族建立的政权。自十六国以来，关陇地区进入了多民族文化交流的高峰期，至北周时期关陇地区主要少数民族有氐族、羌族、鲜卑族和稽胡等。

周礼与儒学文化。关陇之地，是周民族起源之地，历史文化悠久。关陇之地包括关中、陇右，连接河西、北地，《史记》称："天水、陇西、北地、上郡与关中同俗，然西有羌中之利，北有戎翟之畜，畜牧为天下饶。"②周文王演周易，周公制礼乐，关陇之地成为文化中心。后世也往往视关中区域为礼乐文教的发源地。秦、汉两代，均以关陇之地为政治文化中心，儒学文化底蕴深厚。至十六国时期中原板荡，河西五郡相对稳定，先后建立的割据政权，为了统治一方，必须依靠和笼络地方著族，从著族文人中选拔士人充实与维护他们建立的统治机构，提倡儒学治国。河西本土学者和从中原

---

① （唐）李荃著，刘先廷注.太白阴经［M］.军事科学出版社，1996：17.
② （汉）司马迁撰.史记·货殖列传［M］.北京：中华书局出版社，1959：3261—3262.

避乱流寓到河西的文士，延馆授徒，共同倡导儒学，使河陇地区的文化传统一脉相承。

三教以儒为先。关陇是宗教文化盛兴的区域。十六国北朝时期，前秦氐族苻氏、后秦羌族姚氏、北凉卢水胡沮渠氏、北魏的鲜卑族等，均信奉佛法，至北周朝野信佛亦然。根据《历代三宝记》北周境内共有寺院万余所，僧尼上百万，比唐代僧尼最多的唐武宗时（全国僧尼30万）的数量还要可观。可知北周佛教声势浩大，传播广泛。道教，一直于民间流行，北魏太武帝拓跋焘对其大加弘扬；北周武帝宇文邕也信道教，并亲受道教符箓，著道士衣冠，并讨论三教秩序，认为"三教以儒教为先，佛教为后，道教最上，以出于无名之前，超于天地之表故也"①，使朝野上下道教氛围浓郁。可见无论佛教还是道教，在北周的朝野生活和文化思想方面都据有强劲的势力。

关陇文化本位政策。在这种文化环境下，宇文泰统治集团不能以鲜卑文化为倡导，必须采取"关陇文化本位"的妥协政策，从儒家经典中探求治国方略，效法周礼建置礼仪制度。北周统治者拉拢、依靠本土世家大族文人，提倡儒学，促使儒家思想慢慢地渗透到整个北周的多民族文化之中。如关陇世家武功苏氏，对北周建立初期的政治文化建设有着深刻的影响。苏绰"少好学，博览群书，尤善算术"②，他对儒家典章制度十分熟悉，在政治、经济、文化发展方面，为刚刚草创的宇文泰政权提供了重要的建议。宇文泰政权依靠汉族儒士，依据《周礼》建立六官制度，制订二十四条诏令和十二条新制等等。遵循周礼典章，使当时尚未稳定的宇文泰政权得到了大多关陇豪族的支持，在社会风气上也净化了当时较落后的胡夷文化，进而为整个国家的发展创造了一个较好的环境。又如京兆韦

---

① （梁）僧祐、（唐）道宣撰.弘明集·广弘明集 [M].上海：上海古籍出版社 1991：142.

② （唐）令狐德棻.周书·苏绰传 [M].北京：中华书局，1971：381.

氏、杜氏家族也对北周政权政治文化建设影响深远。韦孝宽"拜统军……拜国子博士，行华山郡事"。韦瑱"笃志好学，兼善骑射"。韦孝宽文武全才，"虽在军中，笃意文史，政事之余，每自披阅。末年患眼，犹令学士读而听之"，明帝初参麟趾殿学士。京兆杜氏家族中的杜杲，"学涉经史，有当世干略"，与兄长晖均位至仪同三司，为北周政权拓土开疆，收罗人心，安定政局，立下累累功业。世为陇右著姓的辛氏家族中，辛庆之"少以文学征诣洛阳，对策第一，除秘书郎"。"志量淹和，有儒者风度。特为当时所重。又以其经明行修，令与卢诞等教授诸王。"辛仲景则"好学，有雅量"。辛公义，"武帝时，召入露门学，令受道义，每月集御前令与大儒讲论。"（以上俱见《周书》本传）北周统治者正是大量重用儒文兼备、有才智有能力的世家英才，才使治国大业得以成就。关陇世家加入北周政治集团，促进了北周社会文化的发展，为北周良好社会风气的创造做了铺垫。宇文泰大量任用关陇豪族作牧本州，对地方文化建设也起到推动作用。可见关陇豪族无论是在思想文化上，还是在政治制度以及治国安邦方面，都对北周初创时期的统治政权起到了不可忽视的作用。关陇士族文人崇尚儒学，正迎合了北周统治阶层的需求。

关陇文化本位政策，形成了以汉文化为主导，以儒家致用思想为核心的经国理念。

二、北周本土文学

崇儒尚用的文学。迎合儒家经国致用理念，出自文人士大夫之手的文章，充分体现了崇儒经国致用的目的。著名的文章有苏绰《六条诏书》《大诰》等，苏绰本关中世家，依《周礼》为宇文泰制定六条诏书，虽然这是一篇为皇帝拟写的诏文，但儒学思想贯穿始终，提出先治心、敦教化、尽地利、擢贤良、恤狱讼、均赋役的核心思想，集中体现了儒家"心正而后修身"（《大学》）、"道之以德，齐之以礼"（《论语·为政》）、"先富后教"（《论语·子路》）、"政民畏之，善教民爱之。善政得民财，善教得民心"（《孟子·尽心上》）、"修身以道，修道以仁"（《礼记·中庸》）等传统儒家思想。要求统治者以身作则，形成表率；要求百姓从自身自家做起，不断完善自我，重视家教。统治者品德高尚、仁爱公平、任用贤才、体恤百姓，百姓方可安居乐业，为国效力。不仅体现苏绰有着很深的儒学造诣，而且全文条理明晰，文笔凝练，句式以散文为主，间有偶句，自然流畅。北周鲜卑宇文氏的文章，可以宇文毓的《大渐诏》为代表。他们自觉学习汉文化，儒家思想溢于言表，诗文写作达到了一定的水平。浅显畅晓的文风也可视为北周宇文氏文人写作的特点。

宗教文学别具天地。北周时期佛教和道教都很盛兴，宗教文化生活自然也会在文学中体现出来。苏绰作为北周建国初期制定典章、推行儒家治国理念的重要成员，著有《大诰》《六条诏书》等标举儒家理念的重要文章外，也著有《佛性论》《七经论》等。生活于北朝关陇多元文化汇集之地的苏绰，他的思想不仅仅是儒学，而是包含儒、释、道多重思想构成。从苏绰这种复杂多元的思想，也可透视北周社会思想界的多元性，以此延伸下去，是即将到来的隋唐文化秉持多种文化兼容并蓄，儒释道三教并举的开阔胸怀。自周孔以来，儒家的治国思想向来是伦理与政治并论，以思想教化与推行王道、官员的品行与社会吏治并提。因而，敦教化以致王道、擢贤良以清吏制是儒家治国思想的重要内容。而盛行于社会的佛老思想，苏绰身为有思想有学识的世族文人，同样也认真地研习思考，其《佛性论》《七经论》等，是他悉心研究佛学思想的结果。无独有偶，京兆韦氏家族的韦夐才华出众，"少爱文史，留情著述，手自抄录数十万言。晚年虚静，唯以体道会真为务。旧所制述，咸削其稿，故文笔多并不存"，[1] 是位雅好文学又钟情佛道学说的文人。可知，社会盛行的佛老思想同样也受到世家文人的关注与

---

① （唐）令狐德棻.周书·韦夐传［M］.北京：中华书局,1971：546.

涉足。

迎合宗教理论，自然就有了说教诗，如释亡名的《五苦诗》等；道教升坛做法仪须吟诵的赞颂词章，促生了《青帝歌》《白帝歌》《赤帝歌》《黑帝歌》《黄帝歌》等。配合道教音乐的步虚词也应运而生，如北周仙道家无名氏所作的《步虚词》十首，描绘了道家圣地的缥缈空灵和法事的隆重繁丽。这些诗歌让我们触摸到纯粹的宗教热情和对飞升求仙的刻意之心。北周浓厚的道教氛围促进了文人步虚词和游仙诗的创作。这些宗教文学或为宗教仪式的需求，或为传布宗教教义的需要而产生，亦属于尚用文字。此外，与宗教活动相关，北周文士经常出入寺庙道观，寺庙道观也成为描写的对象，还有僧道唱和诗歌，有和皇族宗室的唱和应制之作，如《奉和赵王游仙诗》《至老子庙应诏诗》《奉和阐二教应诏诗》等，反映社会各阶层深受佛法、道法影响，统治集团上层人物也与僧道交往甚密。除仪式布道与唱和作品之外，也有为数不多的抒发宗教情怀的文人抒情作品。

宗教文化以其宗教仪式的神圣感、教义的思辩性、天马行空的想象，以及繁丽生动的语言，都在当时的北周文坛产生了深刻的影响。受宗教文化的影响，在文学作品中，有引用或化用佛道典故入诗，扩大了诗歌的取材内容，增强了诗歌的灵动性和思辩性。而且，为了传教的需要，一些教义、仪轨被改编为说唱和舞蹈等大众喜闻乐见的文艺形式，以扩大传播。所以宗教文化不仅刺激了当时的文学创作，还促进了新的文学艺术形式的产生。

礼乐制度催生乐府诗歌。北周效法周礼建立起来的礼乐制度，是汉礼与胡风糅合的文化交融产物。北周乐府本身是具有多民族文化交融特色的乐府体系。北周音乐包括汉民族音乐、少数民族音乐和外国音乐。汉民族音乐包括中原旧曲和清商新曲；少数民族音乐包括北狄音乐和西域音乐，"北狄乐"是汉唐时期北方鲜卑、匈奴、羌、氏、羯等各民族音乐的通称，西域音乐在北周时主要包括高昌乐、龟兹乐、西凉乐、康国乐、安国乐、疏勒乐；外国音乐则有天竺音乐、高丽音乐、百济音乐等。为礼乐制度而配置宫廷乐府诗，有"郊庙歌辞"和"燕射歌辞"。北周恢复礼制的活动不仅促进了与其相关的乐府诗的创作，也促进了其他文人乐府诗的创作，产生了不少模仿汉魏乐府旧题的诗作。据笔者统计，创作于北周时期并北周境内的文人乐府诗有"相和歌辞"、"横吹曲辞"、"琴曲歌辞"、"杂曲歌辞"等二十六首。尽管数量不多，且言志较少，但作者成分多元，说明乐府文化的影响是广泛的。乐府诗作为声诗受音乐制约，在北周胡汉交糅的音乐体系下诗歌受到潜移默化的变化。

三、南北文风交流互动

自东晋十六国以来的南北政权分峙，文学发展也形成了较大差距。南朝文学发展走上了自觉时代，纯文学创作兴盛起来了，而北朝文坛仍处于文笔不分、纯文学作品极少的阶段。受社会政治环境以及文人际遇等影响，加之不同的地域民族文化等因素的制约，南北朝的文学发展形成了不同特征。在南北分峙的二百多年间，南北文学的交流是始终存在的，但在北周尤为显著。由于民族的迁徙、南北互聘使者、攻战征伐、僧人间的往来、文人群体的迁移、文学作品互赠互赏等多方面的交流，至北周后期，文人情感意识和文学情感抒写便呈现出南北合流趋向。在南北合流过程中由南入北的文人起到了不容忽视的作用。北周统治者不断吸引和接纳由南入北、或由东入西的士族文人，促进了与南朝和北齐的文化交流。作为由南入北的文人，王褒、庾信在北周文坛影响最大。如北周皇族赵王宇文招，好属文，学庾信体。北周明帝宇文毓也追随王褒、庾信，有小诗《和王褒摘花》："玉碗承花落，花落碗中芳。酒浮花不没，花含酒更香。"清新明丽，受王褒、庾信文风的影响十分明显。然而，北周诗人追随南朝诗风，却不同于南朝诗风，如宇文毓《过旧宫诗》："玉烛调秋气，金舆历旧宫。还如过白水，更似入新丰。秋潭渍晚菊，寒井落疏桐。举杯延故老，今闻歌大风。"风格沉郁豪迈；宇文招《从军行》："辽东烽火照甘泉，蓟北亭障接燕然。水冻菖蒲未生节，关寒榆荚不成钱。"颇多慷慨悲凉之气，完全没有齐梁绮丽柔弱的感觉。可知宇文氏诗歌学王褒、庾信，文辞流畅清新，又自有北地慷慨沉雄的刚健之气。庾信本人入北后诗风大变，诗赋苍凉悲壮，直受北地风气的浸润。其次，由南入北的齐梁皇族萧氏文人，或直接由南入北，或经由北齐再入周者四十余人。他们有良好的儒学教养和文学素养，来到北周享有较高的地位，在北周文坛也形成了很大的影响。这些文人入北之后，受到北地文化的影响，自身的文风也产生巨大变化。

在南北文化交流融合之下，北周文人在崇儒学之外，又接受了南朝文人的影响，而走向比功利性、质朴性更丰富的儒文兼备型的文人。北方本土士人气质由好儒转向慕文，文人气质强化，与入北文人共同趋向于儒文兼备。庾信的到来可视为南北方文化交流的主线。这种在儒学影响下的变化和融合，是对当时北周文学风气形成的重大的主流动向。

就北周文坛一些刚健清新的诗歌而言，已昭示了以后隋唐诗歌的气息。其中由南入北后的庾信成就最高，杜甫称其"庾信平生最萧瑟，暮年诗赋动江关"（《咏怀古迹》），"庾信文章老更成，凌云健笔意纵横"（《戏为六绝句》）。庾信老年诗作更佳，笔力浑厚，意气纵横，这是庾信入北周后南北文化交流的结果。清代刘熙载则直接称"庾子山《燕歌行》开初唐七古，《乌夜啼》开唐七律"（刘熙载《艺概·诗概》）。

四、北周的文学思想

北周社会在思想上呈现兼容的状态，以儒为主，佛、道为辅。从立国之本来讲，儒学是基础，从思想上来说，则是儒释道并存的状态。儒释道在北周出现合流是历史的必然。在北周文坛，倡儒尚用的文学占着主导地位，有关佛、道二教的文学作品也层出不穷。实际上，就文学作品的题材和内容而言，儒释道三家在北周文学作品中是并驾齐驱的，开启了唐代儒释道并行发展的先河。

儒释道合流在北周出现了一个初步的高潮，为北周文学的发展拓展了视野。如果我们把北周文学放在中国古代文学发展的大链条中就会发现，北周文学的积淀直接影响了后来的隋唐文学。北周文学的发展受到南北文化交流的影响，是由南入北的士子所带来的最大变化。北周文学的特质开始向着"儒文兼备"的方向发展，在多重文化合流中的北周文学逐渐呈现出一种内涵更趋丰富的状态。隋唐盛世文学的出现有着太多的政治、历史和文化上的原因，在多重文化合流中不断走向更完备的北周文学，对于隋唐盛世文学的到来有着极为重要的奠基作用。

概言之，北周社会文化的多元性，一方面正统文章大倡儒学，士人诗歌抒发建功之志，畅扬主旋律。另一方面，社会宗教仪式歌词娱神歌舞、建庙造像立碑题记的宗教文字层出不穷。面对人间疾苦，向往神仙，游仙诗、道仙故事《冤魂志》等同时涌现，文学样式繁复多样。南北融合的北周文学多刚健沉雄之气，少绮丽萎靡之情。文坛呈现出迥异于汉魏晋以来的传统文学风貌，也有别于同时期的南朝文学。北方本土士人气质由好儒向慕文转化，共同趋向于儒文兼备，为文学的发展铺垫了厚重的文化底蕴，一些文人诗作已开启初唐之音。北周文坛的繁芜多元，为文学体类大开门径，虽然北周的很多文学样式未臻于完美，却为隋唐文学的博大繁复开启了肇端。

Introduction 绪 论

　　西魏于公元 535 年建都长安，割据关陇一带，名义上仍奉拓跋元氏为国君，但它的建立者和实际操纵者是鲜卑族人宇文泰，即以后的周文王。公元 557 年宇文泰的儿子宇文觉以"禅让"的形式取代西魏建立北周，此后关陇地区就成为北周统治地区。北周统治者推行"关陇本位文化"政策，形成了富有地域特色的多民族文化交融的文学背景。北周少数民族文人以鲜卑宇文氏为主体，兼及鲜卑拓跋、氐、羌、西域诸民族等多种民族成分。在北周文学演进的过程中，其风格由质朴逐渐走向相对华丽，这是少数民族文化与汉民族文化、关陇地域文化相互融合交流的体现。进一步而言，由于政治上存在隋承周制、唐承隋制的情况，故而可知北周对中国的政治文化亦有重要影响。因此，似乎可以推知北周多民族文化交流的文学对隋唐文学的发展有着不容忽视的影响，那么，探讨关陇多民族文化对研究北周本土文学便具有深远意义。

一、关陇的界定及其地域特色

1. 关陇地区的地理范围

关陇指关中和陇右，其中心区域为今陕西中西部和甘肃东南部一带。关中之名，始见于战国时期，一般认为西有散关（大散关），东有函谷关，南有武关，北有萧关，取意四关之中（后增东方的潼关和北方的金锁两座）。四方的关隘，再加上陕北高原和秦岭两道天然屏障，使关中自古以来为兵家必争之地。关中，作为古地区之名，所指关名不同，因此范围大小不一①。《史记·货殖列传》云："故关中之地，于天下三分之一。"②《汉书·地理志》则称"故秦地天下三分之一"③。如此关中泛指战国末年函谷关以西的秦国故土，包括秦岭以南的汉中和巴蜀。《史记·货殖列传》又云"关中自汧雍以东（今宝鸡、陇县东）至河华（华阴、潼关）"④，实指今陕西关中盆地。关中又指秦岭以北陕西境，有时或包括陇西。如项羽三分关中，封秦降将，其中翟王都高奴（今延安），辖地包括陕北，雍王都废邱（今兴平县东南），其辖地包括陇西。潘岳《关中记》以为关中"东自函谷关，西至陇关"（《三秦记辑注·关中记辑注》）；《三辅旧事》则认为"西以散关为限，东以函谷为界，二关之中谓之关中"⑤；胡三省注《资治通鉴》又云："西有陇关，东有函谷关，南有武关，北有临晋关，西南有散关。"⑥

众说纷纭，但彼此并不矛盾。概而言之，关中的西界为陇关

---

① 参见张永禄主编《汉代长安辞典》，西安：陕西人民出版社1993年版.

② （汉）司马迁撰.史记·货殖列传［M］.北京：中华书局，1959：3262.

③ （汉）班固撰.汉书·志第八下［M］.北京：中华书局，1962：1646.

④ （汉）司马迁撰.史记·货殖列传［M］.北京：中华书局，1959：3261.

⑤ （唐）佚名撰.（清）张澍辑.陈晓捷注.三辅旧事［M］.西安：三秦出版社，2006.（按：此句转引自南宋程大昌《雍录》，清代张澍辑本及今人陈晓捷注本"补遗"中均未收此句.）（宋）程大昌撰.黄永年点校.雍录［M］.西安：三秦出版社，2002：228.

⑥ 胡三省注.资治通鉴·秦纪三［M］.中华书局1976：268.

和散关，也就是今天陕西陇县和宝鸡一带，其北部到达甘肃平凉一带，南以秦岭为限，东界则是以黄河与函谷关为标志。现代学者李浩在总结前人的基础上指出："关中又称关西、关内、关右、山西。所谓的关本指函谷关，山指崤山。其地在函谷关以西，故称关西，与关东相对。以其在诸关之内，又称关内。古人以西为右，以东为左，故又称关右，与关左相对。关中因在崤山以西，又称山西，与山东相对。函谷关在今河南灵宝东北弘农河畔，其始建于崤山之上，故函谷关、崤山就成为东西地域分界的极重要标帜。"①

历史上常以关陇两域并称，视为统治天下的重要区域。如《后汉书·公孙述传》："令汉帝释关陇之忧，专精东伐，四分天下而有其三。"②《周书·文帝纪上》："万俟丑奴作乱关右……太祖遂入关……及平丑奴，定陇右，太祖功居多……时关陇寇乱，百姓凋残，太祖抚以恩信。"③这里关陇就包括关右和陇右地区。

陇，古有陇山，绵延于甘肃、陕西交界处。《说文解字》："陇，天水大阪也。"④段玉裁注："《地理志》：天水郡有陇县。《郡国志》：汉阳郡，永平十七年天水郡更名也。陇县，有大阪，名陇坻。"⑤陇右，指位于泾、渭两大水系的上游地区。西汉时，它和与之接壤的关中、巴蜀被称为"秦地"。陇山是"秦地"轴心所在，向西则是陇右。《汉书·地理志》对此地区的地理和行政建制有清楚的记载：秦地，于天官东井、舆鬼之分野也。其界自弘农故关以西京兆、扶风、冯翊、北地、上郡、西河、安定、天水、陇西，南有巴、蜀、广汉、犍为、武都，西有金城、武威、张掖、酒泉、敦煌，又西南

---

① 李浩.唐代关中士族与文学（增订版）[M].北京：中国社会科学出版社，2003.9.

② （宋）范晔撰，（唐）李贤等注.后汉书·列传第三[M].北京：中华书局，1965：539.

③ （唐）令狐德棻.周书[M].北京：中华书局，1971：2—3.

④⑤ （汉）许慎撰，（清）段玉裁注.《说文解字注》.上海书店，1992：735.

有牂柯、越巂（今作越西）、益州，皆宜属焉。

然而，特别需要指出的是关于"关陇"的界定，学术界其实存在多种说法。有的认为关陇地区大致等同于关中地区，如曹道衡先生在其《西魏北周时代的关陇学术与文化》中所涉及的关陇地区基本等同于关中地区。李浩先生在其《唐代三大地域文学士族研究》中则明确写道："关中有时又称关陇，严格的讲，关中与关陇有区别，为了与学术界的研究成果衔接，本书有时亦用关陇一词指代关中，不再做区别。"[①] 也有学者认为关陇地区泛指今陕西关中一带及甘肃的大部分地区，他们依据陈寅恪先生著作中提到的关陇大致相当于"贞观十道"中的关内、陇右两道所辖地域的理论而来。有的则认为关陇地区若以水系来划分，是以渭河支流葫芦河（古瓦亭水）流域及泾河、清水河上游水系区域为主形成的一个区域地理概念。若以山系来划分，则是指以陇山主峰为核心向陕西、甘肃、宁夏三省延展的半径为三四百里范围的地域[②]。

根据《周书·文帝纪上》记载："万俟丑奴作乱关右……太祖遂入关……及平丑奴，定陇右，太祖功居多……时关陇寇乱，百姓凋残，太祖抚以恩信。"[③] 可知北周时期，关陇地区主要包括关右（即关中）和陇右地区。王仲荦先生则在其《北周地理志》中进一步对当时关陇地区的行政区划进行了细致的划定：

关中：雍州，统辖京兆郡、冯翊郡、咸阳郡、扶风郡四郡；岐州，统辖岐山郡、武都郡二郡；陇州，统辖陇东郡、安夷郡二郡；华州，统辖华山郡、延寿郡二郡；同州，统辖武乡郡、澄城郡、白水郡三郡；泾州，统辖安定郡、安武郡、平凉郡、平原郡四郡；另有宜州；敷州；原州；宁州；延州；丹州；绥州；银州；夏州；长州；灵州。

---

① 李浩.唐代三大地域文学士族研究［M］.北京：中华书局，2002：38.

② 持这一观点的主要是现代学者刘宁等人.

③ （唐）令狐德棻.周书［M］.北京：中华书局，1971：3.

陇右：秦州，统辖天水郡、汉阳郡、清水郡、略阳郡、河阳郡五郡；交州，统辖安阳郡；渭州，统辖陇西郡、南安郡、渭源郡三郡；武州，统辖武都郡、武阶郡二郡；洮州，统辖洮阳郡、汎潭郡、博陵郡三郡；河州，统辖枹罕郡、武始郡、金城郡三郡；廓州，统辖洮河郡、达化郡二郡；凉州，统辖武威郡、广武郡、番和郡、泉城郡四郡；甘州，统辖张掖郡、兰池郡、金山郡、酒泉郡、建康郡五郡；瓜州，统辖敦煌郡、常乐郡二郡；另有成州；康州；文州；邓州；扶州；翼州；覃州；宕州；芳州；岷州；旭州；弘州；鄀州。①

然而现代学者胡阿祥指出，以州域为单位讨论文学，学术上会出现不严密之处②。具体到北周文学与北周州域，也就不能依此论彼或依彼论此，也就是说北周时期的州域并不能反映出当时的文化（包括文学）的地域分异。诚如胡阿祥所言，本著所讨论的北周时期的关陇地区，既不能以当时的州域为标准，也不能以现行的政区为依据，而是在综合考察北周历史、社会、文化的整体状况基础上，综合运用自然地理、经济类型、行政区划等地理区划原则，形成对关陇区域范畴的认识。所以，本著所说的关陇地区则范围相对宽泛，大体位于潼关及今山陕黄河以西，黄河上游以东，秦岭以北，河套平原以南的地区，也就是说除关中、陇右之外，还包括河西的部分地区。

2. 关陇地区的文化特色

早在《史记·货殖列传》中，就对关中地区的地理位置、历史文化、经济发展做了详尽阐述：

> 关中自汧、雍以东至河、华，膏壤沃野千里，自虞夏之贡以为上田，而公刘适邠，大王、王季在岐，文王作丰，武王治

---

① 参见王仲荦《北周地理志》目录，中华书局，1980：23—29.
② 胡阿祥. 以魏晋本土文学为例谈地理分区 [J]. 史学月刊，2004（04）.

镐，故其民犹有先王之遗风，好稼穑，殖五谷，地重，重为邪。及秦文、缪居雍，隙陇、蜀之货物而多贾。献公徙栎邑，栎邑北却戎翟，东通三晋，亦多大贾。昭治咸阳，因以汉都，长安诸陵，四方辐辏并至而会，地小人众，故其民益玩巧而事末也。南则巴蜀。巴蜀亦沃野，地饶卮、姜、丹沙、石、铜、铁、竹、木之器。南御滇僰，僰僮。西近邛笮，笮马、旄牛。然四塞，栈道千里，无所不通，唯襃斜绾毂其口，以所多易所鲜。天水、陇西、北地、上郡与关中同俗，然西有羌中之利，北有戎翟之畜，畜牧为天下饶。然地亦穷险，唯京师要其道。故关中之地，于天下三分之一，而人众不过什三；然量其富，什居其六。①

周民族发展过程中流行的凤鸣西岐、姜嫄履帝迹而孕、文王拘而演易、周公制礼作乐等传说，使有邰、岐山、周原、丰镐等地充满神秘色彩，成为文化圣地。随着周文化的传播，凤凰成了理想社会降临的图腾，《易经》成为民族哲学的经典，而礼乐制度则成了社会稳定与发展的必备。所以孔子称赞道："周监于二代，郁郁乎文哉！吾从周。"（《论语·八佾》）后世也往往视关中区域产生的周文化为礼乐文教的理想形态，视关中为文化的发源地。

杜佑在《通典》卷一七四《州郡四》中写道："雍州之地，厥田上上，鄠杜之饶，号称陆海，四塞为固，被山带河。秦氏资之，遂平海内。汉初，高帝纳娄敬说而都焉。又徙齐诸田，楚昭、屈、景，燕、赵、韩、魏之后及豪族、名家于关中，强本弱末，以制天下。自是每因诸帝山陵，则迁户立县，率以为常。故五方错杂，风俗不一。汉朝京辅，称为难理。其安定、彭原之北，汧阳、天水之西，接近胡戎，多尚武节。自东汉、魏、晋，羌、氐屡扰，旋则苻

---

① （汉）司马迁撰. 史记·货殖列传［M］.北京：中华书局，1959：3261—3262.

姚迭据，五凉更乱，三百余祀，战争方息。帝都所在，是曰浩穰。其馀郡县，习俗如旧。"①

可见关陇地区不仅因历史悠久，物产丰富，有"九州之上腴"的美誉，而且其军事地位也十分重要，往往成为兵家必争之地。《史记》卷五五《留侯世家》中，张良指出："夫关中左崤函，右陇蜀，沃野千里，南有巴蜀之饶，北有胡苑之利，阻三面而守，独以一面东制诸侯。诸侯安定，河渭漕挽天下，西给京师；诸侯有变，顺流而下，足以委输。此所谓金城千里，天府之国也。"②

梁启超先生在总结中国地理大势之变迁时曾说："积千余年之精英，而黄河上游，遂为全国之北辰，仁人君子之所经营，枭雄桀黠之所挢夺，莫不在于此土。取精多，用物宏，故至唐而尤极盛焉。"③从中我们不难得出结论，关陇地域作为一个独立的文化区域，扮演着举足轻重的角色。

3. 关陇文学的地域特色

在农耕文明中，自然环境对地域文化的形成起着更大的作用。自然环境决定了生活条件，影响人们的生活方式，甚至潜移默化地形成一个地区的气质类型。

出生于关陇地区的唐代大思想家李筌在其《太白阴经》中说：

> 秦人劲，晋人刚，吴人怯，蜀人懦，楚人轻，齐人多诈，越人浇薄，海岱之人壮，崆峒之人武，燕赵之人锐，凉陇之人勇，韩魏之人厚。④

又按《新唐书》卷一九九《儒学传中》引柳芳《氏族论》，则较全

---

① （唐）杜佑撰．王文锦等点校．通典［M］．北京：中华书局，1988：4560.
② （西汉）司马迁．史记·留侯世家［M］．北京：中华书局，1963：2044.
③ 梁启超．饮冰室合集［M］．第一册·文集七·中国地理大势论．北京：中华书局，1989：81.
④ （唐）李筌著．刘先廷注．太白阴经［M］．军事科学出版社，1996：17.

面系统地阐述了人的性格与地域之间的关系：

> 山东之人质，故尚婚娅，其信可与也；江左之人文，故尚人物，其智可与也；关中之人雄，故尚冠冕，其达可与也；代北之人武，故尚贵戚，其泰可与也。及其弊，则尚婚娅者先外族，后本宗；尚人物者进庶孽，退嫡长；尚冠冕者略伉俪，慕荣华；尚贵戚者徇势利，亡礼教。①

从中我们可以知道，关中地区因为地理环境、文化传统的差异而与山东、江左、代北等地区风气、好尚互有不同。以"雄"字标举关中风气，意味颇深。

又据《隋书·地理志》载：

> 京兆王都所在，俗具五方，人物混淆，华戎杂错。去农从商，争朝夕之利；游手为事，竞锥刀之末。贵者崇侈靡，贱者薄仁义，豪强者纵横，贫窭者窘蹙。桴鼓屡惊，盗贼不禁，此乃古今之所同焉。自京城至于外郡，得冯翊、扶风，是汉之三辅，其风大抵与京师不异。安定、北地、上郡、陇西、天水、金城，于古为六郡之地，其人性犹质直，然尚俭约，习仁义，勤于稼穑，多畜牧，无复寇盗矣。雕阴、延安、弘化，连接山胡，性多木强，皆女淫而妇贞，盖俗然也。平凉、朔方、盐川、灵武、榆林、五原，地接边荒，多尚武节，亦习俗然焉。河西诸郡，其风颇同，并有金方之气矣。②

可知地区不同，风气不同，人物性格也不同。关陇地区民风朴

---

① （宋）欧阳修、宋祁撰.新唐书·列传第一二四［M］.北京：中华书局，1975：5679.

② （唐）魏徵.隋书·地理志［M］.北京：中华书局，1973：817.

实，人多性格直率、勇猛，崇尚俭约。

此外，由于关陇地区地处西北，民族成分复杂，在胡汉民族的不断交流、融合过程中，胡人风俗也渐染关陇，《汉书·地理志》云：

> 天水、陇西，山多林木，民以板为室屋。及安定、北地、上郡、西河，皆迫近戎狄，修习战备，高上气力，以射猎为先。……及《车辚》《四载》《小戎》之篇，皆言车马田狩之事。汉兴，六郡良家子选给羽林、期门，以材力为官，名将多出焉。孔子曰："君子有勇而亡谊则为乱，小人有勇而亡谊则为盗。"故此数郡，民俗质木，不耻寇盗。①

关陇地域所形成的这种尚武的习气，长期积淀，愈演愈烈，至战争不断、政权更迭频繁的北周时期，整个关陇大地几乎都洋溢着强烈的尚武精神。

梁启超在《近代学风之地理的分布》中认为不同的地理环境对学术文化风气有着不同的影响："气候山川之特征，影响于住民之性质。性质累代之蓄积发挥，衍为遗传。此特征又影响于对外交通及其他一切物质上生活，物质上生活还直接间接影响于习惯及思想。故同在一国同在一时而文化之度相去悬绝，或其度不甚相远，其质及其类不相蒙，则环境之分限使然也。环境对于'当时此地'之支配力，其伟大乃不可思议。"②

因此关陇地区的文化势必会受到其独特地理环境的影响。关陇文化除包括关中文化之外，还包括河西、陇右文化。河陇文化与关中文化联系密切，却又有很大的差异。陇右属秦州之地，位于关中与河西之间，受中原文化影响较深。河西（凉州）之地，与西域接

① （汉）班固.汉书·地理志［M］.北京：中华书局，1962：1644.
② 梁启超.近代学风之地理的分布.《饮冰室合集》［M］.文集四十一.上海：中华书局.1936：50.

壤，胡俗风气更浓一些。西晋灭亡，晋室东迁，中原大乱之际，大量士庶文人避乱凉州，又一次促进了关陇文化的交融。正如陈寅恪先生所言："又西晋永嘉之乱，中原魏晋以降之文化转移保存于凉州一隅，至北魏取凉州，而河西文化遂输于魏。其后北魏孝文、宣武两代所制定之典章制度遂深受其影响，故此（北）魏、（北）齐之源其中亦有河西一支派。"① "至于陇右即晋秦州之地，介于雍凉间者，既可受长安之文化，亦得接河西之安全，其能保存学术于慌乱之世，固无足异。"② 在五胡乱华之时，陇右之地仍能继续保持固有文化。

因此，自西晋永嘉乱后，中原文化向西转移，关陇之间文化的联系更为密切了。随着关陇政治势力的扩张，关陇文化也随之扩展，至北周时期，基本上成为覆盖北方大部分地域的主体文化。在这种地域及文化背景下发展起来的北周文学，也或多或少地带有关陇地域色彩，亦如陈寅恪先生所言："所谓西魏、北周之源者，凡西魏、北周之创作有异于山东及江左之旧制，或阴为六镇鲜卑之野俗，或远承魏、（西）晋之遗风，若就地域言之，乃关陇区内保存之旧时汉族文化，所适应鲜卑六镇势力之环境，而产生混合品。"③

二、北周文学研究的范畴

北周文学包括宇文泰执政的西魏时期文学，自公元 535 年至 581 年，历时四十七年。我们要讨论的北周文学即是这一时间段的西魏北周时期的文学。因为北周处于北朝末期，正是朝代更替较为频繁的时期，与北周同时或先后存在的王朝还有北齐和南朝齐、梁、陈几个朝代，形成鼎足而立的局面，每个王朝都在为自己的命运争斗着。在国与国、民族与民族间的相互斗争过程中，他们彼此的文化却在逐渐融合。这种环境为特色鲜明、风格多样的北周文学形成、发展奠定了文化基础。因此，尽管与同时期的北齐和南朝文

---

①③　陈寅恪.隋唐制度渊源略论稿 [M].上海：上海古籍出版社，1980：2.

②　陈寅恪.隋唐制度渊源略论稿 [M].上海：上海古籍出版社，1980：26—27.

学相比，北周文学在作家和作品数量方面都有些逊色，处于劣势；但因为其形成了融合东西南北文化的特质，故而北周文学在整个南北朝文学的发展进程中扮演了十分重要的角色，并将这一时期文学水平提到一定高度，为以后隋朝乃至唐朝文学的发展繁荣准备了条件。这种文学现象值得我们深入探讨。

北周文学是多民族文化相互融合的产物。它不仅包含着中国传统的儒家文化，而且融汇佛家甚至道家文化，同时还具有少数民族特有的风格。这些文化交织在一起，形成了北周特有的文学风格。北周作家及作品的构成是比较复杂的，如本土作家中就有宇文护、宇文毓、宇文赟等宇文氏鲜卑民族的皇室作家；苏绰、李昶、韦孝宽等身为朝廷大臣的汉族作家。虽然北周统治集团为了强邦兴国，大倡儒家文化，但是关陇的地缘历史文化则使佛道文化盛兴不衰，进而影响了文学的发展。更有一些佛教人士，如释慧命、释慧晓、释忘名等直接参与了文学创作。除本土作家外，北周还有由南入北的作家，如在文坛影响极大的庾信、王褒，有南朝齐梁皇族萧氏文人，还有其他北来的文学之士。这些不同身份的作家构成了北周文学的丰富性，形成了北周文学的独特色彩，对开启盛唐文学的繁荣具有十分重要的意义。但历来史籍对北周文学评价不高，如《隋书·经籍志》就说："齐宅漳滨，辞人间起，高言累句，纷纭络绎，清辞雅致，是所未闻。后周草创，干戈不戢，君臣戮力，专事经营，风流文雅，我则未暇。"① 又因为北方战争频仍造成了北周文学作品的大量流失，严可均所辑《全后周文》仅二十三卷，其中王褒、庾信二人的作品就占了十二卷之多，所占比例在一半以上，其他文人作品很少。这样一来，全面整理、研究北周文学的工作难度便也更大了。因而目前学界对北周文学的研究未给予足够的重视，研究成果也极其有限。

针对目前学界的研究局限，本著与学界多关注由南入北的王褒、

---

① （唐）魏徵. 隋书·经籍志 [M]. 北京：中华书局，1973：1090.

庾信等文人不同，主要对北周本土文学的主体进行研究，将视野投注于多民族融合的文化土壤中孳生延续的本土文学，避免孤立片面的研究视角，尽力还原北周本土文学风貌。故而本著从地域民族文化历史、本土世族文人文化传承考索，从本土盛兴的宗教文化活动及与之相联系的宗教文学着手，发现与北周上层文人秉承儒家致用文学观念的同时，宗教文学则在民间如火如荼发展着，两者共同构成北周文学的主体。而且，宗教文化不仅刺激了当时的文学创作，还促进了新的文学艺术形式的产生。对此，本著亦有论证和阐释。

三、北周文学概述

北周关陇地域具有独特的多民族文化背景。关陇一带很早就是胡汉杂居之地，北周时期关陇地域除汉族外，居住此地的少数民族主要有羌族、氐族、稽胡、鲜卑族等。此外，关陇又是中原文化的发祥地之一。今甘肃陇东地区的泾河流域是夏商周三代的周民族发祥地；春秋时期开始崛起的秦人和秦国，据考古发现其实起源于今甘肃清水、天水一带；汉代曾建都长安，并在该地区设置陇西郡、天水郡、武都郡等。经汉末魏晋十六国数百年的民族迁徙、政权更迭、宗教文化传布，关陇地域已形成了自己的文化特色。关陇地域的民族成分虽然较为复杂，但在历史文化的长河中，各少数民族几乎都与周边的汉民族相互交流融合，同样，汉文化和少数民族文化也相互借鉴、交融，可以说二者共同缔造了关陇大地上古老而灿烂的文化。而文学植根于文化的土壤中，关陇文化必然深刻影响和制约北周本土文学的发展。总之，关陇宗教文化、儒政文化、礼乐文化等方面的特质，势必对北周文学产生重要影响，制约着北周文学的演进。

由于政治、经济、文化等方面的原因，西魏北周时期宇文泰实施"关陇文化本位"政策，在政治上推行复古，进而引起文学上的复古之风。在宇文泰的支持下，苏绰等人发动了一场自上而下的文风改革运动，倡导"复古""崇质"与"尚用"，推行与华丽文风相抗衡的质朴实用文风。尽管这场复古运动昙花一现，但在文学尤其是诗歌创作上对学习南朝宫体诗的文人是一种警示，对北周诗歌风格的形成具有一定的规范意义，堪称北周文学探寻自身发展规律的一次尝试。北周的文学风格在宇文泰倡导复古以后，到其诸子执政时期发生了变化，风格由质朴逐渐走向相对华丽。随着庾信、王褒等一批南朝文人的入北，及南北文化交流的加深，北周文学在风格、体裁、题材等方面都有了进步，文风趋尚华丽。但儒家尚用的文学观，始终是根深蒂固的，乃至影响了隋初的文化政策、唐代标榜汉魏风骨的文学复古思潮。

北周文坛主要以本土著族文人和鲜卑宇文氏文人为主体，兼及鲜卑拓跋、氐、羌、西域诸民族等多种民族成分。创作活跃者有入北的南朝文人、皇族宇文氏文人、关陇本土文人、西迁的北魏文人及投降的东魏北齐文人。此外，还有一部分妇女、僧人、道士亦有文学作品。除作家文学之外，该时期的民间文学也有发展，延续北朝民歌传统，北周民间也创作、流行着一些歌谣。

北周著族文人是北周本土文化传承的主干力量，北周新兴的著族鲜卑宇文氏文人有 11 人，有作品存世者 10 人；北周本土世家大族文人主要有武功苏氏、京兆韦氏、关中薛氏、狄道辛氏、河东柳氏。北周除世家大族文人外还有其他一些著名文人，诸如苏亮、苏绰、卢柔、唐瑾、元伟、李昶等，说明北周文坛并不寂寞。

文人处于多民族文化交流的环境中，著族文学带有多重文化因子。北周著族文人文学创作首推北周宗室文学创作。北周君主、宗室受汉文学影响较深，不仅尊养了一些由南入北的汉族杰出作家，他们自己也写出了一些值得重视的诗文。诗歌方面，北周宗室诗人目前可知有明帝宇文毓、宣帝宇文赟、赵王宇文招、滕王宇文逌 4 人，诗歌存有 6 首，因其均与庾信关系较为密切，故诗歌多染庾信体的基调。散文方面，北周宗室作品多章表奏议诏策书檄等“笔”体公文，文帝宇文泰、孝闵帝宇文觉、明帝宇文毓、武帝宇文邕、宣帝宇文赟、晋公宇文护、齐王宇文宪、代王宇文达、滕王宇文逌和宇文绎 10 人，散文 129 篇，重视政治的实用性，多直率的感情表露。北周文学随着时代推移，文体渐趋多样，文风逐渐华丽，写作手法更加灵活多样，可以清晰看出文学发展的历程。但是形式技巧上的这些变化，并没有动摇北周文学务实尚用的根性特质，而且北周本土其他文人的文学创作也以务实尚用为主线。

北周文学的多元文化元素极其显著。北周处于北朝的终结时期，有着非常复杂的文化环境。以往对北周文学最基本的研究多为文献的编辑校对以及文学史的系统整理，此外就是对北周一些作家作品所做的个案研究，有关北周文学和儒释道之间互相影响只是在阐说北朝文学时简略提及。本著对北周文学的多元文化元素作了专门探讨。北周文学有儒学思想的传承，有宗教文化的因素，也有南朝文风的影响。北周尊崇周礼，推崇礼仪教化，以儒学治国。北周文学的儒学传承直接体现在诏奏文翰和抒情诗文中的儒家思想书写，以及致用尚质的文风的形成。关陇文化本位政策的主要内容是儒学传承，使本来就"号有华风"的关陇地区再次成为儒学传承的重地。这种自上而下的倡导自然也使儒学思想深入人心。

北周盛行的佛道宗教文化以其宗教仪式的神圣感、教义的思辩性、天马行空的想象和繁丽的语言等，对当时的文学创作产生了深刻影响。首先，北周文士和僧道交往密切，经常出入寺庙道观，如明庆寺、云居寺、定林寺、同泰寺都是北周诗文描写的对象。还有与僧道唱和的诗歌，如庾信的《奉和同泰寺浮屠诗》《奉和赵王游仙诗》《至老子庙应诏诗》《奉和阐二教应诏诗》《奉和法筵应诏诗》《和从驾登云居寺塔》都与宗教活动相关，而且这些活动都有皇族参与。其次传教论道的说教诗歌层出不穷，以诗歌直接体现佛教的教义、道教的理论，可谓宗教内容的诗歌化，诸如佛教诗歌《五苦诗》、道教诗歌《三徒五苦辞》等。继而引用或化用佛道典故入诗，引入宗教思维形态，增强了诗歌的灵动性和思辨性，如庾信诗篇中至少就有十八首典出东晋葛洪的《神仙传》，而在其《道士步虚词十首》中更是大量引用《神仙传》中的典故。此外，他与赵王宇文招互相唱和的十余首诗中，近一半是仙道诗。再次，佛、道二教教义仪轨日趋通俗化，其以说唱和舞蹈为主的传播方式促成了多种文体的衍生和成熟。如佛教的俗讲从某种程度上影响了小说创作，道教传教直接刺激了道教歌谣和步虚词的发展，并对志怪类小说影响尤甚。诸如北周无名氏仙道家创作的道教歌谣《青帝歌》《白帝歌》《赤帝歌》《黑帝歌》《黄帝歌》及《步虚词十首》，颜之推写有志怪小说《冤魂志》等。最后，北周浓厚的道教氛围，促进了神仙变异之谈的流布，随着道教歌谣和文人步虚词的创作发展，出现了一批受道教影响的文学体式，如歌咏仙人漫游之情的游仙诗。总之，佛道宗教文化与北周文学发展关系密切。宗教兴盛以致受众不断增多、教义深度推广，也直接影响文学创作者的日常活动和思维方式。取材宗教故事和化用宗教典故，使得北周文学内容不断丰富，想象更加奇特。宗教的传播影响了北周文学文体的衍生和成熟，并且为创作者提供了现实之外的一块精神栖息之地，进而使北周文学逐渐具有宗教情怀。

由南入北的文人的文学创作直接将南朝文化带到了北朝。北周由南入北的文人大致可分为宗室文人和一般文人。北周时由南入北者有萧㧑、萧济、萧圆肃、萧大圜、萧大封、萧詧、萧岿、萧琮、萧铉、萧钜、萧𪟝、萧岩、萧岌、萧岑、萧瓛、萧㻞、萧璟、萧㻫、萧场、萧瑀、萧欣、萧翼、萧宝（子宝）、萧该、萧吉、萧泰，共 26 人，全为南朝梁代宗室，其中萧泰先入北齐后归北周。这些宗室中有文章、著作传世的有萧㧑、萧圆肃、萧大圜、萧詧、萧岿、萧欣 6 人，目前尚存作品的仅萧㧑有散文 1 篇、诗歌 5 首。一般文人有庾信、王褒、宗懔、刘璠、颜之仪等。其中庾信、王褒有大量的诗歌、散文创作于北周，甚至可以说北周文学始于庾信、王褒。因为在此之前，北周文学尤其是诗歌几乎处于被遗忘的角落，乏人问津，二人到来后受到极高的礼遇，北周诗人多半模仿二人作诗。刘璠目前存有赋 1 篇，宗懔存有诗 5 首。上述这些南朝文人的入北，带动了北周文人的创作热情，活跃了北周文坛。受他们的影响,北周宗室能娴熟地掌握汉语并创作文学作品,其大体走向已逼近当时的汉族文学。他们基本上掌握了汉语的诗、赋、骈文等主要体裁,熟悉汉语诗文的对偶、用典形式。在风格上,因为现存作品的内容与人文精神相关,所以更能显出北方民族的"河朔之气",而且在与由南入北的汉族作家的交往中,他们一定程度上亦吸收了南方文学的清绮。

汉礼与胡风糅合的北周礼乐制度,制约与影响着北周音乐文学创作。北周音乐文学主要是乐府诗,为礼乐制度服务。其乐府诗多宫廷诗,尤其多郊庙歌辞,少文人言志诗,缺乏乐府民歌。据《乐府诗集》载,北周宫廷乐府诗仅"郊庙歌辞"和"燕射歌辞"两种。郊庙歌辞有《周祀圜丘歌》12首、《周祀方泽歌》4首、《周祀五帝歌》12首、《周宗庙歌》12首、《周大祫歌》2首,共42首。就其文学特点而言,语言以四言为主,杂以三、五、六、七言。"燕射歌辞"有《五声调曲》一种,有《宫调曲》5首、《变宫调曲》2首、《商调曲》4首、《角调曲》2首、《徵调曲》6首、《羽调曲》5首。就其文学特点而言,语言按通篇五言、四五言杂言、四八言杂言、通篇七言、三六言交杂的顺序排列,句式或整齐划一,或长短错落。总体而言,语辞典丽考究,风格恢弘凝重,手法以叙述和描写为主,内容多歌功颂德。北周民间歌谣有《周初童谣》《玉浆泉谣》《蜀中为于仲文语》《时人为裴啟柳虬语》《诸生为吕思礼语》《周地图记引语》6首。经初步考证,创作于北周时期并北周境内的文人乐府诗有"相和歌辞"11首、"横吹曲辞"1首、"琴曲歌辞"1首、"杂曲歌辞"13首,共26首。其中北周本土文人所作留存有赵王宇文招、尚法师和徐谦3人,共3首;由南入北文人所作留存有庾信、王褒和萧㧑3人,入北后作品共21首;历仕齐、周、隋或周隋之间的文人中在北周所作留存有李德林、辛德源和萧寄3人,共3首。北周恢复礼制的活动促进了与其相关的乐府诗的创作,出现了不少模仿汉魏乐府旧题的作品,尽管文人乐府诗在整个北周乐府诗坛并不占据主导地位,而且言志作品较少,但毕竟影响不小，再加上多位地位不同的本土文人参与到乐府诗创作中，最终形成了北周文人乐府诗作者成分多元的特点。

北周的文学思想及其影响不容忽视。"历仕四朝"的颜之推的文论思想有一定的成就，在诗坛尤其具有较大的影响。又北周时期兴起的文学复古思潮对以后的复古文风影响极为深远。不可否认，在整个中国文学发展史上，以儒家思想为指导，主张诗言志、文载道，追求社会功利性的文学创作几乎从未中断过。自西魏北周到唐代，由于种种现实原因，文学追求社会功利性的要求被不断凸显，进而形成了以儒家思想为核心、以复古为号召的古文思潮，并对以后的文学思想产生了深远影响。唐代复古思潮在中国文学史上影响深远，从社会历史视角对唐代古文思想之源进行探讨，必须对北周的文学思潮进行细密梳理，方可论证从北周到唐代的古文思想，在承前启后和贯穿整个古代文学史的儒家尚用文学观的发展历程。

通过以上概述，可知北周文学有自身的特性，后期文人虽借鉴南朝文学辞采和创作技巧，但文章意蕴和文学精神与南朝是截然不同的，这种文学精神便成为后来隋唐文学发展的巨大财富。

关陇民族文化传承与北周的文化政策

以关陇为政治文化中心的北周王朝，与同期的北齐、南朝有着截然不同的地域文化环境，是我们在研究北周文学时不可回避的问题。这种文化环境主要体现在两大方面：其一是多民族集居形成的历史悠久的多元民族文化。其二是宇文泰集团建国推行的"关陇文化"政策。以下试从两方面进行探讨。

第一节

北周关陇地域民族文化的沿革

从历史长河追溯关陇地域多民族文化发展的轨迹，我们可以看到关陇地域丰富的多民族文化相互融合的过程。

自东汉末年到三国鼎立局面形成这一大致时段，北方和西北诸族或由于自然灾害引起大规模的民族迁徙，争夺新的生存空间，或是统治集团为了扩张势力范围，民族间相互残杀，统治集团间的互相争战，致使大量边远的游牧民族得以内徙，并与农耕民族相接触，促进了各民族间的文化交流。到北周时期，多民族的内徙基本上已告一段落，整个北方少数民族已基本稳定了下来，同时在长时间的多民族文化相互交融中，尤其是在对汉文化的吸收与借鉴之后，北方各少数民族的汉化倾向是显著的，当然各民族内在的民族特性仍然是存在的。具体来说，这一时期的关陇地区除汉族之外，其主要少数民族有氐族、羌族、鲜卑族和稽胡等。由此可见，关陇地区的民族文化状况较为复杂，故而有必要对该时期的民族地理文化沿革进行一番探究。

一、氐族地理文化沿革

氐族是我国古代分布在西北地区的少数民族之一，有着悠久的历史文化，在十六国时期曾建立前秦国。前秦统治者苻氏在短暂的 44 年统治期间（351—394），其管辖的范围"东极沧海，西并龟兹，南苞襄阳，北尽沙漠"①，并与东北的新罗、肃慎，西北的大宛、康居、于阗等相互交往。据记载，东夷、西域的六十二王均遣使，与秦联系，奉献方物；而当时与之对峙的只有占据东南一隅的东晋，可见氐族势力之大，在北中国的影响之大。苻坚在淝水战败后，前秦的势力日渐衰弱，于公元 394 年灭亡。前秦氐族在统治时期为了处理民族间的矛盾，提出"黎元应抚，夷狄应和"②的主张，在缓和民族矛盾方面起到了积极的作用。同时大力宣扬儒家思想，通过广建学校让更多的氐族人接受儒家文化的熏陶。史载苻坚"广修学官，召郡国学生通一经以上充之，公卿以下子孙并遣受业"③，这些教育措施对于氐族上层贵族子弟学习汉族文化起了积极的作用。此外氐族还在军队和宫廷里办学校，学习汉族先进文化。因而前秦统治阶级有着较高的汉文化水平，如前秦皇族子弟苻融"聪辩明慧，下笔成章"④，苻朗"耽玩经籍，手不释卷"⑤。可见氐族还是崇拜汉文化的，并能积极吸收汉文化的精髓，改变自身"荒俗"的现状，得知"仁义"。进一步而言，"用夏变夷"的措施有助于内迁诸族的汉化，利于民族间的融合及国家的统一。氐族政权除前秦外，还有后凉吕氏（386—403）和前仇池国杨氏（296—371）。认识到氐族在历史上尤其在北中国的巨大影响后，我们有必要对其各个历史阶段的主要分布情况及其文化特征做一番溯源，这样更有利于我们把握氐族与其他民族的交融状况。

从春秋战国到秦汉这一时期，氐族人主要活动的范围为西起陇西，东至略阳，南达岷山以北的地区，即现在甘肃东南、陕西西南、四川西北等地。西汉至三国时期，氐族人经历了两次较大的迁

① （南朝梁）释慧皎.高僧传·晋长安五级寺释道安传［M］.北京：中华书局，1992：182.

② （唐）房玄龄等.晋书·苻坚载记上［M］.北京：中华书局，1974：2914.

③ （唐）房玄龄等.晋书·苻坚载记上［M］.北京：中华书局，1974：2920.

④ （唐）房玄龄等.晋书·苻坚载记下［M］.北京：中华书局，1974：2934.

⑤ （唐）房玄龄等.晋书·苻坚载记下［M］.北京：中华书局，1974：2936.

徙：一次在公元前 108 年，汉武帝刘彻为扩大疆土而开拓西南边境，开益州，设武都郡，当地氐族人受到排挤，被迫迁徙到福禄（今甘肃省酒泉）、汧、陇（今陕西陇县至甘肃陇西一带）等地。另一次在东汉末年，当时曹操和刘备争夺汉中、陇右，介于陇、蜀之间的氐族也成为他们的争夺对象，其间氐族曾被迁到蜀国、扶风、京兆、天水等地，时任武都太守的杨阜也迁氐族万户于京兆、扶风、天水等地。氐族经过这两次迁徙，其分布范围更加扩大：原先氐族最东分布于汧、陇，至此汧、陇以东关中的扶风、京兆等地也有氐族人了，而且陇右的天水、南安（今甘肃陇西东南）、汉阳（今甘肃甘谷、陇西、定西以东，静宁、庄浪以西）诸郡也形成了氐族的聚居区。此外，氐族原居地武都、阳平、仇池一带仍有不少的氐族人分布。至魏晋，氐人除在武都、阴平二郡外，又在关中、陇右一些郡县形成与汉人及其他各族交错杂处的聚居区。十六国时期，前赵、后赵、前秦等多次将氐人迁往关东、河北等地。据史载，前、后赵的统治者有四次强迁秦陇豪酋及氐、羌之众于雍州，人数约一万七千多户；有四次强迁秦、雍等州氐、羌入关东于司、冀、青、并等州，人数约二十七万余户。前秦苻坚也曾多次移民关中，并把氐族分散到各方镇。这几次内徙，不仅影响了十六国后期的局势，而且有利于氐族等少数民族与汉族的进一步融合。南北朝时期氐族的分布并无太大变化，但在雍州、秦州、益州、岐州、清水等地，氐族曾多次发动起义，尤其是活动于河陇地区的氐族，反叛最为激烈，但最终都被武力镇压下去。氐族人民的起义在一定程度上威胁了当时统治阶级的利益，同时也给当地的人民带来了战乱，但也在一定的程度上加快了氐族与汉族及其他少数民族之间的融合。

氐族是一个以农业为主兼营畜牧业的民族。随着农业的发展，纺织水平有了很大的提高，手工艺达到一定的水平。此外，氐族还有自己本民族的语言，但由于受汉族、羌族、藏族等民族的影响，语言变得十分混杂，但仍保留了一些本民族的语言特色。服饰方面多喜好穿青、绛以及白色的麻布衣。婚姻习俗上与羌族相似，起初是父亡子娶后母，兄亡弟娶嫂，但随着与汉族文化的交融，逐渐改变了这一习俗。

二、羌族的地理文化沿革

羌族是我国古代的西部少数民族之一，有着悠久的文化历史。早在春秋战国时期就从甘肃、青海地区迁于岷江上游一带生息繁衍，并与当地居民逐渐融合，形成新的羌族。到汉代时，羌族经过长时间的发展繁衍，人口众多，分布较广，由原来主要居住的河湟地区，逐渐向今四川西北、青海南部迁徙。当时西汉王朝为防止羌族与胡部联盟，遂将羌族迁于河西、陇右诸郡。东汉时期统治者为控制羌族内乱，又陆续强迁羌族入内地，使其分布于安定（今甘肃省镇原东南）、北地（今宁夏金积）、上郡（今陕西省米脂北）及三辅和河东地区，这样就产生了所谓的东西羌。胡三省依据地理位置命名东西羌："羌居安定、北地、上郡、西河者，谓之东羌；居陇西、汉阳延及金城塞外者，谓之西羌。"[①] 魏晋时期的羌族主要分布在秦州陇西、南安、天水、略阳、武都、阴平郡，雍州冯翊、北地、新平、安定等郡，凉州金城、西平等郡，益州汶山郡，可见羌族几乎遍布关陇地区。十六国时期羌族的势力逐渐强大，羌族姚苌建立了后秦政权。姚氏为稳固自己的统治地位，采取了一系列的措施，如招抚流民、放免奴婢、搜罗人才、包容广纳、建立法治、抑制豪强等，其中最值得关注的一项措施就是推崇儒学，弘扬佛教，在思想上教化羌民。姚苌曾下令"各置学官，勿有所废，考试优劣，随才擢叙"[②]，试图以伦理安邦、忠孝治国。此外，还迎请龟兹名僧鸠摩罗什弘扬佛法，当时后秦国内信奉佛法的僧众数量极为庞大。可以说，这项措施一方面加强了对人们思想上的控制，另一方

---

① （宋）司马光. 资治通鉴·顺帝永和六年（141）[M]. 北京：中华书局（标点本），1956：1689.

② （唐）房玄龄等. 晋书 [M]. 北京：中华书局，1974：2971.

面也促进了儒、释文化的传播及相互交流。也正是这些措施，使后秦的势力逐渐发展壮大起来，一度控制了西起河西、东逾汝颍的广大地区。后秦历姚苌、姚兴两代君王之后，由于统治阶级内部争夺王位，内讧不断，逐渐走向衰落，最终于永和二年（417）灭亡，共历34年。后秦姚苌的统治时间虽然短暂，但我们可以清楚地看到羌族对汉文化的崇拜、吸收和借鉴，以及它特有的文化统治。当时，由于政权更替颇为频繁，出于政治目的，西平、湟河诸羌三万余户被当时的南凉鲜卑秃发氏统治集团迁徙于武兴、番禾、武威、昌松四郡。西秦鲜卑乞伏氏统治集团则将羌人迁至枹罕。南北朝时期，陇西羌、居白龙江一带的宕昌羌、白水江流域的邓至羌等相继兴起，并与南、北朝政权来往密切，同时受两朝封爵。宕昌羌主要分布在洮河以东、白水之北、渭水以南地区，政治中心是宕昌城（今甘肃省宕昌县西），北周时期周武帝灭宕昌，改其地为宕州。邓至羌分布在甘肃省文县至四川松潘一带，即蜀陇间的白水江及岷江上游。据《魏书》记载："邓至者，白水羌也，世为羌豪，因地名号，自称邓至。其地自庭街以东，平武以西，汶岭以北，宕昌以南。土风习俗，亦与宕昌同。"[1] 后由于势力衰落归西魏北周管辖，随之羌民也逐渐融于西魏北周的多民族环境之中。

羌族是一个起初以游牧业为主的民族，后逐渐发展农业，经济开始壮大起来，但畜牧业仍占重要的地位。手工业也达到了一定的水平，除了制造日常生产、生活用品外，还制造车辆和武器。在对外交流上，羌族与汉、西域、西南夷、匈奴都有交往。羌族文化也在与各族文化沟通、交流的基础上得到了进一步的提高。羌族有本民族的语言，但无文字，属汉藏语系的一支。

三、鲜卑族的地理文化沿革

鲜卑族是我国古代北方游牧民族之一，兴起于大兴安岭山脉，

---

① （北齐）魏收．魏书［M］.北京：中华书局，1974：2249.

其族源出东胡部落。先秦时期活动于大兴安岭中部与北部。汉时从大兴安岭一带南迁至乌桓故地饶乐水流域（今西拉木伦河，即内蒙古东南部与辽宁西部交接地带）。北匈奴西迁，鲜卑进至匈奴故地（即河套阴山一带），占据了漠北地区，将漠北留居的匈奴并入其部，从此势力渐盛。西晋时期鲜卑分为三大支：东部有段、慕容、宇文等部，北部有拓跋部，西部有吐谷浑、乞伏、秃发等部。东晋南北朝时期鲜卑族诸部都曾建立政权。

东部鲜卑慕容部建立了前燕、后燕、南燕、西燕政权，其势力范围最初在辽西地区，后又扩展到辽东、黄河流域。慕容鲜卑部汉化程度很深，与汉族的隔阂较小。如前燕统治者慕容廆就很注重对汉族文人的重用，"平原刘赞儒学该通，引为东庠祭酒，其世子皝率国胄束修受业焉。廆览政之暇，亲临听之。于是路有颂声，礼让兴矣"①，由此可见鲜卑慕容部的汉化程度之深。鲜卑段部分布在辽西一带，魏末晋初势力渐强，兴盛时所辖范围西接渔阳（今北京密云西南），东界辽水。段部强盛的原因主要是其占有古燕国旧地，统治的多是晋朝的汉人，同时还奉晋为正，受到许多汉人的支持。后被羯族人建立的后赵击溃，融入中原地区。而宇文部的族属为匈奴后裔，由于其与鲜卑人杂居逐渐鲜卑化，才渐称其为鲜卑宇文氏。按《北史·匈奴宇文莫槐传》记载："匈奴宇文莫槐，出辽东塞外，其先南匈奴之远属也，世为东部大人。"②西晋元康三年时宇文部的疆域西起濡东（今河北栾河东）、东至柳城（今辽宁朝阳），后被慕容部统辖，最后归属北魏拓跋。北朝末期宇文部建立北周政权，北周的奠基者宇文泰平定秦陇，占据关中地区，对内重用关中汉人，依靠关陇豪右支持，势力慢慢扩张，到北周武帝时则强力推行了一系列改革，特别是尊儒毁佛，以儒家为正宗、尊儒学为国学

---

① （唐）房玄龄等.晋书·慕容廆载记［M］.北京：中华书局，1974：2806.
② （唐）李延寿.北史·匈奴宇文莫槐传［M］.北京：中华书局，1974：3267.

等，最后灭掉北齐，统一整个北方地区，拥有黄河流域和长江上游广大地区。

北部鲜卑拓跋部原居于额尔古纳河和大兴安岭北段，"统幽州之北，广漠之地也，畜牧迁徙，射猎为业"[①]。后经过三次大迁徙，势力遍布整个北方地区。东汉初年开始第一次迁徙，南迁至"大泽"（今达赉湖）。第二次迁徙则迁至匈奴故地并与匈奴杂居。第三次迁徙是拓跋诘汾长子秃发匹孤率众从塞北迁居河西一带。鲜卑拓跋部曾建代国政权，势力范围大致包括今内蒙古中部和山西北部地区。后建立北魏政权，建都平城，结束了北方地区长期混乱的局面。北魏统治者拓跋珪在进取中原的过程中采取了一系列措施，诸如招揽人才，吸收汉族士人，离散诸部，分土定居等，稳定了北魏初期的政治局势。后孝文帝进一步实施汉化改革，迁都洛阳，为更进一步吸收汉文化做了铺垫。同时通过禁止鲜卑人穿胡服、在朝廷上说鲜卑语等措施，推进了鲜卑族的汉化。此后北魏势力达到鼎盛，疆域东北自辽西，西至新疆东部，南达秦岭、淮河，北抵蒙古高原。

东部鲜卑慕容部的一支（吐谷浑）在公元3世纪末至4世纪初西迁到内蒙古阴山一带。在西晋永嘉末期又从阴山南下，经河套南，度陇山，至陇西之地枹罕（今甘肃临夏）西北的罕开原，建立了吐谷浑政权，并以此为据点，向南、北、西逐渐发展、壮大起来，统治了甘肃南部、四川西北和青海等地的氐、羌等民族。

鲜卑乞伏部是陇西鲜卑最重要的一支。乞伏部原居于漠北，到东汉中后期逐渐南迁至大阴山（今内蒙古阴山山脉），后又西迁至河西极东之地牵屯山（今甘肃平凉西北二百里处）一带，随后迁居苑川（今甘肃榆中）。苑川一带水土肥沃，乞伏部势力逐渐增强，建立起西秦政权，并仿汉制，置百官。据载，西秦强盛时期的统治范围东至平襄、略阳，西至金城、白土，南抵层城、赤水，北达度

---

① （北齐）魏收.魏书·序记 [M].北京：中华书局，1974：1.

尖山以北。

鲜卑秃发部是从塞北鲜卑拓跋部中分出来的一支，公元 3 世纪 60 年代，秃发匹孤率众迁于河西，故又称河西鲜卑。《晋书·秃发乌孤载记》记载："秃发乌孤，河西鲜卑人也。其先与后魏同出。八世祖匹孤率其部自塞北迁入河西。"[①] 曹魏时期秃发鲜卑数万人被迁至河西、陇右的雍、凉二州之间，即今陕西中部及甘肃一带。后因统治阶级对其镇压之深，纷纷起义反抗，取得洪池岭南五郡（广武、西平、乐都、浇河、湟河）之地，建立南凉政权。秃发乌孤统治者将族人分镇各地，并选用汉夷各族豪门，其中汉族官吏占一半以上。这样就安抚了汉族著族，缓和了民族矛盾，南凉的统治得到了稳固的发展。其势力范围包括凉州五郡、岭南五郡及晋兴、三河，共十二郡，大约位于今甘肃兰州以西，永昌西水泉子以东，北抵甘肃腾格里沙漠，南至青海的海南南同仁一带，东南至青海循化，西南抵青海湖西北。后陇西、河西鲜卑归属北魏，最终多融于汉族中。

鲜卑民族初期以游牧为生，后逐渐向农耕转变。在婚姻方面：保留了掠女，以牛羊为聘礼；父兄死，妻后母兄嫂；女子嫁前有一定性生活自由等习俗。在宗教信仰方面：初期崇信巫术，祭祀天地日月星辰山川，后逐渐信仰佛教、道教。音乐、舞蹈方面：音乐多是"马上之声"，如隋唐时期著名的"北狄乐"就包含有鲜卑乐；在舞蹈上，舞姿刚健有力，威武雄壮。有自己的民族语言，与汉民族融合后使用汉语，北魏时期曾一度设鲜卑语为官话，但北齐、北周时期仍说鲜卑语。

四、稽胡的地理文化沿革

稽胡，南北朝时期活动较为频繁的民族之一。稽胡又称山胡，

---

① （唐）房玄龄等. 晋书·秃发乌孤载记 [M]. 北京：中华书局，1974：3141.

早在西晋末十六国初期就出现了，当时的山胡主要分布在汾水西岸吕梁山区。到南北朝时期主要分布在山西、陕西北部山谷间。依《周书·稽胡传》载："自离石以西，安定以东，方圆七八百里，居山谷间，种族繁炽。"①《周书·韦孝宽传》亦载："汾州之北，离石以南，悉是生胡。"②除此之外，稽胡在上郡、延州、丹州、绥州、银州都有分布。由于当时统治阶级对稽胡的压迫剥削较为严重，稽胡反抗的频率很高。北魏孝昌元年（525），六镇起义，北魏政权极其混乱，稽胡首领刘蠡升在汾州起义，在云阳谷自称天子，建年号"神嘉"，置百官，建立割据政权。但它仅仅维系了十年时间，在北魏分为东魏、西魏时，东魏统治者高欢于天平二年将其镇压下去。在北周时期，统治阶级对待稽胡的反叛，基本上也是用武力镇压，如当时丹州、绥州、银州、云阳谷以及蒲川等地都曾爆发起义，但都遭到北周统治阶级的镇压。稽胡在与汉人及其他少数民族的交往过程中，也逐渐被同化了。当然这个过程很漫长，即使到了隋唐时期，史书的记载中仍有稽胡之名。

对稽胡这一民族的族源问题，历来学者们有不同的看法。《周书·稽胡传》记载："胡，一曰步落稽，盖匈奴别种，刘元海五部之苗裔也。或云山戎赤狄之后。"③说稽胡为匈奴别种，但所谓的别种又存在多种不同的理解。周一良先生认为是西域胡人，"从山胡帅姓曹（昭武九姓之一）姓白（龟兹国姓）特多，我疑心山胡或稽胡是服属于匈奴的西域胡人"④，两汉以来因为战败被俘或经商、归顺，不断东迁而形成的民族。唐长孺先生认为周一良先生将其称作西域胡人似有不妥，认为"稽胡是最后出现的各种杂胡的混合，而所谓杂胡，都是与古代匈奴有统属上或血缘上关系的各种'别

① （唐）令狐德棻.周书·稽胡传［M］.北京：中华书局，1971：896.

② （唐）令狐德棻.周书·韦孝宽传［M］.北京：中华书局，1971：539.

③ （唐）令狐德棻.周书［M］.北京：中华书局，1971：896.

④ 周一良.魏晋南北朝史论集［M］.北京：中华书局，1963：152.

部'"①。马长寿先生认为稽胡大多数为匈奴后裔,"就其大多数来说应该是匈奴之裔为主"②;周伟洲先生也赞成这种观点,认为"是以内迁南匈奴后裔为主,不能说都是杂胡"③。但林幹先生又有另一种解说,他认为从稽胡的民族特征,即其俗土著,语类夷狄,因译乃通,农业部族,风俗习惯,山居等特征,明确指出稽胡不是匈奴的后裔,也不是西域胡种,"族内主体部分却是一个土生土长的独自形成的部族,不过后来掺入了少数的匈奴和西域胡的民族成分,故亦不妨称它为'杂胡'"④。以上就是对稽胡族源的不同观点,但无论稽胡的族源是什么,其少数民族的族源是无疑的。

稽胡的民族成分较复杂,主要是以农业为主。语言上虽与汉族不同,但汉化程度较深,能与汉族进行沟通。在风俗习惯上,女子婚前与异性接触较自由,同时也盛行"兄弟死,皆纳其妻"的风俗。

五、匈奴、支胡、粟特、苦水的地理文化沿革

汉代以来,匈奴入徙有两次大的事件:一次是西汉元狩三年,昆邪王杀休屠王,率众四万余人降汉,武帝置五属国以居之。此五属国在安定、上郡、五原、天水、西河五郡的塞外,可知当时匈奴已迁到关中东、西、北三边的周围,其中上郡、安定二郡都属于关中范围。第二次是东汉建武二十六年,南匈奴降汉,光武帝处之缘边八郡,其中朔方、西河二郡与关中相接,北地郡在安定的萧关以东,其属关中更无疑义。十六国前赵时期,刘曜都长安,并州的五部屠各("休屠各",原系匈奴休屠王及其部众的后裔,其降众之居五原、河西二郡者,东汉时归南匈奴管辖,后来便成为并州的五部

---

① 唐长孺.魏晋南北朝史论丛[M].上海:三联书店,1955:444.
② 马长寿.北狄与匈奴[M].上海:三联书店,1962:133.
③ 周伟洲.中国中世纪西北民族关系研究[M].西安:西北大学出版社,1992:147.
④ 林幹.稽胡(山胡)略考[J].社会科学战线,1984(01).

屠各。其居安定、上郡、金城三郡者，则在晋初进入关中。）从此大量迁入关中，故在前赵时长安和渭河以北的许多郡县成为屠各匈奴盘踞之所。前秦冯翊五部的位置在冯翊郡偏东，即从今三原县北部起，经富平、蒲城、洛川至宜川西界一线以东之地。关于此时的屠各一族，可知洛水以东的鄘城、定阳皆有屠各匈奴。苻坚把匈奴分置于贰城的东西，各两万多落。鄘城和定阳皆在贰城以东，这一带的匈奴在《晋书·姚泓载记》中被称为"定阳贰城胡"，足见定阳等地的屠各匈奴是很多的。前秦前期，即公元四世纪七十年代苻坚灭前燕以前，在中部县的西北有贰城，贰城的东、西各有屠各匈奴各两万多落，史称"东、西曹"。在贰县的西境有彭沛谷堡，彭氏为卢水胡大姓。新平西南有胡空堡，其东为姚奴、帛蒲二堡，前秦末年并为屠各帅所据。值得一提的是，泾河以东以北，卢水胡、屠各胡、西羌皆分堡而居，情况颇为复杂。北地、冯翊二郡间的马兰山，部族种类亦多，有马兰羌、屠各胡、卢水胡等。十六国时期屠各胡、卢水胡与西羌、北羌杂居于北地、新平二郡。卢水胡，起源于张掖郡临松山下的卢水之滨。卢水亦名沮渠川，以沮渠蒙逊的祖先居于此而得名，因其为匈奴种，故称卢水胡。卢水胡的祖源主要是匈奴，但也杂有月氏胡和羌族血统。约在东汉末年卢水胡东迁。建安二十二年，关中池阳以北已有卢水胡，驻地在冯翊、北地二郡之间。到北魏时，渭北卢水胡的分布中心在杏城一带。

支胡是月氏胡的简称。月氏胡初居甘肃的河西走廊，从敦煌到祁连山之间皆有其族。在西汉前叶，一部分月氏胡降汉，入居安定郡。

粟特人原居中亚以撒马尔罕为中心的阿姆河以东以北地区。在锡尔河以北古有康居国，其国民为康居人，属阿尔泰语族。后来康居国统一锡尔河以南诸地，统治的王族为康居人，百姓则以粟特人为主，属伊朗语族。康居王统一此区以后，分为数小国，如康、石诸国等。各国之人至中国者即以国名为姓，晋代西域胡之石、康诸姓皆出此国。蓝田的康姓初出自康居，西汉时进入河西，西晋末由河西又迁入蓝田，蓝田渡渭河而北即为冯翊郡，冯翊郡的康姓等族系亦由蓝田迁徙而来。

苦水人因苦水而得名。苦水发源于高平县东北百里山，流注高平川，高平川在陇东镇原县南。十六国时期，高平为杂胡所居之地，很难确指苦水为何族。其地汉时属北地郡，有匈奴、月氏降人及西羌。三国时，秃发鲜卑也徙居于此，又有凉州休屠胡梁元碧等率二千余家至高平。十六国时期，其地为鲜卑没弈干及金熙所统治，直至北魏天兴五年始被拓跋遵等所破。十六国时一些人已经把苦水当做一个部族看待了。

六、关陇汉族地理文化沿革

关陇一带是中原文化的发祥地之一。今甘肃陇东地区的泾河流域是夏商周三代的周民族发祥地。相传周人始祖后稷善种粮食，曾在尧舜时代做农官教民耕种。后稷死后，其子不窋继任农官，夏太康时不窋失官，西迁戎狄间隐居，隐居地即今甘肃庆阳。春秋时期开始崛起的秦人，据《史记·秦本纪》记载及考古发现，证实其兴起于今甘肃清水、天水一带。秦灭六国后驱逐戎狄，筑长城以拒胡。西汉立国之初设陇西郡，辖十一县，至汉武帝元鼎三年（前114），从陇西郡分置天水郡，从北地郡分置安定郡，元鼎六年（前111）增置武都郡。西汉末年中原大乱，河西、陇右地区相对稳定，窦融被举为河西五郡（包括汉昭帝时增置的金城郡）首领，因治理有方，该地区遂成为"兵马精强，仓库有蓄，民庶殷富"（《后汉书·窦融传》）的地域。到东汉明帝（58—76）以后，开始遭受北匈奴侵扰，继之爆发东汉王朝与当地羌人的十余次战争，河西经济、文化受到严重创伤。东汉晚期战乱不休，各地豪强地主乘机兼并土地，攫取劳动力，迫使被掠夺的人口变成具有强烈人身依附关系的私附和部曲，建立起所谓壁、坞、堡、垒的地主庄园，割据一方。曹魏初年，河西、陇右地区先后又爆发张进、黄华、鞠演、伊健妓妾、治元多等多次叛乱。魏明帝太和年间（227—232）仓慈为敦煌太守，是时"郡在西垂，以丧乱隔绝，旷无太守二十岁，大姓雄张，遂以为俗"①，人口更是急剧下降。直到西晋建立，全国出现短暂统一的局面，河西、陇右地区得以相对稳定，经济、文化有所恢复和发展。但很快河陇地区又进入了一个大分裂时期，先后出现五个称"凉"的政权。在前凉和前秦统治时期，社会相对安定，招来了中原的大量流民，如张氏统治凉州时，曾有民谣说："秦川中，血没腕，唯有凉州倚柱观。"②前秦灭掉前凉后，苻坚曾将河西七千户"豪右"迁往关中，又从江淮及中原地区迁来一万七千余户。这时中西交往相对频繁，西域诸国曾遣使者往长安朝贡。淝水之战以后前秦政权很快崩溃，征讨西域的前秦大将吕光占据河西，建立后凉政权。后凉灭亡后，河西地区一度出现了南凉、北凉和西凉三个相互对峙的割据政权，一时间战乱不休，直到北魏统一北方，孝文帝推行均田制，河西、陇右地区的经济文化才得到一定的恢复和发展。

河西地区早先曾有羌族人居住，并和商朝有联系。秦朝统一以后，河西又有月氏和乌孙人居住，后来乌孙被大月氏人逼迫，西迁至伊犁河流域。西汉初年，北方强大的匈奴人进入河西，又逼迫大月氏西迁，而没有迁走的大月氏人保聚南山，称小月氏，以后的匈奴卢水胡沮渠氏即是小月氏的遗种。而匈奴人占据河西之后，经常侵扰陇西、北地等郡，掠夺人、畜和财物。汉武帝时，驻牧河西的是休屠王和浑邪王，武帝正式向匈奴进攻。元狩二年（前121），汉将霍去病两度深入河西，匈奴战败，浑邪王杀休屠王，率4万人降汉，被汉王朝安置于陇西、北地等五郡。汉昭帝始元六年（前81）增置金城郡（郡治在今甘肃省永靖县盐锅峡镇黄河北岸的汉城遗址），史称河西五郡。到汉宣帝时，金城境内无不田作，于是河西上升为经济文化的先进地区，据载当时"凉州水草畜牧为天

---

① （晋）陈寿.三国志·魏志·仓慈传［M］.北京：中华书局，1959：512.
② （唐）房玄龄等.晋书.张轨传［M］.北京：中华书局，1974：2229.

下饶，富庶甲于内郡"①。王莽篡汉改制，引起了绿林、赤眉农民起义，隗嚣趁乱割据，保陇西，后被光武帝讨平。又有窦融保聚河西，东汉统一的过程中窦融主动献地内附，使河西免遭战争之苦。东汉末年，三国鼎立，曹魏集团占有河西、陇右的大部分地域，只有东南部的武都、阴平两郡属蜀汉。当时河西有敦煌、酒泉、西海（今内蒙古自治区额济纳旗）、张掖、武威、金城、西平（今青海省西宁市）七郡。魏文帝黄初元年（220），以河西为凉州，陇右为秦州。西晋统一以后，仍以河西地区为凉州，又增设西郡（今山丹以东，永昌以西），其余仍曹魏之旧。东部地区为秦州，下辖陇西、武都、阴平（文县、舟曲、迭部等地）、南安、天水、略阳（改曹魏时广魏郡为略阳郡，治今秦安陇城镇）六郡，安定郡归属雍州。西晋末年，中原大乱，安定张轨于晋惠帝永宁元年（301）自请为凉州牧，保据河西，开启了河西、陇右地区发展的崭新的一页。虽然在北魏统一河陇之前，这里曾几易其主，但是这些并没有阻碍文化的进步。在十六国时期，河西关陇之地经历了前凉、前秦、后凉、后秦、南凉、北凉、西秦、西凉等十二个割据政权。北魏政权统一了北方后，河陇地区分为：敦煌州，包括今酒泉地区、新疆哈密地区；凉州，包括今内蒙古额济纳旗、张掖、武威、河州（今兰州地区）；秦州，包括今陇西至天水的渭河流域；梁州，包括今陇南西和县、礼县、文县；泾州，即今平凉地区；豳州，即今庆阳地区。后北魏分裂成东魏、西魏，东魏被高欢北齐政权所取代，西魏为北周政权所替。

关陇地区自上古以来就是中原汉文化与氐羌戎狄文化的交织地

---

① 西汉时，凉州的范围大概包括现在甘肃的全部及宁夏、青海、内蒙古的一部分。东汉循而不改，但凉州刺史部比西汉时的地域面积要广。汉明帝将天水郡改为汉阳郡，郡治徙于冀县（今甘谷县城），安定郡治迁至临泾（今泾川县），其余皆沿袭西汉的郡制。至汉献帝时，曾一度复雍州，自三辅至西域皆属焉。曹魏时，又分河西为凉州。西晋因之，为当时全国十九州之一。可知西晋时的凉州比两汉时期的凉州地域面积要小，仅包括今甘肃省兰州以西的河西走廊的全部及青海、宁夏的一部分。

带，而到汉武帝"罢黜百家，独尊儒术"时，儒学取得思想文化的正统地位，关陇地区的儒家文化也开始兴盛。

由于汉代以儒学为中心，汉王朝在移民、设郡、设防、屯垦等方面大力开发河西的同时，汉文化尤其是儒学也传到了河西。当然在移民实边的过程中，有贫民、普通罪犯，也有"忤旨"或犯"科条"的官吏及家属。其中包括一些有着良好的儒学和仕宦背景的家族，这也为后来河西地区出现昌明的文学盛况提供了有利因素。在河西地区，西汉的墓葬群很多，如张掖黑水国附近及武威乱墩子滩等地有上千个西汉墓。在河西大量墓葬中曾出土了为数不少的汉简、丝织品、陶、木器等物品，如武威磨咀汉墓群曾出土了大批木简，其中六号墓出土的四百六十九枚木简，共二万七千多字，是完整的九篇《仪礼》，为我国古文字及古籍校勘提供了重要资料。东汉初年，任延为武威太守，在武威建立学校，奖励耕垦，兴修水利，整修武备，大力推行儒家文化。西晋亡后，张氏世守凉州，建立前凉政权，其强盛时期的疆域范围"分武威、武兴、西平、张掖、酒泉、建康、西海、西郡、湟河、晋兴、广武合十一郡为凉州；兴晋、金城、武始、南安、永晋、大夏、武成、汉中为河州；敦煌、晋昌、高昌、西域都护、戊己校尉、玉门大护军三郡三营为沙州"①。由于前凉汉族张氏割据政权的有效统治，凉州、河西局面较中原相对安定，使汉文化得以较好地保留。而匈奴刘氏攻陷洛阳、长安后，关中、陇右汉族士族及民众大批流入河西，进一步在当地传播和弘扬了中原文化。加之前凉统治者颇为注重兴学育人，张轨在凉州大力弘扬文教，"征九郡胄子五百人，立学校，始置崇文祭酒"。②从此汉文化在此得以繁衍、发展和繁荣，进而影响了周边的少数民族文化。此后又有汉族李暠建立的西凉政权和卢水胡沮渠蒙逊建立的北凉政权，同样重视汉文化的发展。可以说，

---

① （唐）房玄龄等.晋书·地理志上［M］.北京：中华书局，1974：434.

② （唐）房玄龄等.晋书·张轨传［M］.北京：中华书局，1974：2222.

前凉、北凉及西凉政权不仅为汉文化的保存及进一步发展提供了宝贵的空间，而且又因特殊的地理位置，成为丝绸之路的重镇和经济交流的都会，对东西方文化交流做出了不可小觑的贡献，尤其为佛教文化向中原传播开辟了道路。后来北魏灭北凉，不少河西学者抵达平城，或著书修史，或讲学授业，在北魏学术界产生了较大影响，到孝文帝改革时，河西人士又参加了很多典章制度的制定。而且，他们还在西域佛教的传入与汉化方面发挥了特殊的作用。北魏后期，政治逐渐败坏，六镇兵变后国力大衰，最后分裂成东魏、西魏，终由北齐、北周取代。北齐政权的核心主要为六镇流民及关东世族，军力比较强盛，同时占据北魏经济、政治的中心及繁华地带，势力范围大致包括今黄河中下游流域的山西、河南、河北、山东以及苏北、皖北的广阔地区。该地区在北魏统治时期汉化程度就相对较深，加之许多北魏汉士族流入北齐；南梁发生侯景之乱后，又有不少南方汉士族移居北齐，故北齐立国之后汉文化发展更快。而北周则占据偏于西北的关陇地区，经济文化相对落后，虽然北周统治区域内也有一些地方豪族和文化世家，但是文学活动比较消沉，直到王褒、庾信等南方汉族文人大批入北以后，文坛气氛逐渐活跃，当地的汉民族文化与各少数民族文化也有了更多的交流。

据史籍记载，至西汉末年，河西关陇地区人士的文化素养已经达到了一定的高度。如果进一步细数从东汉末年至隋唐盛世的儒学大家，我们更会发现有不少出自河西关陇地区，而且其中还有一个非常重要的社会群体，就是世家大族。他们作为河陇地区儒学发展的中流砥柱，生生不息，代代相传，在历代史籍中也多有记载。如《三国志》记载：经学盛于汉，汉亡而经学衰。东汉末年，儒学式微，几乎到了难以为继的地步。董遇、贾洪、邯郸淳、薛夏、隗禧、苏林、乐详等七人，在儒学衰退的大潮中艰难地维持着局面，因此被称为儒宗。[①] 这其中就有一位属于关陇地区的世族，即天水

---

① （晋）陈寿.三国志·魏书·王肃传［M］.北京：中华书局，1959：421—
422、420.

的薛夏。尽管魏晋时期佛教在河西关陇地区广泛传播，但在河陇地区真正占统治地位的还是儒学。自西晋末年中原大乱以后，关陇学者多来河西避难，《资治通鉴》"文帝元嘉十六年十二日"条云："永嘉之乱，中州士人避地河西，张氏礼而用之，子孙相承，衣冠不坠，故凉州号为多士。"① 前凉张氏和后凉李氏本是汉族，重视儒学自不待言，在这种氛围下，就连建立南凉的秃发乌孤、建立北凉的沮渠蒙逊，为了统治的需要，也不得不重视儒学。这批河西学者不仅为保存中原传统的儒学作出了贡献，而且他们反过来还影响着中原文化的发展。如前秦时，洛阳、关中的千余生徒就是跟着河西学者胡辩学习的；北魏统一北方后，河西学者如赵逸、刘昺、胡叟、江式、阚骃、程骏、常爽等人，都是当时著名的儒学大师。可以说，河西的学者及其所传授的儒学在关陇地区具有不容忽视的影响，而且从北魏一直延续到隋唐时期。

小　结

通过对北周关陇地域民族地理文化沿革的分析，可以了解北周多民族文化相互交融的动向。关陇地区的民族虽然杂乱繁多，但在历史文化的长河中都与周边的汉文化相互交融、促进，同时汉文化也在不断地吸收少数民族文化，二者共同缔造了中国古老而灿烂的文化。由于文学植根于文化的土壤中，关陇文化必然深刻影响和制约北周本土文学的发展。同时北周宇文氏统治者具有兼容并包的文化胸怀，在处理民族文化间的问题上，一方面能坚守本民族特有的文化，另一方面还能积极吸收、借鉴外来文化，最终将多元文化很好地融合在一起，形成了北周特有的文化架构，为北周文学的发展提供了肥沃的土壤。

---

① （宋）司马光．胡三省音注．资治通鉴［M］．卷一二三．北京：中华书局，1956：3877.

第二节

北周的文化妥协策略

　　关陇地区历来是少数民族聚居之地，尤其是十六国以来更有诸多少数民族在此定居。处理好鲜卑族与汉族以及其他民族之间的关系，对北周政权来说显得尤为重要。而北周之所以能在很短的时间内恢复经济，并一跃赶上条件比自己好的北齐，最终灭掉北齐，统一北方，在很大程度上也是由于统治者的开明文化思想，对多民族文化采取通融妥协的策略。首先表现为北周政权对关陇地域的民族沟通与妥协的策略，实行关陇文化本位，即因地制宜的政策。其次也表现为北周政权对周边少数民族实行文化妥协策略，如与突厥、吐谷浑等国进行和亲和商业往来，这样在保护国家政治经济稳定的同时，也有利于民族间的文化交融。

一、对本土民族的文化妥协策略

　　北周本土民族较杂，有氐、羌、稽胡、鲜卑、汉等民族。其中除汉族外，其他少数民族的文化水平较低，虽然在十六国时期氐、羌、稽胡、鲜卑等族都或多或少吸收了汉文化，而且经过了北魏孝文帝的汉化改革，汉文化水平有所提高，但总的文化水平还是较低的。作为统治者的鲜卑族要统治比自己文化先进的汉族和其他民族，就亟需吸收先进的文化即汉文化，但这种吸收又是与其自身的文化特征及需求密切关联的。

宇文氏对汉文化的妥协政策不是继承汉代的，也不是魏晋的，而是以继承姬周的文物典制自居，从较两汉更久远的典章制度即周制中找出路。而这正应和了北周特定的文化需求。当时北周统治者刚刚占据关陇地区，面临巩固政权的问题，而最现实、最有效的措施就是依靠关陇地区的世族豪强势力，而继承姬周文物典制则是在心理和现实方面拉近关系的最好方法。因此，北周统治者对关陇地区文化尤其是汉文化的吸收，最终为北周的稳定和发展奠定了基础。具体来说，其对汉文化的妥协策略表现为以下几点：

（一）重视儒家礼制和儒学教育

北周宇文氏统治者重视儒家礼制和儒学教育，源于鲜卑族的文化传统和北魏孝文帝汉化改革的影响。北周政权的奠基者宇文泰向来对汉文化持有积极接受并坚定发展的态度。他崇尚儒术，以恢复儒家制度为志，依据《周礼》建立六官制度，并先后颁布二十四条诏令及十二条新制，核心内容为擢贤才、尽地利、倡孝廉，无不渗透着儒家文化的精神。同时宇文泰为了让更多的宇文氏家族成员接受儒家文化的熏陶，还命大儒乐逊"教授诸子，在馆六年，与诸儒分授经业"①。可以说宇文泰在思想上提倡儒家文化，为北周统一北方和富国强民打下了坚实的文化基础。当然，儒家文化能顺利传播并为北周政权的稳固打下基础，与宇文泰对关陇地区豪族的拉拢、重用也是分不开的。吴先宁认为宇文氏对关陇豪族的重用并不是因为他们的特殊身份，而是看中了他们的才能，这也正体现了宇文泰颁布"六条诏书"中"擢贤良"的政策。一方面因为关陇豪族世代受儒家文化的熏陶，有着很好的汉文化基础，另一方面则因为十六国时期北方战乱不断，关陇地区的汉族大量南迁，汉文化几乎破坏殆尽，宇文泰的重用恰好为他们保存和发扬儒家文化提供了一个很好的契机。这样，关陇豪族秉持的儒家思想便慢慢地渗透到整个北周包括鲜卑民族中间。

---

① （唐）令狐德棻.周书·乐逊传［M］.北京：中华书局，1971：814.

　　针对这个问题，我们首先可探讨对北周建国有着深刻影响的文化世家——武功苏氏家族。武功苏氏家族中以苏绰、苏亮最为知名。苏绰"少好学，博览群书，尤善算术"，①他对儒家典章制度十分熟悉，在政治、经济、文化发展方面为刚刚草创的宇文泰政权提供了不少建议，前文提到的依据《周礼》建立六官制度，以及二十四条诏令和十二条新制等，这些重大事件几乎都由苏绰亲手操办。而这一系列任务的圆满完成则使当时尚未稳定的宇文泰政权得到了大多关陇豪族的支持，改变了当时较落后的胡夷文化，进而为整个国家的发展创造了一个较好的环境。此外，在文学方面，苏绰的文采也较为出众，他的文章《佛性论》《七经论》等，文风朴实但能切中时弊。苏亮的文学才华也很出众，据《周书·苏亮传》记载："亮少通敏，博学，好属文，善章奏。初举秀才，至洛阳，遇河内常景。景深器之，退而谓人曰：'秦中才学可以抗山东者，将此人乎？'"②到长安后受到宇文泰的重用，任秘书监、侍中等职位。

　　除武功苏氏外，京兆韦、杜家族对北周统治阶级的影响也是深远的。韦氏家族中韦孝宽和韦瑱都因武功见长而受到宇文泰的重用，如韦孝宽"沉敏和正，涉猎经史。弱冠，属萧宝夤作乱关右，乃诣阙，请为军前驱。朝廷嘉之，即拜统军，随冯翊公长孙承业西征，每战有功。拜国子博士，行华阴郡事"。③韦瑱"幼聪敏，有凤成之量，闾里咸敬异之。笃志好学，兼善骑射"。④韦孝宽除武功外，才学也很出众，据记载他"虽在军中，笃意文史，政事之余，每自披阅。末年患眼，犹令学士读而听之"，⑤明帝初参麟趾殿学士。而他的哥哥韦夐才华也很出众，史载"少爱文史，留情

---

① （唐）令狐德棻.周书·苏绰传［M］.北京：中华书局，1971：381.
② （唐）令狐德棻.周书·苏亮传［M］.北京：中华书局，1971：677.
③ （唐）令狐德棻.周书·韦孝宽传［M］.北京：中华书局，1971：535.
④ （唐）令狐德棻.周书·韦瑱传［M］.北京：中华书局，1971：693.
⑤ （唐）令狐德棻.周书·韦孝宽传［M］.北京：中华书局，1971：544.

著述，手自抄录数十万言。晚年虚静，唯以体道会真为务。旧所制述，咸削其稿，故文笔多并不存"。① 可见他不仅雅好文学，而且还受到道家思想的影响。京兆杜氏家族中杜杲的才学也不低，有记载说他"学涉经史，有当世干略"②。

陇西辛氏世为陇右著姓，才学也较为突出。如辛庆之"少以文学征诣洛阳，对策第一，除秘书郎"。"志量淹和，有儒者风度，特为当时所重。又以其经明行修，令与卢诞等教授诸王。"③ 辛仲景则"好学，有雅量。其高祖钦，后赵吏部尚书、雍州刺史，子孙因家焉"。④ 辛公义"早孤，为母氏所养，亲授书传。周天和中，选良家子任太学生，以勤苦著称。武帝时，召入露门学，令受道义。每月集御前令与大儒讲论，数被嗟异，时辈慕之"⑤。

这些关陇世家豪族的加入，促进了北周文化的发展，也为北周良好社会风气的营造做好了铺垫。除此之外，宇文泰还大量任用关陇豪族作牧本州，利用他们在本地的威望来处理当地混杂的状况。例如，京兆韦氏家族的韦孝宽曾于废帝二年为雍州刺史。陇西辛氏家族中的辛威"时望既重，朝廷以桑梓荣之，迁河州刺史，本州大中正。频领二镇，颇得人和"⑥。陇西李氏的李贤也因名望较高，于大统八年授原州刺史，后由他的弟弟接任。可见关陇豪族无论是在思想文化上，还是在政治制度以及国家安全上都对北周初创时期的统治起到了不可忽视的作用。

尚需一提的是，宇文泰对当时竞为浮华的不良文风，极力加以纠正，并命苏绰作《大诰》，仿照《尚书》的体例，要求此后文笔都依从此体。这样以《大诰》作为天下文笔的依据，事实上

---

① （唐）令狐德棻.周书·韦夐传［M］.北京：中华书局，1971：546.

② （唐）令狐德棻.周书·杜杲传［M］.北京：中华书局，1971：701.

③ （唐）令狐德棻.周书·辛庆之传［M］.北京：中华书局，1971：697—698.

④ （唐）令狐德棻.周书·辛庆之传［M］.北京：中华书局，1971：700.

⑤ （唐）魏徵.隋书·辛庆之传［M］.北京：中华书局，1974：1681.

⑥ （唐）令狐德棻.周书·辛威传［M］.北京：中华书局，1971：447.

就是以实用文体写作为主，压制了纯文学的写作。但文学的发展不能因政治强制而停滞不前，它仍会依循文学本身发展的规律向前发展。这一举措虽在某种程度上阻碍了当时北周文学的自然发展，但从另一个角度也可以看出宇文泰对儒家文化的倡导，也纠正了当时的浮华文风，成为中国古文运动的先河，为唐代古文运动做了铺垫。这就是北周奠基者宇文泰对儒家文化的整体态度。

之后继位的北周统治者们都尊崇儒家思想。北周孝闵帝宇文觉曾重用乐逊"治太学博士，转治小师氏下大夫"①，规定皇族子弟凡受业于师的，都要以儒家礼仪行事，"自谯王俭以下，并束修行弟子之礼。逊以经术教授，甚有训导之方"。②可见宇文觉也是非常重视儒家思想的，并像宇文泰一样将之推广到皇族子弟中去。明帝宇文毓自身就是一位对汉文化十分敬仰的人，并且在文学上有很高的造诣。《周书·明帝纪》载：他"幼而好学，博览群书，善属文，词彩温丽"③，刚即位便"集公卿已下有文学者八十余人于麟趾殿，刊校经史。又捃采众书，自羲、农以来，讫于魏末，叙为《世谱》，凡五百卷"④，在一定程度上促进了儒家文化的发展。武帝宇文邕是北周统治者中除宇文泰外对北周政权的发展贡献最大的一位，他对儒家文化也更为推崇。他曾"集群臣及沙门、道士等……辨释三教先后，以儒教为先，道教为次，佛教为后"⑤，将儒家文化排在首位，其废佛之举，一方面是从国家统治的角度考虑，另一方面也加强了儒学的统治地位。由于当时佛教发展已达到一定的规模，"北周武帝灭佛前北周境内的僧尼人数大约已占到国家总人数的11%"⑥，佛教在人力、物力上都给当时急需扩张的北周带来

①② （唐）令狐德棻.周书·乐逊传［M］.北京：中华书局，1971：814.
③④ （唐）令狐德棻.周书·明帝纪［M］.北京：中华书局，1971：60.
⑤ （唐）令狐德棻.周书·武帝纪上［M］.北京：中华书局，1971：83.
⑥ 裴恒涛.北周武帝的文化政策论略［J］.遵义师范学院学报，2009（01）.

了压力，为巩固和发展国家政权，就必须废佛。武帝废佛并没有杀戮大量的僧侣，只是要求僧侣还俗，在毁佛的过程中更多的是将佛寺、佛像以及佛典等物质上的东西毁坏。在一定的程度上解放了劳动力，弥补了北周劳动力的不足，同样也减少了国家对僧侣寺院的财政支出，有一举两得的效果。而这一举措还为北周吞并北齐、实现北方统一奠定了经济基础。除此之外，武帝还崇尚儒家的忠、孝、信等观念，这一点从武帝和当时俘获的齐国战俘莫多娄敬显的对话中不难看出："汝有死罪三：前从并州走邺，弃母携妻妾，是不孝；外为伪主戮力，内实通启于朕，是不忠；送款之后，犹持两端，是不信。如此用怀，不死何待。"① 如果武帝不是深知儒家文化，是不可能轻松说出这番话的。此外，武帝还亲自讲授儒家经典《礼记》，据载天和元年（566）五月庚辰，武帝"御正武殿，集群臣亲讲《礼记》"②，天和三年（568）八月癸酉，武帝"御大德殿，集百寮及沙门、道士等，亲讲《礼记》"③。从中可以推知他想让更多的北周官僚及僧道信徒受到儒家文化的熏陶或提升儒家文化素养。可见武帝在巩固并发展国家政权的基础上，同时推进了儒家文化教育。宣帝宇文赟是一个荒淫残暴的皇帝，他曾并立五位皇后，此举打破刘聪"三后并立"的记录。即使这样，他还是崇尚儒家文化的，曾称赞孔子"德唯藏往，道实生知，以大圣之才，属千古之运，载弘濡业，式叙彝伦"④。随后继位的是静帝宇文阐，他七岁登基，九岁就死了，是北周最后一位皇帝。由于周静帝登基年龄尚小，又未统治政权，故在此不赘。总的来说，北周历任统治者实际上都将儒家思想贯穿于整个国家的统治方略中，也就是说倡导和发展儒家文化始终都是他们治国的根本方略。

---

① （唐）李延寿.北史［M］.北京：中华书局，1974：349.

② （唐）令狐德棻.周书·武帝纪上［M］.北京：中华书局，1971：72.

③ （唐）令狐德棻.周书·武帝纪上［M］.北京：中华书局，1971：75.

④ （唐）令狐德棻.周书·宣帝纪［M］.北京：中华书局，1971：123.

（二）重视佛道文化的发展传播

自北魏末年以来，北方少数民族统治者为争夺势力范围，爆发了多次战争，致使黄河流域战乱频起，百姓颠沛流离。当人们在现实世界找不到任何希望的时候，便从佛教中寻找精神寄托。加上统治者又重视佛教对人民的麻痹作用，大力扶植佛教，故而佛教在当时一直是兴盛的。除佛教外，道教在当时也有所发展，北周统治者在接受汉文化的过程中也接受了道教文化。

从总体上来说，北周统治者是崇佛的。北周政权的奠基人宇文泰重视佛教。宇文泰死后，宇文护拥立宇文觉为帝，也大倡佛法，明帝宇文毓在位时间虽短暂，但也极力推崇佛教，并为先皇修建佛像。周武帝宇文邕虽主张毁佛，但在初期也崇信佛法，并为太祖建造释迦像，设立佛塔。武帝时短暂的毁佛之后，到宣、静二帝时又重新兴佛，比以往更胜一筹。武帝虽主张毁佛，但他是出于政治利益考虑，并没有从思想上反对佛教，所以他在毁佛的过程中并没有像北魏太武帝那样进行大的杀戮，而只是让僧侣还俗。

另外，宇文泰、宇文护不仅推崇佛教思想，而且重用僧侣，修建了许多寺庙，甚至在佛教理论的发展过程中也做出了一定的贡献。宇文泰攻占江陵后，将南方佛教带入北方，促进南北佛教思想的相互融合。在此基础上，宇文泰命昙显撰《菩萨藏众经要》及《百二十法门》并弘扬其法。可见宇文泰对佛学理论做出了贡献。

在统治阶层极力倡导佛教的基础上，北周朝廷大臣和民众对佛教的信仰程度也很高。宇文泰重用关陇世族出身的苏绰，苏绰本身也深受佛教影响，曾著《佛性论》。范阳世族卢氏家族中，卢景裕、卢辩、卢光兄弟三人都是佛教信徒，据说卢光还曾经邀请法上到范阳讲经。

北周道教的发展繁荣，主要是在武帝时期。武帝初期是重道尊儒的，他曾重用儒、释、道三教兼通的沈重。据《周书·儒林·沈重传》记载："天和中，复于紫极殿讲三教义，朝士、儒生、桑门、道士至者二千余人。重辞义优洽，枢机明辩，凡所解释，咸为诸儒所推。" ① 另《隋书》云："建德初，武帝尚道法，尤好玄言，求学兼经史、善于谈论者为通道馆学士。" ② 建德二年，武帝又召集群臣、沙门、道士等讨论三教的次序，将道教排在儒教之后、佛教之前。对道教的态度可见一斑。而且武帝在灭佛后曾设通道观，从佛道二教中选有名望的人物一百二十人入关，称为"通道观学士"。这一举措从表面上看佛道平等，但实际上是抑佛扬道。宣帝除奉儒、佛外也信奉道教，曾建天尊像。静帝大象二年"复行佛、道二教，旧沙门、道士精诚自守者，简令入道" ③。由此可见北周统治者对待多种文化多持包容态度，能在多元文化的交融与妥协下发展本国的政治、经济、文化事业。

二、对周边民族的文化妥协策略

北周统治者出于政治上的考虑，为稳固自己的势力，竭力拉拢周边国家，与他们频繁交往，不仅有利于自身政治、经济的发展，也促进了各民族间的文化交流。北周对周边民族的策略乃是采取"和平外交"的方式，即以笼络、柔服为主，以军事打击为辅的策略。另外，在音乐、舞蹈等艺术上，西魏、北周政权都借助与西域交通的便利，得益于西域各国处颇多。

北周与当时强大的突厥、吐谷浑交往十分密切，双方互遣使者，据不完全统计，与突厥至少进行了 14 次，吐谷浑 8 次。另外还与百济、高丽、宕昌、高昌、安息、焉耆、粟特、龟兹、于阗、嚈哒、白兰等有交往。北周与这些民族的相互交往促进了文化的交流与融通。现就以北周与突厥和吐谷浑的交往为例，分析北周统治者对周边民族的文化妥协策略。

北周与突厥的政治来往，主要表现在贡献方物与和亲方面。在

---

① （唐）令狐德棻.周书·儒林·沈重传［M］.北京：中华书局，1971：810.

② （唐）魏征.隋书·长孙览附从子炽传［M］.北京：中华书局，1974：1328.

③ （唐）令狐德棻.周书·静帝纪［M］.北京：中华书局，1971：132.

我国古代，"和亲"指中原封建王朝与边疆各族统治集团结亲友好，它不仅有利于封建王朝固国安邦和加强与少数民族之间的和平友好关系，而且也促进了民族之间文化的交流与沟通。北周的和亲最具有代表性的就是武帝娶突厥可汗之女为妻，大批西域乐人随从可汗之女进入北周。如《旧唐书·音乐志》载："周武帝聘虏女为后，西域诸国来媵，于是龟兹、疏勒、安国、康国之乐大聚长安。"[①]而西域文化的传入不仅仅以音乐和舞蹈的形式，也表现在服饰、语言和生活的方方面面。这些都给北周注入了新的文化气息。

北周与吐谷浑的交往则主要以贡献方物为主。吐谷浑除与北周交往外，与北齐及南朝的交往也较为频繁。因其政治、经济中心处在青海湖一带，连结东西、南北，把控交通要道，所以吐谷浑在当时的地位颇为重要。且自慕利延远征于阗之后，吐谷浑与西域诸国的贸易往来越来越频繁，这样一来吐谷浑的文化在丝路贸易的影响下出现新的西域特色。吐谷浑与北周的交往虽有八次之多，但其关系并不融洽。北周政府曾控制益州一带，阻断吐谷浑与南朝的贸易路线，并不断吞并吐谷浑东部的领土，致使吐谷浑的丝路贸易逐渐走向衰落，因而双方冲突不断甚至愈演愈烈，最终导致了北周联合突厥攻打吐谷浑的战争。但在双方的交往甚至征战过程中，吐谷浑自身的文化以及浸染的西域文化也不断地传入了北周。

从北周统治者的文化政策可以看出，他们接触多种文化，对外来文化基本持着海纳百川的包容胸怀。也正由此，北周统辖的关陇区域才能在很短的时间内复兴文化，弥补自己的先天不足，努力赶上比自己条件优越的北齐，从而在三国鼎立的局面下取得优势，攻灭北齐，统一北方，大大拓宽了自己的势力范围。可以说北周虽历时短暂，但它在文化上的策略为促进民族融合和北方文化的发展打下了坚实的基础。

---

① （晋）刘昫.旧唐书·志第九［M］.北京：中华书局，1975：74.

结　语

　　虽然关陇地区民族成分颇为复杂，但在历史发展的过程中，这一地区的汉文化与周边的各少数民族文化能相互沟通、融合、促进。在这种文化环境中，形成了以汉文化为主导的社会氛围，关陇各民族共同为中华文化的发展贡献了力量。北周占据关陇地区后，统治者鉴于关陇地域复杂的多民族背景，不同于东魏、萧梁，推行本位文化政策，对不同民族的文化兼容并包，在实现国家政治、经济稳定的同时，促成了北周富有地域特色的多民族文化交融的现状。而文学植根于文化的土壤中，关陇文化深刻影响和制约北周本土文学的发展。另外，北周文坛以由南入北的文人王褒、庾信为代表，他们的文风趋尚华丽，影响很大，但从整个北周文化思潮的发展过程来看，推崇儒家尚用的文学观则始终是根深蒂固的，乃至影响了隋初的文化政策①，成为唐代文学复古思潮的滥觞。

---

① 《隋书》卷六十六载：隋文帝开皇四年诏："公私文翰并宜实录……文表华艳付所司治罪。"

多民族文化交流的北周著族文人考论

北周关陇地域著族是北周文化传承的主要群体，研究著族文人及其作品可以揭示北周本土文学的概貌。五胡十六国时期，北方干戈不断，务实质朴、崇尚武力成为关陇地域文化特征。著族文人的出现有力促进了北周关陇文学的繁荣，并推动整个北周文人创作走向高峰。北周宇文泰倡导务实，反对浮华，师法上古，纠正南朝的轻靡文风，强化了儒家对现实的关注，强化了北方文化特有的质朴之风。在风格上，早期因为与现存作品的政治性内容相关，所以多为军国文翰，表现质朴尚用的思想；后期则受王褒、庾信及入北的齐梁皇族萧氏文人的影响，从质朴走向华丽，为隋唐文学的繁荣奠定了深厚的文化基础。本章主要选取鲜卑宇文氏、武功苏氏、陇西辛氏等为代表的本土著族为考论对象。

第一节

著族文人的界定

关于"著族文人"的界定，陈寅恪先生在论述地域与家族之关系时说道："盖自汉代学校制度废弛，博士传授之风气止息以后，学术中心移于家族，而家族复限于地域，故魏晋南北朝之学术、宗教皆与家族、地域两点不可分离。"① 地域对文人的影响前面已有所论及，那么家族又是如何影响文人的呢？首先我们应该明白什么是"著族"？所谓"著族"，顾名思义就是"著姓家族"。"著"形声，从艸，者声。"艸"长在地面上，表示显露，本义"明显""显著""突出"。翻开魏晋南北朝史书，不乏"著姓"一说。② 如："韦叔裕，字孝宽，京兆杜陵人也，少以字行，世为三辅著姓。"③ "皇

---

① 陈寅恪.隋唐制度渊源略论稿 [M].上海：上海古籍出版社，1980：17.

② 毛汉光《两晋南北朝士族政治之研究》曰：历史书中对两晋南北朝累世官宦家族的称呼，名字极不一致：从家门显贵方面看，有人称之为高门、门户、门第、门望；从身份华贵方面来看，有人称之为膏腴、晋梁、甲族、华储、贵游；从权势方面看，有人称之为势族、族家、贵势；从家族绵延方面看，有人称之为世家、世胄、门胄、金张世族、世族；从姓氏观念看，有人称之为著姓、右姓；从家门社会地位看，有人称之为门关、关国；从家族名声方面看，有人称之为名族、高族、高门大族；若从政治、文化、社会诸方面看，有人称之为士流、士族。上例二十七个称呼，所指意义大同小异，因为所看角度不同，有了名词上的差异。

③ （唐）令狐德棻.周书 [M].北京：中华书局，1971：547.

甫璠，字景瑜，安定三水人也，世为西州著姓，后徙居京兆焉。"① "辛庆之，字庆之，陇西狄道人也，世为陇右著姓。"②"族"，从字面意思上讲，是一个假借字，原指盛箭矢的袋子，把许多支矢装在一起叫族（后来写作"簇"），也叫束。许慎《说文解字》卷七上："族，矢锋也，束之族族也。"段玉裁注："族族，聚貌。毛传云：'五十矢为束。'引伸为凡族类之称。"古人解释是凑、聚的意思。同姓子孙，生相亲爱，死相哀痛，时常聚会，所以叫族。③ 用它来命名家族，就是许多家庭聚居在一起的意思。家族有着强大的向心力，有着同一祖先，不仅在血统上而且在精神上，也聚居在一起。家族的"姓"的荣誉感重于一切。而"姓"实际上代表了"家族"，"家族"地位的高低由"姓"表露无遗。正如《新唐书》卷一九九《柳冲传》曰：过江则为侨姓，王、谢、袁、萧为大；东南则为吴姓，朱、张、顾、陆为大；山东则为郡姓，王、崔、卢、李、郑为大；关中亦号郡姓，韦、裴、柳、薛、杨、杜首之；代北则为虏姓，元、长孙、宇文、于、陆、源、窦首之。④ 由此可见家族地位之高下。

著姓家族想要广大门户，繁衍生息，必然与时代社会背景、政治权利、家族经济等有着密切的关系，而北周时期家族的传承与发展则更多依靠的是家族文化。正如钱穆先生在《略论魏晋南北朝学术文化与当时门第之关系》中所论，家族之家风、家学成为其主要特征，亦成为家族的内在精神。"（其）所期望于门第中人，上自贤父兄，下至佳子弟，不外两大要目：一则希望其能具孝友之内行，一则希望其能有经籍文史学业之修养。此两种希望，合并成为当时共同之家教。其前一项之表现，则成为家风；后一项之表现，则成为家学。"家风是一个家族的世德、门风，是高贵的血统和风雅的

① （唐）令狐德棻. 周书［M］. 北京：中华书局，1971：696.

② （唐）令狐德棻. 周书［M］. 北京：中华书局，1971：691.

③ （汉）班固. 白虎通德论・宗族［M］. 上海：上海古籍出版社，1900：62.

④ （宋）欧阳修. 新唐书・柳冲传［M］. 北京：中华书局，1982：4354.

遗传的标志，成为他们传承和守护的根本，也是激励他们慎终追远、振奋精神、以文传家，使门风不坠、宗脉永隆的动力渊源。又云："凡此皆以门第之盛与学业之盛并举。惟因其门第盛，故能有此学业之盛；亦因其学业盛，才始见其门第之盛。""在魏晋南北朝时，夸扬门第传统必兼夸其一家之学业传统。此种风气，远承东汉累世经学而有累世公卿而始有门第成立之渊源，故此后门第之人，亦多能在此方面承续不替。"① 学业之盛亦可见家学之盛。家学乃是家族世世代代相传之学业，是一个家族的文化修养。它们或以训导灌输的长期教育，或以潜移默化的熏陶影响，不但对家族后代的学术方向、知识积累发生重要作用，同时也在文学创作上对家族后代的文体选择、创作取向、作品风格产生某种影响。故陈寅恪也认为："夫士族之特点既在门风之优美不同于凡庶，而优美之门风实基于学业之因袭。故士族家世相传之学业乃与当时之政治社会有极重要之影响。"②

　　家风、家学的承袭自然而然地培养出一批家族文人。但文化家族的出现不是一蹴而就的，而是经过长时间的积累形成一支"家脉"。用罗时进先生的观点，家脉是指家族构成系统及其延伸的姻娅脉络。在古代社会中，除了家族以外，中国文化几乎没有创造出任何形式的社会集团。换句话说，所有社会团体的内在结构几乎都是以家族为基本模式的，都是对习以为常的家族结构的自然模拟。于是文人的出现也就自然而然地不是以个体的身份，而是具有群体性的特征。他们的家族本身就是书香门第的官宦大家，有让人艳羡的文学创作群体。家脉越发达，文学互动就越频繁。除了血缘关系以外，文化家族通常都会有一个纷繁复杂（如累世婚姻、连环婚姻）的姻娅脉络。关陇著族一方面注意争取鲜卑著族的支持，加强

---

① 钱穆. 略论魏晋南北朝学术文化与当时门第之关系 [J]. 香港新亚研究所. 新亚学报，1963（第五卷）.

② 陈寅恪. 隋唐政治史述论稿 [M]. 上海：上海古籍出版社. 2001: 71.

同鲜卑著族的联姻；另一方面他们通常也会选择和自己文化层次相匹的家族建立婚姻关系，形成自己的文化扩张，使家族文学集群变得相当凝合、坚固。这些家族文人就承担起这样的使命：他们作为家族文化资源的合法继承人，对家族文化尤其是对儒家典章制度不遗余力地保存、传承。他们对学术之兴衰有一种强烈的责任感，对华夏学术之薪火相传贡献最大，故可以说他们是文化之守护人。

那么哪些北周文人可以进入"文人"的行列呢？下文所考述的北周"文人"应符合以下五项条件之一：（1）见于正史艺文志，包括《隋书·经籍志》（参照姚振宗《隋书经籍志考证》、章鹏一《隋书经籍志补》）、补正史艺文志（徐崇《补南北史艺文志》）集部著录，其人有别集行世。（2）逯钦立《先秦汉魏晋南北朝诗》录有其人诗作。（3）严可均《全上古三代秦汉三国六朝文》录有其人散文赋作，又据程章灿《魏晋南北朝赋史》附录《先唐赋辑存》《先唐赋存目考》补严书之缺漏。（4）史书记载有创作才能而今留存作品极少者酌收。（5）史书未记载其有创作才能而今留存有重要作品者酌收。以上五项条件，相互补充，符合任一条件者，即认作"文人"。而依据《周书》《北史》《新唐书·宰相世系表》《元和姓纂》《通志》等史料记载，北周关陇著族则主要指宇文氏、京兆韦氏、河东柳氏、河东薛氏、武功苏氏等大家族集团。

第二节
北周著族文人考略

一　宇文氏文人

　　据载，宇文氏"出自匈奴南单于之裔。有葛乌兔为鲜卑君长，世袭大人，至普回，因猎得玉玺，自以为天授也。俗谓'天子'为'宇文'，因号宇文氏……韬三子：肱、颢、泰。泰，后周太祖文皇帝"。① 据此可知北周宇文氏家族出自鲜卑。宇文氏建立北周后，成为关陇大地显赫无比的皇族，受汉族文化影响较深，重视礼法门风。所谓大到治国，小到治家，都必须依靠礼法门风来作为行为的规范，而且明确认知只有重视礼教，才能使子孙有所成就，光耀门楣，绵延家族。因此，宇文氏虽贵为皇族，亦有其修身齐家治国平天下的家教门风。

　　宇文氏家风秉承关陇特色，推崇简约、尚武，且爱广结贤士。简约表现在：太祖宇文泰"性好朴素，不尚虚饰"②，其长子明帝宇文毓"禀生俭素"③，武帝宇文邕"身衣布袍，寝布被，无金宝之饰，诸宫殿华绮者，皆撤毁之，改为土阶数尺，不施栌栱。其雕

———————————

① （唐）魏徵.新唐书［M］.北京：中华书局，1973.

② （唐）令狐德棻.周书［M］.北京：中华书局，1971：37.

③ （唐）令狐德棻.周书［M］.北京：中华书局，1971：60.

文刻镂，锦绣篡祖，一皆禁断，后宫嫔御，不过十余人"。代王宇文达"雅好节俭，食无兼膳，侍姬不过数人，皆衣绨衣。又不营资产，国无储积"。① 这种俭约之举并不是偶然现象，武帝宇文邕曾连下两诏崇尚俭素之风，保定元年九月戊寅颁布的《婚嫁礼制诏》要求："政在节财，礼唯宁俭。"② 保定三年正月癸酉颁布《嫁娶以时诏》则说："自今已后，男年十五，女年十三已上，爰及鳏寡，所在军民，以时嫁娶，务从节俭，勿为财币稽留。"③ 可见节约俭素已成为宇文氏的家风之一，甚至还被纳入治国方略中。身处帝位，上行下效，影响深远。

尚武也是鲜卑宇文氏的家风之一。宇文泰英姿在世，雄谟冠时。虎父无犬子，宇文泰的三子宇文觉曾拜大将军，后受禅建周，君临天下；长子宇文毓曾授大将军，镇陇右；四子宇文邕很好地继承了"雄武多谋略"的特质，宇文泰曾说："成吾志者，必此儿也。"④ 宇文邕被尊为武帝，有出色的军事才华，曾拜大将军、镇同州，迁柱国，授浦州诸军事、蒲州刺史，入大司空等职务，征伐之时，宇文邕总是雷厉风行，所向披靡。喜好结交贤士也是宇文氏家族的传统。《周书·文帝纪上》载太祖宇文泰"少有大度，不事家人生业，轻财好施，以交结贤士大夫"。⑤ 宇文觉即位后颁布《举贤良诏》，可见对贤士的渴望。世宗宇文毓笃好文学，游宴之时，常命王褒、庾信等贤才之士赋诗谈论，伴其左右。至于赵王宇文招、滕王宇文逌，和王褒、庾信更是犹如布衣之交，常有唱和之作。

---

① （唐）令狐德棻.周书［M］.北京：中华书局，1971：205.

② （清）严可均校辑.全上古三代秦汉三国六朝文［M］.北京：中华书局，1958：3892.

③ （清）严可均校辑.全上古三代秦汉三国六朝文［M］.北京：中华书局，1958：3893.

④ （唐）令狐德棻.周书［M］.北京：中华书局，1971：63.

⑤ （唐）令狐德棻.周书［M］.北京：中华书局，1971：2.

而宇文氏之家学则突出表现为对儒学的推崇。宇文氏骨子里流淌着鲜卑血统，虽以军功起家，其后代却不可避免地受到时代影响，积极接受汉化，尊崇儒术，儒学自然而然亦成为其家学之一。宇文泰"崇尚儒术，明达政事"①，行《周礼》。宇文毓"性好典坟，披览圣贤余论，未曾不以此自晓"，"崇尚文儒，亹亹焉有其君子之德者矣"。② 宇文震"幼而敏达，年十岁，诵《诗经》《论语》《毛诗》。"③ 后来同宇文毓一起向儒学大师卢诞学习儒家经典《礼记》《尚书》。宇文逌"少好经史"④，宣帝宇文赟"载弘儒业，式叙彝伦"⑤。

在这样的家族环境里耳濡目染，自然不乏素养高的文人产生，据统计宇文氏现可考存文者有十一人，分别是太祖宇文泰、孝闵帝宇文觉、明帝宇文毓、武帝宇文邕、赵王宇文招、滕王宇文逌、晋公宇文护、齐王宇文宪、宣帝宇文赟、代王宇文达、宇文绎。宇文氏家族以宇文泰为核心，其中造诣最高者当属明帝宇文毓，其次是赵、滕二王。

宇文泰（507—556），字黑獭，西魏王朝的建立者和实际统治者，西魏禅周后，追尊为文王，庙号太祖，武成元年（559）追尊为文皇帝，杰出的军事家、军事改革家。《全后魏文》存宇文泰作品 11 篇，主要是书信和诏书，有《赐李远书》《答李远》《与长孙俭书》《又书》《赐郑孝穆书》《与王思政书》《与唐永书》《潼关誓》《以僧实为昭玄三藏诏》《诏公卿等议苏绰赠谥》《大统十一年春三月令》。

宇文毓（534—560），太祖长子，小名统万突，大统十四年（548）封为宁都郡公。后累迁大将军，镇陇右。闵帝被废后，立

---

① （唐）令狐德棻 . 周书［M］. 北京：中华书局，1971：37.

② （唐）令狐德棻 . 周书［M］. 北京：中华书局，1971：59.

③ （唐）令狐德棻 . 周书［M］. 北京：中华书局，1971：201.

④ （唐）令狐德棻 . 周书［M］. 北京：中华书局，1971：206.

⑤ （唐）令狐德棻 . 周书［M］. 北京：中华书局，1971：123.

毓为帝。在位四年，被宇文护毒杀，年仅二十七。《周书·明帝纪》曰："幼而好学，博览群书，善属文，词彩温丽。及即位，集公卿已下有文学者八十余人于麟趾殿，刊校经史。又捃采众书，自羲、农以来，迄于魏末，叙为《世谱》，凡五百卷云。所著文章十卷。"① 卢思道《后周兴亡论》称誉他曰："从容文雅，亦守文之良主焉。"② 明帝著有文章十卷，大多散佚，《隋书·经籍志》载有明帝集九卷。存诗3首《和王褒咏摘花》《过旧宫诗》《贻韦居士诗》收录在逯钦立辑较《先秦汉魏晋南北朝诗·北周诗》中，其中《和王褒咏摘花》诗可证《周书·王褒传》之言："褒与庾信才名最高，（明帝宇文毓）特加亲待。帝每游宴，命褒等赋诗谈论，常在左右。"③ 可推知其与王褒交情颇深，文风亦多受其影响。《全后周文》辑存其诏令、文章14篇。

赵王宇文招（？—580），宇文泰的第七子，字豆庐突。善属文，封赵国公，任大司马，晋爵为王。隋文帝迁周鼎，宇文招欲图之，大象二年（580）因为密谋泄露被害。《周书·宇文招传》曰："幼聪颖，博涉群书，好属文。学庾信体，词多轻丽……所著文章十卷，行于世。"④《隋书·经籍志》著录《赵国公集》八卷。宇文招喜好结交文人雅士，同王褒、庾信等人多有酬唱之作，有如布衣之交。庾信同他酬唱之诗就多达12首，除《奉和赵王途中五韵诗》《奉和赵王隐士诗》两首诗外，还有《奉报赵王出师在道赐诗》《和赵王送峡中军诗》《奉和赵王游仙诗》《奉和赵王美人春日诗》《奉和赵王春日诗》《奉和赵王喜雨诗》《奉和赵王西京路春旦诗》《和赵王看伎诗》《奉和赵王诗》《上益州上柱国赵王诗二首》10首。明代胡应麟在《诗薮》续编卷三一语中的："二王（赵王宇文招、滕王宇

---

① （唐）令狐德棻.周书［M］.北京：中华书局，1971：60.

② （清）严可均.全上古三代秦汉三国六朝文［M］.北京：中华书局，1958：4112.

③ （唐）令狐德棻.周书［M］.北京：中华书局，1971：201.

④ （唐）令狐德棻.周书［M］.北京：中华书局，1971：201—203.

文逌）与王褒、庾信酬答，颇有梁孝、魏文之风，北人中不多见
也。"①可见其诗风多受王褒、庾信影响。从这些诗题也可知道宇文
招是个性情中人，常以诗歌自娱，赏春、观雨、看伎、游仙、军中
之事皆可入诗。庾信撰有《赵国公集序》，可知宇文招经常写作，
生前著有不少诗文。庾信在《谢赵王示新诗启》中盛赞其诗说：
"八体六文，足惊毫翰；四始六义，实动性灵。落落词高，飘飘意
远。文异水而涌泉，笔非秋而垂露。藏之山岩，可使云雾郁起；济
之江浦，必当蛟龙绕船。"②可惜诗多不载，今《乐府诗集》仅存
《从军行》一首。

滕王宇文逌（？—580），宇文泰的第十三子，字尔固突，《周
书·宇文逌传》称他："少好经史，好属文……所著文章颇行于
世。"③武成初年封为滕国公，晋爵为王，后被隋文帝所害。宇文
逌亦是北周宗室的代表文人。庾信曾作《谢滕王集序启》赞其才
气："殿下雄才盖代，逸气横云，济北颜渊，关西孔子。譬其毫翰，
则风雨争飞；论其文采，则鱼龙百变。"④《隋书·经籍志》著录有
《滕简王集》八卷，已佚。存诗一首《至渭源诗》，序文两篇：《庾
信集序》《道教实花序》。

武帝宇文邕（543—578），宇文泰第四子，字祢罗突，在位
十八年，是南北朝著名的政治家、军事家。虽然没有诗作传世，但
也雅好文学。曾作《象经》，让王褒作注。《周书·武帝纪》："（天
和四年）五月己丑，帝制《象经》成，集百僚讲说。"⑤《周书·王
褒传》云："高祖作《象经》，令褒注之。"⑥天和元年（566）宇文

---

① （明）胡应麟.诗薮（杂编卷三），明诗话全编 [M].南京：江苏古籍出版
　　社，1977：5672.

②④ （清）严可均.全上古三代秦汉三国六朝文 [M].北京：中华书局，
　　1958：3933.

③ （唐）令狐德棻.周书 [M].北京：中华书局，1971：206.

⑤ （唐）令狐德棻.周书 [M].北京：中华书局，1971：67.

⑥ （唐）令狐德棻.周书 [M].北京：中华书局，1971：731.

邕还诏令群臣赋古诗，多写军国之事，少有装点风雅之作。建德三年（574）五月"初置太子谏议员四人，文学十人"。① 文学被他列入朝政，成为上层建筑的组成部分。《全后周文》收录其文共 64 篇，大多是诏书，其中较为著名的是《致沈重书》，以及杀宇文护后发布的《诛晋公护大赦改元诏》。

宇文护是宇文泰的侄子，从小跟随军中，深得太祖器重。《周书·晋荡公护传》载："护字萨保，太祖之兄邵惠公颢之少子。幼方正有志度，特为德皇帝所爱……太祖之入关也，护以年小不从。普泰初，自晋阳至平凉，时年十七。太祖诸子并幼，遂委护以家务，内外不严而肃。太祖常叹曰：'此儿志度类我。'"②《全后周文》收录其文 4 篇：《报母阎姬书》《遗释亡名书》《又遗释亡名书》《与赵公招书》和表 1 篇《举昙延与周弘正对论表》。宇文护的文章虽然在形式上没有多少文采，但胜在感情真挚。

宇文氏还有其他一些文人。齐王宇文宪，字毗贺突，太祖第五子。初封涪城县公。恭帝即位，进封安城郡公。孝闵受禅，授骠骑大将军、开府仪同三司。明帝即位，授大将军、总管、益州刺史，进封齐国公，位柱国，征拜雍州牧。武帝天和（566—572）中为大司马，治小冢宰，建德二年（573）进封齐王。宣帝即位，被杀，谥曰炀。《周书·齐炀王宪传》载："性通敏，有度量……少与高祖俱受诗、传，咸综机要，得其指归……齐王奇姿杰出，独牢笼于前载。"③《全后周文》录有其文两篇，分别是书信散文《与高湝书》和《上武帝表助军费》。代王宇文达，字度今突，宇文泰第十一子。写有《造释迦像记》，但文字缺失严重。宣帝宇文赟，武帝宇文邕之子，在位一年，荒淫无度，写有《歌》诗一首，收录在《北周诗》中。《全后周文》还集有其封授皇后时写的 6 篇册文和两篇敕

---

① （唐）令狐德棻.周书［M］.北京：中华书局，1971：60.

② （唐）令狐德棻.周书［M］.北京：中华书局，1971：165.

③ （唐）令狐德棻.周书［M］.北京：中华书局，1971：187.

文。宇文绎，大象（579—581）初内史上大夫，封归昌公，全《后周文》载有其《奏谏度僧法藏》。

又《周书·文帝纪下》载："魏氏之初，统国三十六，大姓九十九，后多绝灭。至是，以诸将功高者为三十六国后，次功者为九十九姓后，所统军人，亦改从其姓。"①可知一些功勋卓著的汉人得到皇帝恩赐改姓"宇文"，如北周李昶（李彪之孙），曾奔梁，后来到关中。历都官郎中、相州大中正、银青光禄大夫、太祖丞相府记事参军、中书侍郎、御史中尉、大将军仪同三司，赐姓宇文，故称"宇文内史"。庾信曾作《和宇文内史春日游山》《陪驾幸终南和宇文内史》《和宇文内史入重阳阁》诗3首，不难看出对其身份的谀美之意。《周书》卷三一八《李昶传》："时洛阳创置明堂，昶年十数岁，为《明堂赋》。虽优洽未足，而才制可观，见者咸曰有家风矣。"②《北史》卷四十《李昶传》同。程章灿《魏晋南北朝赋史》附录《先唐赋辑存》《先唐赋存目考》，中收《明堂赋》为存目。严可均编《全上古三代秦汉三国六朝文》中，录有其作《答徐陵书》。逯钦立先生编《先秦汉魏晋南北朝诗》中，辑有其作《奉和重适阳关》《陪驾幸终南山》两首。又见《初学记》《文苑英华》。现代学者吉定在《论北周作家李昶及其作品的价值》一文中称其为北周作家，对其文人身份给予充分肯定，经严谨考辨后得出结论：其一生至少著有八篇文章，包括赋1篇《明堂赋》（佚），诗5首《喜雨》（佚）、《春日游山》（佚）、《陪驾幸终南山》《入重阳阁》（佚）、《奉和重适阳关》，文2篇《荆州大乘寺》（佚）、《宜阳石像碑》（佚），书1篇《答徐陵书》。

赐姓宇文的文人还有唐瑾。他同王褒、元伟、萧㧑一起被太祖宇文泰封为文学博士，其文学造诣可见一斑。太祖宇文泰曾在《与

---

① （唐）令狐德棻.周书［M］.北京：中华书局，1971：36.

② （唐）令狐德棻.周书［M］.北京：中华书局，1971：686.

唐永书》中赞他"雍容富文雅"①，《周书·唐瑾传》载："唐瑾字附璘……性温恭，有器量，博涉经史，雅好属文……庶务草创，朝章国典，瑾并参之。迁户部尚书，进位骠骑大将军、开府仪同三司，赐姓宇文氏（更赐姓万钮于氏）……（平江陵）诸将多因虏掠，大获财物。瑾一无所取，唯得书两车，载之以归……撰《新仪》十篇，所著赋、颂、碑、诔二十余万言。"②死后赠小宗伯。《全后周文》存有其文 1 篇《华岳颂并序》，周建江在《北朝文学史》中说这是唯一一篇够得上"文学作品"的篇章。

然而据《北史·唐永传》，唐瑾本是北海平寿（今山东潍坊西南）人，祖上曾客居南朝，归魏后其父唐永任东雍州刺史，文帝宇文泰致书唐永要征召他两个儿子唐陵和唐瑾，唐瑾才出仕西魏、北周，亦非关中土著。

无论是李昶还是唐瑾，都不能算作真正意义上的宇文氏家族文人。在家族制社会里，家族是以血缘关系为纽带结合在一起的。赐姓宇文氏，只不过是为了拉拢和争取李昶和唐瑾等汉族士人，利用汉世族的势力来加强自身的力量，维持鲜卑政权而已。

二、武功苏氏文人

关于关陇望族武功苏氏，《新唐书·宰相世系表》（卷七四上）曰："苏氏出自己姓。颛顼裔孙吴回为重黎，生陆终。生樊，封于昆吾。昆吾之子封于苏。其地，邺西苏城是也……"③《元和姓纂》卷三云："苏，颛顼、祝融之后。陆终生昆吾，封苏，邺西苏城是也。苏忿生后至建，生武、嘉。十二代孙则。则次子遁。八代孙绰，周度支尚书、邳公；生威，隋左仆射、房公；生夔、季。"④从

---

① （清）严可均.全上古三代秦汉三国六朝文［M］.北京：中华书局，1958：3886.

② （唐）令狐德棻.周书［M］.北京：中华书局，1971：564—565.

③ （宋）欧阳修.新唐书［M］.北京：中华书局，1975：3147.

④ 岑仲勉撰.元和姓纂校记［M］.商务印书馆，1948：233.

中我们可知北周时期的武功苏氏为汉代苏武之后。苏洵《族谱后录上篇》记载了苏姓向各地迁徙的过程:"司寇苏公与檀伯达皆封于河,世世仕周,家于其封,故河南、河内皆有苏氏……至汉兴而苏氏始徙入秦。或曰:高祖徙天下豪杰以实关中,而苏氏迁焉。其后曰建,家于长安杜陵。武帝时为将,以击匈奴有功,封平陵侯,其后世遂家于其封……又迁为并州,有功于其人,其子孙遂家于赵郡……故眉之苏,皆宗益州长史味道。赵郡之苏,皆宗并州刺史章。扶风之苏,皆宗平陵侯建。河南、河内之苏,皆宗司寇忿生。而凡苏氏皆宗昆吾樊。"[①] 北周武功苏氏即是扶风武功之人。

《周书·苏绰传》载:"苏绰,字令绰,武功人,魏侍中则之九世孙也,累世二千石……拜大行台左丞,参典机密……魏故度支尚书、美阳伯。"[②] 死后被追封为邳国公,邑两千户。其父协,为武功郡守。从兄让为汾州刺史。儿子苏威,袭爵美阳伯,拜车骑大将军、仪同三司,进爵怀道县公,迁御伯下大夫,开府仪同大将军。兄弟苏椿,是位武将。从兄苏亮,"字景顺,武功人也。祖权,魏中书侍郎、玉门郡守。父祐,泰山郡守……累迁镇军将军、光禄大夫、散骑常侍、岐州大中正……名重于时,起家为黄门侍郎"。[③] 苏亮的弟弟苏湛,领侍御史,加员外散骑侍郎,死后赠散骑常侍、镇西将军、雍州刺史。《魏书·韦阆传》对苏湛事迹有记载:"又有武功苏湛,字景携,魏侍中则之后也。晋乱,避地河右。世祖平凉州,还乡里。父拥,字天祐,秦州抚军府司马。湛少有器行,颇涉群书。"[④] "湛弟让……初为本州主簿,稍迁别驾、武都郡守、镇远将军、金紫光禄大夫。及太祖为丞相,引为府属……"[⑤] 苏氏不仅自身权势显赫,而且积极同当朝权贵或地方豪族结为姻亲。魏晋南北朝时期极重门第,婚嫁亦不例外。苏威娶晋公宇文护之女兴阳公

① 苏洵. 嘉祐集笺注 [M]. 上海:上海古籍出版社,1993:378.
② (唐)令狐德棻. 周书 [M]. 北京:中华书局,1971:381—396.
③⑤ (唐)令狐德棻. 周书 [M]. 北京:中华书局,1971:677—678.
④ (北齐)魏收. 魏书·韦阆传 [M]. 北京:中华书局,1974:681.

主为妻，宇文护"地实宗亲"，①深得太祖赏识。高门大户之间相互联姻，其目的在于利用"婚姻"这一法宝来保持其在社会上的特殊地位，防止门第降低，从而使其家族更好地绵延。另一方面，出自大家的子女，受其家族潜移默化的影响，文化涵养和礼仪风范自然不会差，从而能和其显赫家族身份相匹配，让家族文化得以更好的延续。

苏氏家族中以苏绰、苏亮最为显著。苏绰，多致力经世之学，尤善算术，"始制文案程式，朱出墨入，即计账、户籍之法"。②他在文学上也有所建树，著有《佛性论》《七经论》，并行于世。西魏北周时期佛教盛行，苏绰撰《佛性论》，可知他对佛性问题有过探讨和研究，应该也是信佛之人。苏绰依照《周礼》为太祖制定六条诏书，以《尚书》为准，草拟古质的《大诰》。苏绰的文学态度非常保守，人所共识。

《周书·苏亮传》载："亮少通敏，博学，好属文，善章奏。初举秀才，至洛阳，遇河内常景。景深器之，退而谓人曰：'秦中才学可以抗山东者，将此人乎？'"③从中可知苏亮才学甚佳，能代表关陇地区同人才辈出的山东文士抗衡。苏亮曾在萧宝夤幕下从事，宝夤对他十分重视，凡文檄谋议都委托于他。萧宝夤谋逆失败后，跟随者都受到牵连，只有苏亮得以保全。苏亮得到很多权势之人重视，在长孙稚、尔朱天光西征时，专典文翰；后成为魏文帝的心腹，领著作，修国史。宇文泰时有重要的谋议，苏亮必定在场。苏亮学富五车，善于机辩，谈笑风生，"记人之善，忘人之过。荐达后进，常如弗及"④。凭借自己的人格魅力和处世之道，不断高迁。苏亮才气远在苏绰之上，《周书》本传认为"亮少与从弟绰俱知名。

---

① （清）严可均.全上古三代秦汉三国六朝文［M］.北京：中华书局，1958：3892.
② （唐）令狐德棻.周书［M］.北京：中华书局，1971：382.
③ （唐）令狐德棻.周书［M］.北京：中华书局，1971：677.
④ （唐）令狐德棻.周书［M］.北京：中华书局，1971：678.

然绰文章少不逮亮，至于经画进趣，亮又减之。故世称二苏焉……（亮）所著文笔数十篇，颇行于世。"① 然而苏亮作品现已不传，甚为可惜。

苏亮的弟弟苏湛，"少有志行，与亮俱著名西土。年二十余，举秀才"②。苏亮一门两秀才，又有苏亮、苏绰"二苏"在外，可见苏家是一个文化很高的家族。

三、京兆韦氏文人

北周关陇地区除了地位至尊的皇族宇文氏、望族武功苏氏，还有许多古老的关中旧族。他们地位显赫，声望在外，就其家风而言，都尊崇俭素，孝悌友爱，忠君爱国；在家学上都以儒学为主，笃好文学，有的还注重经世致用之学，这些都与北周的时代风气和地域熏习不无关系。在这样的家族环境成长起来的文人，自然在文化学术上受到不少熏陶，颇有建树。京兆韦氏即是关中旧族之一。

韦孝宽，"京兆杜陵人，少以字行，世为三辅著姓"。③ 韦孝宽出自京兆韦氏，也称杜陵韦氏，汉代韦贤任丞相以后，世为"三辅著姓"。韦孝宽娶侍中杨侃之女为妻，杨氏从东汉杨震开始就是高门大族。韦孝宽在北魏、西魏、北周历任要职，不断高迁。西魏大统（535—551）中授弘农郡守兼左丞，以大将军行宜阳郡事，迁南兖州刺史，进爵为侯，转晋州刺史，镇玉壁，兼摄南汾州事，进大都督，授骠骑大将军、开府仪同三司，进爵建忠郡公。废帝时拜雍州刺史。恭帝初以大将军平江陵，封穰县公，还拜尚书右仆射，赐姓宇文氏，复镇玉壁。孝闵受禅，拜小司徒。明帝初参麟趾殿学士。武帝保定（561—565）初于玉壁置勋州，授勋州刺史，进柱国。天和（566—572）中进郧国公。建德（572—578）中拜大司空，出为延州总管，进上柱国。静帝大象（579—581）初除徐州总

---

①② （唐）令狐德棻．周书［M］．北京：中华书局，1971：678.

③ （唐）令狐德棻．周书［M］．北京：中华书局，1971：535.

管行军元帅。

韦孝宽虽以军功闻名，但在文学方面也有所喜好。《周书》本传说他"涉猎经史"，"参麟趾殿学士，考校图籍"，"虽在军中，笃意文史，政事之余，每自披阅。末年患眼，犹令学士读而听之。"①《全后周文》录有其文两篇，为《上武帝疏陈平齐三策》和《手题募格书背》。

韦孝宽之兄韦夏，《全后周文》卷六录有其《戒子世康等》。明帝宇文毓诗中称其为韦居士，原诗见《周书·韦夏传》，夏有答诗，本传未载。十岁就通《老子》《周易》的处士周弘正赠诗说他"德星犹未动，真车讵肯来"。②韦夏对儒、释、道三教皆有见识，曾和武帝一起辩别三教的高低，著有《三教序》，认为"三教虽殊，同归于善，其迹似有深浅，其致理殆无等级"。③《周书》说他"少爱文史，留情著述，手自抄录数十万言。晚年虚静，唯以体道会真为务。旧所制述，咸削其稿，故文笔多并不存"，并说其"雅好名义，虚襟善诱"④。同处玄、梁旷皆为放逸之友。当时薛裕仰慕其恬静放逸，屡载酒肴迎候，同他谈宴终日。韦夏后来把孙女许配给了薛裕。薛裕曾盛赞韦夏："大丈夫当圣明之运，而无灼然文物之用，为世所知，虽复栖栖遑遑，徒为劳苦耳。至如韦居士，退不丘壑，进不市朝，怡然守道，荣辱不及，何其乐也。"⑤可见他十分钦羡韦夏的人生境界，自己也常受感染。

韦氏现存《上武帝疏陈平齐三策》《手题募格书背》和《戒子世康》等，见诸史籍者还有《三教序》，今不存。

四、关中薛氏文人

薛裕出自关中郡姓薛氏，是魏雍州刺史、汾阴侯辨的六世孙，

---

① （唐）令狐德棻.周书［M］.北京：中华书局，1971：533，544.
②③ （唐）令狐德棻.周书［M］.北京：中华书局，1971：545.
④ （唐）令狐德棻.周书［M］.北京：中华书局，1971：546.
⑤ （唐）令狐德棻.周书［M］.北京：中华书局，1971：622—623.

世为著姓。薛裕"少以孝悌闻于州里。初为太学生，时黉中多是贵游，好学者少，唯裕耽玩不倦……遇疾而卒，时年四十一。文章之士诔之者数人。太祖伤惜之，赠洛州刺史"。① 其妻为韦夏的孙女。哥哥薛端，和他一样励精笃学，不交人事。薛端性格强直，不避权贵，为官正直。《启安定公》是薛端为国家选用官吏时践行的标准。《全后周文》有所收录。

薛慎"好学，能属文，善草书……有文集，颇为世所传"。② 慎年少时便与专精好学、雅好文学的裴叔逸、柳虬、卢柔、李粲等友善，与李璨、李伯良、辛韶、苏衡、夏侯裕、梁旷、梁礼、长孙璋、裴举、薛同、郑朝等 12 人为宇文泰侍读。宇文泰于行台省置学，取丞郎及府佐德行明敏者为学生，晨令其整理公务，晚讲习经史，先六经，后子史；又在诸生中选取德行淳懿者充侍读，薛慎亦在其列，可见其不仅学识渊博，德行也为人称颂。本传载："以慎为学师，以知诸生课业……又命慎等十二人兼学佛义，使内外俱通……数年，复以慎为宜都公侍读……转礼部郎中。六官建，拜膳部下大夫……孝闵帝践阼，除御正下大夫……封淮南县子，邑八百户。历师氏、御伯中大夫。保定初，出为湖州刺史……乃集诸豪帅具宣朝旨……一年之间，翕然从化……寻入为蕃部中大夫。以疾去职，卒于家。"③

同族的薛憕，"早丧父，家贫，躬耕以养祖母，有暇则览文籍……不交人物，终日读书，手自抄略，将二百卷"。④ 泰普中，拜给事中，加伏波将军。周太祖平定侯莫陈悦，引憕为纪事参军。魏孝武西迁，授征虏将军、中散大夫，封夏阳县男。魏文帝即位，拜中书侍郎，加安东将军，进爵为伯。大统四年（538），宣光、清徽殿初成时，憕为之作颂。魏文帝造两敧器置于清徽殿前，憕又分

---

① （唐）令狐德棻.周书［M］.北京：中华书局，1971：622.

②③ （唐）令狐德棻.周书［M］.北京：中华书局，1971：624—626.

④ （唐）令狐德棻.周书［M］.北京：中华书局，1971：683.

别为其作颂。可惜颂文没有流传下来。

薛寘，幼览篇籍，好属文，领著作郎，修国史。寻拜中书侍郎，修起居注。《周书》本传又载："时前中书监卢柔，学业优深，文藻华瞻，而寘与之方驾，故世号曰卢薛焉……所著文笔二十余卷，行于世，又撰《西京记》三卷，引据该洽，世称其博闻焉。"①

《北史》卷三十六论曰："端以谦直见知……寘、憕并学称该博，文擅雕龙，或挥翰凤池，或著书麟阁，咸居禄位，各逞琳琅。拟彼徐、陈，惭后生之可畏；论其任遇，实当时之良选也。"②从中可知薛氏称北周关陇地区的文学著族是当之无愧的，其家族文人辈出，为世所钦羡，但存世作品仅有薛端的《启安定公》。

五、狄道辛氏文人

《新唐书》卷七十三《宰相世系表》载："辛氏出自姒姓，夏后氏启封支子于莘。'莘''辛'声相近，遂为辛氏。周太史辛甲为文王臣，封于长子。秦有将军辛胜，家于中山苦陉。曾孙蒲，汉初以豪族徙陇西狄道。曾孙柔，字长汜，光禄大夫、右扶风都尉、冯翊太守。四子：临、众、武贤、登翁。武贤，破羌将军。生庆忌，左将军、光禄大夫、常乐公。生子产，豫章太守。曾孙茂，后汉成义将军，酒泉太守、侍中……"③。郑樵《通志》卷三十《氏族志》六载："辛氏有三，莘氏讹为辛。又计然本姓辛。又周有项亶，赐姓辛氏。"④同卷《改氏》第二又谓："项氏，后周赐辛氏"，"辛氏改为计氏"⑤。可知辛氏在北周时有较大变动，因此本文所涉及的是文

---

① （唐）令狐德棻. 周书［M］. 北京：中华书局，1971：685.

② （唐）李延寿. 北史［M］. 北京：中华书局，1974：1364.

③ （宋）欧阳修，宋祁撰. 新唐书·宰相世系表三上［M］. 北京：中华书局，1975：2879—2880.

④ （宋）郑樵撰. 通志·氏族略第六·同名异实第一［M］. 北京：中华书局，1987：481.

⑤ （宋）郑樵撰. 通志·氏族略第六·改氏第二［M］. 北京：中华书局，1987：482.

献上明确记为"陇西人"的辛氏。

陇西辛氏，为陇右著姓，世载冠冕。《汉书·辛庆忌传》载："（忌）为国虎臣，遭世承平，匈奴、西域亲附，敬其威信……长子通为护羌校尉，中子遵函谷关都尉，少子茂水衡都尉，出为郡守，皆有将帅之风。宗族支属二千石者十余人。"① 可见辛氏一门在汉时之盛。

到北周时期，辛氏家族更加兴盛，这和他们在学术上的不断努力、家族文化的延续不无关系。

辛庆之，陇西狄道人，有儒者风度。《周书·辛庆之传》载："辛庆之字庆之，陇西狄道人也。世为陇右著姓……庆之少以文学征诣洛阳……量淹和，有儒者风度，特为当时所重。又以其经明行修，令与卢诞等教授诸王。"② 辛庆之年少便以文学出名，儒学造诣颇高，但没有作品传世。其族子辛昂，"年数岁，便有成人志行"③，历任行台郎中，加镇远将军，封襄城县男，邑二百户，转丞相府田曹参军，后表为渠州刺史，俄转通州刺史，以化洽华夷，进骠骑大将军，开府仪同三司。

辛昂的族人辛仲景，好学，有雅量。其高祖钦，后赵吏部尚书、雍州刺史。父欢，魏陇州刺史、宋阳公。"仲景年十八，举文学，对策高第。拜司空府主簿，迁员外散骑侍郎。建德中，位至内史下大夫、开府仪同三司。"④

辛彦之也是陇西狄道人，以经学闻名。《北史·辛彦之传》载："陇西狄道人也。祖世叙，魏凉州刺史。父灵补，周渭州刺史。彦之九岁而孤，不交非类。博涉经史，与天水牛弘同志好学。后入关，遂家京兆。周文见而器之，引为中外府礼曹，赐以衣马珠玉。时国家草创，朝贵多出武人，修定仪注，唯彦之而已。寻拜中书侍

---

① （汉）班固撰．汉书·卷六十九［M］．北京：中华书局，1962：2997．
② （唐）令狐德棻．周书［M］．北京：中华书局，1971：697．
③④ （唐）令狐德棻．周书［M］．北京：中华书局，1971：698．

郎。及周闵帝受禅，彦之与小宗伯卢辩专掌仪制。历典祀、太祝、乐部、御正四曹大夫，开府仪同三司，封五原郡公。宣帝即位，拜小宗伯。时帝立五皇后，彦之切谏，由是忤旨，免官。……彦之撰《坟典》一部、《六官》一部、《祝文》一部、《礼要》一部、《新礼》一部、《五经异义》一部，并行于世。子孝舒、仲龛，并早有令誉。"① 据此可知，辛彦之学富五车，无论是北周皇室，还是隋一代都对他赏识有加，十分器重。他同大学者牛弘志同道合，爱好学习。时有吴兴人沈重博学多智，与他辩论学问，自愧不如，可见其学问之渊博。可惜其作品均佚，不能一睹其文采。

辛公义，陇西狄道人。祖徽，魏徐州刺史。父季庆，青州刺史。《北史·辛公义传》云："公义早孤，为母氏所养，亲授书传。周天和中，选良家子任太学生。武帝时，召入露门学，令受道义，每月集御前，令与大儒讲论。上数嗟异，时辈慕之。"②

陇西辛氏还有一位才学显著者不得不提，即辛德源，陇西狄道人，祖辛穆，父辛子馥。《北史·辛德源传》载："德源沈静好学，十四解属文，及长，博览书记。"③ 北齐尚书仆射杨遵彦、殿中尚书辛术都是当时名士，见到德源后，都很谦虚，对他非常尊敬，并推荐给文宣帝。德源初任奉朝请，后兼员外散骑侍郎，任聘问梁朝的副使。后又做过冯翊王、华山王的记室。中书侍郎刘逖曾上表举荐德源，称赞他的文风华美艳丽、格调清雅，确实是"后进之辞人，当今之雅器"④。德源后又拜员外散骑侍郎，升任比部郎中，兼通直散骑常侍，几经迁转，任中书舍人。北齐被灭掉后，德源在北周做宣纳上士。他因有急事到相州（今河南安阳南）去，恰逢尉迟迥叛乱，要他做中郎，他推辞不掉便逃走了。杨坚登基后，德源很久都没有被起用，便在林虑山（今河南林县西）隐居，郁郁不得志，

---

① （唐）李延寿. 北史［M］. 北京：中华书局，1974：2752—2753.
② （唐）李延寿. 北史［M］. 北京：中华书局，1974：2884.
③④ （唐）李延寿. 北史［M］. 北京：中华书局，1974：1824.

作《幽居赋》来寄托自己的情感。辛德源私下结交朝廷命官，朝廷恐怕其有奸计，令德源从军讨伐南宁，一年多后才返回。秘书监牛弘认为德源才学兼备，便上奏皇帝，让他与著作郎王劭一同修订国史。

辛德源一生经历东魏、北齐、北周、隋四个朝代的嬗递和政治动荡，早期位望通显，后期则偃蹇栖惶。但因其"才学显著"，加上志同道合的朋友如杨愔、辛术、刘逖、牛弘、杨秀等人的援引举荐，始终与上层文士保持密切联系，并参与北齐、周、隋朝不少重要的学术活动，从而进一步提升了狄道辛氏的地位和声望。如北齐后主武平三年（572）待诏文林馆，以前通直散骑侍郎的身份参与编撰北齐《修文殿御览》；在周朝，被授宣纳上士，此职位通常都是专章文翰的侍中职位。据《北齐书》卷四二《阳休之传》等记载，周武帝灭齐（577），诏征阳休之、卢思道、颜之推、李德林、薛道衡等十八名北齐最著名的文士"随驾后赴长安"①，辛德源即其中之一。据《续高僧传》卷二《隋东都上林园翻经馆沙门释彦琮传》记载，在周宣帝时期同释彦琮等人有着"文外玄友"之交；隋文帝开皇三年（583）以后十二年之前，与王劭同修国史，并与魏澹、颜之推等人重修《魏书》。辛德源的学术活动还不止这些，如在北齐时与邢邵赋诗、与卢思道作联句对，开皇初年与刘臻等八人同宿陆法言家，与主人陆爽探讨音韵等。

辛德源一生著述颇丰，《北史》卷五十载：注《春秋三传》三十卷，注《扬子法言》二十三卷。有集二十卷，又撰《政训》《内训》各二十卷。《隋书·经籍志四》著录"蜀王府记室《辛德源集》三十卷"，子部杂家类有《正训》《内训》各二十卷，今俱散佚。宋代袁说友等编《成都文类》卷三十六收录辛德源撰《至真观记》；该碑文赵明诚《金石录》卷三著录，亦题辛德源撰；龙显昭、黄海德主编《巴蜀道教碑文集》确定该文为辛德源佚

---

① （唐）李百药. 北齐书［**M**］. 北京：中华书局，1972：563—564.

作。清代严可均辑《全隋文》录有辛德源文三篇：《幽居赋》原文已佚，仅据《隋书》本传存目；以及《姜肱赞》《东晋庾统朱明张臣尉三人赞》。其诗作被现代学者逯钦立收录在《先秦汉魏晋南北朝诗·隋诗》卷二中，共九首，分别为《短歌行》《白马篇》《霹雳引》《猗兰操》《成连》《芙蓉花》《浮游花》《东飞伯劳歌》《星名》。此外，还有根据《三国典略》《谈薮》的记载辑录的若干残句。

陇西辛氏另一位在北周很有名气的人当属辛威。辛威死后，庾信为其撰神道碑，对其家族地位给予充分肯定："陇右贵臣，河西鼎族，公侯踵武，岳牧连镳，并得声振长榆，名雄高柳。"①《周书》卷二十七载："辛威，陇西人。"后因战功不断晋升。史言其"威性持重，有威严，历官数十年，未尝有过，故得以身名终。兼其家门友义，五世同居，世以此称之"。②此卷史臣曰："韦、辛、皇甫之徒，并关右之旧族也。或纤组登朝，获当官之誉；或张旃出境，有专对之才。既茂国猷，克隆家业，美矣夫！"③寥寥数语，可见其家族地位之高。虽然其历经四代，但是其家族一直扎根于陇西地区，故学术源流相当纯正。家族中以辛德源存世作品最多。

六、河东柳氏文人

关陇地区的著族文人中还有柳庆、柳虬兄弟，出自河东柳氏。五世祖恭，仕后赵，为河东郡守。后以秦、赵丧乱，乃率民南徙，居于汝、颍之间，故世任江表。祖缙，宋同州别驾，宋安郡守。父僧习，齐奉朝请。魏景明中，与豫州刺史裴叔业据州归魏。柳庆、柳虬随父从东入关，入关较早。

---

① （清）严可均.全上古三代秦汉三国六朝文［M］.北京：中华书局，1958：3955.

② （唐）令狐德棻.周书［M］.北京：中华书局，1971：448.

③ （唐）令狐德棻.周书［M］.北京：中华书局，1971：704.

柳庆"幼聪敏，有器量。博涉群书，不治章句。好饮酒，闲于占对"①。僧习欲考察柳庆之聪敏，令其自杂赋集中任意抽取一篇千余言的赋文，柳庆仅读三遍即可背诵，一字不差。柳虬，柳庆之兄，"年十三，便专精好学。时贵游子弟就学者，并车服华盛，唯虬不事容饰。遍受《五经》，略通大义，兼博涉子史，雅好属文"。②曾任秘书臣、中书侍郎，修起居注，撰《文质论》。本传曰"有文章数十篇行于世"。③《全后周文》录文两篇：《为父具答权贵书草》《作匿名书多榜官门》。

据《周书·柳庆传》载：北雍州献白鹿时，群臣想作贺表，"尚书苏绰谓（柳）庆曰：'近代以来，文章华靡，逮于江左，弥复轻薄。洛阳后进，祖述不已。相公柄民轨物，君职典文房，宜制此表，以革前弊。'"④苏绰作《大诰》；想改变魏晋以来的华丽文风，要柳庆以典正的文风写贺表，"庆操笔立成，辞兼文质。绰读而笑曰：'枳橘犹自可移，况才子也。'"从中可知柳庆文风深受苏绰《大诰》的影响。苏绰制诰体文章，在文风上倡复古主义，虽与当时政治需求相吻合，是特定时代的产物，但于文学发展规律是一种反动，故而行不通，受到时人的批评。《北史·文苑传》载："然绰之建言，务存质朴，遂糠秕魏晋，宪章虞夏，虽属辞有师古之美，矫枉非适时之用，故莫能常行焉。"⑤这一点和柳庆的兄长柳虬颇有共识，"时人论文体者，有古今之异。虬又以为时有今古，非文有今古，乃为《文质论》"。⑥柳虬要求文章有精神，并非文章有今古之分，是时代有古今之别，不应一味讨论文的形式，文章的精神不是某种文体所能规定的，这是进步的文学观。所以苏绰诰体文章

---

① （唐）令狐德棻.周书［M］.北京：中华书局，1971：369.
② （唐）令狐德棻.周书［M］.北京：中华书局，1971：680.
③ （唐）令狐德棻.周书［M］.北京：中华书局，1971：682.
④ （唐）令狐德棻.周书［M］.北京：中华书局，1971：370.
⑤ （唐）李延寿.北史［M］.北京：中华书局，1974：2781.
⑥ （唐）令狐德棻.周书［M］.北京：中华书局，1971：681.

并未得到文人们的普遍认可，北周文风还是沿着渐趋华丽的轨迹发展。柳虬的文学批评是有代表性的，抵制文章形式的复古具有重要意义。但其文多不载，《周书》本传中只记载了他写的《以史官密书善恶疏》。

柳氏家族中，柳弘亦是文人，柳弘是柳庆的儿子，字匡道。《周书》本传载："博涉群书，辞彩雅赡……（死后）杨素诔之曰：'山阳王弼，风流长逝。颍川荀粲，零落无时。修竹夹池，永绝梁园之赋；长杨映沼，无复洛川之文。'其为士友所痛惜如此。有文集行于世。"① 柳弘词采俱佳，擅长写赋。同华阴杨素是莫逆之交，然不幸早逝，让朋友痛惜，感叹文坛痛失一位英才。

七、其他文人

《北史·文苑传》云："周氏创业，运属陵夷，纂遗文于既丧，聘奇士如弗及。是以苏亮、苏绰、卢柔、唐瑾、元伟、李昶之徒，咸奋鳞翼，自致青紫。"② 讲到北周文人，除王褒、庾信外，突出的人物有苏亮、苏绰、卢柔、唐瑾、元伟、李昶六人。苏亮、苏绰、唐瑾、李昶前面已有介绍，故不再赘述。

元伟，太祖宇文泰时任文学博士，其文学造诣被当世所推重。据《周书·元伟传》载："伟少好学，有文雅……孝闵帝践祚，除晋公护府司录。世宗初，拜师氏中大夫，受诏于麟趾殿刊正经籍……伟性温柔，好虚静。居家不治生业，笃学爱文，政事之暇，未尝弃书……初自邺还也，庾信赠其诗曰：'虢亡垂棘反，齐平宝鼎归。'其为辞人所重如此。后以疾卒。"③《北史·武成皇后胡氏传》："周使元伟来聘，作《述行赋》，叙郑庄公克段而迁姜氏，文虽不工，当时深以为愧。"④ 参看《北史》《周书》本

---

① （唐）令狐德棻.周书［M］.北京：中华书局，1971：373.
② （唐）李延寿.北史［M］.北京：中华书局，1974：2781.
③ （唐）令狐德棻.周书［M］.北京：中华书局，1971：688—689.
④ （唐）李延寿.北史［M］.北京：中华书局，1974：523.

传。程章灿《魏晋南北朝赋史》附录《先唐赋辑存》《先唐赋存目考》中称在《北史·后妃传下》中曾记载元伟著有《述行赋》，今佚。

元伟在北周文人身份显著，据《魏书·高祖纪》，后魏皇室本姓拓跋，至孝文帝更为元氏。《新唐书·宰相世系表》卷七五下："元氏出自拓拔氏。黄帝生昌意，昌意少子悃，居北，十一世为鲜卑君长。平文皇帝郁律二子：什翼犍、乌孤。什翼犍，昭成皇帝也，始号代王。至道武皇帝改号魏，至孝文帝更为元氏。"① 元伟，魏昭成之后。曾祖忠，尚书左仆射，城阳王。祖盛，通直散骑常侍，城阳公。父顺，以左卫将军从魏孝武西迁，封淮阳王。元伟作为北魏宗室，家族显赫。原居洛阳，后西迁到关中。《周书·卢柔传》载："卢柔字子刚……性聪敏，好学，未弱冠，解属文，但口吃不能持论。"他娶司徒、临淮王彧的女儿为妻，"除从事中郎，与苏绰对掌机密……迁司农少卿，转郎，兼著作，撰起居注。后拜黄门侍郎。文帝知其贫，解衣赐之……孝闵帝践阼，拜小内史，进位开府。卒于位。所作诗颂碑铭檄表启行于世者数十篇。"② 卢柔出自士族大家范阳卢氏，本是范阳涿县人，从贺拔岳胜于荆州，曾奔梁，后归关中。

活跃在北周的卢氏一族中，卢辩、卢诞、卢光以儒学显。《周书·儒林传》对他们的事迹有所记载，然而他们均生长在河朔地区，只是后来因为政治原因才入关，其文学源流不在关陇地区。

在北周文坛上，有一批人扮演着举足轻重的角色，不可不提。

《周书》单独列传的王褒、庾信和宗懔、萧㧑、萧圆肃、萧大

---

① （宋）欧阳修，宋祁撰. 新唐书·宰相世系表五下［M］. 北京：中华书局，1975：3401.

② （唐）令狐德棻. 周书［M］. 北京：中华书局，1971：562—563.

圆、刘璠、沈重等人，都是大家之后，且文人身份毋庸置疑。《隋书·经籍志》著录的北周时代的文集不多，除了《明帝集》九卷、《赵王集》八卷、《滕简王集》八卷和《释亡名集》十卷外，只剩下《宗懔集》《王褒集》《萧㧑集》和《庾信集》了。沈重著有《周礼义》《仪礼义》《毛诗义》等；《隋书·经籍志》著录他的《毛诗义疏》二十八卷、《周官礼仪疏》四十卷和《礼记义疏》四十卷，均佚；清代马国翰《玉函山房辑佚书》有辑本。萧圆肃有文集十卷、《文海》四十卷（《隋书·经籍志》注云《文海》五十卷）、《广堪》四十卷、《淮海杂乱志》四卷，均佚。萧大圆撰有《梁旧事》三十卷、《寓记》三卷、《士丧仪注》五卷、《要觉》两卷及文集二十卷，均佚。逯钦立辑校《先秦汉魏晋南北朝诗·北周诗卷》中收录王褒诗30首、乐府18首，庾信诗32首、乐府12首，宗懔诗《和岁首寒望诗》《早春诗》《春望诗》《麟趾殿咏新井诗》4首，萧㧑诗《孀妇吟》《日出行》《劳歌》《和梁武陵王遥望道馆诗》《山连山诗》5首。清代严可均辑校《全后周文》收录王褒文23篇，庾信文154篇（其中赋8篇），萧㧑表1篇（《请归养表》），刘璠文1篇（《白头吟》），赋1篇（《雪赋》）。但他们皆是南方人士，随梁元帝迁都江陵，到江陵陷落，他们由梁入周。因为西魏、北周是当时对梁作战的主要一方，周攻陷江陵并扶植了后梁政权。他们为当时北方人所熟悉和仰慕，如庾信出使东魏，"文章辞令，盛为邺下所称"（《周书》本传），周武帝宇文邕《致梁沈重书》等都表现了对南方知名文人的仰慕。由于当时的政治军事形势，西魏、北周接纳了绝大部分来投奔南朝的文人。这些南人的文学实践，虽说已经带有强烈的北地风格，但其文学技巧却是在南方形成，含有南朝文人的特质，故不能将他们列入关陇地区著族文人的行列。

为了一目了然，下面将北周关陇地区著族文人及著述情况列表并略加分析：

著族	姓名	文人情况	出处	作品情况
鲜卑宇文氏	文帝 宇文泰 （507—556）	雄武多略。	《周书》 卷一 《文帝纪》	书信散文 7 篇：《赐李远书》《答李远》《与长孙俭书》《又书》《赐郑孝穆书》《与王思政书》《与唐永书》；诏 2 篇：《吕僧实为昭云三藏诏》《诏公卿等议苏绰赠谥》；令 1 篇：《大统十一年春三月令》；其他《谨关誓》
	孝闵帝 宇文觉 （542—547）	博访贤才，助己为治。	《周书》 卷三 《孝闵帝纪》	5 篇诏：《封功臣诏》《诛赵贵诏》《祠圆丘诏》《降罪诏》《举贤良诏》
	明帝 宇文毓 （534—560）	幼而好学，博览群书，善属文，词采温丽。及即位，集公卿已下有文学者八十余人于麟趾殿，勘校经史。又捃采众书，自羲、农以来，讫于魏末。所著文章十卷。叙为《世谱》，凡五百卷。	《周书》 卷四 《明帝纪》	10 篇诏：《放远还配诏》《放免抄掠诏》《已称京兆诏》《三足为见大赦诏》《造周历诏》《推究前诏》《霖雨求言诏》《赠素菜先诏》《修起丰诏》《大渐诏》；3 首诗：《和王褒咏摘花》《过旧宫诗》《居士诗》；敕 1 篇：《敕姑臧》
	武帝 宇文邕 （543—578）	幼而孝敬，聪敏有器质，沉毅有智谋。	《周书》 卷六 《武帝纪》	14 篇诏：《颁六官诏》《拔授官诏》《减削御供诏》《报于谨诏》《封萧大圜诏》《改事依月令诏》《于谨为三老诏》《幸李贤宅第诏》《命晋公护东征诏》《止迟速委公处诏》《青子入学诏》《举孝行诏》《赐晋公护大赦元诏》《诛宇文重书》《与傅书》；书信散文 2 篇：《致秦沈直书》；制书 1 篇：《宣慰谕李德林》；策 1 篇：《赐杨素竹策》；与佛教有关 2 篇：《叙废立义》《二教钟铭》

续表

著族	姓名	文人情况	出处	作品情况
鲜卑宇文氏	赵王 字文招 （？—580）	幼聪颖，博涉群书，好属文。学庾信体，词多轻艳。	《周书》卷一三、本传	仅存诗1首：《从军行》（有集10卷，今佚）
	滕王 字文逌 （？—580）	少好经史，好属文。所著文章，颇行于世。	《周书》卷一三、本传	诗1首：《至渭源诗》；散文2篇：《庾信集序》《道教实花序》（《隋书·经籍志》有《滕简王集》8卷，今佚）
	晋公 字文护 （515—572）	幼方正有志度。	《周书》卷一一、本传	书信散文4篇：《与赵公招书》《报母阎姬书》《遗释亡名书》《又与释亡名书》；表1篇：《举邕延与周弘正对论表》
	齐王 字文宪	性通敏，有度量。少与高祖受诗、传，咸综机要，得其指归。齐王奇姿杰出，独年笼于前载。	《周书》卷一二、本传	书信散文1篇：《与高湝书》；表1篇：《上武帝表助军费》
	宣帝 字文赟 （559—580）	好自矜夸，饰非拒谏。禅位之后，弥复骄奢。	《周书》卷七、本传	敕2篇：《安置沙门敕》《姊屺寺主教》；册6篇：《尊天元上皇太后册》《天元圣皇太后册》《杨后为天元大皇后册》《朱后为天左大皇后册》《元后为天元大皇后册》《尉迟后为天左大皇后册》；诏9篇：《诏制九务官下州郡》《置沙门安行道诏》《传位太子衍诏》《姊屺寺修行道诏》《灭异修营诏》《天元四皇后加太诏》《追封孔子诏》《又立天中大皇后诏》《天旱原罪诏》；诗1首：《歌》

续表

著族	姓名	文人情况	出处	作品情况
鲜卑宇文氏	代王宇文达 字文达	性果决，善骑射。	《周书》卷二三，本传	记1篇:《造释迦像记》
	宇文繹 字文繹		《周书》卷二三，本传	奏1篇:《奏谏度僧法藏》
武功苏氏	苏绰	少好学，博览群书，尤善算术。	《周书》卷二三，本传	《大诰》《六条诏书》
	苏威	颇有学识。	《周书》卷二三，《苏绰传》	
	苏亮	博学，好属文，善章奏。	《周书》卷三八，本传	所著文笔数十篇，颇行于世（今佚）
	苏湛	少有志行，与亮俱著名西土。	《周书》卷三八，《苏亮传》	
	苏让	幼聪敏，好学，颇有人伦鉴识。	《周书》卷三八，《苏亮传》	
陇西辛氏	辛庆之	少以文学征诣洛阳，对策第一。	《周书》卷三九，本传	
	辛公义	为母氏所养，亲授书传，以勤苦著称。	《北史》卷八六，本传	

续表

著族	姓名	文人情况	出处	作品情况
陇西辛氏	辛彦之	博涉经史。	《北史》卷八一,本传	撰《坟典》《六官》《祝文》《礼要》《新礼》《五经异义》各一部
	辛威	少慷慨有志略。	《北史》卷六五,本传	辛威卒后,庾信为他撰《神道碑》
	辛德源	沉静好学,十四解属文,及长,博览书记。中书侍郎刘逖上表荐德源:弱龄好古,晚节遒历,枕藉《六经》,渔猎百氏;文章绮艳,体调清华。	《北史》卷五〇,本传	撰《集注春秋三传》30卷,注《扬子法言》23卷,又有集20卷,又撰《政训》《内训》各20卷
	辛臣素	并学涉有文义。	《隋书》	
京兆韦氏	韦孝宽	涉猎经史,笃意文史,政事之余,每自批阅,暮年患眼,尤令学士读而听之。	《周书》卷三一,本传	《上武帝陈平齐三策》《手题募格书背》
	韦瑱	少爱文史,留情著述。	《周书》卷三一,本传	
	韦夏		《周书》	《戒子世康等》
	韦琪	笃志好学。	《周书》卷三九本传	

续表

著族	姓名	文人情况	出处	作品情况
京兆韦氏	韦师	涉猎经史。	《隋书》卷四六，本传	
	韦世康	幼而沉敏，有器度。	《隋书》卷四六，本传	
	韦协	好学，有雅量。	《隋书》卷四七《韦世康附弟传》	
	韦冲	有学识。	《隋书》卷四七，本传	
	韦寿	有学识。	《隋书》卷四七，本传	
河东柳氏	柳庆	博涉群书，不治章句。	《周书》卷二二，本传	《为父具答权贵书草》《作匿名书多榜官门》
	柳机	风仪辞令，为当世所推。	《周书》卷二二，《柳庆传》	
	柳弘	少聪颖，亦善草隶，博涉群书，辞彩雅赡	《周书》卷二二，《柳庆传》	
	柳带韦	美风仪，善占对。	《周书》卷二二，《柳庆传》	

续表

著族	姓名	文人情况	出处	作品情况
河东柳氏	柳莺	好学，善属文。	《周书》卷二二，《柳庆传》	
	柳旦	颇涉书籍。	《隋书》卷四七，《柳机传》	
	柳肃	少聪敏，闲于占对。	《隋书》卷四七，《柳机传》	
	柳謇之	有学识。	《隋书》卷四七，《柳机传》	
	柳敏	性好学，涉猎经史，阴阳卜筮之术，靡不习焉。	《周书》卷三二，本传	
	柳昂		《周书》卷三二，《柳敏传》	
	柳虬	专精好学，兼博涉子史，雅好属文。	《周书》卷三二，《柳敏传》	
	柳桧	少文。	《周书》卷四六，本传	

续表

著族	姓名	文人情况	出处	作品情况
河东柳氏	柳雄亮	好学不倦。	《周书》卷四六《孝义柳桧传》	
	柳裘	颇有学识。	《隋书》卷三八、本传	
	柳彧	少好学，颇涉经史。	《隋书》卷六二、本传	
	薛端	励精笃学，不交人事。	《周书》卷三五、本传	《启安定公》
河东薛氏	薛裕	颇好学。	《周书》卷三五，《薛端传》	
	薛慎	好学，能属文，善草书。	《周书》卷三五，《薛善传》	
	薛憕	有暇则览文籍，终日读书，手自抄略，将二百卷。	《周书》卷三八、本传	憕为魏文帝二欹器作颂，不载
	薛寘	幼览篇籍，好属文。	《周书》卷三八、本传	

关于此表有几点说明：（一）本表所谓的"北周"时期，其实涵盖了宇文泰所建立的西魏，因为时间短暂，朝代更迭频繁，故一并论之，其时间范围上起 535 年，下至 581 年。凡创作时间集中在这一时期的著族文人，都入表录。（二）本表所涉及的文人，多指关陇地区的本土著族文人，至于由南入北、迁入关陇地区的流寓文人，例如王褒、庾信、宗懔、刘璠等，他们著述颇丰，在北周文坛上身份显著，但因文学源流不在关陇大地，故没有将他们列入表中。（三）由于北周时期文人的生卒年多数无考或无法确考，文人的排列顺序，略以地区分布先后之，与他们的族望无关。一个家族内，可考者以时间顺序排列。（四）本表所列的文人大多在《周书》《北史》《隋书》有传，由南入北的部分文人在《梁书》中亦有传。

通过这样的遴选，可知北周所统治的关陇地区，并不像人们想象的那样是一个文化落后的地方①，在这里也潜藏着一支不容小觑的著族文人队伍。《周书》虽然没有《文苑传》，但在著族里文人辈出，而他们被后人忽视的原因，很可能在于作品多佚失，流传下来较少或对后世影响力不大。因而要把握他们的文学成就，就需要重新对他们的作品进行梳理和分析。

---

① 杨金梅在《隋代诗歌研究》第 153 页中说："北魏分裂后，衣冠士族尽归东魏。在视文学为政教之具、亡国之因的传统观念影响下，关陇地区的文学发展几乎陷于停滞。"

民族文化交流的北周著族文学

第一节
北周皇族宇文氏的诗文风貌

一、宇文氏的诗歌创作

北周不同于北齐，北周（包括西魏）在建国之初拥有的基业远远不及东魏北齐，且北齐取代了东魏，位于中原地带，而北周则局限于关陇一隅，无论在政治、经济还是文化上都处于劣势。为了改变这种状况，北周统治者致力于推广汉文化，汉化的脚步比北齐要快得多，力度也大得多。

北周的汉化从接受儒家思想开始，早在西魏末年就确立了儒家政治体制，依《周礼》治国，建立六官制度，皆以儒学为指导思想。《周书·帝纪第二》说："太祖知人善任使，从谏如流，崇尚儒术，明达政事。"[①] 在这种风气的带动下，加之帝王自上而下的倡导，宇文鲜卑虽然出自六镇行伍，没有经历过孝文帝的汉化熏陶，但儒学的昌盛使得宇文氏政权区域的汉文化程度与北齐不相上下。

政治上的法古引起文学上的复古之风，苏绰等人提出的复古主义虽然如昙花一现，但它对以儒学为治国根本的政治路线，起到了一定的维护作用，而且在文学尤其是诗歌创作上对学习南朝宫体

---

① 令狐德棻.周书·帝纪第二 [M].北京：中华书局，1971：37.

诗的文人是一个警示，对北周诗歌创作风格的形成有一定的规范意义。

西魏末北周初年，北周文学迎来了它的春天。北周文学始于庾信、王褒。在此之前，北周文学尤其是诗歌几乎处于被遗忘的角落，乏人问津。庾信、王褒的入北正好迎合了宇文氏推行汉化的目的，因此二人在北周受到了极大的礼遇，政治地位比在南朝时要显赫得多。但以庾信为代表的南方文人始终无法忘记亡国之痛和羁旅之愁，在此之后的诗文作品中都充满了这种感伤，哪怕是应诏、奉和之作。庾信诗歌中最能表现这一点的就是《拟咏怀诗》，诗作的遒劲苍凉也有别于前期的宫体诗。庾信后期的这种诗风在北周有极大的影响，北周诗人多半模仿庾信作诗，因此和庾信关系较为密切的北周宗室诗人的诗歌都染上了庾信体的基调。对北周诗歌创作发生、发展起到过重要作用的不仅是庾信，由南朝入北的萧氏宗室文人也产生了一定影响。这些文人有萧撝、萧圆肃、萧大圆、宗懔、刘璠、颜之仪等六人。在这些汉族诗人和北周统治者的共同努力下，北周诗坛出现了短暂的繁荣。宗室诗人的创作也略有可观。

在鲜卑宇文氏诗人的创作中，宇文泰的几个儿子深受庾信等人的影响。

长子宇文毓（534—560），小名统万突，大统十四年封为宁都郡公，后累迁大将军，镇陇右。闵帝被废后，毓被立为帝。在位四年，被宇文护毒杀，年二十七。《周书·明帝纪》载："幼而好学，博览群书。善属文，词采温丽。及即位，集公卿以下有文学者八十余人于麟趾殿，刊校经史。又捃采众书，自羲、农以来，讫于魏末，叙为《世谱》，凡五百卷云。所著文章十卷。"① 由此可知宇文毓是北朝少有的颇富才情的帝王诗人。其诗歌现存三首，其中《和王褒咏摘花》云：

---

① 令狐德棻. 周书·帝纪第四［M］. 北京：中华书局，1971：60.

> 玉碗承花落，花落碗中芳。
> 酒浮花不没，花含酒更香。①

诗明受齐梁诗风的影响，描写玉碗、鲜花、佳酿和闲暇生活，清淡雅致，颇似小品之作，不染轻靡之气。更能体现词采温丽的是其《过旧宫诗》：

> 玉烛调秋气，金舆历旧宫。
> 还如过白水，更似入新丰。
> 秋潭渍晚菊，寒井落疏桐。
> 举杯延故老，今闻歌大风。②

宇文毓出生于夏州（今陕西横山县西），即位次年九月幸同州（今陕西大荔），途经故宅，写了这首诗。诗歌首联点明在秋气清和的时节，诗人率部众来到了旧日曾经生活过的地方。在这里诗人回忆起许多过往的事情，涉及颔联两个与旧居有关联的地名——白水、新丰。白水为宇文泰阅兵的地方，当时宇文毓已 12 岁，对此次大阅兵记忆犹新，故有此句。新丰是汉高祖刘邦定都关中后，为聊解思乡之苦而仿照故里沛（今江苏省沛县）之丰邑修筑的城邑。这一联与诗歌的尾联一同体现了宇文毓此诗的主题。在接下来的颈联，诗人笔触又回到了眼前，描摹出眼前的秋景：清澈幽静的水边，晚菊带着秋霜丛丛怒放，它们的身影倒映在潭水中。不远处梧桐黄叶纷纷落下，与秋菊形成映衬，肃杀与生机并存，好一派晚秋风景。尾联诗人道出此行目的，即效仿汉高祖衣锦还乡，宴请故人，歌酒叙旧，缅怀往日。诗人引用汉高祖典故入诗，以汉高祖自比，整首诗的目的在于夸示功德，洋溢出自豪和骄矜气概，显得胸怀壮志。

首诗造句典雅，对仗工整，用典妥帖，且不乏清雅。全诗采用

---

① ② 逯钦立辑校 . 先秦汉魏晋南北朝诗［M］. 北京：中华书局，1983：2324.

五言形式，在南朝齐梁文人对五言绝句、五言律诗尚处于探索研究的初创阶段，北周的宇文毓能写出如此格律严谨、对仗工稳、用韵精当、情景并茂的五言律诗，实属难能可贵。难怪胡应麟说这首诗"整齐工密，俨似唐初诸人五言诗"（《诗薮》卷二十三），并与汉高祖刘邦的《大风歌》、唐太宗李世民的《幸武功庆善宫》、唐玄宗李隆基的《巡省途次旧宫赋》相提并论，都具有英雄气概。

宇文毓的另一首诗《贻韦居士诗》云：

> 六爻贞遁世，三辰光少微。
> 颍阳去犹远，沧州遂不归。
> 风动秋兰佩，香飘莲叶衣。
> 坐石窥仙洞，乘槎下钓矶。
> 岭松千仞直，岩泉百丈飞。
> 聊登平乐观，遥想首阳薇。
> 傥能同四隐，来参余万机。①

诗是宇文毓登基后写给著名隐士韦居士的，目的在于劝说韦居士辅佐朝政。虽然韦居士答应偶尔朝谒，但对于这样一位宇文泰颇为敬重却屡聘不就的高人来说，这首诗的作用远远大于帝王的命令。这也体现了诗歌的政治功能，显然宇文毓已经能够娴熟地将诗歌应用于政治了。

宇文泰第七子宇文招（？—580），字豆庐突。武成初年封为赵国公。任大司马，进爵为王。隋文帝迁周鼎，宇文招欲图之，大象二年因为密谋泄漏被害。宇文招笃好文学，博涉群书，和庾信、王褒等人常有往来。庾信与他的唱和之作颇多，如《奉和赵王途中五韵诗》②等。庾信有《谢赵王示新诗启》，又有《赵国公集序》，可

---

① 逯钦立辑校.先秦汉魏晋南北朝诗［M］.北京：中华书局，1983：2323.
② 逯钦立辑校.先秦汉魏晋南北朝诗［M］.北京：中华书局，1983：2360.

知宇文招生前著有不少诗文。庾信称赞宇文招的诗"风流盛儒雅，泉涌富文采"。(《上益州上柱国赵王诗二首》其一)《谢赵王示新诗启》中亦盛赞宇文招之诗："八体六文，足惊豪翰；四始六义，实动性灵；落落词高，飘飘意远；文异水而涌泉，笔非秋而垂露；藏之山岩，可使云雾郁起；济之江浦，必当蛟龙绕船。"① 在《赵国公集序》中还写道："窃闻平阳击石，山谷为之调；大禹吹笛，风云为之动。与夫含吐性灵，抑扬词气，曲变阳春，光回白日，岂得同年而语哉！柱国赵国公发言为论，下笔成章，逸态横生，新情振起，风雨争飞，鱼龙各变。……论其壮也，则鹏起半天；语其细也，则鹪巢蚊睫。"② 所谓"实动性灵""含吐性灵"，是说诗歌创作关乎人的性情，展示人的心灵奥秘与精神境界，是诗歌重要的功能和审美价值。表现手法则要"抑扬词气"，把握语气的节奏和气势，做到"壮""细"有度。还说宇文招诗歌达到了"气高"而"意远"的境界，犹如泉水喷涌，秋寒降霜；其雄壮豪迈之风，好比鲲鹏展翅于九万里高空；其细微之处，又好像鹪鹩筑巢于蚊蝇之睫毛。这与庾信初到北周对北人诗歌的看法截然相反，反映出宇文招的诗歌确有值得称道之处，当然庾信的评价中不免有谀美之意。又庾信《谢赵王示新诗启》说明宇文招追随南朝时兴的永明体新诗，《周书》认为宇文招学庾信体但诗歌较轻艳，或与此有关。宇文招诗多亡佚，今仅存《从军行》一首。其云：

> 辽东烽火照甘泉，蓟北亭障接燕然。
> 水冻菖蒲未生节，关寒榆荚不成钱。③

---

① （清）严可均. 全上古三代秦汉三国六朝文·庾信 [M]. 卷十. 北京：中华书局，1958：3933.

② （清）严可均. 全上古三代秦汉三国六朝文 [M]. 卷三. 北京：中华书局，1958：3934.

③ 逯钦立辑校. 先秦汉魏晋南北朝诗 [M]. 北京：中华书局，1983：2344.

宇文招将他多次征战经历写入诗中，用切身体验讲述了一个老军人的征战感受。满天的战火硝烟，苦寒的气候条件，凋敝的民生景象，颇能引起经历过战争之人的共鸣。诗为七言四句，注意对仗与音节的平仄交替。

宇文遁，字尔固突（？—580），宇文泰第十三子。《北史》称他少好经史，善属文。武成初年封为滕国公，进爵为王。后为隋文帝所害。宇文遁文采较好，庾信称颂他"雄才盖代，逸气横云。济北颜渊，关西孔子。譬其毫翰，则风雨争飞；论其文采，则鱼龙百变"。（《谢滕王集序启》）① 宇文遁存诗只有《至渭源诗》一首：

> 源渭奔禹穴，轻澜起客亭。
> 浅浅满涧响，荡荡竟川鸣。
> 潘生称运石，冯子听波声。
> 斜去临天半，横来对始平。
> 合流应不杂，方知性本清。②

诗歌将渭河源头的水势描写得出神入化，颇有"万象入横溃"（元好问《水调歌头·赋三门津》）的气魄，跌宕激越，格调雄浑。并借用渭源的清澈来赞扬高洁的情操和品格，寓水于人，赋予水一种人生的深意。这首诗也可以看成是诗人人格的表白。

附带说一下由周入隋的其他鲜卑诗人。他们虽不尽是北周皇族，但他们也是北魏以来的著族，且文化接近，文学创作也有相近之处，兹略作简要阐述。

1. 元行恭

元行恭是北魏皇室后裔，北齐后主时为省右户郎，待诏文林

① （清）严可均.全上古三代秦汉三国六朝文［M］.北京：中华书局，1958：2933.
② 逯钦立辑校.先秦汉魏晋南北朝诗［M］.北京：中华书局，1983：2344.

馆。美貌俊才，善正行书。隋开皇中任尚书郎，后坐事徙瓜州（今甘肃敦煌西）而卒。父文遥，亦高才，曾令其与卢思道交游，卢赞其"辞情俊迈"①。元行恭今存诗二首《秋游昆明池诗》与《过故宅诗》，分别为述怀咏志诗和军旅感伤诗的代表作。其中《秋游昆明池诗》云：

> 旅客伤羁远，樽酒慰登临。
>
> 池鲸隐旧石，岸菊聚新金。
>
> 阵低云色近，行高雁影深。
>
> 欹荷泻圆露，卧柳横清阴。
>
> 衣共秋风冷，心学古灰沈。
>
> 还似无人处，幽兰入雅琴。②

昆明池原在今陕西西安市西南，汉武帝时开凿，曾是景色秀丽的胜地。作者极目池区景物：池鲸岸菊，低云高雁；歪撑着的荷叶滚动着圆圆的露珠；斜卧着的柳枝纷繁芜杂。虽然如此绚丽多姿，终究已是秋风瑟瑟，微寒轻袭，不免令人心灰意冷。如许佳景胜境，诗人却觉得如入无人之处，唯一值得欣赏的只有高洁的幽兰和悠扬的琴声。作品写景，意在抒情，先扬后抑，顿挫跌宕，显得委婉曲折，笔致纵横。《诗纪》云江总、薛道衡皆有同名之诗。薛道衡的同名作云："灞陵因静退，灵沼暂徘徊。新船木兰楫，旧宇豫章材。荷心宜露泫，竹径重风来。鱼潜疑刻石，沙暗似沈灰。琴逢鹤欲舞，酒遇菊花开。羁心与秋兴，陶然寄一杯。"（《秋日游昆明池诗》）③ 两首诗不约而同地以昆明池的历史起兴，给诗歌染上了怀古感伤的色彩；接下来的景物描写也是景中有史，增加了沧桑感和

---

① （唐）李延寿.北史［M］.北京：中华书局，1974：2006.

② 逯钦立辑校.先秦汉魏晋南北朝诗［M］.北京：中华书局，1983：2654.

③ 逯钦立辑校.先秦汉魏晋南北朝诗［M］.北京：中华书局，1983：2683.

厚重感。诗歌的结尾部分，一个是无视风景不忆过往，只欣赏高洁的幽兰，做孤芳自赏之态；另一个则是举杯祭秋，悠然小酌，忘乎凡俗。而事实上，无论是眼前景，还是过往生活，都无法淡忘，这种愁怀反而像他们诗歌厚重、深沉的基调一样沉重，因此他们的同名作都体现出苦涩的基调，诗歌的矛盾也体现了诗人心态上的矛盾与不平。两首诗互相印证，正说明了这点。

元行恭的另一首《过故宅诗》云：

> 颓城百战后，荒宅四邻通。
> 将军树已折，步兵途转穷。
> 吹台有山鸟，歌庭聒野虫。
> 草深斜径没，水尽曲池空。
> 林中满明月，是处来春风。
> 唯余一废井，尚夹两株桐。①

这首诗歌描写了偶过旧宅的主人公看到的家园景象：原本安乐融融的家，现如今已经人空树折，昔日炊烟袅袅的屋舍成了山鸟的巢穴，往时热闹喧哗的厅堂此刻作了野虫的乐园。庭院中荒草覆没了幽径，水池干涸，热闹繁华都成了曾经的故事。虽然明月依然，春风不变，但物是人非，一切已经改变，不变的只有那口老水井和井边的梧桐。梧桐更兼细雨，这次第，怎一愁字了得！诗人不是"十五从军征，八十始得归"的征夫，却和征夫的命运相同，心情自然和泪落沾衣的征夫同样伤痛。然而一个痛字尚且不能诠释诗人的全部感受，征人之悲更多的是悲自身的不幸，流露出士大夫的黍离之悲，家国离乱、感逝伤怀充满在诗歌之中。可以说这里的故宅不仅是一个实际意义上的家园，更多的是一个国家的缩影，一个王朝的缩影。以家写国，家国同悲，一个亡国的宗室诗人也只能用

---

① 逯钦立辑校.先秦汉魏晋南北朝诗［M］.北京：中华书局，1983：2654.

这种方式祭奠他的家国，因此用伤恸来评价诗人的创作心境更为恰当。

2. 贺若弼

贺若弼，字辅伯，河南洛阳人，鲜卑族。曾仕北齐、北周。入隋命为吴州总管，镇广陵（今江苏扬州）。当时源雄为寿州（今安徽寿县）总管，韩擒虎为庐州（今安徽合肥）总管。隋文帝委贺若弼以平陈大任，弼受命，给源雄写了一首诗——《遗源雄诗》：

> 交河骠骑幕，合浦伏波营。
> 勿使麒麟上，无我二人名。①

作者引霍去病、马援建功疆场为榜样，意欲效学，以期流芳百世，虽一介武夫，却能作诗言志，并能勖勉同僚，援典达意，开阖自如，显得气势雄浑。后来果真如愿以偿，贺若弼率先攻入陈朝的都城建康（今南京），因功加上柱国，进爵宋国公，大业三年（607）因私议隋炀帝被诛，时年 64 岁。

3. 于仲文

于仲文（546—613），字次武，本姓尤忸于乐，鲜卑族。据《隋书·于仲文传》载，曾为北周赵王宇文招属官；入隋，因事下狱，有《狱中上隋文帝文》，寻获释，命击胡。伐陈时拜行军总管。炀帝即位，迁右翊卫大将军。大业八年（612）征高丽败，系狱，发病而死，年 68 岁。撰有《汉书刊繁》三十卷、《略览》十卷，存诗两首。

其诗《侍宴东宫应令诗》云：

> 铜楼充震位，银榜集嘉宾。
> 青宫列绀帻，紫陌结朱轮。

---

① 逯钦立辑校.先秦汉魏晋南北朝诗 [M].北京：中华书局，1983：2679.

弦调宝瑟曲，歌动画梁尘。

金卮倾斗酒，琼筵列八珍。

花惊度翠羽，萍散跃颊鳞。

承恩叨并作，扣寂绕阳春。①

《侍宴东宫应令诗》属廊庙体一类应制之作，整首诗的水平并不高，但对仗工整，描写细致，其中"花惊度翠羽，萍散跃颊鳞"二句，状写景物，动静相对，生意盎然，给沉寂的东宫平添了一分自然情趣，写法较为别致。

又《答谯王诗》：

梧台开广宴，竹苑列英贤。

景差方入楚，乐毅始游燕。

折角挥谈柄，重席吐言泉。

武骑初擒翰，文学正题鞭。

玉徽调绿绮，璧散沈青田。

晚霞澹远岫，落景藻长川。

未陪东阁赏，独咏西园篇。

此诗用典甚多，极写王府宴会之侈靡，因镂雕太甚，不见性情，转伤真气，但其中"晚霞澹远岫，落景藻长川"一联，描写湖光山影的苍茫暮色，还是显得妩媚妖娆，颇为真切传神。

4. 大义公主

大义公主，原名千金公主，北周赵国公宇文招的女儿。大象元年（579）嫁突厥沙钵略可汗。杨坚受禅后，杀其父，赐公主杨姓，改封大义公主。公主因父被杀，宗祀绝灭，颇为伤感，乃日夜怂恿沙钵略率全国兵马犯隋为寇，希图覆隋兴周。出于自身力量和利益

① 逯钦立辑校.先秦汉魏晋南北朝诗［M］.北京：中华书局，1983：2679.

的考虑，沙钵略终与隋亲善。公元 589 年，隋灭南朝陈，将陈后主陈叔宝的屏风赐给公主。公主恨意难平，在屏风上写了一首诗，即《书屏风诗》：

> 盛衰等朝露，世道若浮萍。
> 荣华实难守，池台终自平。
> 富贵今何在？空事写丹青。
> 杯酒恒无乐，弦歌讵有声？
> 余本皇家子，飘流入虏廷。
> 一朝睹成败，怀抱忽纵横。
> 古来共如此，非我独申名。
> 惟有明君曲，偏伤远嫁情。①

　　诗前半部表述对北周覆灭之伤感。说盛衰变化，犹如朝露；世道没有规律，就像浮萍漂游不定；创业难，守业更难，荣华不能长驻，北周帝业，空写丹青。这是富有朴素辩证思想的洞见。虽然如此，感情上却难以拐弯，每念及此，酒宴不乐，弦歌无声。诗的后半部更是直叙愤激与哀怨。说自己出身华贵，流落边廷，眼看故国覆灭，痛苦之情，无以名状，只有歌唱昭君的乐曲，才可借以抒述远嫁的哀伤之情。沈德潜《古诗源》评曰："英气勃勃，事虽不成，精卫之志，不可泯灭。"②诚然，其志其情，或不愧为其时的压轴之作。

　　宇文氏诗人中，帝王公侯不乏其人，除上述之外，还有周宣帝宇文赟，他的诗歌现仅存两句"自知身命促，把烛夜行游"，含有及时行乐的味道，给一味以模仿为主的北周诗歌注入了新的气息。诗句虽然只保留下来两句，但却有极高的价值，打破了北周文人诗

---

① 逯钦立辑校.先秦汉魏晋南北朝诗［M］.北京：中华书局，1983：2736.
② （清）沈德潜选.古诗源·陈诗［M］.卷十四.长沙：岳麓书社，1998：236.

没有独立精神、只会全盘吸收庾信和齐梁诗歌的格调。

通过对宇文氏等民族诗人诗歌的分析可知，北周民族诗人诗歌虽然有明显的模仿庾信和齐梁诗风的痕迹，但骨子里却带有强烈的北地文化精神。这是南朝诗歌无论怎样渗透都不能完全替代的风格。这种风格里有他们的人生观照、豁达心胸、本真天性、粗犷气质、质朴刚健等等特征的体现，这些气格形成了诗歌的独特个性。即使是学庾信前期的轻艳之词，那词句中也必然有着一种深入骨髓的豪情刚质。可见诗歌成为了北周民族诗人壮阔精神的外在显现。

二、宇文氏的散文特质

鲜卑宇文氏的文学特质主要体现在散文方面，因而具有重要的研究价值。

宇文氏散文大多数收录在严可均的《全上古三代秦汉六朝文》的《后周文》中，也散见于《周书》《北史》《续高僧传》《初学记》《广弘明集》《隋书》《三国典略》《佛道论衡》等中。

20世纪文学界对北周文学的研究相对沉寂，即使有研究，也多集中在北齐文人和北周文人中的由南入北的王褒、庾信和一些汉族文人，对于北周鲜卑宇文氏文学的研究微乎其微，只有个别的文学史略带谈及，并没有专章专节的研究。20世纪80年代前，继刘师培之后，谢无量在《中国大文学史》中开辟了"北朝文学"，是第一个关注北朝散文的学者。该篇主要介绍了北齐文人温子升、魏收、郦道元、颜之推、祖宏勋等汉族文人，也介绍了北周由南入北的王褒、庾信及本土汉族文人苏绰。随后谭丕模在《中国文学史纲》一书中阐释北朝散文由萎缩到复苏的过程，也论及北周文学；认为随着孝文帝提倡汉文化后，北地文学有所发展，到北周时期文学的发展有些南朝化了。书中关于北周散文有些南朝化观点尚不确切，因为北周文学在内容及风格上始终保有浓厚的本土特色，只在形式和技巧上对南朝文风有所效仿。钱锺书在《管锥编》中对北周文学中的一些作品作了较为精当的点评，涉及作品较多，其中还涉及一些佛家子弟的文学创作如《难道论》《二教论》等，对我们全面把握北周文学有一定参考价值。

到了 90 年代，曹道衡《南北朝文学史》设专章论庾信、王褒文学作品。除此之外，还论述了鲜卑族宇文氏的诗文，并对其文学创作水平给予肯定，可见他看到了北周少数民族文学的价值。郭预衡的《中国散文史》对北朝散文的研究与前人相比较为深入。他指出北朝散文的特点是北朝尚质亦有贞刚之气，同时也指出了北周文学的特质。周建江的《北朝文学史》中将散文与诗分开，设单章单节研究散文，可见他对北朝散文的重视程度；其系统性和深入性较强，更多地呈现出北朝散文的价值意义所在。熊礼汇的《先唐散文艺术论》中有一章"北朝暨隋代散文艺术论"，对北朝散文艺术进行论述。他认为："北朝散文具有关注现实、切于实用的艺术精神，说理、叙事较为详尽，而言词朴素，'文句重浓'，显得'质实'。"① 将北朝散文艺术的发展大致归纳为三个发展阶段，而北周文学为北朝散文发展的第三阶段。除文学史著中有关论述，还有宋冰的《北朝散文研究》，是国内第一篇专门研究北朝散文的博士论文；禹克坤《北朝鲜卑族宗室诗文述略》等，对北周散文亦有所论及。

总体而言，以上对北周文学的研究只关注由南入北的作家文学，以及北周本土的汉族作家，并没有将宇文氏文学作为研究的整体，缺乏全面而系统的研究。故本章以北周宇文氏散文为研究对象，揭示其发展状况，以及多元文化融合下的散文特质。

北周宇文氏散文的民族文化底蕴十分丰富，这是我们在研究中不容忽视的一点。因为南北朝是我国历史上继春秋战国之后又一次浩大的民族融合时期，而北周宇文氏散文就是在不同民族文化交融的情境下发展起来的。注重挖掘北周宇文氏散文多民族文化历史内涵，是目前北周文学研究有待拓展的领域之一。

------

① 熊礼汇.先唐散文艺术论 [M].北京：学苑出版社，1999：909.

北周多民族相互融合的地理文化环境、宇文氏统治者对各民族文化的妥协策略，以及少数民族特有的心理文化素质，塑造了北周宇文氏散文独有的文学风格，及其散文发展的趋势。宇文氏散文呈现出质朴、尚实、刚健的文风特点，而随着宇文氏统治者对多民族文化的吸收借鉴，推进了文学发展的进程。北周宇文氏主要文人有 10 人，存世散文共 129 篇。其多为应用文，包括诏、书、敕、册、表、序、记、奏、令、赐、玺书、制书和其他文体。本章着重对北周政权奠基者宇文泰、命运不济的宇文毓、战功累累的宇文邕、才华横溢的宇文赟、宇文招，情感真挚的宇文护等人的散文加以阐述，窥视其散文的文学特征和发展趋势，在整体上把握宇文氏散文的文学价值，进而揭示它在文学史上的地位。

（一）质朴晓畅的宇文泰散文

宇文泰（507—556），字黑獭，代郡武川人，西魏王朝的建立者和实际统治者，为北周的创立立下了汗马功劳。西魏禅周后，其嫡长子宇文觉追尊他为太祖，谥文皇帝。在政治上宇文泰奉行唯贤是举，不限资荫。只要德才兼备，哪怕出身微贱，也可身居卿相。这一任贤思想体现了打破门阀传统的新精神，保证了西魏吏治较为清明，也为大批汉族士人进入西魏政权开辟了道路。他这一举措不仅为国家的建设发展扫清了障碍，同时也促进民族间的交流与沟通，有利于政治、经济的繁荣发展。文学上主张质朴文风，反对华丽藻饰。宇文泰的整体文学风格呈质朴、晓白之风，惯用口语直接表达事理，抒发情感。现就几篇文章加以阐释。如《与长孙俭书》①：

> 近行路传公以部内县令有罪，遂自杖三十，用肃群下。吾昔闻"王臣謇謇，匪躬之故"，盖谓忧公忘私，知无不为而已，

---

① （清）严可均．全上古三代秦汉三国六朝文［M］．北京：中华书局．1958：3886．

未有如公刻身罚己以训群僚者也。闻之嘉叹。(《周书·长孙俭传》)

此书是写给他的臣子长孙俭的。宇文泰用极其晓白质朴的语言称赞公孙俭因属下的过错,用惩罚自己以警示属下。这种以身作则的行为深深感动了宇文泰,宇文泰采用递进的形式表现他对公孙俭的赞赏之情。《易》中"王臣謇謇,匪躬之故"①之典,《说苑·正谏》解释云:"人臣之所以謇謇为难而谏其君者,非为身也,将欲以匡君之过,矫君之失也。君有过失者,危亡之萌也;见君之过失而不谏,是轻君之危亡也。夫轻君之危亡者,忠臣不忍为也。"(刘向《说苑》卷九)"王臣謇謇,匪躬之故"看似表现对公孙俭做法的否定,实则是肯定。后句说有人忧公忘私的,知道不能做的事情就不为之,却没有一个像公孙俭这样拿属下的过错来惩罚自己的。仅仅几句话,我们就能深切地感受到宇文泰对属下的爱惜之情,也体现了他对此种治理之道的提倡。宇文泰用典非常巧妙,一方面表彰长孙俭,同时又提倡了身为人臣须进谏的美德。

后来,宇文泰又给公孙俭写了一书。从此书更能看出宇文泰文笔的晓白、简练。他直白晓畅地阐述自己的观点,有君主豪爽果断的风格。这与其少数民族特有的豪爽性格密切相关。《又书》②:

本图江陵,由公画计,今果如所言。智者见未萌,何其妙也。但吴民离散,事藉招怀,南服重镇,非公不可。

此篇书信主要说宇文泰请长孙俭攻打江陵一事。书信开门见山指出攻打江陵之事是由公孙俭设计勾画的,并肯定他敏锐的洞察能

---

① 《周易·謇卦》"王臣謇謇,匪躬之故"作"王臣蹇蹇,匪躬之故"。

② (清)严可均.全上古三代秦汉三国六朝文 [M].北京:中华书局.1958:3886.

力。后阐述吴民流离失所的现状，在此种状况下就非得公孙俭去安抚不可。言辞恳切，但又不失统治者发号施令的威严。可谓摆出两种理由，阐释公孙俭非去不可的原因，也显示出宇文泰善于重用有才之士。史书记载"太祖知人善任使，从谏如流……明达政事，恩信被物，能驾驭英豪，一见知者，贤思用命"。① 宇文泰除用简洁明畅的语言表达事理外，还尝试用对偶的句式，如《潼关誓》②：

> 与尔有众，奉天威，诛暴乱。惟尔众士，整尔甲兵，戒尔戎事，无贪财以轻敌，无暴民以作威。用命则有赏，不用命则有戮。尔众士其勉之。(《周书·文帝纪下》：大统三年，率李弼等十二将东伐，至潼关乃誓于师。)

宇文泰在"誓"这种文体上恰当运用对偶句式，给整篇誓文增添了气势，更能形象生动地体现他必胜的信念，以及毫不畏惧的心理。文中"奉天威，诛暴乱。惟尔众士，整尔甲兵"，"无贪财以轻敌，无暴民以作威"，一方面体现了他的军事才能，一方面展现了宇文泰的文学素养。从文中"用命则有赏，不用命则有戮"这句话中，可以看出宇文泰口语化的特点。他并没有运用华丽藻饰的言语鼓动士兵克服困难勇争胜利，而只用"惟尔众士，整尔甲兵"这一质朴、直白的句子加以描述，可见当时文学主要偏重于实用，为政治服务，不太注重文学的审美功能。

宇文泰的《大统十一年春三月令》，采用直白晓畅的言辞将治国之道娓娓道来。他用正反两个例子，来说明身为帝王、臣子应该如何尽职，并道出治理国家非帝王一人所能做到，需要君臣共建，帝王要有知人善任的能力，臣子要有鞠躬尽瘁的精神。《大统十一

---

① （唐）令狐德棻.周书［M］.北京：中华书局，1974：37.
② （清）严可均.全上古三代秦汉三国六朝文［M］.北京：中华书局.1958：3886.

年春三月令》①：

> 古之帝王，所以外建诸侯，内立百官者，非欲富贵其身而尊荣之，盖以天下至广，非一人所能独治，是以博访贤才，助己为治。若其知贤也，则以礼命之。其人闻命之日，则惨然曰："凡受人之事，任人之劳，何舍己而从人。"又自勉曰："天生俊士，所以利时。彼人主者，欲与我为治，安可苟辞。"于是降心而受命。及居官也，则昼不甘食，夜不甘寝，思所以上匡人主，下安百姓；不遑恤其私而忧其家，故妻子或有饥寒之弊而不顾也。于是人主赐之以俸禄，尊之以轩冕，而不以为惠也；贤臣受之，亦不以为德也。位不虚加，禄不妄赐。为人君者，诚能以此道授官，为人臣者，诚能以此情受位，则天下之大，可不言而治矣。昔尧、舜之为君，稷，契之为臣，用此道也。及后世衰微，此道遂废，乃以官职为私恩，爵禄为荣惠。人君之命官也，亲则授之，爱则任之。人臣之受位也，可以尊身而润屋者，则迁道而求之；损身而利物者，则巧言而辞之。于是至公之道没，而奸诈之萌生。天下不治，正为此矣。
>
> 今圣主中兴，思去浇伪。诸在朝之士，当念职事之艰难，负阙之招累，夙夜兢兢，如临深履薄。才堪者，则审己而当之；不堪者，则收短而避之。使天官不妄加，王爵不虚受，则淳素之风，庶几可反。（《周书·文帝纪下》）

此文言辞恳切，质朴晓白，思路清晰。文章可分三部分：第一部分摆明立场，点明君臣共建国家；第二部分采用对比手法表明明君、贤臣与庸君、奸臣的不同做法，分析其中的利害；第三部分告诫自己及臣子要珍惜今日国家兴盛之不易，各尽其职各尽本分。宇

---

① （清）严可均. 全上古三代秦汉三国六朝文［M］. 北京：中华书局. 1958：
　　3886—3887.

文泰借用上古三代之历史，表明他对汉儒典籍非常熟识，引用辨析颇有自我见解，简明扼要地明示何谓明君贤臣。

此文仍以散句为主，但也偶尔用对偶句式，如"为人君者，诚能以此道授官，为人臣者，诚能以此情受位"，"才堪者，则审己而当之；不堪者，则收短而避之"，这种对偶句式，更有力地阐述了自己的观点。

宇文泰文学创作，整体呈质朴之风，文章多运用散句和口语化，直接抒发情感。

（二）尚实与骈偶并存的宇文毓、宇文邕诏文

宇文泰死后，随着国力的增加，周明帝及皇族、宗室的文学修养有了很大提高，皇族身体力行地推行汉化，使北周汉化进程加快。庾信、王褒入北，北周的散文在他们的积极影响下，焕发新的生机，恢复了对审美的追求，呈现出相对繁荣的景象。宇文集团自身也汉化日深，又因华丽文风日盛，骈文形式广泛流行，促使宇文氏散文发生变化，从复古走向雕琢，从明帝宇文毓诏书中文风的变化亦可见端倪。

《全后周文》辑存宇文毓诏令、文章十四篇。据史料记载，宇文毓幼而好学，博览群书，善属文，词彩温丽。即位后十分重视文化发展，曾专门召集八十余名文人在麟趾殿校刊经史，又捃采众书，编成《世谱》五百卷，对当时的学术文化发展做出了很大贡献，促进了北周文化事业的发展，加快了少数民族文化与汉族文化的交流。宇文毓曾作《赠韦居士诗》，可以看出他的文学修养。诗句"风动秋兰佩，香飘莲叶衣"，"岭松千仞直，岩泉百丈飞"，采用对仗句式描写隐士言行举止的高雅和人格气质的傲岸脱俗，衬托韦敻的精神高洁。这些灵动的诗句尽显作者卓越的文采。这种文采同样表现在他的散文中，试看宇文毓的《大渐诏》①：

---

① （清）严可均. 全上古三代秦汉三国六朝文［M］. 北京：中华书局. 1958：3889.

　　人生天地之间，禀五常之气，天地有穷已，五常有推移，人安得长在。是以生而有死者，物理之必然。处必然之理，修短之间，何足多恨。朕虽不德，性好典坟，披览圣贤余论，未尝不以此自晓。今乃命也，夫复何言。诸公及在朝卿大夫士、军中大小督将、军人等，并立勋效，积有年载，辅翼太祖，成我周家。令朕缵承大业，处万乘之上，此乃上不负太祖，下不负朕躬，朕得启手启足，从先帝于地下，实无恨于心矣。所可恨者，朕享大位，可谓四年矣，不能使政化循理，黎庶丰足，九州未一，二方犹梗，顾此怀恨，目用不瞑。唯冀仁兄家宰，洎朕先正、先父、公卿大臣等，协和为心，勉力相劝，勿忘太祖遗志，提挈后人，朕虽没九泉，形体不朽。

　　今大位虚旷，社稷无主，朕儿幼稚，未堪当国。鲁国公邕，朕之介弟，宽仁大度，海内共闻，能弘我周家，必此子也。夫人贵有始终，公等事太祖，辅朕躬，可谓有始矣；若克念世道艰难，辅邕以主天下者，可谓有终矣。哀死事生，人臣大节，公等思念此言，令万代称叹。

　　朕禀生俭素，非能力行菲薄，每寝大布之被，服大帛之衣，凡是器用，皆无雕刻。身终之日，岂容违弃此好。丧事所须，务从俭约，敛以时服，勿使有金玉之饰。若以礼不可阙，皆令用瓦。小敛讫，七日哭。文武百官各权辟衰麻，且以素服从事。葬日，造反不毛之地，因地势为坟，勿封勿树。且厚葬伤生，圣人所诫，朕既服膺圣人之教，安敢违之，凡百官司，勿异朕此意。四方州镇使到，各令三日哭，哭讫，悉权辟凶服，还以素服从事，待大例除。非有呼召，各案部自守，不得辄奔赴阙庭。礼有通塞随时之义，葬讫，内外悉除服从吉。三年之内，勿禁婚娶，饮食，一令如平常也。

　　开头叙述了委运乘化的人生哲理，对个人生死泰然视之。而对自己秉承祖业，而未能完成统一大业，深表遗恨。临终之时，惟将遗志托付于公卿等，"协和为心，勉力相劝，勿忘太祖遗志……"显示了以国家社稷为重的可贵精神。心忧社稷，命宇文邕为帝。主张节俭，秉承先帝（太祖）的优秀传统。虽是应用文，但集言志、抒情于一体，堪与性情之作比肩。全文分三个层次，首段以"人生天地之间，禀五常之气"开篇，继以"天地有穷已，五常有推移，人安得长在。是以生而有死者，物理之必然"。明帝知道晋公宇文护要毒杀他，弥留之际口授写成《大渐诏》，却言"处必然之理，修短之间，何足多恨"，以及"今乃命也，夫复何言"，将个人生死看得很淡，似乎颇受佛老思想的影响。然而个人生死虽可置之度外，但国家社稷却是心念之所在，"所可恨者，……不能使政化循理，黎庶丰足，九州未一，二方犹梗，顾此怀恨，目用不瞑"。弥留之际，这种心忧社稷的精神实为可嘉，反映出宇文毓对国家、民族的深切感情。第二层是宇文毓心忧社稷无主，"朕儿幼稚，未堪当国"，而推宇文邕为主，言其"宽仁大度，海内共闻，能弘我周家，必此子也"，希望众大臣"辅邕以主天下"。第三层突出反映了宇文毓节俭的生活态度，秉承先帝（太祖）的优秀传统，"禀生俭素……丧事所须，务从俭约，敛以时服，勿使有金玉之饰"，若礼数难违则用瓦替代，并对文武百官、各州镇使乃至百姓均做了交待，遵圣人所诫，不以厚葬伤生，"三年之内，勿禁婚娶，饮食一令如平常也"，令人感佩。

诏作为古代统治阶级主要是帝王向臣民发布命令的公文，在政治制度中具有极其重大的作用，《文心雕龙·诏策》就说："皇帝御宇，其言也神。渊嘿黼扆，而响盈四表，唯诏策乎！"① 由此可见诏文内容通常多涉及国家大事，风格上多显质朴，缺乏感情色彩，较为理性。明帝宇文毓《大渐诏》实为诏文风格的变例，已是性情之文、抒情之作。《大渐诏》饱含浓厚的感情色彩，弥留之际，看破

---

① （南朝梁）刘勰.文心雕龙·诏策［M］.北京：中华书局，1985：27.

生死，感慨平生，关心国事，期望群臣"协和为心，勉力相劝"，感情真挚动人。诏文以平实晓畅的语句，表现了哀而善的风格，虽为诏书，却并未受文学体裁的限制，展现出了独有的文学魅力。

武帝宇文邕（543—578），字祢罗突。他当了十八年皇帝，死时年仅三十五岁。他是著名的政治家、军事家，一生中做过三件大事：杀宇文护，整顿政治；灭佛，增强北周国力；消灭北齐，统一北方。宇文邕存世散文共 62 篇，其中诏文 54 篇，占散文总数的绝大部分，不仅如此，它还占北周宇文氏诏文总数的 60%。其原因是他在位时间较长，常借助诏文来发号施令。他的诏文按内容分以下几类：一、健全律法；二、劝课农桑，奖励耕植；三、抑制宗教；四、抑奢靡尚节俭。

其中最能体现他文学特征的散文是《诛晋公护大赦改元诏》①：

> 君亲无将，将而必诛。太师、大冢宰、晋公护，地实宗亲，义兼家国。爰初草创，同济艰难，遂任总朝权，寄深国命。不能竭其诚效，罄以心力，尽事君之节，申送往之情。朕兄故略阳公，英风秀远，神机颖悟，地居圣胤，礼归当璧。遗训在耳，忍害先加。永寻摧割，贯切骨髓。世宗明皇帝聪明神武，□□藏智，护内怀凶悖，外托尊崇。凡厥臣民，谁亡怨愤。
>
> 朕纂承洪基，十有三载，委政师辅，责成宰司。护志在无君，义违臣节。怀兹蛮毒，带彼狼心，任情诛暴，肆行威福，朋党相扇，贿货公行，所好加羽毛，所恶生疮痛。朕约己菲躬，情存庶政。每思施宽惠下，辄抑而不行。遂使户口凋残，征赋劳剧，家无日给，民不聊生。且三方未定，边隅尚阴，疆场待戎旗之备，武夫资捍城之力。侯伏龙恩、万寿、刘勇等，

---

① （清）严可均. 全上古三代秦汉三国六朝文 [M]. 北京：中华书局. 1958：3892.

未效庸勋，先居上将，高门峻宇，甲第雕墙，实繁有徒，同恶相济。民不见德，唯利是视。百姓嗷嗷，道路以目；含生业业，相顾钳口。常恐七百之基，忽焉颠坠，亿兆之命，一旦阽危，上累祖宗之灵，下负苍生之责。

今肃正典刑，护已即罪，其余凶党，咸亦伏诛。氛雾既清，遐迩同庆。朝政惟新，兆民更始。可大赦天下，改天和七年为建德元年。

宇文护字萨保，宇文泰的侄子，早年跟随宇文泰征战，在与东魏的交战中屡建战功，又与于谨南征梁朝江陵，立下了赫赫战功。宇文泰临死前遗命宇文护掌管国家大权，这让宇文护的野心一下子膨胀到了极点。他为维持自己掌揽政治大权的地位，曾杀害三位皇帝：西魏恭帝拓跋廓、孝闵帝宇文觉、周明帝宇文毓。史载武帝即位后，设计斩杀了宇文护，并将其诸子近臣悉数诛杀。"杀护讫，……即令收护子柱国谭国公会、大将军莒国公至、崇业公静、正平公乾嘉，及乾基、乾光、乾蔚、乾祖、乾威等，并柱国侯伏侯龙恩、龙恩弟大将军万寿、大将军刘勇、中外府司录尹公正、袁杰、膳部下大夫李安等，于殿中杀之。"[1] 宇文护世子训为蒲州刺史，武帝连夜遣人往蒲州征宇文训赴京师，至同州赐死。另一子昌城公宇文深出使突厥，武帝亦遣人杀之。凡宇文护亲任之人，悉数除名。武帝剪除了宇文护的庞大势力后，宇文氏家族势力大衰，而不得不倚重国舅，最终导致政权旁落入国舅杨坚之手，而被取而代之了。

本诏文共三段，前两段阐述宇文护的罪行，最后一段写对宇文护的处置。文章开篇，武帝就摆明立场，即王子犯法与庶民同罪："君亲无将，将而必诛。"第二段对宇文护所犯罪行逐一加以指责，并大量运用对偶句式，公布其丑恶的罪行，如"怀兹虿毒，带彼狼

---

① （唐）令狐德棻. 周书［M］. 卷十一. 北京：中华书局，1971：52.

心，任情诛暴，肆行威福，朋党相扇，贿货公行，所好加羽毛，所恶生疮痏"。将宇文护的所有罪行一览无余地道尽，为宇文护加害之人伸不平之气。

武帝此篇诏文是针对惩治宇文护而下的，其内容紧扣主旨，整篇诏文大量运用对偶句式，读起来琅琅上口。

综上所述，宇文毓与宇文邕的散文整体文风呈尚实性，在表达技巧上较注重语辞的选用，间用骈偶句式，为情感表达平添了几分色彩，同时也体现了宇文氏散文写作技巧逐渐趋于成熟。

（三）刚健与华丽并存的宇文赟、宇文逌、宇文招册、序

宣帝宇文赟是北周第四代皇帝，在位时间仅一年，是北周武帝宇文邕的长子，他的散文大多为诏书。除诏书外，其中最具代表性的是册。册是文体名，是古代帝王祭祀天地神仙的文书或封爵的诏书，宣帝的册文为后者。他共有册7篇，都是加封皇后和皇太后的册文。宣帝宇文赟是一个沉溺酒色的昏庸皇帝，在位期间曾并立五位皇后，分别为天元大皇后杨丽华、天大皇后朱氏、天右大皇后元氏、天左大皇后陈氏、第五皇后尉迟氏。除此之外，他还大肆装饰宫殿，滥施刑罚，整个朝廷充斥着紧张的气氛。自此，北周国势日渐衰落。而宣帝宇文赟由于纵欲过度，嬉游无度，健康状况恶化，于大象二年（580）五月去世，年仅二十二岁。

他的册文文辞较华丽，注重辞藻的选用以及对偶句的运用，可见当时宇文氏逐渐注重文学的审美性。其中最能体现宣帝宇文赟文学才华的是他的《元后为天元大皇后册》，此册连用对偶句式，展现元大皇后的品德，如"载德涂山，懿淑内融，徽音潜畅"。其次在《天元圣皇太皇册》中也连用数句对偶句式："伏惟月精效祉，坤灵表觌，瑞肇丹陵，庆流华渚。"这些都体现了文辞的华丽，也可看出宇文氏在文学技巧上逐渐趋向南风。

宇文逌文风尚华丽，可视为皇室文风导向的代表。滕王宇文逌，字尔固突，宇文泰之子。少好经史，解属文。周明帝武成初，

封滕国公。武帝天和末任大将军。建德初晋位柱国，三年封滕王。宣政元年为上柱国。静帝大象二年，被杨坚所杀。

他是北周宗室文人中成就较高者之一，也是最能代表北周宇文氏散文发展的人。《周书》本传记载"迪所著文章，颇行于世"①。《隋书·经籍志》中有《滕简王集》八卷，今已散佚。存《至渭源诗》一首，见《初学记》卷六，后被逯钦立辑入《先秦汉魏晋南北朝诗》；又有《庚信集序》一篇，后被清代严可均辑入《全上古三代秦汉三国六朝文》。留下的文学作品虽不多，但文学成就不可忽视。他的文学创作受王褒、庚信等文人影响，因当时整个北周都掀起了向王褒、庚信学习的热潮，而滕王宇文迪又与二人关系极好，经常在一起吟咏诗文，因而宇文迪的文学水平得到了很大的提高。

下录宇文迪《庚信集序》：

> 盖闻五声调应，则宫徵成其文；八音克谐，则弦管和其韵。所以《周南》《召南》之篇，为风人之首；《小雅》《大雅》之作，实王政之由。复有阳春白雪之唱，郢中之曲弥高；秋风黄竹之词，伊上之才尤盛。遂能弘孝敬，叙人伦，移风俗，化天下。兼夫吟咏情性，沈郁文章者，可略而言也。开府、司宗中大夫、义城公庚信字子山，南阳新野人也。若夫有周之时，掌庚源其得姓；皇晋之代，太尉阐其宗谱。焉奕氤氲，布在方策，国史家牒，世并详焉。八世祖滔，散骑常侍、领大著作、遂昌县侯。祖易，征士，隐遁无闷，确乎不拔，宋终齐季，早擅英声。父肩吾，散骑常侍、中令书，文宗学府，智囊义窟，鸿名重誉，独步江南。或昭或穆，七世举秀才；且珪且璋，五代有文集。贵族华望，盛矣哉。幼而清惠，唯良之美，称共治之能。佩犊带牛，有侔龚遂；桑枝麦穗，无谢张堪。入为司宪中大夫，帅掌三敕之法，助宣五禁之书，秋府得人，于

---

① （唐）令狐棻.周书［M］.北京：中华书局.1974：206.

斯为盛。尝旦上府赋诗曰："诘旦启门阑，繁辞涌笔端。苍鹰下狱吏，獬豸饰刑冠。司朝引玉节，盟载捧珠盘。穷纪星移次，归余律未殚。雪高三尺厚，冰深一寸寒。短笋犹埋竹，香心未起兰。孟门久失路，扶摇忽上抟。栖乌迁得府，弃马复归栏。荣华名义重，虚薄报恩难。枚乘还起疾，贡禹遂弹冠。方随莲叶敛，未用竹根丹。一知玄象法，讵思垂钓竿。"其王事之中，优游如此。出为洛州刺史，德藏襄帷，才膺刺举，吏不敢贿，人不忍欺。上洛童儿，如迎郭伋；商山故老，似值刘弘。复为司宗中大夫。总辖礼府，佐治春卿，辨九拜之仪，教六诗之义。自梁朝筮仕，周氏驰驱，至今岁在屠维，龙居渊献，春秋六十有七。齿虽耆旧，文更新奇，才子词人，莫不师教，王公名贵，尽为虚襟。信降山岳之隆，蕴烟霞之秀，器量侔瑚琏，志性甚松筠。妙善文词，尤工诗赋，穷缘情之绮靡，尽体物之浏亮。诔夺安仁之美，碑有伯喈之情，箴似扬雄，书同阮籍。少而聪敏，绮年而播华誉，龆岁而有俊名。孝性自然，仁心独秀，忠为令德，言及文词，穿壁未勤，映萤逾甚。若乃德圣两礼，韩鲁四诗；九流七略之文，万卷百家之说；名山海上，金匮玉版之书；鲁壁卫坟，缥帙缃囊之记；莫不穷其枝叶，诵其篇简，岂止仲任一见之敏，世叔五行之速。强记独绝，博物不群，年十五，侍梁东宫讲读。虽桓驎十四之岁，答宿客之诗；鲁连十二之年，杜离坚之辨；匪或斯尚，同日语哉！玉墀射策，高等甲科。公孙金马之时，仲舒鸿渐之日，未能连类，曾何足云。解褐授安南府行参军。尺木未阶，高衢方骋。寻转尚书度支郎中。壮岁精练，必以吏能，上象列宿，非因忿气。夜不离阁，无愧于黄香；开雾睹天，有同于乐广。仍为郢州别驾。刺史之半，骥足斯展。于时江路有贼，梁主使信与湘东王论中流水战事，丑徒闻其名德，遂即散奔，深为梁主所赏。盖善战者不阵，此之谓乎？兼通直常侍，使于魏土，接对有才辨，虽子贡之旗鼓陈说，仲山之专对智谋，无以加也。

还本国为正员郎。职位清显，以望以实。又为东宫领直。春宫兵马，并受节度，龙楼兰锜，宠寄逾隆。值侯景篡逆，攻围淮海，建康宫殿，非无流矢之兵；丹阳帝居，遂有生荆之痛。出往上流，来归全楚，于时州后即湘东王。其后封豕既诛，长蛇受戮，湘东有雪耻之功，淮海有勤王之旅，同少康之复夏，若太戊之绍殷。即于荆江，骤置文物，复为梁后主萧绎御史中丞。中兴司直，具瞻斯在，贵戚敛手，豪族屏气，迁散骑常侍、右卫将军。丰貂右珥，戎章再徙，阮籍非好之职，郑点参乘之官，著德廊庙，切问近对。拜武康县开国侯，开国承家，信圭是执，河带山砺，贻厥于后。即以本官奉使大国。光华重出，愿曒再来。太祖夹辅魏朝，作相关右，三分有二，九合一匡，德迈晋宣，雄逾魏武，功高网地，道映在田，一见子山，赐识如旧。属武太祖，献策魏帝，命将荆衡。寻值本朝青盖入洛，于是拾节入仕，乃沐霸恩，改授使持节、车骑大将军、仪同三司。戎号光隆，比仪台铉，高官美宦，有逾旧国。又迁骠骑大将军、开府、义城公。王沈晋代，始授此荣，黄权魏时，首膺斯命。降在季世，秩居上品，爵为五等，荣贵两朝。出为弘农郡守。职实剖符，寄深分竹。加以冥心资敬，笃信天伦，孝实人师，刑惟士则，愠喜不形于色，忠恕不离于怀，矜简俨然，师心独往，似陆机之爱弟，若韩康之养甥，环堵之间，怡怡如也。屡聘上国，特为太祖所知，江陵名士，唯信而已。绸缪礼遇，造次推恩；明帝守文，偏加引接；武王英主，弥相委寄；密勿王事，多历岁年。自携老入关，丞移灰琯，蒸蒸色养，勤动扇席。及丁母忧，杖而后起，病不胜哀。青鸾降宿树之祥，白雉有依栏之感。晋国公庙期受托，为世贤辅，见信孝情毁至，每自悯嗟，尝语人曰："庾信南人羁士，至孝天然，居丧过礼，殆将灭性，寡人一见，遂不忍看。"其至德如此，彼知亦如此。昔在杨都，有集十四卷，值有罹乱，百不一存；及到江陵，又有三卷，即重遭军火，一字无遗。今之所撰，止入魏以来，爰洎皇代。凡所著述，合二十卷，分成两帙，付之后尔。余与子山，风期款密，情均缟纻，契比金兰。欲余制序，聊命翰札，幸无愧色，非有绚章，方当贻范搢绅，悬诸日月焉。（《全上古三代秦汉三国六朝文·全后周文》）①

庾信晚年时曾请宇文逌为其作品集《庾信集》作序，即《庾信集序》，此篇最能代表宇文逌文学创作的成就。序即序文，又名"序言"、"前言"、"引言"，是放在著作正文之前，对书籍、文章举其纲要、论其大旨的一种文体。序文可以由作者自己写，也可以由他人写，也可以用有关的文章替代。自己写的叫"自序"，内容多说明写书的目的及成书经过。别人代写的序叫"代序"，内容多介绍、评论该书的思想内容和艺术特色。《庾信集序》这篇序虽篇幅较长，但结构严谨，层次清晰。全文对句精工，用典繁密，辞藻华丽，声律谐美，句式灵活，以四、六句为主，堪与南朝骈体名作媲美。序文清楚地介绍了庾信的家世、经历及他一生所作的文章，高度赞扬了庾信的人品与创作成就。文章虽叙述部分较多，但字里行间流露出作者对庾信的钦佩之情，同时也充分展现了宇文逌的文学才华。

庾信曾赞扬宇文逌"雄才盖代，逸气横云"，称其序文"风雨争飞"、"鱼龙百变"②，可见庾信对宇文逌文学水平的肯定。

宇文逌大量运用典故和四六骈体句式，极力摹仿庾信文笔，写成一篇比较规范的骈体文。此序文亦可视为模拟庾信文体而写成的一篇较出色的骈文，试以宇文逌的《庾信集序》首段与庾信的《赵国公集序》首段作一比较：

---

① （清）严可均. 全上古三代秦汉三国六朝文［M］. 北京：中华书局. 1958：3901—3903.

② （清）倪璠. 庾子山集注［M］. 北京：中华书局. 1980：554.

盖闻五声调应，则宫徵成其文；八音克谐，则弦管和其韵。所以《周南》《召南》之篇，为风人之首；《小雅》《大雅》之作，实王政之由。复有阳春白雪之唱，郢中之曲弥高；秋风黄竹之词，伊上之才尤盛。遂能弘孝敬，叙人伦，移风俗，化天下。兼夫吟咏情性，沈郁文章者，可略而言也。(宇文逌《庾信集序》) ①

窃闻平阳击石，山谷为之调；大禹吹筹，风云为之动。与夫含吐性灵，抑扬词气，曲变阳春，光迥白日，岂得同年哉? (庾信《赵国公集序》) ②

比较二序，我们会发现二者极为相似，我们也可以看出宇文逌受儒家文艺观的影响之大。他称赞庾信诗文如《诗经》中的"风"、"雅"诸篇一样，"能弘孝敬，叙人伦，移风俗，化天下"，以儒家观点加以标榜。序文中这样评价庾信的文章："信……妙善文词，尤工诗赋，穷缘情之绮靡，尽体物之浏亮。"对庾信的推崇溢于言表。同时不难看出，宇文逌欣赏庾信，主要着眼于缘情、体物之绮靡、浏亮的南国气息，对注重形式技巧的绮艳文风大加赞赏，体现了北周后期皇室文人文学观的变化。

除滕王宇文逌外，赵王宇文招的文学素养也很高。宇文招，字豆卢突，宇文泰第七子，封赵王，公元 580 年被杨坚所杀。宇文招笃好文学，涉猎广博，富有才名。自王褒、庾信北来，与之交往甚密，互相唱和，彼此建立了非常深厚的友谊。他学庾信体，词多轻艳，有较高的文学造诣。庾信曾为宇文招诗文集写过《赵国公集序》。序中盛赞作者道德、文章兼美，认为其创作能"斟酌《雅》

---

① （清）严可均. 全上古三代秦汉三国六朝文 [M]. 北京：中华书局. 1958：3901.

② （清）严可均. 全上古三代秦汉三国六朝文 [M]. 北京：中华书局. 1958：3934.

《颂》",继承和发扬了古代优秀的现实主义传统。虽有夸张成分,但也足见庾信对其文学水平的肯定。《周书》本传记载宇文招所著文集有十卷,行于世,可惜的是现今几乎全部散佚,我们只能从王褒、庾信现存的诗文中确定一些篇名。如王褒、庾信都有《奉和赵王隐士诗》《奉和赵王途中五韵诗》,说明赵王有关于隐士和途中之诗。另外在庾信诗集中,还有和赵王的诗十多首。由此可知赵王当时的诗作数量还是较多的,可是至今仅存一首《从军行》,而散文则一篇也没有存下,实为可惜。现只能通过庾信诗文中对他的评价来推测宇文招的文学水平了。庾信在《上益州上柱国赵王诗二首》①之一中,评价宇文招的诗文"风流盛儒雅,泉涌富文词"。又在《谢赵王示新诗启》中说:"新诗八体六文,足惊豪翰。四始六义,实动性灵。落落词高,飘飘意远。文异水而涌泉,笔非秋而垂露。藏之山崖,可使文雾郁起;济之江浦,必当蛟龙绕船。"②由此可见宇文招的文学成就之高。他的《从军行》③能从大处着眼,小处着笔:"辽东烽火照甘泉,蓟北亭障接燕然。水冻菖蒲未生节,关寒榆荚不成钱。"形象生动地刻画了战争场面的开阔壮观和战争环境的恶劣,全诗风骨独著,清冽劲拔,洋溢着悲凉慷慨之气,有着少数民族特有的豪爽刚健风格。可见宇文招在学习庾信体时并不是一味地模仿,而有其独特的风格,充分体现了宇文氏文章的魅力。

（四）真挚感人的宇文护书信

在北周宇文氏家族中最具有代表性的文章,也是最能体现北周宇文氏散文风格的作品,就是宇文护的《报母阎姬书》。宇文护字萨保,宇文泰的侄子。此书是宇文护写给母亲的一封家书。从为人子的角度入手,感情真实自然,催人泪下,而言语几近口语,质朴无华。《报母阎姬书》:

---

① 逯钦立辑校.先秦汉魏晋南北朝诗 [M].北京:中华书局,1983:2356.

② （清）严可均.全上古三代秦汉三国六朝文 [M].北京:中华书局.1958:3933.

③ 逯钦立辑校.先秦汉魏晋南北朝诗 [M].北京:中华书局,1983:2344.

区宇分崩，遭遇灾祸，违离膝下，三十五年。受形禀气，皆知母子，谁同萨保，知此不孝！宿殃积戾，惟应赐钟，岂悟网罗，上婴慈母。但立身立行，不负一物，明神有识，宜见哀怜。而子为公侯，母为俘隶，热不见母热，寒不见母寒，衣不知有无，食不知饥饱，泯如天地之外，无由暂闻。昼夜悲号，继之以血，分怀冤酷，终此一生，死若有知，冀奉见于泉下尔。不谓齐朝解网，惠以德音，摩敦、四姑，并许矜放。初闻此旨，魂爽飞越，号天叩地，不能自胜。四姑即蒙礼送，平安入境，以今月十八日于河东拜见。遥奉颜色，崩动肝肠。但离绝多年，存亡阻隔，相见之始，口未忍言，惟叙齐朝宽弘，每存大德，云与摩敦，虽处宫禁，常蒙优礼，今者来邺，恩遇弥隆。矜哀听许，摩敦垂敕，曲尽悲酷，备述家事。伏读未周，五情屠割。书中所道，无事（《北史》作“无一事”）敢忘。摩敦年尊，又加忧苦，常谓寝膳贬损，或多遗漏，伏奉论述，次第分明。一则以悲，一则以喜。当乡里破败之日，萨保年已十余岁，邻曲旧事，犹自记忆，况家门祸难，亲戚流离，奉辞时节，先后慈训，刻肌刻骨，常缠心腑。

天长丧乱，四海横流。太祖乘时，齐朝抚运，两河、三辅，各值神机。原其事迹，非相负背。太祖升遐，未定天保，萨保属当犹子之长，亲受顾命。虽身居重任，职当忧责，至于岁时称庆，子孙在庭，顾视悲摧，心情断绝，胡颜履戴，负愧神明。霈然之恩，既以沾洽，爱敬之至，施及傍人。草木有心，禽鱼感泽，况在人伦，而不铭戴。有家有国，信义为本，伏度来期，已应有日。一得奉见慈颜，永毕生愿。生死肉骨，岂过今恩，负山戴岳，未足胜荷。二国分隔，理无书信，主上以彼朝不绝母子之恩，亦赐许奉答。不期今日，得通家问，伏纸呜咽，言不宣心。蒙寄萨保别时所留锦袍表，年岁虽久，宛然犹识，抱此悲泣。至于拜见，事归忍死，知复何心！①

写这封信的缘由是：在东、西魏邙山大战中，宇文护的母亲阎姬和他的四姑及亲戚都被东魏掠去。后宇文护攻打北齐，齐王迫不得已允许阎姬返回北周，求得两国和好。但他的四姑先被遣回，母亲暂且留下，并带回阎姬让人代写的书信《为阎姬与子宇文护书》。宇文护写了回信《报母阎姬书》。此信开篇即写母子分离之久以及对母亲的思念之情。运用口语化的言辞，如"而子为公侯，母为俘隶，热不见母热，寒不见母寒，衣不知有无，食不知饥饱"等句，使文章显得朴素自然，别具特色，更富有人情味。文中还用口语化的排比句，描绘了一个离别多年的儿子对母亲的关切之情。在读者面前展现的不仅仅是一个叱咤战场的将军形象，而且是一个痛哭流涕的孩子在向母亲诉说别离的思念，让读者真切感受到浓郁的母子之情。如"萨保年已十岁，邻曲旧事，犹自记忆，况家门祸难，亲戚流离。奉辞时节，先后慈训，刻肌刻骨，常缠心腑"，读之令人鼻酸，几欲泪下。

而《为阎姬与子宇文护书》同样带有质朴无华的口语化文风。描写家中琐事，借以回忆旧日亲情，又写离乱中的遭遇，颇为细致。整篇书信娓娓叙来，更多带有口语化风格。因书信是母亲口述，无太多文学修养，也不用太过注重身份的限制，故较宇文护的回信更加口语化，如"吾凡生汝辈三男三女，今日目下，不睹一人"，写出了母亲的悲苦凄凉之情，在八十岁之时，身边竟无一子女陪伴左右，实为可悲，道出了母亲念子之苦。此文最大的特点是夹有鲜卑语，如"阿摩敦"。这可以看出鲜卑民族特有文化的残留。此书被钱锺书先生评为唐前"不文"、"直说"、"堪当家书之目"的代表作，"窃欲言北齐无文章，惟阎姬与宇文护书，可乎?"② 可见

---

① （清）严可均. 全上古三代秦汉三国六朝文［M］. 北京：中华书局. 1958:
  3900.

② 钱锺书. 管锥编［M］. 北京：中华书局，1986:1515.

钱锺书对它的推崇，也可见此书信独有的文学魅力。

小　结

以上对北周宇文氏主要作家的研究，可以清晰地看到宇文氏散文的文学风格及其发展脉络。他们吸收借鉴了汉族及其他民族许多文化因子，但没有失掉本民族特有的文学风格，即质朴、刚健、尚实的文风。其原因有如下几点：首先，北周统治者为鲜卑族，他们有着质朴豪迈的民族性格，加之多武人出身，有着尚武的精神；其次，北周统治者继承的是两汉时期的儒家文化思想，受当时放诞通脱的玄学影响相对较小；再次，虽王褒、庾信等南方文人将南朝华丽文风带到北方，但是我们可以看到北周宇文氏只是在辞藻选用与写作技巧上学习南朝文学，而并未改变文章内在精神及豪健的风格，保有本民族特有的文学风格，所以其散文才有着与众不同的文学价值。

第二节

宇文氏文学作品中的多元文化因子

宇文氏散文之所以有它独特的文学魅力，一方面是它本身的独特光彩的显现；另一方面又离不开多民族文化相互交融的影响。在北周时期，多民族相互交融的现象促进了多元文化间的交流与沟通。北周宇文氏家族对文化采取开放包容的态度，促使文化多元发展。而这一切都在文学的发展过程中有充分的体现。现就宇文氏散文中的儒学思想、佛道思想，以及东西文化、南北文化交融作一阐述。

一、两汉儒学思想

儒家文化是汉文化的精髓。儒家文化中的一些核心思想在宇文氏的散文中有明显的体现，这也表明儒家文化对宇文氏影响之深。这种思想主要表现在仁政、孝廉、节俭等方面。此外，又因北周接受的是儒家文化，受当时放诞通脱的玄学影响较小，故文学多呈现质朴、慷慨之风。

（一）宇文氏散文中的儒家"仁政"思想

北周宇文氏统治者很注重儒家仁政思想。他们提倡为政以德，宽以待民，施以恩惠，以争取民心。而这种统治理念为北周政权的稳定奠定了思想基础，也为北周统一北方储备了政治实力。

如北周王朝的奠基者宇文泰，在他发布的《大统十一年春三月令》①中说："古之帝王……非欲富贵其身而尊荣之"，而是为了治理天下而广招贤才，授之以官职；为官者"上匡人主，下安百姓"，要做到"不遑恤其私而忧其家"，"妻子或有饥寒之弊，而不顾也"。通篇诏令都是以"尧舜之为君，稷契之为臣"之古圣贤为表率，为君为臣之道是天下为公。诏令主题专对新朝"吏治"而发，而吏治思想则是儒家仁政的核心——民本思想。

如明帝宇文毓，史书称他"治有美政，黎民怀之"。②他通过对刑法的减免以及对一些法律的调整，来体现仁政。主要的诏书有《放还远配诏》《放免元氏家口诏》《放免抄掠诏》，这些诏书可以明显看出仁政思想。宇文毓刚刚登上皇位时，就诏令放还远配的罪犯，开篇就写帝王以宽仁为大，以示自己治国的策略。从他对罪犯的宽厚态度上，也可以看出其对北周刑罚的改进。他明示"及诸村民一家有犯乃及数家而被远配者，并宜放还"（《放还远配诏》），主张一人犯罪一人承担，不牵涉他人，也就是取缔了株连九族的残暴法令，可见鲜卑族宇文氏受儒家仁政思想的影响。除此之外，宇文毓的《放免元氏家口诏》赦免了因前朝赵贵杀宇文护事件而连累的人，表现出他的度量以及他的治国思想。前两篇诏书中提到了后魏拓跋政权的仁政思想，北周统治者自认为是北魏的延续者，也要继承发扬他们的仁政思想，也可见北周的仁政思想是受到北魏政治的影响，二者有着一脉相承的治国理念。可以说北周是北魏拓跋氏汉化的一个延续阶段。而宇文毓的《放免抄掠诏》也是对刑法的放宽和减免，体现了仁政思想。《放免抄掠诏》③云：

王者之宰民也，莫不同四海，一远近，为父母而子之。一

---

① （清）严可均.全上古三代秦汉三国六朝文［M］.北京：中华书局.1958：3886—3887.

② （唐）令狐德棻.周书·明帝纪［M］.北京：中华书局，1974：53.

③ （清）严可均.全上古三代秦汉三国六朝文［M］.北京：中华书局.1958：3888.

物失所，若纳于隍。贼之境士，本同大化，往因时难，致阻东西，遂使疆场之间，互相抄掠。兴言及此，良可哀伤。自元年以来，有被掠入贼者，悉可放免。

诏书开篇采用比喻的写作手法，将帝王与子民的关系比作父母与子女的关系，认为帝王失去子民之痛与父母失去子女之痛是一样的，可见他对待子民的怜爱之情。言辞恳切，感情真挚，像父母一样爱惜着自己的子民。诏书的后半部分写对因战争而被抓来的人也要放免，可见宇文毓的仁厚之心，表现出一位帝王的宽容。

武帝宇文邕是一位仁厚的君主。史书记载："平齐之役，见军士有跣行者，帝亲脱靴以赐之。每宴会将士，必自执杯劝酒，或手付赐物。"① 体现了他对将士的关爱之心以及谦和的态度，而这也正是武帝时期北周能迅速强大昌盛的一个重要原因。宇文邕的散文中有两篇诏文最能体现他的仁政思想。其中一篇是《省征发诏》，这一诏文中不仅能看出武帝的仁政思想，还可以看出他杰出的政治才能，即深知治国的根本在于安民："故知为政欲静，静在宁民；为治欲安，安在息役。"② 看到百姓生活的艰辛，国家的贫困，武帝整日担忧，进而发诏减少征发，减省朝廷对民间劳力和物资的征用。而当时正是国家需要人力、物力和财力的时候，这一切都证明了武帝果断的政治决策，及为民着想的仁政思想。他的另一诏书是《除配杂科诏》，是对国家不合理刑罚的调整，体现了仁政的治国思想。诏书采用《诗经》的四言句式，指出了配杂之科的残忍与不合理："杂役之徒，独异常宪，一从罪配，百世不免。"③ 而政治统治必须遵循儒家的仁政思想，废除配杂之科，即所谓"道有沿革，宜从宽

---

① （唐）令狐德棻. 周书·武帝纪 [M]. 北京：中华书局，1974：107.

② （清）严可均. 全上古三代秦汉三国六朝文 [M]. 北京：中华书局. 1958：3892.

③ （清）严可均. 全上古三代秦汉三国六朝文 [M]. 北京：中华书局. 1958：3895—3896.

典，凡诸杂户，悉放为民，配杂之科，因之永削"。

宣帝宇文赟虽然是一位昏庸奢靡的皇帝，但他的诏文中也有对不合理刑罚的减免。虽仅一篇，但也足见宇文赟受儒家仁政思想的影响。此诏文为《除刑书要制诏》，"高祖所立刑书要制，用法深重，其一切除之。"① 言辞简练，主旨明确。

（二）宇文氏散文中的儒家"孝道"思想

"孝"是儒家文化的核心内容，千百年来一直作为伦理道德之本、行为规范之首而备受推崇。孝文化不仅在汉族中影响至深，其文化魅力也深受鲜卑宇文氏的推崇。明帝宇文毓的诏文《赠秦荣先诏》② 可以作为代表。

> 孝为政本，德乃化先，既表天经，又明地义。荣先居丧致疾，至感过人，穷号不反，迨乎灭性。行标当世，理镜幽明，此而不显，道将何述。可赠沧州刺史，以旌厥异。

为表现对孝道的推崇，宇文毓专门下诏赞扬荣先的孝行。荣先因为母亲的去世而终日悲伤，对母亲的思念之情久久不能忘怀。而他的哥哥秦族也是一个孝子，父亲去世时，自己掩藏哀痛，终日安慰母亲，与弟弟和亲戚和睦相处。整个家族中都洋溢着浓浓的孝悌之情，他们的孝道被乡里人所赞扬推举。宇文毓为此赠荣先沧州刺史之官，一方面是对他的赞扬嘉奖，另一方面也是为了大力宣扬孝道，以期在整个国家弘扬这种风气，建立良好的社会风气。整篇诏文采用四言句式，整体结构严整缜密。

除明帝宇文毓之外，武帝宇文邕也大力宣扬孝道。与宇文毓不同的是，他不以某一具体人物的孝行而发诏书，而是提倡一种社会风气，以激发人们对孝道的遵守，对整个社会氛围起到了净化

---

① （清）严可均.全上古三代秦汉三国六朝文［M］.北京：中华书局.1958：3898.
② （清）严可均.全上古三代秦汉三国六朝文［M］.北京：中华书局.1958：3889.

作用。《举孝行诏》开篇即对"或负土成坟，或寝苫骨立"的孝行加以赞扬，并要求"当加吊勉"①，以防止不良风气对人们生活的腐蚀。整篇诏文言简意赅，言辞恳切。

宣帝宇文赟是一位极其暴虐荒淫的皇帝，他在位期间大肆装饰宫殿，且滥施刑罚，经常派亲信监视大臣言行，臣子与百姓都生活在恐慌之中，惶惶不可终日。但宣帝在他的《诏制九条宣下州郡》第五条和第八条中都提到了孝道，并将孝道列为举贤的标准之一，足见北周一贯推行孝道，没有中断。如《诏制九条宣下州郡》②云："……五曰：孝子顺孙，义夫节妇，表其门闾，才堪任用者，即宜申荐；……八曰：州举高才博学者为秀才，郡举经明行修者为孝廉，上州、上郡岁一人，下州、下郡三岁一人……"把孝道列为擢拔选用人才的条件。

（三）宇文氏散文中的儒家"节俭"思想

宇文氏家族多认为节俭是治国的根本，而节俭又是儒家文化所提倡的。史书称文帝宇文泰"性好朴素，不尚虚饰"③。明帝宇文毓的节俭在他的散文中有所表现，如他临终前在《大渐诏》④中告诫臣子们对自己的丧事要从俭。

> 丧事所须，务从俭约，敛以时服，勿使有金玉之饰。若以礼不可阙，皆令用瓦。小敛讫，七日哭。文武百官各权辟衰麻，且以素服从事。葬日，选择不毛之地，因地势为坟，勿封勿树。且厚葬伤生，圣人所诫，朕既服膺圣人之教，安敢违

---

① （清）严可均.全上古三代秦汉三国六朝文［M］.北京：中华书局.1958：3891.

② （清）严可均.全上古三代秦汉三国六朝文［M］.北京：中华书局.1958：3897.

③ （唐）令狐德棻.周书·文帝纪［M］.北京：中华书局.1974：37.

④ （清）严可均.全上古三代秦汉三国六朝文［M］.北京：中华书局.1958：3889.

之，凡百官司，勿异朕此意。

　　无论是丧葬所需的器物，还是文武百官的孝服以及坟地和一些礼仪，都须从俭，并说厚葬伤生，进而推出圣人孔子也奉行节俭，崇信孔子又怎能违之而行呢？从而摆明自己的立场，劝告世人不要违背节俭精神。

　　武帝宇文邕是历史上以节俭而闻名的皇帝。他认为节俭是治国的根本，而北齐的灭亡就是因极度奢靡而造成的，所以他厉行节俭，"身衣布袍，寝布被，无金宝之饰，诸宫殿华绮者，皆撤毁之，改为土阶数尺，不施栌栱。其雕文刻镂，锦绣纂组，一皆禁断。后宫嫔御，不过十余人"。① 在宫殿建筑上也提倡节俭，对此颁布了三道诏书：《毁撤齐国园台诏》《毁撤京师宫殿诏》《毁撤并邺宫殿诏》。其中的《毁撤齐国园台诏》是对北齐奢靡之风的批判，认为北齐的奢靡之风是导致国家灭亡的原因，进而警示人们要节俭。为杜绝奢靡之风，武帝撤毁了齐国的园台，将财物赏赐于民，充分体现出武帝的节俭思想。其诏文如下：

　　　　伪齐叛涣，窃有漳滨，世纵淫风，事穷雕饰。或穿池运石，为山学海，或层台累构，概日凌云。以暴乱之心，极奢侈之事，有一于此，未或弗亡。朕菲食薄衣，以弘风教，追念生民之费，尚想力役之劳。方当易兹弊俗，率归节俭。其东山南园及三台，可并毁撤。瓦木诸物，凡入用者，尽赐下民。山园之田，各还本主。②

　　其他两道诏书也是对奢靡之风的批判，并将豪华的京师宫殿和

---

① （唐）令狐德棻. 周书·武帝纪 [M]. 北京：中华书局，1974：107.
② （清）严可均. 全上古三代秦汉三国六朝文 [M]. 北京：中华书局. 1958：3895.

并邺宫殿拆掉，将财物赐予当地居民。三道诏书明确了整治奢靡之风的态度，可谓言辞简洁、精确。《毁撤并邺宫殿诏》：

> 京师宫殿，已从撤毁。并、邺二所，华侈过度，诚复作之非我，岂容因而弗革。诸堂殿壮丽，并宜除荡，蔑宇杂物，分赐穷民。三农之隙，别渐营构，止蔽风雨，务在卑狭。①

除了宫殿建筑方面，他在御供以及婚嫁礼俗等方面也主张节俭。《减削御供诏》与《婚嫁礼制诏》都鲜明地表现出节俭的主张。在《减削御供诏》中，武帝指出不能因为自己身为皇帝，就可以享受奢侈华丽的生活，身为君主，应该看到"今巨寇未平，军戎费广，百姓空虚，与谁为足，凡是供朕衣服饮食，四时所须，爰及宫内调度，朕今手自减削。"② 看到国家的贫困和百姓的艰难，故消减御供，来减轻国家和百姓的负担，为此深受百姓的爱戴。婚嫁上主张节俭，可以看出武帝对百姓生活习俗的了解，而并不是身居皇宫、两耳不闻天下事的皇帝，相反却能对不正之风加以遏制，在一定程度上也为国家经济发展做出了贡献。《婚嫁礼制诏》虽篇幅短小，但内容明确，言辞精准：

> 政在节财，礼唯宁俭。而顷者婚嫁竞为奢靡，牢羞之费，罄竭资财，甚乖典训之理。有司宜加宣勒，使咸遵礼制。③

最能表现武帝节俭之风的，要数他的《减省六宫诏》。历代帝

---

① （清）严可均. 全上古三代秦汉三国六朝文［M］. 北京：中华书局. 1958：3895.

② （清）严可均. 全上古三代秦汉三国六朝文［M］. 北京：中华书局. 1958：3890.

③ （清）严可均. 全上古三代秦汉三国六朝文［M］. 北京：中华书局. 1958：3892.

王后宫佳丽三千，而武帝只"置妃二人，世妇三人"①，足见对节俭之风的身体力行。武帝一生都坚持节俭的品德，其言行深刻影响了整个国家风气，在他的治理之下北周日益强大，后吞并北齐，统治整个北方。武帝临终前也没忘记节俭，他在《遗诏》中说："丧事资用，须使俭而合礼，墓而不坟，自古通典。随吉即葬，葬讫公除。四方士庶，各三日哭。妃嫔以下无子者，悉放还家。"②除此之外，此诏还深受宿命论思想的影响。开篇即说生命的长短是命运已安排好的，而不由人所决定，有着悲观主义的思想，但实质上表现的是对生命短暂、时光荏苒的感慨。遗诏也表现了武帝对不能实现自己的愿望而感到惋惜，"将欲包举六合，混同文轨。今遘疾大渐，气力稍微，有志不申，以此叹息。"言辞恳切，情感真挚，不失为一篇佳作。

　　从以上宇文氏的散文中，可以看出儒家思想已经渗透在宇文氏的思想文化中，并在一定程度上影响着政治、经济、文化等方面的举措，有利于北周的迅速发展。除此之外，还有几篇诏文能看出宇文氏受儒家文化的影响。如武帝宇文邕有《胄子入学诏》，是专为宇文氏皇室成员接受儒家文化教育而发的一篇诏文，可以看出武帝想让他们的后代都接受儒家文化，以儒家文化为治国的基本思想。而他的《禁娶母同姓为妻妾诏》虽没有直接提及儒家文化，但也可看出受儒家文化思想的影响。他取缔了少数民族落后的婚姻习俗，说明鲜卑宇文氏在慢慢接受儒家文化的基础上，已逐渐改变了某些落后的习俗。最能看出武帝重视儒家文化的一篇散文是《叙废立义》，摆明自己的立场，弘扬儒家文化，"六经儒教之弘政术，礼仪忠孝，于世有宜，故须存立"；同时摒弃佛教思想，认为它劳民伤财，致使国家困顿，百姓贫穷。宣帝宇文赟则是从正面赞扬儒家文化，他的《追封孔子诏》追封孔子为邹国公，足见他对孔子的尊

---

①② （清）严可均. 全上古三代秦汉三国六朝文［M］.北京：中华书局. 1958：
　　3896.

重，以及对儒家文化的追捧。

二、宗教文化色彩

北周时期的宗教文化中，主要是佛教文化和道教文化的影响较为深厚，主要表现在人们对人生观及世界观的不同看法上。因当时政治、社会较为动荡，无论是王侯将相还是普通百姓都无法改变，这样就将希望寄托在佛、道之中，期望得到片刻的精神慰藉。除精神意义上的寄托之外，对宇文氏散文的影响主要表现在题材及语辞的应用上。正如汤用彤先生在《汉魏两晋南北朝佛教史》中说："晋宋以来，僧徒多擅文辞，旁通世典。士大夫亦兼习佛理。又因僧寺清幽，尤为其游观倡和之地。因而文人学士，首已在文字上结不解因缘。一方文字之取材，辟有甚光大之新领域。读支道林、谢灵运之诗文，可以概见，无须烦言。一方文字上之体裁，因玄学佛学之争辩，而多有说理之文。"① 可见佛道二教对文学的影响，它促进了整个北周文学的发展，也为北周文学注入了新的血液。

（一）宇文氏散文中的佛教文化

宇文氏散文作品中体现了佛教文化的影响。主要表现在两方面：一是对人生观、道德观的看法；二是对文学的内容及语言形式的影响。

明帝宇文毓《大渐诏》开篇就是对生死的看法："是以生而有死者，物理之必然。处必然之理，修短之间，何足多恨。"② 可见宇文毓已经不把生死看得太重。而佛教文化对待生死也很达观，因为他们坚信人的生命为世代轮回，一个生命的结束代表着另一个生命的开始，足见佛教思想对宇文毓的影响。除思想上的影响之外，在具体的文学上主要表现为散文内容和语言形式的影响。明帝宇文毓

---

① 汤用彤.汉魏两晋南北朝佛教史［M］.北京：中华书局.1983：347—348.

② （清）严可均.全上古三代秦汉三国六朝文［M］.北京：中华书局.1958：3889.

有关于修建寺庙的《修起寺诏》。武帝宇文邕的《敕昙崇为周国三藏》中赞扬了昙崇佛法之高："德行无玷，惊悟独绝，所预学徒，未闻有犯。"①而标题中的"藏"为佛家术语，可见散文不仅内容涉及佛法知识，而且在言语上也运用佛家术语。宣帝宇文赟有关佛教内容的诏敕共有三篇，分别为《陟岵寺行道诏》《安置沙门敕》《以法藏为陟岵寺主敕》。其中《陟岵寺行道诏》开篇就采用佛家言辞称佛教的好处，同时对崇信佛教之人给予更宽的条件，主张蓄发修行，这一切都表明宣帝认识到只要思想上真正皈依佛教，表面上的形式并不重要，足见他对佛教的领悟程度。此外，还通过四组词语"懿德贞洁，学业冲博，名实灼然，声望可嘉"，②高度评价了沙门中杰出僧人的才能。由于武帝的毁佛政策破坏很大，宣帝继位后又着手复兴佛教，为此还专门颁发了《安置沙门敕》。敕是古代文体的一种。敕，含有饬、戒的意思，使臣下自觉警饬，在政事上不敢怠惰。由此可看出统治者对佛教文化的重视程度。除此之外还颁布了《以法藏为陟岵寺主敕》，册封法藏为陟岵寺主，以促进佛教文化的发展。本篇敕采用了佛家语辞"菩萨"，不仅如此，还受到佛教思想中菩萨行为的影响。

宇文护沿袭宇文泰的传统，也极其推崇佛教文化。从他的《遗释亡名书》《又与释亡名书》中，可以看出他对对方的深厚佛法的高度赞赏，以及对佛教思想的崇拜景仰。在《遗释亡名书》中宇文护认为佛教的思想中有着匡救之志与向善之行："盖能仁处世，志存匡救，非先轮回，独尚兹善。"③并运用佛家术语"轮回"一词，可以看出佛教文化已经深深扎根于宇文护的思想中。为此他又写了

---

① （清）严可均. 全上古三代秦汉三国六朝文［M］. 北京：中华书局. 1958：3896.

② （清）严可均. 全上古三代秦汉三国六朝文［M］. 北京：中华书局. 1958：3898.

③ （清）严可均. 全上古三代秦汉三国六朝文［M］. 北京：中华书局. 1958：3900.

《又与释亡名书》，更进一步赞扬对方高深的佛学修养。宇文绎《奏谏度僧法藏》寥寥几句："天下众僧，普令还俗，今独度一人，违先帝诏。"① 体现了统治者对佛教文化的态度。

随着佛教的兴盛，佛教造像也普遍开展起来。因为佛教徒将造佛像视作祈福消灾的最大功德，认为灭罪除患，修福修慧，造像为先，而佛经中也广泛宣传造像的功德。这种造像形式多以家庭为单位。开窟造像时，往往在像的旁边或像身镌刻铭文，将造像人的心愿附记于此，这就是所谓的造像记。这样，造像记这种文体也随之发展起来。造像记记载造像的时间、造像人的身份、造像题材、造像动机、造像对象、造像人的愿望等。造像记长短不同，详略有别，长的可达数千字，但大多数写得非常简单，只有人名或年月、姓名等十几个字。这些简单的造像记直观而真实地记录了当事人的认识和主观心愿，可以让人们从一个侧面贴近那个时代民众的思想脉搏，感受他们的心灵世界。

此录代王宇文达《造释迦像记》于下：

> （前不知阙几行）□恩豆千□□□□持节骠骑□□□金紫光禄□□刺史都督乌□□开国字宇文康，唯天和五年岁次庚寅六月癸未朔十七日己亥，宇文达为七世所生、见在父母、合家大小造释迦像一躯，愿使众恶殄灭，万善普会，及法界众生，等同此愿，俱成正觉。母张女毕，妻纪干咳，大妹高妃，中妹越妃，□妹阿咳，□妹担妃。（碑拓本。案：此记刻于天和五年，何以不书代国公。又《周书》孝闵帝一男传：纪厉王康，字乾安，保定初封纪国公，进爵为王，出为利州总管。与此记之宇文康官爵亦异，然不应别有达、康二人与帝室诸王同时同姓名者也。又文帝薨于魏恭帝三年，距此已十五年而记云见在

---

① （清）严可均. 全上古三代秦汉三国六朝文 [M]. 北京：中华书局. 1958: 3903.

父母，直是庸人涉手，用造像恒语耳。其与史传异同，无足深考。）①

该造像记拓本文字缺失严重，同时录上拓本按语以供参考。虽记文存有多种疑问，但能清楚看出造像主的身份、造像的对象以及造像主的愿望等。这些都表明当时佛教兴盛的状况及受到重视的程度，透露出人们对佛教的信从，希望释迦牟尼能实现他们的愿望以及普度众生的心愿。

（二）宇文氏散文中的道教文化色彩

武帝宇文邕对道教文化持扶持态度。宇文邕亲撰《立通道观诏》"……自今可立通道观。圣哲微言，先贤典训，金科玉篆，秘迹玄文，所以济养黎元，扶成教义者，并宜弘阐，一以贯之。"②此篇诏文写于武帝评儒、释、道三教先后之时，也是三教相互抨击最为激烈之时。从文中可以清楚看到武帝对道教的维护，对道教高深莫测之道义的推崇，"至道弘深，混成无际，体包空有，理极幽玄"，并采用道家语辞"玄"，这些都说明道家思想对武帝的影响。

除此之外，武帝还专为道教、佛教做钟并刻以铭文以宣扬道教、佛教文化。《二教钟铭》③中开篇先写造钟的时间，冶炼中所需的材质，最后缀以钟铭。钟铭主要采用四言句式，将道家缥缈、神秘、高深的文化表现出来，让读者真切感受到道家文化的博大精深。如"九霄仙篆，五岳真文，智烟遐照，禅林远熏。金鼓入梦，琼钟彻云，音调冬立，响召秋分"，还运用了许多道家用语，如"九宫"、"洞玄"、"仙冠"等词语。整篇文章都洋溢着道教文化，

---

① （清）严可均. 全上古三代秦汉三国六朝文［M］. 北京：中华书局. 1958：3901.

② （清）严可均. 全上古三代秦汉三国六朝文［M］. 北京：中华书局. 1958：3893.

③ （清）严可均. 全上古三代秦汉三国六朝文［M］. 北京：中华书局. 1958：3897.

也可以看出道家文化对宇文氏的影响。腾王宇文逌传有两篇序文。其中《庾信集序》有着极高的文学价值，可以与南朝的文学作品相媲美。除此之外还写了一篇关于道教文化的《道教实花序》。宇文逌给《道教实花》①作序，可见他对道家文化的推崇，以及对道家文化的敬仰，否则是写不出来如此飘飘然的序文的。文章开篇对道教神秘的起源加以叙述："混成元胎，先天地而生，玄妙自然，在开辟之外。"随后又阐释道文化的高深，发挥了丰富的想象力，更让道家文化蒙上了一层神秘的面纱，如"无上大道，游于空洞之上，梵形天尊，见于龙汉之劫"。文章最后还介绍了道教一共有多少家，以及藏书之多。整篇序文都体现了道家文化的极其浪漫、富于想象的风格，并夹杂着道家术语，如"玄妙"、"天尊"、"四药之丹"等，可谓是集道家精神与形式为一体。

三、南北文化元素

宇文氏散文逐渐由古朴向雕琢方向发展，从荒芜走向繁荣，在很大程度上是受南朝文风及文化的影响。在宇文氏散文中，可以清楚地看到南北文化之间的沟通，而这种文化的沟通主要体现在南北朝文人之间的书信往来、南北音乐及佛教文化的相互交流。这一切都使宇文氏散文在内容和形式技巧方面都有了很大的发展。其南北文化的沟通主要体现在文学方面、音乐方面以及佛教文化方面。

（一）南北之间文学方面的沟通

王褒、庾信等人将南朝文风带入北方，并与北周宇文氏的关系极其亲密，经常有文章上的来往，而这一来一往必定促进宇文氏文学的发展及其文学观念的转变，使宇文氏的散文从注重文学的实用与文风的质朴，向注重感情抒发与文风华丽的方向发展，且更注重文学技巧的运用及文辞的推敲。这一切促使北周文学向着更丰富繁

---

① （清）严可均.全上古三代秦汉三国六朝文［M］.北京：中华书局.1958：3903.

荣的方向发展。但他们在对南朝文风的借鉴上，并不是全盘吸收，而是在固有文化的基础上发展进步的。

庾信散文中有许多作品是写给宇文氏的，其中内容多是答谢宇文氏的赏赐，如《谢明皇帝赐丝布等启》《谢赵王赉丝布启》《谢赵王赉白罗袍裤启》《谢赵王赉犀带等启》《谢赵王赉米启》《谢赵王赉干鱼启》《谢赵王赉雉启》《谢赵王赉马并伞启》《谢滕王赉巾启》《谢滕王赉马启》《谢滕王赉猪启》《谢〈滕王集序〉启》《谢赵王示新诗启》《答赵王启》等。从中可以看出，虽然是几篇答谢文章，但这些文章中带有浓厚的南朝文风。而宇文氏的文人们必然在庾信的答谢文中潜移默化地受到了南朝文风的影响。庾信的这些答谢之文，多用骈偶句式表达对皇族文人的谢意，文辞较为华丽，感情真挚，其中不乏文学佳作。宇文氏的文学在吸收与借鉴上也得到了全面的发展。宇文氏散文中具有代表性的学习南朝文风的佳作，就是滕王宇文逌的《庾信集序》，他的文章可谓辞藻华丽，有着南朝文风的特色，前文已对此作了较为详实的阐述，此不再赘述。

除此之外，宇文氏文章还受南朝文学的影响，散文也开始注重情感的表达与抒发，而不是单单为政治服务而作文章了。如明帝的《大渐诏》、晋公宇文护的《报母阎姬书》等都是真挚情感的表达。

王褒在南北朝文学的交流上也起了很大的作用。王褒曾与赵王有诗作上的交往，如《奉和赵王途中五韵诗》《奉和赵王隐士诗》；明帝宇文毓也和王褒有诗作上的往来，如《和王褒咏摘花》。王褒与庾信相比，文风较含蓄，主要呈现婉约轻柔的风格。而明帝就吸收了他这种文风，他的《和王褒咏摘花》充满轻柔之风："玉碗承花落，花落碗中芳。酒浮花不没，花含酒更香。"每句都有"花"，突出所咏之物，回环复沓，整首诗呈现轻柔婉约之风。

北周时期一批南朝萧氏文人入北，对北周文学起到了一定的促进作用。如萧撝入北后，曾参与北方的文化建设，入北周麟趾殿校订经史，撰《世谱》，高祖让他与王褒、元伟、唐瑾四人担任文学博士，可见对他的礼待以及他对北周文化的贡献。《周书·萧撝传》

云："武成中，世宗令诸文儒于麟趾殿校定经史，仍撰《世谱》，扐亦预焉。……及扐入朝，属置露门学。高祖以扐与唐瑾、元伟、王褒等四人俱为文学博士。"① 随他入北的还有他的儿子萧济，文学功底也很好，颇好属文。此外，入北的萧氏文人还有萧圆肃、萧世怡、萧大圜。其中萧大圜对南北文化交流的贡献相对较大，他入麟趾阁时将梁武帝和简文帝的文集一起带到北周，人们见了都赞叹不已。《周书·萧大圜》记载："《梁武帝集》四十卷，《简文集》九十卷，各止一本，江陵平后，并藏秘阁。大圜既入麟趾，方得见之。乃手写二集，一年并毕。识者称叹之。"② 因为他们有较高的文学素养，曾受到北周文人的礼待，相互之间有很多交流与沟通，这在一定的程度上促进了南北文学的交融。

沈重是南朝很有名的文学家，对北周文坛亦有影响。沈重曾受到周武帝的礼遇，武帝宇文邕的《致梁沈重书》，表达了对沈重学问的欣赏，同时邀请沈重来北周讲学。后来沈重到北周讲五经三教义，校订钟律，给北周带来了新的文化气息，为北周文学的发展起到了一定的促进作用。除此之外，北周的其他文人与南朝文人也有书信往来，如李昶有《答徐陵书》。徐陵是南朝梁陈间的诗人、文学家，擅长宫体诗和骈体文创作，且有较高成就。其诗歌与庾信齐名，并称"徐庾体"，但诗文皆以轻艳绮靡见称，具有典型的南朝文风。李昶除与徐陵有书信往来外，与庾信也有诗文唱和。当代学者吉定在《论北周作家李昶及其作品的价值》一文中考察了李昶作品的存佚情况。其中就有庾信与他的四首唱和之作：《和宇文内史春日游山》《陪驾幸终南和宇文内史》《和宇文内史入重阳阁》《和李民政部录喜雨》，③ 可见二人在文学上的切磋往来。李昶在文学创作中很注重文辞的推敲琢磨，整篇文章对仗工稳，如《答徐陵书》中

---

① （唐）令狐德棻.周书·稽胡传［M］.北京：中华书局，1971：752.

② （唐）令狐德棻.周书·稽胡传［M］.北京：中华书局，1971：757.

③ 吉定.论北周作家李昶及其作品的价值［J］.民族文学研究.2005（03）.

有"江南橘茂，蓟北桑枯，阴惨阳舒，行止多福"，① 运用简洁的四言句式将南北地理文化的不同展现出来，可见他在选辞用语上的精当，以及文辞上的对仗工稳。可以说南北文人的相互唱和促进了南北文化的交融，也促进了宇文氏散文的发展。

（二）南北之间音乐方面的沟通

除文学上的交流促进了南北文化的交融以外，南北方的音乐也为二者之间文化的交融建起了一座桥梁，而这座桥梁可以说更直接地沟通了二者之间的文化。南北方音乐的交流早在北魏道武帝拓跋珪时期就已经开始了，南方音乐像燕、赵、秦、吴等乐曲已出现在北方朝廷，后因南方音乐太过奢靡，被孝文帝元宏取消。但当时南方音乐已在北方广泛流传，到北周时期，二者在音乐方面的交流依然保持着，其影响程度也是极深的。在北周宇文氏的散文中，谈及音乐方面的共3篇：明帝宇文毓的《答长孙绍远论乐诏》、武帝宇文邕《甲子乙卯日停乐诏》《赐晋公护乐舞诏》。在《赐晋公护乐舞诏》② 中可以明显看出南北方音乐之间的交融与沟通。这篇诏文是武帝为犒赏宇文护而赏赐他乐舞的一篇诏书。诏书中提到要赐宇文护轩悬之乐、六佾之舞。这一乐舞是由南朝传来的，早期为鲁国旧存的"六代之乐"，是汉章帝祭祀孔子时所用的。后在南朝宋元嘉二十二年，祭孔所用的乐舞改为"八佾之舞"，乐为"登歌"。而齐永明年间又改用"六佾之舞"、"轩悬之乐"。这一乐舞很快传到了北周，为北周所用，足见两者音乐文化的交流。诏文中提到"今文轨尚隔，方隅犹阻，典策未备，声名多阙"的现象，故赐"轩悬之乐，六佾之舞"，也就是自古以来都认为乐舞有教化作用，对社会风气以及人们的品行都有着一定的纠正之功。北周统治阶级也认识到乐舞对国家治理及社会风气的重要作用，故提倡用祭祀孔子的音

---

① （清）严可均.全上古三代秦汉三国六朝文 [M].北京：中华书局.1958：3.
② （清）严可均.全上古三代秦汉三国六朝文 [M].北京：中华书局.1958：3891.

乐教化世人。

（三）南北之间佛教文化的沟通

北朝佛教的特点在于侧重实践，特别是禅观，而非空谈理论。也就是说更注重的是佛教对人们思想的统治作用，更多的是利用佛教去控制人们的思想，对佛教本身的义理并无太多探究，这就限制了佛教的发展。而同时期的南朝佛教却重视义理，南朝佛教传入北方，对北周佛教无疑具有极大的促进作用，同时也为北周文化注入了新的血液，拓宽了北周佛教思想对文学方面的影响，其表现为内容与形式上都有佛家义学思想的浸透。武帝毁佛给当时佛教的发展带来了一定的阻碍，但同时也给南北佛教文化的交流带来了契机。僧人元嵩为躲避迫害南至建业，跟从真谛的弟子法泰学习《摄论》，后将所学传入北方。正如汤用彤在《汉魏两晋南北朝佛教史》中所说："夫自魏孝文以后，南方僧人常来北方。周武毁法，北方僧人又驱而之南方。于是学术交流，文教沟通，开辟隋唐一统之局势，而中华佛学之大宗派亦于是酿成焉。"① 可见南北朝佛学的交流不仅仅促进了佛教的发展，也促进南北文化及文学的进一步交融。

南方佛教也受到北方佛教文化的影响，因南方佛教受玄学的影响，佛教中义学较盛，禅法相对来说较薄弱。后有僧人法聪游嵩岳武当；法常原在漳、邺授禅；慧思在衡岳设教，三湘也兴禅学；而荆州禅师也多为慧思弟子……南朝末年修行者稍盛，这些都与北方佛教禅学盛行有关。从中可见南北佛教文化的交流情况。汤用彤《汉魏两晋南北朝佛教史》中说："而周之占有巴蜀、荆襄，实先于关中僧人已接近南方教化之机缘。国土之变迁与学术之演进有甚大之关系也。"② 可见南北方佛教的交流与学术文化有着密切的联系。

在宣帝宇文赟诏文中，可清晰看出南北朝佛教交流的迹象，也充分证明了佛教交流对宇文氏散文的影响。他的《陟岵寺行道诏》

---

①② 汤用彤. 汉魏两晋南北朝佛教史［M］. 北京：北京大学出版社，1997：390.

与《安置沙门敕》都高度赞扬了佛教教义的幽深、宏大。《陟岵寺行道诏》这样描述佛义："佛义幽深，神奇弘大，必广开化仪，通其修行。"① 《安置沙门敕》云："佛法弘大，千古共崇，岂有沈隐，舍而不行。"② 两篇诏文都正面颂扬了佛教教义。可见宇文赟为佛教的精致深奥而倾倒，并由此产生发自内心的崇尚之情，表明宇文氏统治者对佛教的信仰逐渐从重实用的工具性向重佛教义理的思想修养性方面转变。而在宣帝宇文赟之前的宇文氏散文中，也有谈及佛教方面的内容，如广建佛寺，但多是关注佛教思想的麻痹作用，借佛教的影响力拉拢民众，巩固统治地位。所以，对佛教信仰态度的转变同时表明南北朝佛教的交流对宇文氏散文内容的影响。

四、东西文化的交流与吸收

北周处于北齐、西域之间，与二者相互沟通交流，并吸收借鉴二者文化，集二者文化于一身，构建了多元文化下的北周文学。北齐在政治、经济、文化上都比北周发达，有着良好的经济、文化基础。北周虽与北齐长期处于交战之中，但在长期的碰撞中促进了文化的交融与沟通，其主要体现在文学作品方面的沟通与借鉴。同样北周也注重同西域的交往，史籍中记载了北周同龟兹、焉耆、安息通好的史实，而西域对北周文化的影响则主要体现在乐舞及艺术方面。

（一）北周与北齐文化交流下的宇文氏散文

北魏分裂为东、西魏后，二者之间一直处在战争状态，外交基本断绝。但在 568—575 年的八年中，双方互派使臣多达 18 次，不少于南北朝交聘的次数，可见联系的频繁。北周与北齐交聘的形式主要有通好求和、吊赠会葬和商榷礼仪。而二者之间礼仪的商榷，

---

① （清）严可均. 全上古三代秦汉三国六朝文 [M]. 北京：中华书局. 1958：3898.

② （清）严可均. 全上古三代秦汉三国六朝文 [M]. 北京：中华书局. 1958：3899.

为北周礼仪的建设以及整个社会风气的改造都奠定了很好的基础。北齐继承北魏的汉化基础，有着雄厚的汉文化底蕴，礼仪较发达。而北周当时国家草创，在战争中汉文化消失殆尽，礼仪缺失，且多依据西周的礼仪制度，故北周礼仪制度过于简单，远不能与北齐的礼仪制度相比。北周统治者宇文氏特别是武帝宇文邕较重视儒家文化，而礼仪恰是儒家文化的核心，因此武帝极力倡导北周与北齐的礼仪交往，一方面巩固加深了北周的儒家文化，另一方面也为文学的发展创造了良好的文化交流的人文环境。

北周宇文氏散文中有许多关于礼仪的内容。武帝宇文邕《甲子乙卯日停乐诏》①就很清楚地说"甲子乙卯，礼云不乐"，在甲子乙卯日停乐，从中可以看出宇文邕对礼仪的重视程度。诏书中还提到"自世道丧乱，礼仪素毁，此典茫然，已坠于地"，那么在这种情况下就更需要提倡礼仪以创造良好的社会环境。文章的开篇提到了礼仪有保民安国的作用："褒四始于一言，美三千于为敬。是以在上不骄，处满不溢，富贵所以长守，邦国于焉乂安。"可见武帝敏锐地观察到礼仪尽失的社会现象，并及时加以纠正。推行礼仪的举措在一定的程度上扭转了北周的社会风气，为北周的政治、经济、文化奠定了良好的基础，同时也为北周文人创作提供了良好的社会环境。

除礼仪外，北周统治者在礼俗方面也与北齐有交流与沟通。孝闵帝宇文觉《分使巡抚诏》、武帝宇文邕《遣使周省四方诏》《遣使巡方诏》表明统治者已将巡省四方、求证得失、观察风俗、问民疾苦视作必要的职责。宇文觉《分使巡抚诏》②中说："古先圣王，罔弗先于省视风俗，以求民瘼，然后克治。"可见只有了解了风俗才能知道人民的疾苦，进而加以整治，实现安民兴邦。武帝《遣使

① （清）严可均.全上古三代秦汉三国六朝文 [M].北京：中华书局.1958：3891.

② （清）严可均.全上古三代秦汉三国六朝文 [M].北京：中华书局.1958：3887.

周省四方诏》①云"可分遣大使，周省四方，察讼听谣，问民恤隐"，《遣使巡方诏》②云"宜分遣使人，巡方抚慰，观风省俗，宣扬治道"，都表明他们重视巡省四方、观察民俗。这种现象在北齐也有出现。从文宣帝、废帝、孝昭帝到武成帝都巡省四方，观察风俗，成为一种习俗。这些都表明北周与北齐在礼俗之间的沟通情况。

（二）北周与西域文化交流下的宇文氏散文

汉族与西域的交往，早在汉朝张骞出使西域时就已经开始了，到魏晋南北朝时期虽然战争较为频繁，但各政权与西域的贸易往来和文化交流从未中断过，无论在政治、经济还是文化艺术上，都有相互之间的交流。在经济的交往中，西域的珍奇物品如狮子、名马、安息香、火烷布、胡椒、玛瑙、香料等传入中原，扩大了中原人的视野。而在文化艺术上，西域对中原的影响更为巨大，特别是佛教经西域传入中原，在一定程度上改变了人们的世界观、人生观，同时也为文学的发展注入了新鲜的血液，主要表现在思想内容和文学形式上。另外，佛教文化也带动了北周莫高窟艺术的繁荣。受西域文化的影响，佛教造像有西域文化艺术特点，如莫高窟中的迦叶的形象有汉族僧人的气质，又有西域僧人的形态；麦积山上七佛阁侧身的"薄肉塑"飞天塑像，高鼻深目，具有典型的西域人物画像特征。

其次是音乐舞蹈方面，北周武帝时西域著名的音乐家苏祗婆已来北周，其善弹琵琶，而且还介绍了源于天竺的龟兹乐，史书上称"自周、隋以来，管弦杂曲数百，多用西凉乐，舞鼓曲多用龟兹乐"③。龟兹乐传入北周，不仅影响了宫廷音乐，而且也影响到民间音乐；不仅影响了乐器演奏、歌唱、舞蹈等，而且还影响了歌词

---

① （清）严可均. 全上古三代秦汉三国六朝文 [M]. 北京：中华书局. 1958：3893.

② （清）严可均. 全上古三代秦汉三国六朝文 [M]. 北京：中华书局. 1958：3895.

③ （晋）刘昫. 旧唐书·音乐志二 [M]. 北京：中华书局，1975：1068.

以及风俗习惯等。北周统治者为少数民族，有着豪爽的风格并能歌善舞，因而节奏明快、舞姿健美、有异域风情的西域乐舞受到了他们青睐。西域文化开放的性格特征影响着北周统治者对文化采取兼容并包的态度，吸收一切优良的文化，更好地巩固和繁荣本国的文化。因此北周统治者才能在很短的时间内，提升本民族的经济、政治、文化水平，超过同时期的北齐，随后统一整个北方，从而为隋唐经济文化的繁荣打下坚实的基础。

结　语

综上，北周宇文氏散文的创作和发展与多民族文化相互交融这一历史文化现象是分不开的，他们积极地吸收借鉴儒家文化、佛家文化、道家文化，在一定程度上改变了宇文氏作家的思想，同时也改变了他们的人生观、价值观取向。除此之外，特有的民风习俗也是宇文氏散文中不可缺少的一部分，这些都反映在宇文氏散文中，可见在多元文化滋养下北周宇文氏散文所呈现的异样风采。而南朝文人庾信、王褒等入北后，引发他们对南朝成熟的文学风格的爱慕与敬仰，并加以大力的借鉴与模仿，使宇文氏文学的创作水平得到了很大的提高，并转变了文学的观点。原本质朴无华的散文逐渐华丽起来，注重文辞句式的推敲，以及个人情感的抒发，但在文学风格上仍能保有本民族特有的质朴、尚实、刚健之风，也就是说散文精神仍是本土多民族文化的外显。宇文氏多追随南朝文学写作的形式技巧，而对它华丽绮靡的文风则是排斥的，这样一来，融南朝写作技巧与北周写作内容、风格于一体，构建了文风成熟、内容丰富的北周宇文氏散文。此外，还与东西文化相交融，东与有着良好文化底蕴的北齐交流，尤其吸收北齐礼仪文化中有益的成分；西与西域各国文化交融，吸收西域的音乐舞蹈等文化。因此，北周宇文氏文学集东西南北文化于一身。

其他著族文人作品风貌

　　其他著族文人著述多亡佚，虽然史籍载有书名或篇名，但由于战乱，社会剧烈动荡，存世篇目很少。我们只能根据有限的资料略作阐述。

一、武功苏氏文人作品阐述

　　武功苏氏中，苏亮文学造诣最高，"博学，好属文，善章奏……所著文笔数十篇，颇行于世"。[①] 然而其作品今天都已佚失，颇为可惜。其从兄苏绰却有两篇文被很好地保存了下来，分别是《六条诏书》和《大诰》。

　　（一）苏绰《六条诏书》

　　陈寅恪先生曾在《隋唐制度渊源略论稿》中说："绰本关中世家，必习于本土掌故……苏氏之专业乃以关中地域观念及魏晋家世学术附和鲜卑六镇之武力而得成就者也。"[②] 这里"苏氏之专业"是指家学的意思，从中可知苏氏家学是根植关中地域文化观念（前文已有论述）和魏晋家世学术，即传统儒学之中的。

　　北周苏氏中苏绰儒学造诣最高，且博闻多学。太祖（宇文泰）

----

① （唐）令狐德棻.周书·苏亮传［M］.北京：中华书局，1971：677—678.

② 陈寅恪.隋唐制度渊源略论稿［M］.北京 三联书店 2001：20.

曾问他天地造化如何开始，历代兴亡如何更替，苏绰都能应答如流。苏绰最为人所知的莫过于依照《周礼》为太祖制定的六条诏书，周主常置座右，令百官习诵，全文如下：

其一，先治心，曰：凡今之方伯守令，皆受命天朝，出临下国，论其尊贵，并古之诸侯也。是以前世帝王，每称共治天下者，唯良宰守耳。明知百僚卿尹，虽各有所司，然其治民之本，莫若宰守之最重也。凡治民之体，先当治心。心者，一身之主，百行之本。心不清净，则思虑妄生。思虑妄生，则见理不明。见理不明，则是非谬乱。是非谬乱，则一身不能自治，安能治民也！是以治民之要，在清心而已。夫所谓清心者，非不贪货财之谓也，乃欲使心气清和，志意端静。心和志静，则邪僻之虑，无因而作。邪僻不作，则凡所思念，无不皆得至公之理。率至公之理以临其民，则彼下民孰不从化。是以称治民之本，先在治心。

其次又在治身。凡人君之身者，乃百姓之表，一国之的也。表不正，不可求直影；的不明，不可责射中。今君身不能自治，而望治百姓，是犹曲表而求直影也；君行不能自修，而欲百姓修行者，是犹无的而责射中也。故为人君者，必心如清水，形如白玉。躬行仁义，躬行孝悌，躬行忠信，躬行礼让，躬行廉平，躬行俭约，然后继之以无倦，加之以明察。行此八者，以训其民。是以其人畏而爱之，则而象之，不待家教日见，而自兴行矣。

其二，敦教化，曰：天地之性，唯人为贵。明其有中和之心，仁恕之行，异于木石，不同禽兽，故贵之耳。然性无常守，随化而迁。化于敦朴者，则质直；化于浇伪者，则浮薄。浮薄者，则衰弊之风；质直者，则淳和之俗。衰弊则祸乱交兴，淳和则天下自治。治乱兴亡，无不皆由所化也。

然世道雕丧，已数百年。大乱滋甚，且二十岁。民不见德，唯兵革是闻；上无教化，惟刑罚是用。而中兴始尔，大难未平，加之以师旅，因之以饥馑，凡百草创，率多权宜。致使礼让弗兴，风俗未改。比年稍登稔，徭赋差轻，衣食不切，则教化可修矣。凡诸牧守令长，宜洗心革意，上承朝旨，下宣教化矣。

夫化者，贵能扇之以淳风，浸之以太和，被之以道德，示之以朴素。使百姓亹亹，日迁于善，邪伪之心，嗜欲之性，潜以消化，而不知其所以然，此之谓化也。然后教之以孝悌，使民慈爱；教之以仁顺，使民和睦；教之以礼仪，使民敬让。慈爱则不遗其亲，和睦则无怨于人，敬让则不竞于物。三者既备，则王道成矣。此之谓教也。先王之所以移风易俗，还淳反素，垂拱而治天下，以至太平者，莫不由此。此之谓要道也。

其三，尽地利，曰：人生天地之间，以衣食为命。食不足则饥，衣不足则寒。饥寒切体，而欲使民兴行礼让者，此犹逆坂走丸，势不可得也。是以古之圣王，知其若此，故先足其衣食，然后教化随之。夫衣食所以足者，在于地利尽。地利所以尽者，由于劝课有方。主此教者，在乎牧守令长而已。民者冥也，智不自周，必待劝教，然后尽其力。诸州郡县，每至岁首，必戒敕部民，无问少长，但能操持农器者，皆令就田，垦发以时，勿失其所。及布种既讫，嘉苗须理。麦秋在野，蚕停于室，若此之时，皆宜少长悉力，男女并功，若援溺、救火、寇盗之将至。然后可使农夫不废其业，蚕妇得就其功。其有游手怠惰，早归晚出，好逸恶劳，不勤事业者，则正表牒名郡县守令，随事加罚，罪一劝百。此则明宰之教也。

夫百亩之田，必春耕之，夏种之，秋收之，然后冬食之。此三时者，农之要也。若失其一时，则谷不可得而食。故先王之戒曰："一夫不耕，天下必有受其饥者；一妇不织，天下必有受其寒者。"若此三时不务省事，而令民废农者，是则绝民之命，驱以就死。然单劣之户，及无牛之家，劝令有无相通，使得兼济。三农之隙，及阴雨之暇，又当教民种桑、植果，艺其菜蔬，修其园圃，畜育鸡豚，以备生生之资，以供养老之具。

夫为政不欲过碎，碎则民烦；劝课亦不容太简，简则民怠。善为政者，必消息时宜，而适烦简之中。故《诗》曰："不刚不柔，布政优优，百禄是求。"如不能尔，则必陷于刑辟矣。

其四，擢贤良，曰：天生蒸民，不能自治，故必立君以治之。人君不能独治，故必置臣以佐之。上至帝王，下及郡国，置臣得贤则治，失贤则乱，此乃自然之理，百王不能易也。

今刺史守令，悉有僚吏，皆佐治之人也。刺史府官则命于天朝，其州吏以下，并牧守自置。自昔以来，州郡大吏，但取门资，多不择贤良；末曹小吏，唯试刀笔，并不问志行。夫门资者，乃先世之爵禄，无妨子孙之愚瞽；刀笔者，乃身外之末材，不废性行之浇伪。若门资之中而得贤良，是则策骐骥而取千里也；若门资之中而得愚瞽，是则土牛木马，形似而用非，不可以涉道也。若刀笔之中而得志行，是则金相玉质，内外俱美，实为人宝也；若刀笔之中而得浇伪，是则饰画朽木，悦目一时，不可以充栋梁之用也。今之选举者，当不限资荫，唯在得人。苟得其人，自可起厮养而为卿相，伊尹、傅说是也，而况州郡之职乎。苟非其人，则丹朱、商均虽帝王之胤，不能守百里之封，而况于公卿之胄乎。由此而言，官人之道可见矣。

凡所求材艺者，为其可以治民。若有材艺而以正直为本者，必以其材而为治也；若有材艺而以奸伪为本者，将由其官而为乱也，何治之可得乎。是故将求材艺，必先择志行。其志行善者，则举之；其志行不善者，则去之。而今择人者多云："邦国无贤，莫知所举。"此乃未之思也，非适理之论。所以然者，古人有言：明主聿兴，不降佐于昊天；大人基命，不擢才于后土。

常引一世之人，治一世之务。故殷、周不待稷、契之臣，魏、晋无假萧、曹之佐。仲尼曰："十室之邑，必有忠信如丘者焉。"岂有万家之都，而云无士。但求之不勤，择之不审，或用之不得其所，任之不尽其材，故云无耳。古人云："千人之秀曰英，万人之英曰隽。"今之智效一官，行闻一邦者，岂非近英隽之士也。但能勤而审之，去虚取实，各得州郡之最而用之，则民无多少，皆足治矣。孰云无贤！

夫良玉未剖，与瓦石相类；名骥未驰，与驽马相杂。及其剖而莹之，驰而试之，玉石驽骥，然后始分。彼贤士之未用也，混于凡品，竟何以异。要任之以事业，责之以成务，方与彼庸流，较然不同。昔吕望之屠钓，百里奚之饭牛，宁生之扣角，管夷吾之三败，当此之时，悠悠之徒，岂谓其贤。及升王朝，登霸国，积数十年，功成事立，始识其奇士也。于是后世称之，不容于口。彼瑰伟之材，不世之杰，尚不能以未遇之时，自异于凡品，况降此者哉。若必待太公而后用，是千载无太公；必待夷吾而后任，是百世无夷吾。所以然者，士必从微而至著，功必积小以至大，岂有未任而已成，不用而先达也。若识此理，则贤可求，士可择。得贤而任之，得士而使之，则天下之士，何向而不可成也。

然善官人者必先省其官。官省，则善人易充，善人易充，则事无不理；官烦，则必杂不善之人，杂不善之人，则政必有得失。故语曰："官省则事省，事省则民清；官烦则事烦，事烦则民浊。"清浊之由，在于官之烦省。案今吏员，其数不少。昔民殷事广，尚能克济，况今户口减耗，依员而置，犹以为少。如闻在下州郡，尚有兼假，扰乱细民，甚为无理。诸如此辈，悉宜罢黜，无得习常。非直州郡之官，宜须善人，爰至党族闾里正长之职，皆当审择，各得一乡之选，以相监统。夫正长者，治民之基。基不倾者，上必安。

凡求贤之路，自非一途。然所以得之审者，必由任而试之，考而察之。起于居家，至于乡党，访其所以，观其所由，则人道明矣，贤与不肖别矣。率此以求，则庶无悫悔矣。

其五，恤狱讼，曰：人受阴阳之气以生，有情有性。性则为善，情则为恶。善恶既分，而赏罚随焉。赏罚得中，则恶止而善劝；赏罚不中，则民无所措手足。民无所措手足，则怨叛之心生。是以先王重之，特加戒慎。夫戒慎者，欲使治狱之官，精心悉意，推究事源。先之以五听，参之以证验，妙睹情状，穷鉴隐伏，使奸无所容，罪人必得。然后随事加刑，轻重皆当，赦过矜愚，得情勿喜。又能消息情理，斟酌礼律，无不曲尽人心，远明大教，使获罪者如归。此则善之上也。然宰守非一，不可人人皆有通识，推理求情，时或难尽。唯当率至公之心，去阿枉之志，务求曲直，念尽平当。听察之理，必穷所见，然后榜讯以法，不苛不暴，有疑则从轻，未审不妄罚，随事断理，狱无停滞。此亦其次。若乃不以仁恕而肆其残暴，同民木石，专任捶楚。巧诈者虽事彰而获免，辞弱者乃无罪而被罚。有如此者，斯则下矣，非共治所寄。今之宰守，当勤于中科，而慕其上善。如在下条，则刑所不赦矣。

当深思远大，念存德教。先王之制曰："与杀无辜，宁赦有罪；与其害善，宁其利淫。"明必不得中，宁滥舍有罪，不谬害善人也。今之从政者则不然。深文巧劾，宁致善人于法，不免有罪于刑。所以然者，非皆好杀人也，但云为吏宁酷，可免后患。此则情存自便，不念至公，奉法如此，皆奸人也。夫人者，天地之贵物，一死不可复生。然楚毒之下，以痛自诬，不被申理，遂陷刑戮者，将恐往往而有。是以自古以来，设五听三宥之法，著明慎庶狱之典，此皆爱民甚也。

凡伐木杀草，田猎不顺，尚违时令，而亏帝道；况刑罚不中，滥害善人，宁不伤天心、犯和气也！天心伤，和气损，而欲阴阳调适，四时顺序，万物阜安，苍生悦乐者，不可得也。故语曰，一夫吁嗟，王道为之倾覆，正谓此也。凡百宰守，可无慎乎。若有深奸巨猾，伤化败俗，悖乱人伦，不忠不孝，故为背道者，杀一励百，以清王化，重刑可也。识此二途，则刑政尽矣。

其六，均赋役，曰：圣人之大宝曰位。何以守位曰仁，何以聚人曰财。明先王必以财聚人，以仁守位。国而无财，位不可守。是故三五以来，皆有征税之法。虽轻重不同，而济用一也。今逆寇未平，军用资广，虽未遑减省，以恤民瘼，然令平均，使下无匮。夫平均者，不舍豪强而征贫弱，不纵奸巧而困愚拙，此之谓均也。故圣人曰："盖均无贫。"然财货之生，其功不易。织纴纺绩，起于有渐，非旬日之间，所可造次。必须劝课，使预营理。绢乡先事织纴，麻土早修纺绩。先时而备，至时而输，故王赋获供，下民无困。如其不预劝戒，临时迫切，复恐稽缓，以为己过，捶扑交至，取办目前。富商大贾，缘兹射利，有者从之贵买，无者与之举息。输税之民，于是弊矣。

租税之时，虽有大式，至于斟酌贫富，差次先后，皆事起于正长，而系之于守令。若斟酌得所，则政和而民悦；若检理无方，则吏奸而民怨。又差发徭役，多不存意。致令贫弱者或重徭而远戍，富强者或轻使而近防。守令用怀如此，不存恤民之心，皆王政之罪人也。①

诏文是最直接表达统治者治国思想的一种文体，这篇诏文就是苏绰帮助宇文泰拟定的革易时政、强国富民之策。

在这篇苏绰为皇帝拟写的诏文中，儒学思想贯穿始终，先治

---

① （清）严可均. 全上古三代秦汉三国六朝文 [M]. 北京：中华书局，1958：3786—3788.

心、敦教化、尽地利、擢贤良、恤狱讼、均赋役的核心思想，集中体现了儒家"心正而后修身"（《大学》）、"道之以德，齐之以礼"（《论语·为政》）、"先富后教"（《论语·子路》）、"善政得民财，善教得民心"（《孟子·尽心上》）、"修身以道，修道以仁"（《礼记·中庸》）等传统思想。要求统治者以身作则，形成表率；要求百姓从自身自家做起，不断完善自我。统治者品德高尚、仁爱公平、任用贤才、体恤百姓，百姓方可安居乐业，为国效力。

透过《六条诏书》，我们可以发现苏绰不仅有很深的儒学造诣，而且还是一个思维缜密、富有远见卓识的人。正如万绳楠所言："苏绰的可贵之处，是他看到了如果'饥寒切体，而欲使民兴行礼让者，此犹逆坂走丸，势不可挡也。'必须'先足衣食，然后教化随之'。而衣食所以足者在于地利'，他把尽地利放在敦教化的前头。这种思想与汉代唯物主义者王充的'礼仪之行，在谷足也'的思想一脉相通。在北齐鲜卑化之风狂吹的时候提出这一条，而又把它摆到尽地利、足衣食之后是卓越的。"① 换句话说，苏绰的治民之本，莫若宰守。治民之体，先当治心。其要在清心，次在治身。躬行仁义、孝悌、忠信、礼让、廉平、俭约，继之以无倦等远见卓识，在北魏、北齐汉化改革相继受挫、大鲜卑主义弥漫的时代背景下，为北周的强盛打下了坚实基础。而且诏文含有关陇人文精神的质朴与执著，治国思想是进步的。

全文条理明晰，简约凝练，句式亦以散文为主，间有偶句，但出之自然，不主故常，事理相谐，文质统一。

（二）苏绰《大诰》

西魏北周时期统治者推行关陇文化本位政策，体现在文学方面，则是宇文泰发动了一场自上而下的文风改革运动，倡导"复古"与"崇质"，提倡文质兼具、质朴尚用的文风。

《周书·苏绰传》记载："自有晋之季，文章竞为浮华，遂成风

① 万绳楠.魏晋南北朝史论稿［M］.安徽：安徽教育出版社，1983：307.

俗。太祖欲革其弊，因魏帝祭庙，群臣毕至，乃命绰为《大诰》，奏行之……自是之后，文笔皆依此体。"①《资治通鉴》叙此事时也说："仍命自今文章，皆依此体。"（《资治通鉴》卷一五九）

苏绰《大诰》原本如下：

> 惟中兴十有一年仲夏，庶邦百辟，咸会于王庭。柱国泰洎群公列将，罔不来朝。时乃大稽百宪，敫于庶邦，用绥我王度。皇帝若曰："昔尧命羲和，允厘百工。舜命九官，庶绩咸熙。武丁命说，克号高宗。时惟休哉，朕其钦若。格尔有位，胥暨我太祖之庭，朕将丕命女以厥官。"

> 六月丁巳，皇帝朝格于太庙，凡厥具僚，罔不在位。

> 皇帝若曰："咨我元辅、群公、列将、百辟、卿士、庶尹、御事，朕惟寅敫祖宗之灵命，稽于先王之典训，以大诰于尔在位。昔我太祖神皇，肇膺明命，以创我皇基。烈祖、景宗，廓开四表，底定武功。暨乎文祖，诞敫文德。龚惟武考，不賣其旧。自时厥后，陵夷之弊，用兴大难，于彼东土，则我黎人，咸坠涂炭。惟台一人，缵戎下武，夙夜祗畏，若涉大川，罔识攸济。是用稽于帝典，揆于王度，拯我民瘼。惟彼哲王，示我通训，曰天生烝民，罔克自义，上帝降鉴睿圣，植元后以义之。时惟元后，弗克独义，博求明德，命百辟群吏以佐之。肆天之命辟，辟之命官，惟以恤民，弗惟逸念。辟惟元首，庶黎惟趾，股肱惟弼。上下一体，各勤攸司，兹用克臻于皇极。故其彝训曰：'后克艰厥后，臣克艰厥臣，政乃义。'今台一人，膺天之嘏，既陟元后。股肱百辟，又服我国家之命，罔不咸守厥职。嗟！后弗艰厥后，臣弗艰厥臣，政于何弗敫？呜呼艰哉！凡尔在位，其敬听命。"

> 皇帝若曰："柱国，惟四海之不造，载繇二纪。天未绝我

---

① （唐）令狐德棻.周书［M］.北京：中华书局，1971：391.

太祖、烈祖之命，用锡我以元辅。国家将坠，公惟栋梁。皇之弗极，公惟作相。百揆惩度，公惟大录。公其允文允武，克明克乂，迪七德，敷九功，龛暴除乱，下绥我苍生，傍施于九土，若伊之在商，周之有吕，说之相丁，用保我无疆之祚。"

皇帝若曰："群公、太宰、太尉、司徒、司空。惟公作朕鼎足，以弼乎朕躬。宰惟天官，克谐六职。尉惟司武，武在止戈。徒惟司众，敬敷五教。空惟司土，利用厚生。惟时三事，若三阶之在天；惟兹四辅，若四时之成岁。天工人其代诸。"

皇帝若曰："列将，汝惟鹰扬，作朕爪牙。寇贼奸宄，蛮夷猾夏，汝徂征。绥之以惠，董之以威，刑期无刑，万邦咸宁。俾八表之内，莫违朕命，时汝功。"

皇帝若曰："庶邦列辟，汝惟守土，作人父母。民惟不胜其饥，故先王重农；不胜其寒，故先王贵女工。民之不率于孝慈，则骨肉之恩薄；弗惇于礼让，则争夺之萌生。于兹六物，实为教本。呜呼！为上在宽，宽则民怠，齐之以礼，不刚不柔，稽极于道。"

皇帝若曰："卿士、庶尹、凡百御事，王省惟岁，卿士惟月，庶尹惟日，御事惟时。岁月日时，罔易其度，百宪咸贞，庶绩其凝。呜呼！惟若王官，陶均万国，若天之有斗，斟元气，酌阴阳，弗失其和，苍生永赖；悖其序，万物以伤。时惟艰哉！"

皇帝若曰："惟天地之道，一阴一阳；礼俗之变，一文一质。爰自三五，以迄于兹，匪惟相革，惟其救弊；匪惟相袭，惟其可久。惟我有魏，承乎周之末流，接秦、汉遗弊，袭魏、晋之华诞，五代浇风，因而未革，将以穆俗兴化，庸可暨乎！嗟我公辅、庶僚、列辟，朕惟否德，其一朕心力，祗慎厥艰，克遵前王之丕显休烈，弗敢怠荒。咨尔在位，亦协于朕心，惇德允元，惟厥艰是务。克捐厥华，即厥实，背厥伪，崇厥诚。勿怠勿忘，一乎三代之彝典，归于道德仁义，用保我祖宗之丕命。荷天之休，克绥我万方，永康我黎庶。戒之哉，朕言不再。"

柱国泰洎庶僚百辟拜手稽首曰："'亶聪明，作元后，元后作民父母。'惟三五之王，率由此道，用臻于刑措。自时厥后，历千载未闻。惟帝念功，将反叔世，遂致于雍熙，庸锡降丕命于我群臣。博哉王言，非言之难，行之实难。'罔不有初，鲜克有终。'《商书》曰；'终始惟一，德乃日新。'惟帝敬厥始，慎厥终，以跻日新之德，则我群臣，敢不夙夜对扬休哉！惟兹大谊，未光于四表，以迈种德，俾九域幽遐，咸昭奉元后之明训，率迁于道，永赓无疆之休。"

帝曰："钦哉。"①

苏绰的这篇《大诰》，形制与《尚书》中《大诰》《召诰》多有相似：模仿"王若曰"而作"皇帝若曰"；屡用"惟""厥""乂""钦""庶绩"诸词，这些词皆为《尚书》所用；"台"表第一人称，仅在《尚书》中出现，篇中也仿用之；句式多模仿《尚书》，如"允厘百工"等句直接取自《尚书》；结尾处与《召诰》亦相差无几。所以苏绰《大诰》就形式而言是一篇名副其实的模拟《尚书》文体的仿古之作。

诏令类公文是帝王告臣属的，属王者之言。最早的此类公文称为"命"，夏、商、周三代又增加了"诰"、"誓"，主要体现在《尚书》当中。《尔雅·释言》："诰，誓，谨也。"郭璞注："皆所以约勤谨戒众。"②邢昺疏："以大义谕众谓之诰，集将士而诫之曰誓，

---

① （清）严可均.全上古三代秦汉三国六朝文［M］.北京：中华书局，1958：3788—3789.

② （晋）郭璞注.尔雅·释言［M］.北京：中华书局，1985：14

《尚书》'诰'、'誓'之类是也。"①《词源》:"上告下曰诰。"②明陈懋仁《文章缘起注》云:"诰,告也,训饬戒励之言也。"③"诰"是皇帝对臣民进行训诫的公文。

苏绰《大诰》是替雄才大略的宇文泰所作的诰命之辞,其特征是"论事"。"论事"表现出直言不讳的特点,这一特点由诰命的文体功能所决定,因为诰命的目的是"以言成事"。在直言不讳的同时,《大诰》"论事"还运用了一些议论方法来增强"论事"的效果,这些方法主要有:其一,以史论今,如从尧舜治国开始谈到周太祖的治国思想;从先王依靠的典训到周太祖想要施行的彝训。其二,正反对比,如"人惟不胜其饥,故先王重农;不胜其寒,故先王贵女工。人之不率于孝慈,则骨肉之恩薄"。"惟若王官,陶均万国,若天之有斗,斟元气,酌阴阳,弗失其和,苍生永赖;悖其序,万物以伤。"其三,比喻论证,如"列将,汝惟鹰扬,作朕爪牙",将自己比作雄鹰,称列将为自己的爪牙。其四,引证论证,如"惟三五之王,率由此道,用臻于刑措。自时厥后,历千载未闻。惟帝念功,将反叔世,遂致于雍熙,庸锡降丕命于我群臣。博哉王言,非言之难,行之实难。"通过引用历史事实来论证自己的观点。其五,《大诰》还存在着不少叙事元素:时间、事件、情节、描写、对话等等,这些元素表明史传叙事的日趋成熟。如"六月丁巳,皇帝朝格于太庙,凡厥具僚,罔不在位",时间"六月丁巳",事件"皇帝朝格于太庙",描写"凡厥具僚,罔不在位",对话则是"皇帝若曰"同"柱国泰泊庶僚百辟拜手稽首曰",最后"帝曰:'钦哉。'"

就语言上而言,《大诰》是以佶屈聱牙的古语与北朝时期的口

---

① (晋)郭璞注.(宋)邢昺疏.尔雅注疏[M].善成堂光绪二十一年刻本:89.

② 词源[M].北京:商务印书馆,1988:1237.

③ (梁)任昉撰.(明)陈懋仁注.《文章缘起注》[M].北京:中华书局,1985:23.

语相结合①。佶屈聱牙具体表现在古奥艰涩的词汇、细密罕见的通假、超乎常规的省略、上古汉语的语序等。口语化则表现在对语气词的频繁使用和无实际意义词语的运用上，如"哉"、"呜呼"等口语词汇。在一千五百字左右的《大诰》中，"哉"字用了6次，"呜呼"使用了2次。如"哉"字："戒之哉"表忧叹；"时惟艰哉"表感叹；"帝曰'钦哉'"表赞同；"时惟休哉"表商量和揣度。这些词在文本中表示说话人的多种语气，口语化特点十分明显。又如"若曰"二字，没有任何实际意义，却是延长"稽古"的音节，表示出追昔思古的悠远情绪。《大诰》中还有直接引用语，如"商书曰：'终始惟一，德乃日新。'"明显体现出《大诰》的口语化特点。

苏绰借鉴《尚书》的写作方法，顺应了西魏北周立国之初的复古思想，倡导质朴尚用的文风，要求文章模拟"大诰体"，形成了"师古"的形式和内容。时有柳庆依"大诰体"写成质朴文章，受到苏绰赞许。后有卢辩继续践行复古改革，其《为安定公告谕公卿》表明了他追求质朴无华的主张。对于苏绰拟《尚书》作《大诰》这一创作实践，陈寅恪认为："阳傅《周礼》经典制度之文，阴适关陇胡汉现状之实。"②钱基博认为："绰创制一代，乃欲以谟诰变俪偶，而效之者，惟一卢辩，可惜吾道不行。"③钱锺书认为"一代文章，极'起衰'之大观者，惟苏绰之《大诰》"。④当代学者李浩先生在《苏绰文体改革新说》一文中说："苏绰文中之骈偶，既非全袭《尚书》，亦非通篇铺排时调。正如人们所指出的，就是在韩柳文章中，也不是一味地单散，其中亦间有骈俪，这并非古文家言行不一，未能免俗，实因汉语言文字固有特质所在，无法违背而已。"⑤然而苏绰模仿《尚书》作《大

---

① 参见李浩.苏绰文体改革新说［J］.文史哲，1996（06）.
② 陈寅恪.隋唐制度渊源略论稿［M］.北京：三联书店，2001：91.
③ 钱基博.中国文学史［M］.上册，中华书局，1993：244.
④ 钱锺书.谈艺录（补订本）［M］.中华书局，1984：301—302.
⑤ 李浩.苏绰文体改革新说［J］.文史哲，1996（06）.

诰》，亦为时人所诟病。《周书·柳虬传》载："时人论文体者，有古今之异。"① 柳虬则认为"时有今古，非文有今古，乃为《文质论》"。显然不赞成苏绰的做法。《北史·文苑传》则说："然绰之建言，务存质朴，遂糠粃魏晋，宪章虞夏，虽属辞有师古之美，矫枉非适时之用，故莫能常行焉。"② 这一评论道出了苏绰的文学主张在当时不能取得预期效果的缘由。文学史上"文""质"长期存在既对立又统一的复杂现象，从这一角度看，苏绰作《大诰》矫正华丽的文风，仍有一定的作用和影响。对此，清代学者王夫之曾在《读通鉴论》卷十七中说："文章之体，自宋、齐以来，其滥极矣。人知其淫艳之可恶也，而不知相率为伪之尤可恶也。南人倡之，北人和之。故魏收、邢子才之徒，而徐、庾而相仿佛。悬一文章之影迹，役其心而求合，则弗论其为骈俪、为轻虚而皆伪。人相习于相拟，无复有由衷之言，以自鸣其心之所可相告者。其贞也，非贞也；其淫也，亦非淫也；而心丧久矣。故弗获已，裁之以六经之文以变其习。夫苟袭矣，则袭六经者，亦未有以大愈于彼也，而言有所止，则浮荡无实之情，抑亦为之小戢。故自隋而之唐，月露风云未能衰止，而言不由衷，无实不祥者，盖亦鲜矣。则绰实开之先矣。宇文氏灭高齐而以行于山东，隋平陈而以行于江左，唐因之，而治术文章咸近于道。生民之祸为之一息，此天欲启晦，而泰与绰开先之功亦不可诬也。非其能为功也，天也。"③ 他指出了南北朝文风的弊病和苏绰《大诰》的历史作用和地位。

总之，作为西魏北周儒学思想的传承者和文风变革的实践者，苏绰的《六条诏书》强化儒学观念，体现了北周统治者以儒治国的政策，同时《大诰》所提倡的质朴文风，对纠正当时文风的浮华之

---

① （唐）令狐德棻.周书［M］.北京：中华书局，1971：681.

② （唐）李延寿.北史［M］.北京：中华书局，1974：2781.

③ （清）王夫之.续通鉴论［M］.北京：中华书局，1975：582.

弊有一定的积极意义。

二、 陇西辛氏作品分析

　　北周陇西辛氏文人辈出，辛庆之、辛仲景、辛彦之、辛德源、辛公义等都是有学识之人。辛庆之"有儒者风度"，辛彦之"博涉经史"，他们的学术成就和地位声望在当时都十分显著，可惜的是他们的作品今天都不存。辛德源虽不及辛庆之、辛彦之盛名在外，但也不容小觑。虽然其作品大多散佚，但有部分作品保存了下来，清代严可均《全隋文》中录有《幽居赋》(存目)、《姜肱赞》《东晋庾统朱明张臣尉三人赞》。逯钦立《先秦汉魏晋南北朝诗·隋诗》卷二中，录有其诗9首，基本属乐府诗，除《东飞伯劳歌》为七言诗外，其余均为五言诗。此外，宋代袁说友等编《成都文类》卷三十六收录辛德源撰《至真观记》。

　　北齐刘逖曾评价辛德源"文章绮艳，体调清华"，让我们通过他的作品来体味这八个字的含义。首先来看他的两篇赞文：

　　　　姜肱澹雅，昆季遗容。同衾协好，比德齐声。战胜而悦，嘉遁以贞。孤舟直迈，卷迹沧溟。(《姜肱赞》)①

　　　　运遘屯凶，三孤丞立。离禽婴鸣，邂逅同集。式谷既热，和响具翕。肇彼远岐，泯焉齐人。

　　　　诗咏张仲，今也朱明。輶财敦友，衣不表形。寡妻屏秽，棠棣增荣。臣尉邈然，丑类感诚。(《东晋庾统朱明张臣尉三人赞》)②

　　赞文又称颂赞，最早可追溯到《诗经》中的颂诗。刘勰曰："赋颂歌赞，则《诗》立其本。"(《文心雕龙·宗经》)姚鼐亦说：

---

①② （清）严可均.全上古三代秦汉三国六朝文［M］.北京：中华书局，1958：4131.

"颂赞类者，亦《诗·颂》之流，而不必施之金石者也。"（《古文辞类纂》序）吴曾祺《文体刍议》认为："颂为四诗之一，盖揄扬功德之词。""赞亦颂类，古者宾主相见，则有赞，互相称誉以致亲厚之意，故文之称人善者，亦以赞为名。"① 可见，此类文体的功能在于对他人进行歌颂、赞誉。

《姜肱赞》毫无疑问是辛德源对姜肱的赞誉之词。这位姜肱究竟是何许人呢？《后汉书》本传云："（姜）肱与二弟仲海、季江，俱以孝行著闻。其友爱天至，常共卧起。"② 他和兄弟同被而眠，感情深厚，"姜肱被"传为美谈，千载称为孝友人。姜肱博通《五经》，兼明星纬之学，远来门下求学之人有三千多。诸公争相请他，都不就职，就连皇帝征召他也不去。恒帝无奈，只好派画工画出他的形状，可是他装病，画工竟不能见到他。朝廷几次征召，他都不去，最远处逃到海滨，甚至离家出走数十年。

这篇赞文将姜肱的经历用诗一般的语言表述出来："姜肱澹雅，昆季遗容。""澹雅"一词点出了姜肱淡泊高雅的情怀，精炼而恰当。"昆季"指的是兄弟，昆为长，季为弟。"同衾协好，比德齐声"是对姜肱兄弟情义、才学与德行兼备的认同。后四句"战胜而悦，嘉遁以贞。孤舟直迈，卷迹沧溟"则写出了姜肱淡泊名利的隐士情怀，更有一种大隐隐于市，渴望不被打扰的诉求。对姜肱的际遇表现出一种深深的叹惋和惺惺相惜的爱怜。

《东晋庾统朱明张臣尉三人赞》对东晋时期的庾统、朱明、张臣尉三人不吝溢美之词，同《姜肱赞》一样，全篇采用简单的四字句，押韵和谐，读来朗朗上口，令人印象深刻。

碑文《至真观记》，则详细记述了隋代益州至真观的修建始末，其中所涉史实与史籍所载蜀王杨秀及辛德源的仕历也完全相符，对

---

① 吴曾祺. 涵芬楼文谈［M］. 附文体刍言，北京：金城出版社，2011：95.

② （宋）范晔. 后汉书·姜肱传［M］. 北京：中华书局，1997：1749.

了解辛氏晚年的行迹及其文学成就具有重要的文献价值。①

诗歌创作方面，辛德源有《芙蓉花》《浮游花》《东飞伯劳歌》《短歌行》诸篇，均似宫体。如《短歌行》：

> 驰射罢金沟，戏笑上云楼。
>
> 少妻鸣赵瑟，侍妓转吴讴。
>
> 杯度浮香满，扇举轻尘浮。
>
> 星河耿凉夜，飞月艳新秋。
>
> 忽念奔驹促，弥欣执烛游。②

《短歌行》为乐府旧题，多慨叹韶华易逝，人生短促，往往写得悲凉慷慨。然而在辛德源笔下，《短歌行》一扫悲凉基调，写成了艳情诗，纵乐而已，情思柔靡，词采亦雕饰。《隋书·薛道衡传》称："江东雅好篇什，陈主犹爱雕虫，道衡每有所作，南人无不吟诵焉。"③ 可见，北朝的文学也影响着南朝。这些都说明，南北文学的交流早已存在，待到庾信、王褒北上，这种交流又前进了一步。

从辛德源的创作中，我们可以看到，不管是赞的溢美之词，还是碑文的事无巨细，诗歌的千回百转，都深受南方文风的影响，文章华美艳丽，格调清雅。

三、其他家族文人作品分析

除了宇文氏家族、武功苏氏家族、狄道辛氏文人，北周时期关陇地区著族文人还有一些，但有作品流传者却不多，屈指可数，如韦孝宽《上武帝疏陈平齐三策》、柳虬《上疏史官秘书善恶》、薛

---

① 参见丁宏武.辛德源生平著述考［J］.西北师大学报（社会科学版），2014（01）.

② 逯钦立.先秦汉魏晋南北朝诗［M］.北京：中华书局，1983：2648.

③ （唐）魏徵.隋书［M］.北京：中华书局，1973：1406.

端《启安定公》、柳庆《为父具答权贵书草》和《作匿名书多榜官门》等。

让我们先来看看韦孝宽《上武帝疏陈平齐三策》：

其第一策曰：臣在边积年，颇见间隙，不因际会，难以成功。是以往岁出军，徒有劳费，功绩不立，由失机会。何者？长淮之南，旧为沃土，陈氏以破亡余烬，犹能一举平之。齐人历年赴救，丧败而反，内离外叛，计尽力穷。《传》不云乎："仇有衅焉，不可失也。"今大军若出轵关，方轨而进，兼与陈氏，共为掎角；并令广州义旅，出自三鸦；又募山南骁锐，沿河而下；复遣北山稽胡，绝其并、晋之路。凡此诸军，仍令各募关、河之外劲勇之士，厚其爵赏，使为前驱。岳动川移，雷骇电激，百道俱进，并趋虏庭。必当望旗奔溃，所向摧殄。一戎大定，实在此机。

其第二策曰：若国家更为后图，未即大举，宜与陈人分其兵势。三鸦以北，万春以南，广事屯田，预为贮积。募其骁悍，立为部伍。彼既东南有敌，戎马相持，我出奇兵，破其疆场。彼若兴师赴援，我则坚壁清野，待其去远，还复出师。常以边外之军，引其腹心之众。我无宿舂之费，彼有奔命之劳。一二年中，必自离叛。且齐氏昏暴，政出多门，鬻狱卖官，惟利是视，荒淫酒色，忌害忠良。阖境嗷然，不胜其弊。以此而观，覆亡可待。然后乘间电扫，事等摧枯。

其第三策曰：窃以大周土宇，跨据关、河，蓄席卷之威，持建瓴之势。太祖受天明命，与物更新。是以二纪之中，大功克举。南清江、汉，西兼巴、蜀，塞表无虞，河右底定。唯彼赵、魏，独为榛梗者，正以有事三方，未遑东略。遂使漳滏游魂，更存余蠹，昔勾践亡吴，尚期十载；武王取乱，犹烦再举。今若更存遵养，且复相时，臣谓宜还崇邻好，申其盟约。安人和众，通商惠工，蓄锐养威，观衅而动。斯则长策远驭，坐自兼并也。①

　　策文，是臣子向皇帝进言所用的一种文体，是上行文，所以语气比较恭敬委婉，多针对一事提出解决方案，语言直白，条理清晰，层次分明。武帝宇文邕想要平定北齐，韦孝宽以自身经验和见识向武帝献了三策，其第一策，准确抓住武帝想要快速拿下齐的意愿，给出直接取胜的办法，并以史为鉴，指出不可取之处在于劳民伤财。第二策，为缓兵之策，招兵买马，等待时机。第三策则考虑到打下基业和战争的不易，建议同邻国和睦友好，结成盟约，让百姓安居乐业，发展经济，等敌人无端挑衅后，再采取行动。最后给出自己意见，认为第三策才是长久之计。纵观这三策，思虑之长远，考虑之精细，让人不得不佩服韦孝宽的军事谋略。而且，作者充分考虑到皇帝的心理，没有一蹴而就，而是由表及里，层层深入，将利弊关系分析得有条有理，直指要害，供其选择。

　　柳虬是北周一代文学素养较高之人，其《文质论》提出时有今古，非文有今古的文学观点。其《上疏史官秘书善恶》云：

　　古者人君立史官，非但记事而已，盖所为鉴诫也。动则左史书之，言则右史书之，彰善瘅恶，以树风声。故南史抗节，表崔杼之罪；董狐书法，明赵盾之愆。是知执笔于朝，其来久矣。而汉、魏已还，密为记注，徒闻后世，无益当时。非所谓将顺其美，匡救其恶者。且著述之人，密书其事，纵能直笔，人莫知之。何止物生横议，亦自异端互起。故班固致受金之名，陈寿有求米之论。著汉、魏者，非一氏，造晋史者，至数家。后代纷纭，莫知准的。

　　伏惟陛下则天稽古，劳心庶政。开诽谤之路，纳忠谠之

——————————
① （清）严可均. 全上古三代秦汉三国六朝文 [M]. 北京：中华书局，1958：3908.

言。诸史官记事者，请皆当朝显言其状，然后付之史阁。庶令是非明著，得失无隐，使闻善者日修，有过者知惧。敢以愚管，轻冒上闻。乞以瞽言，访之众议。"①

"疏"，即奏疏、奏议，疏是分条陈述的意思，是臣下向国君陈述意见的一种文体。此疏阐明史官必须明辨是非，善恶自知；而执政者应当朝公开事情原委，然后交付史官，这样才能是非彰明，得失清晰。在写作方法上，对比论证，说理透彻，文质相辅。该疏先写历代史官真实记载起到劝诫的好处，再反面举例，没有这样做带来的隐患。在语言上骈散结合，利用骈文的排比、对偶，表达真情实感，但又不拘于形式，既有骈文的整齐，又有散文的自然流畅，易于诵读。

再来看涉及选官标准的两篇文。薛端《启安定公》云："设官分职，本康时务，苟非其人，不如旷职。"②不过四句，继续践行着宇文泰直白朴素的文风。柳庆所作《为父具答权贵书草》曰："下官受委大邦，选吏之日，有能者进，不肖者退，此乃朝廷恒典。"③这是柳父的为官之道，和薛端的《启安定公》表达的是一个意思，选官者都要公正严明，看重参选者的才能。看来宇文泰让百官诵习《六条诏书》是很有用处的，无形中规范着官员的行为，官员多表现得正直不阿，也让我们看到了北周选官制度的清明。

柳庆另一篇《作匿名书多榜官门》云：

我等共劫胡家，徒侣混杂，终恐泄露。今欲首，惧不免诛。若听先首免罪，便欲来告。④

这是柳庆为雍州别驾时为抓获劫犯想出的对策，相当于官家的

---

① （唐）令狐德棻.周书［M］.北京：中华书局，1971：680.

② （清）严可均.全上古三代秦汉三国六朝文［M］.北京：中华书局，1958：3912.

③④ （清）严可均.全上古三代秦汉三国六朝文［M］.北京：中华书局，1958：3909.

布告。此举一出，果然抓获犯人。

从这几篇文中，我们不仅可以看到主人公守正明察的形象，也可以清晰感受到文章直白如水，毫无华丽的词藻，公文性质明显，和宇文泰质朴的文风相一致，重实用，不注重文饰，审美性较弱。

综观北周关陇地区其他家族文人遗留下来的作品，多为军政文翰。这些公文性的文字理从简实，辞无繁华，内容上强调务实，风格上力求质朴，与南朝骈俪华美、"俱为悦目之玩"（萧统《文选序》）的表奏书誓符檄之类不同，甚至难以文学目之。北方"章奏符檄，则粲然可观；体物缘情，则寂寥于世"（《周书·王褒庾信传》），但这些军政文翰也促使了文学的进步。

结　语

北周关陇地区著族文人及其作品研究，立足于北周大的历史时代背景，统观其建构一代之地域文学的价值。虽然这一时期战争不断，征伐不休，但是统治阶级推行了"独立于东魏及萧梁之外的关陇文化本位政策"，使关陇地区的文学事业呈现出一些新的景象。关陇地区从汉代以来在地理位置、经济发展、军事地位、区域文化等方面的地位十分显著，为文人的产生提供了客观条件。明确关陇的地域（包括关中和陇右大地）和质朴、尚武的文化特质，才能廓清北周时期关陇地区文学的丰富文化内涵。而北周家族文学的出现，则有力促进了北周关陇文学的繁荣，在很大程度上推动了北周文人创作走向高峰。由于著族内部成员之间存在着血缘关系，在很多情况下，著族中的文学创作特点是靠家族内部成员来继承的。如宇文氏家族中，宇文泰、宇文邕父子组成的文学家族在创作上注重实际，有着尚用的色彩，具体表现在军国文翰的撰写；到宇文赟（宇文邕儿子）时期，他虽然荒淫无度，却也不乏这方面的书写，这说明他是受了宇文邕的影响的。这样通过代代相传，就形成了文学创作中的尚用色彩。另外，具有文学传统的家族在社会上往往具有很高的声望，如武功苏氏、陇西辛氏。在这种情况下，是否进行文学创作就不仅仅是个人的行为了，而是有了光宗耀祖的意义。具有文学创作传统的家族自然而然就成了其他家族的艳羡对象，纷纷向其看齐学习，这就拉动了整个关陇地区著族文人的文学创作。

北周时期的关陇地区，著族文人虽然不多，留存下来的作品也寥寥，但构成了独具特色的北周文学。宇文泰为了推行"一种独立于东魏及萧梁之外的关陇文化本位政策"，用《尚书》的文体来规范当世之文。文学复古运动在文学观念上有匡正文风的指导意义。它倡导务实，反对浮华，师法上古，纠正了南朝轻靡文风，强化了儒家关注现实的务实精神，突出了北方文化特有的质朴之风。在风格上，因为与政治性内容相关，所以更能显出北方民族的"河朔之气"。在思想理念上，为后代现实主义文学提供了有力的借鉴和依据，对唐宋若干次的古文运动都有重要的影响。庾信、王褒入北后，北周文坛在他们的积极影响下，焕发出新的生机，恢复了对审美的追求，呈现出相对繁荣的景象：华丽文风日盛，骈文形式又广泛流行，散文风格从复古走向雕琢。再加上南朝文风北渐、文化融合加深，皇族及宗室文人修养和文化水平的不断提高，及汉族著族文化的不断绵延，北周文坛开始走向复苏，且走向另一种灿烂，这些都为隋唐统一王朝的文学盛兴奠定了务实的文化基础。

汉礼与胡风糅合的北周乐府

以宇文泰为首的北周建立者，力图从儒家经典中探求治国方略，北周的礼仪制度主要效法周礼进行建置。但随着时代的变迁，已不可能完全恢复周礼制度。宇文泰集团审时度势，一方面提倡儒学，一方面大力推行有别于东魏和南朝萧梁的关陇文化本位政策。关陇一带自古多是胡汉杂居之地，自汉武帝置河西四郡起，河陇一带便多有儒学世家。经汉末魏晋十六国数百年的民族迁徙、政权更迭、宗教文化的传播，关陇地域已形成了自己的文化特色。与礼仪制度密切相关的北周乐府建制及乐府文化特色，也不可能完全承袭周礼，所以北周的礼仪制度无法全部模仿周礼，其结果不但没有将传统五礼全部恢复起来，而且在礼仪建设中不得不改革创新，以适应时代文化的需求。所以北周效法周礼建立起来的礼乐体系，实际上是杂有多民族文化交融特色的乐府体系，也体现了鲜卑宇文氏正名分、笼人心、固统治的政治需要。

第一节

北周效法周礼的音乐制度建设

在中国古代，音乐与礼仪往往配套而行，共同服务于政治统治，因此"王者功成作乐，治定制礼。其功大者其乐备，其治辩者其礼具"①。西魏北周建立以后，宇文泰一方面着手礼制建设，另一方面也加强了乐制建设，如《北史·儒林传上》载："周文受命，雅重经典……长孙绍远才称洽闻，正六乐之坏。"②

北周的宫廷乐署建设，以《周礼·春官宗伯》为本，一改分立设制的做法，实行内部统属级制，以大司乐管理礼仪所需之音乐，后将大司乐改为乐部。《通典》卷二十五载："后周有大司乐，掌成均之法，后改为乐部。"③《周书·武帝纪上》曰：周武帝保定四年（564）五月，"改大司乐为乐部"④。西魏初期的乐官主要承袭北魏的乐官系统，后来太祖宇文泰实施关陇文化本位政策，"以汉魏官繁，命苏绰及尚书令卢辩依《周礼》更定六官"⑤，建立起效仿周代

---

① （清）孙希旦．礼记集解［M］．卷三十七《乐记》第十九．北京：中华书局，1989：991．

② （唐）李延寿．北史［M］．北京：中华书局，1974：2706．

③ （唐）杜佑．通典［M］．北京：中华书局，1992：695．

④ （唐）令狐德棻等．周书［M］．北京：中华书局，1971：70．

⑤ （北宋）司马光编著，（元）胡三省音注．资治通鉴［M］．北京：中华书局，1956：5140．

大司乐系统的乐官制度。但是，在北周稽古复礼的改革运动中所制定的乐官制度，沿用时间并不长，"创制未久，子孙不能奉行"①，至隋代被完全废弃。

在乐官的等级与分工方面，以大司乐（后称乐部）作为专门管理音乐的部门，设立乐官，并将其划分为五个等级，分司不同职责，以中大夫（后称上士）为最高音乐职官。《通典》卷三十九载："正五命春官大司乐中大夫。正四命春官小司乐下大夫。正三命春官小司乐上士。正二命春官乐师、乐胥、司歌、司钟磬、司鼓、司吹、司舞、龡章、掌散乐、典夷乐、典庸器中士。正一命春官乐胥、司歌、司钟磬、司鼓、司吹、司舞、龡章、掌散乐、典夷乐、典庸器下士。"②另据《周书》载，周太祖建六官后，长孙绍远、斛斯徵曾任司乐中大夫，周武帝改革后，唐令曾任乐部上士。

周太祖迎魏武帝入关之时，朝廷雅乐废缺，"群臣请功成之乐，式遵周旧"③。到西魏废帝元年（552），周太祖摄政，方诏令"尚书苏绰详正音律。绰时得宋尺，以定诸管。草创未就。会闵帝受禅，政由冢宰，方有齐寇，事竟不行"。④后来明帝继位，朝廷雅乐虽然革除了"魏氏之乐"，却依然"未臻雅正"。⑤一直到武帝时期，任命"兼解音律"的斛斯徵"博采遗逸，稽诸典故，创新改旧"，朝廷雅乐"方始备焉"⑥。同时，北周对南朝雅乐进行了借鉴吸收。《隋书》载："（北周武帝）以梁鼓吹熊罴十二案，每元正大会，列于悬间，与正乐合奏。"⑦具体而言，北周雅乐为"六代乐"，即《皇夏》《肆夏》《骜夏》《纳夏》《族夏》和《深夏》，并伴以"六

① 陈寅恪著，万绳楠整理.魏晋南北朝史讲演录［M］.合肥：黄山书社，1987：316—317.
② （清）永瑢等.历代职官表·卷十［M］.北京：中华书局，1985：266.
③ （唐）魏徵等.隋书·音乐志上［M］.北京：中华书局，1973：287.
④ （唐）魏徵等.隋书·律历志［M］.北京：中华书局，1973：391.
⑤ （唐）魏徵等.隋书·音乐志中［M］.北京：中华书局，1973：332.
⑥ （唐）令狐德棻等.周书·斛斯徵传.北京：中华书局，1971：432.
⑦ （唐）魏徵等.隋书·音乐志中［M］.北京：中华书局，1973：342.

代舞"，即《大夏》《大护》《大武》《正德》《武德》《山云》之舞。如《隋书》卷十四《音乐志中》载："建德二年（573）十月甲辰，六代乐成，奏于崇信殿。群臣咸观。其宫悬，依梁三十六架。朝会则皇帝出入，奏《皇夏》。皇太子出入，奏《肆夏》。王公出入，奏《骜夏》。五等诸侯正日献玉帛，奏《纳夏》。宴族人，奏《族夏》。大会至尊执爵，奏登歌十八曲。食举，奏《深夏》，舞六代《大夏》《大护》《大武》《正德》《武德》《山云》之舞。于是正定雅音，为郊庙乐。创造钟律，颇得其宜。宣帝嗣位，郊庙皆循用之，无所改作。"[1]

　　北周乐器的奏演至少有歌伴乐奏演、舞伴乐奏演两种情况。在其奏演过程中，所使用的乐器主要呈现不同类乐器组合的特点，常见的是吹奏类乐器与拨弦类乐器的组合，吹奏类乐器占据较多的数量。从乐器来源来看，又呈现出汉、胡乐器混合编制，同地同时或同地不同时奏演的特点。如《敦煌石窟全集·音乐画卷》载：敦煌莫高窟290窟北周壁画佛教故事释迦"成道"画中"纳妃"一段，绘有马车与房屋，在马车两旁有伎乐人弹琵琶、箜篌、吹笛，房屋左边有两个伎乐人，一人吹排箫，一人弹箜篌；右边一人弹琵琶，一人似在歌唱。又陕西兴平出土的一件北朝时期佛坐石刻，上面有一幅乐舞图。图中有乐队八人，乐器有横笛、排箫、竖箜篌、曲项琵琶等，前两种是中原乐器，而后两种则是由西域带来的。舞蹈是一男一女，男子为西域人，双臂高举，吸腿而立，含胸出胯，属龟兹舞姿；女子为中原汉人形象，正舞摆长袖。

　　可知北周的音乐制度建设在效法周礼的基础上，又承继关陇地域文化传统，结合当时治国需求，音乐制度有所创新，形成了颇具特色而又影响深远的音乐体制模式。

[1]　（唐）魏徵等.隋书·音乐志中［M］.北京：中华书局，1973：332—333.

第二节

北周音乐的多民族成分

北周音乐成分较多，状况复杂，大致来说可分为汉民族音乐、少数民族音乐和外国音乐。汉民族音乐包括中原旧曲和清商新曲；少数民族音乐包括北狄音乐和西域音乐；外国音乐则有天竺音乐、高丽音乐、百济音乐等。

一、中原旧乐

中原旧乐以相和歌为代表，沈约《宋书·乐志》曰："相和，汉旧曲也，丝竹更相和，执节者歌。本一部，魏明帝分为二，更递夜宿。本十七曲，朱生、宋识、列和等复合之为十三曲。"①《相和大曲》则是最能代表相和歌的艺术形式，《宋书·乐志》共载有相和大曲 15 首，曲名为《东门》《西山》《罗敷》《西门》《默默》《园桃》《白鸿》《碣石》《何尝》《置酒》《为乐》《夏门》《王者布大化》《洛阳行》《白头吟》。②其乐器种类，据郭茂倩《乐府诗集》转引释智匠《古今乐录》："凡相和，其器有笙、笛、节歌、琴、瑟、琵琶、筝七种。"③

---

① （南朝梁）沈约.宋书［M］.北京：中华书局，1974：603.

② （南朝梁）沈约.宋书［M］.北京：中华书局，1974：625—660.

③ （南宋）郭茂倩编.乐府诗集.卷二十六［M］.上海：上海古籍出版社，1998：310.

二、清商新曲

清商新曲主要由"清商三调"、汉魏旧曲和吴声、西曲组成。

"清商三调"又称"相和三调",即相和歌中的"清、平、瑟"三调。郭茂倩《乐府诗集》转引《古今乐录》:"(王僧虔《大明三年宴乐技录》载)清调有六曲:一《苦寒行》,二《豫章行》,三《董逃行》,四《相逢狭路间行》,五《塘上行》,六《秋胡行》","其器有笙、笛、篪、节、琴、瑟、筝、琵琶八种";"平调有七曲:一曰《长歌行》,二曰《短歌行》,三曰《猛虎行》,四曰《君子行》,五曰《燕歌行》,六曰《从军行》,七曰《鞠歌行》","其器有笙、笛、筑、瑟、琴、筝、琵琶七种";"瑟调曲有《善哉行》《陇西行》《折杨柳行》《西门行》《东门行》《东西门行》《却东西门行》《顺东西门行》《饮马行》《上留田行》《新城安乐宫行》《妇病行》《孤子生行》《放歌行》《大墙上蒿行》《野田黄爵行》《钓竿行》《临高台行》《长安城西行》《武舍之中行》《雁门太守行》《艳歌何尝行》《艳歌福钟行》《艳歌双鸿行》《煌煌京洛行》《帝王所居行》《门有车马客行》《墙上难用趋行》《日重光行》《蜀道难行》《棹歌行》《有所思行》《蒲阪行》《采梨橘行》《白杨行》《胡无人行》《青龙行》《公无渡河行》","其器有笙、笛、节、琴、瑟、筝、琵琶七种"①。

汉魏旧曲主要有《明君》《圣主》《公莫》《白鸠》等。

吴歌与西曲均属于南方民歌,《乐府诗集》转引《古今乐录》载:吴歌"曲有《命啸》、吴声、游曲、半折、六变、八解。《命啸》十解,存者有《乌噪林》《浮云驱》《雁归湖》《马让》,余皆不传。吴声十曲:一曰《子夜》,二曰《上柱》,三曰《凤将雏》,四曰《上声》,五曰《欢闻》,六曰《欢闻变》,七曰《前溪》,八曰《阿子》,九曰《丁督护》,十曰《团扇郎》,并梁所用曲","吴声

---

① (南宋)郭茂倩编.乐府诗集[M].上海:上海古籍出版社,1998:392、356、421.

歌旧器有筬、笒箎、琵琶，今有笙、筝"；西曲"出于荆郢樊邓之间，而其声节送和，与吴歌亦异，故其方俗而谓之西曲云"，"有《石城乐》《乌夜啼》《莫愁乐》《估客乐》《襄阳乐》《三洲》《襄阳蹋铜蹄》《采桑度》《江陵乐》《青阳度》《青骢白马》《共戏乐》《安东平》《女儿子》《来罗》《那呵滩》《孟珠》《翳乐》《夜度娘》《长松标》《双行缠》《黄督》《黄缨》《平西乐》《攀杨枝》《寻阳乐》《白附鸠》《枝蒲》《寿阳乐》《作蚕丝》《杨叛儿》《西乌夜飞》《月节折杨柳歌》三十四曲"[①]。

三、北狄音乐

"北狄乐"是汉唐时期北方鲜卑、匈奴、羌、氐、羯等各民族音乐的通称。在北周时期，存在胡语歌辞和华语歌辞两个系统，所配音乐少数民族特点突出，所用乐器以北方少数民族乐器为主，又融入了中原乐器和西域乐器。其流传广泛，既进入宫廷又流入民间，并被不断汉化，在唐时基本融入了华乐，丰富了华乐内容，改变了华乐性质，促进了华乐发展。"北狄乐"大致产生于北魏时期，《旧唐书·音乐志二》载："后魏乐府始有北歌，即《魏史》所谓《真人代歌》是也。"[②]在周太祖时期，朝廷雅乐多杂有"北狄乐"，即《隋书·音乐志》中所载的"登歌之奏，协鲜卑之音"，后进一步发展，"北狄乐"在北周中、后期多与西凉乐杂奏。

四、西域音乐

西域音乐在北周时主要包括高昌乐、龟兹乐、西凉乐、康国乐、安国乐、疏勒乐。北周武帝时期是西音东流非常活跃的时期。周武帝娶突厥王之女为后，使得北周与西域各国的交往频繁起来，

---

① （南宋）郭茂倩编.乐府诗集［M］.上海：上海古籍出版社，1998：500、501、533、534.

② （后晋）刘昫.旧唐书·音乐志二［M］.北京：中华书局，1975：1071—1072.

当时西域各国的音乐纷纷传入长安,一些乐人也来到长安,教习西域新声,使得西域音乐真正传入北周宫廷。在这期间,北周本土音乐不仅对西域音乐进行吸收,而且还依照《周礼》,用汉族雅乐的金石乐器演奏西域音乐,使得胡乐雅化,促进了汉、胡音乐之间的相互融合,直接为隋朝九部乐的设立奠定了基础。

1. 高昌乐。高昌乐在周太祖时期传入,是最早传入北周的西域音乐。《隋书·音乐志》曰:"太祖辅魏之时,高昌款附,乃得其伎,习以备飨宴之礼。"① 可以看出北周早期甚至将其用作朝廷飨宴雅乐。到周武帝时期,将高昌乐与康国、龟兹等音乐混杂起来,大司乐以此为基础,创作出一种新的音乐,并将其被于钟石,渐渐发展成为北周的新雅乐。

2. 龟兹乐。龟兹乐在北周存在两种,一种是土龟兹,一种是新龟兹。据《隋书·音乐志》载,土龟兹"起自吕光灭龟兹",后来"吕氏亡,其乐分散,后魏平中原,复获之",当北周取代西魏后,这种音乐便传入北周。至于新龟兹,据《旧唐书·音乐志二》载:"周武帝聘虏女为后,西域诸国来媵,于是龟兹、疏勒、安国、康国之乐,大聚长安。"②《隋书·音乐志》又言,龟兹音乐家苏祇婆等约三百人的庞大西域歌舞团一同随突厥木杆可汗之女阿史那入北周,使本已东传的龟兹乐得到了扩充和发展。同时,康国乐、疏勒乐、安国乐也大量东传,五弦琵琶、竖箜篌、筚篥、羯鼓等乐器也被带到了中原。

3. 疏勒乐、安国乐。《隋书·音乐志下》曰:"《疏勒》《安国》,……并起自后魏平冯氏及通西域,因得其伎。后渐繁会其声,以别于太乐。"③

4. 西凉乐。《隋书·音乐志》记载,西凉乐"起苻氏之末,吕

---

① (唐)魏徵等.隋书·音乐志 [M].北京:中华书局,1973:342.

② (后晋)刘昫.旧唐书·音乐志二 [M].北京:中华书局,1975:1069.

③ (唐)魏徵等.隋书 [M].北京:中华书局,1973:380.

光、沮渠蒙逊等，据有凉州，变龟兹声为之，号为秦汉伎。魏太武既平河西得之，谓之《西凉乐》"①。北齐尚药典御祖珽"上书曰：'……至太武帝平河西，得沮渠蒙逊之伎，宾嘉大礼，皆杂用焉。此声所兴，盖苻坚之末，吕光出平西域，得胡戎之乐，因又改变，杂以秦声，所谓秦汉乐也。'"②又《魏书·略阳氏吕光传》曰："坚以光为骁骑将军，率众七千讨西域……降者三十余国。光以驼两千余头，致外国珍宝及奇伎、异戏……"③，可见这种音乐是由以龟兹乐为主的西域音乐、秦氏羌族音乐、中原汉族音乐、西凉沮渠匈奴音乐（即"部落稽"）和鲜卑族音乐交融而成的一部大型伎乐。据《隋书》："其歌曲有《永世乐》，解曲有《万世丰》，舞曲有《于阗佛曲》。其乐器有钟、磬、弹筝、搊筝、卧箜篌、竖箜篌、琵琶、五弦、笙、箫、大筚篥、长笛、小筚篥、横笛、腰鼓、齐鼓、担鼓、铜钹、贝等十九种，为一部。工二十七人。"④按校勘记，长笛《隋书》原作竖笛，《旧唐书·音乐志》作笛，《通典》作长笛。

5. 康国乐。据《隋书·音乐志下》载：康国乐"起自周武帝聘北狄女为后，得其所获西戎伎，因其声。歌曲有《戢殿农和正》，舞曲有《贺兰钵鼻始》《末奚波地》《农惠钵鼻始》《前拔地惠地》等四曲。乐器有笛、正鼓、加鼓、铜钹等四种，为一部。工七人。"⑤《隋书·西域列传》又言其乐器有大小鼓、琵琶、五弦、箜篌、笛。

五、外国音乐

1. 天竺乐分两次传入中国，据《旧唐书·音乐志二》载："张重华时，天竺重译贡乐伎，后其国王子为沙门来游，又传其方音。"⑥其乐器有角、画角、贝、钹、羯鼓、腰鼓、都昙鼓、毛员鼓、五弦

①④ （唐）魏徵等.隋书［M］.北京：中华书局，1973：378.

② （唐）魏徵等.隋书［M］.北京：中华书局，1973：313.

③ （北齐）魏徵.魏书［M］.北京：中华书局，1974：2085.

⑤ （唐）魏徵等.隋书［M］.北京：中华书局，1973：379.

⑥ （后晋）刘昫.旧唐书·音乐志二［M］.北京：中华书局，1975：1070.

直项琵琶、凤首箜篌、答腊鼓等，这些乐器不但影响了中原、西域音乐的创作，而且对隋唐的音乐也产生了深远的影响。

2.高丽乐和百济乐。据《旧唐书·音乐志二》记载，高丽乐、百济乐在南朝宋时便传入，后魏平冯跋时（436年）将这两部乐传入北方，到北周时成为旧乐，后"周师灭齐，二国献其乐"，这次传来的音乐便成为新乐。据《隋书》载，高丽乐的乐器有"弹筝、卧箜篌、竖箜篌、琵琶、五弦、笛、笙、箫、小筚篥、桃皮筚篥、腰鼓、齐鼓、担鼓、贝等十四种，为一部。工十八人"①。《文献通考》则在此基础上增至18种乐器，笛变成义嘴笛，去掉贝又加入挡筝、凤首箜篌、葫芦笙、龟头鼓、大筚篥。

① （唐）魏徵等.隋书［M］.北京：中华书局，1973：380.

第三节

北周乐府诗创作

一、礼仪制度影响下的宫廷乐府诗

宫廷乐府诗专为礼乐制度而配置，北周宫廷乐府诗据《乐府诗集》载，有"郊庙歌辞"和"燕射歌辞"两种。其中"郊庙歌辞"有《祀圜丘歌》12 首、《祀方泽歌》4 首、《祀五帝歌》12 首、《宗庙歌》12 首、《大祫歌》2 首，共 42 首；"燕射歌辞"仅《五声调曲》一种 24 首，皆庾信所作。

1. 郊庙歌辞。北周郊庙歌辞有《周祀圜丘歌》《周祀方泽歌》《周祀五帝歌》《周宗庙歌》《周大祫歌》。

《周祀圜丘歌》，《乐府诗集》引《隋书·音乐志》曰："降神奏《昭夏》；皇帝将入门奏《皇夏》；俎入，奠玉帛，并奏《昭夏》；皇帝升坛，奏《皇夏》；初献，及初献配帝，并作《云门之舞》，献毕奏登歌；饮福酒，奏《皇夏》；撤奠，奏《雍乐》；帝就望燎位，还便坐，并奏《皇夏》。"① 歌词如第一首《昭夏》②：

重阳禋祀大报天，景午封坛肃且圆。

孤竹之管云和弦，神光来下风肃然。

王城七里通天台，紫微斜影照徘徊。

连珠合璧重光来，天策暂转钩陈开。

"重阳禋祀大报天"将禋祀时间定在了重阳，此次禋祀是祀天，据《隋书》卷六《礼仪志》说，"后周宪章姬周，祭祀之式，多依《仪礼》……在国阳七里之郊。圆壝径三百步。内壝半之。……其祭圆丘及南郊。并正月上辛"①。北周圆丘制度（祀圆丘），时间为正月上辛。"圆丘则以其先炎帝神农氏配昊天上帝于其上"。"王城七里通天台"，言此次禋祀地点位于王城七里之外。其他还有《皇夏》（旌回外壝）、《昭夏》（日至大礼）、《昭夏》（圜玉已奠）、《皇夏》（七里是仰）、《云门舞》（献以诚）、《云门舞》（长丘远历）、《登歌》（岁之祥）、《皇夏》（国命在礼）、《雍乐》（礼将毕）、《皇夏》（六典联事）、《皇夏》（玉帛礼毕）。

《周祀方泽歌》，《乐府诗集》引《隋书·音乐志》曰："周祀方泽乐，降神及奠玉帛并奏《昭夏》，初献奏《登歌》，舞词同圜丘，望坎位奏《皇夏》。"②歌词4首：《昭夏》（报功阴泽）、《昭夏》（曰若厚载）、《登歌》（质明孝敬）、《皇夏》（司筵撤席）。歌词皆为整齐的四言。

《周祀五帝歌》，《乐府诗集》引《隋书·音乐志》曰："周祀五帝，奠玉帛，及初献，并奏《皇夏》；皇帝初献五帝，及初献配帝，并奏《云门舞》。"③歌词12首：《皇夏》（嘉玉惟芳）、《皇夏》（惟令之月）、《青帝云门舞》（甲在日）、《配帝舞》（帝出于震）、《赤帝云门舞》（招摇指午）、《配帝舞》（以炎为政）、《皇帝云门舞》（三光仪表正）、《配帝舞》（四时咸一德）、《白帝云门舞》（肃灵兑景）、《配

---

① （唐）魏徵等.隋书［M］.卷十五.北京：中华书局，1973：115—116.

② （南宋）郭茂倩编.乐府诗集［M］.卷四.上海：上海古籍出版社，1998：39.

③ （南宋）郭茂倩编.乐府诗集［M］.卷四.上海：上海古籍出版社，1998：40.

帝舞》(金行秋令)、《黑帝云门舞》(北辰为政玄坛)、《配帝舞》(地始坼)。歌词为三言、四言、五言、六言和七言。

《周宗庙歌》,《乐府诗集》引《隋书·音乐志》曰:"周宗庙乐:皇帝入门,奏《皇夏》;降神奏《昭夏》;俎入,皇帝升阶,献皇高祖、皇曾祖德皇帝、皇祖太祖文皇帝、文宣皇太后、闵皇帝、明皇帝、高祖武皇帝七室,皇帝还东壁,饮福酒,还便坐,并奏《皇夏》。"① 歌词 12 首:《皇夏》(肃肃清庙)、《昭夏》(永维祖武)、《皇夏》(年祥辨日)、《皇夏》(庆绪千重秀)、《皇夏》(克昌光上烈)、《皇夏》(雄图属天造)、《皇夏》(月灵兴庆)、《皇夏》(龙图基代德)、《皇夏》(若水逢降君)、《皇夏》(南河吐云气)、《皇夏》(礼殚裸献)、《皇夏》(庭阕四始)。歌词为四言、五言。

《周大祫歌》,《乐府诗集》云:"降神奏《昭夏》,奠玉帛奏《登歌》,余同宗庙时享。"② 歌词 2 首:《昭夏》(律在夹钟)、《登歌》(礼惟显思)。歌词皆为整齐的四言。

北周"郊庙歌辞"就其文学特点而言,语言以四言为主,杂以三、五、六、七言。总体而言,句式整齐,语辞典丽考究,风格恢宏凝重,于法以叙述和描写为主,内容多歌功颂德。

2. 北周"燕射歌辞"有《五声调曲》一种,据《乐府诗集》载,曲序曰:"元正飨会大礼,宾至食举,称觞荐玉。六律既从,八风斯畅。以歌大业,以舞成功。"③ 有《宫调曲》5 首、《变宫调曲》2 首、《商调曲》4 首、《角调曲》2 首、《徵调曲》6 首、《羽调曲》5 首。歌词如:

气离清浊割,元开天地分。

三才初辨正,六位始成文。

① (南宋) 郭茂倩编.乐府诗集 [M].上海:上海古籍出版社,1998:119.
② (南宋) 郭茂倩编.乐府诗集 [M].上海:上海古籍出版社,1998:122.
③ (南宋) 郭茂倩编.乐府诗集 [M].上海:上海古籍出版社,1998:185.

继天爱立长，安民乃树君。

其明广如日，其泽厚如云。

惟昔我文祖，拨乱拒讴歌。

三分未抚远，八百不陵河。

礼敷天下信，乐正神人和。

风尘行息警，江海欲无波。

（《宫调曲》第一首）①

　　叙说天地开辟，追述礼乐社稷，将天地神灵与祖宗并列，把神灵开天辟地的伟业与祖先的文治武功并提，在讴歌先祖功业的同时，明言制礼作乐的目的，极言礼乐的功能。《变宫调曲》倪璠注云"时周宣帝传位于太子衍，自号天元皇帝"②，"二帝并存"，此《变宫调》歌颂其事。这是庾信将历史事件艺术化的作品，是为了适应北周统治者的需要。

　　就"燕射歌辞"的文学特点而言，按通篇五言、四五言杂言、四八言杂言、通篇七言、三六言交杂的顺序排列，句式或整齐划一，或长短错落，语辞典丽考究，风格恢宏凝重，手法以叙述和描写为主，内容多歌功颂德。

二、礼仪制度影响下的文人乐府诗

　　经初步考证，创作于北周时期并北周境内的文人乐府诗有"相和歌辞"11首、"横吹曲辞"1首、"琴曲歌辞"1首、"杂曲歌辞"13首，共26首。

　　"相和歌辞"中有"平调曲"、"清调曲"、"瑟调曲"三调歌词。"平调曲"有庾信《燕歌行》1首、《从军行》1首，王褒《从军行》2首其二、《远征人》1首，赵王宇文招《从军行》1首，北周徐谦

---

① （南宋）郭茂倩编. 乐府诗集 [M]. 上海：上海古籍出版社，1998：185.

② （北周）庾信撰，（清）倪璠注，许逸民校点. 庾子山集注卷五·乐府 [M]. 北京：中华书局，1980.

《短歌行》1首，共6首；"清调曲"仅李德林《相逢狭路间》1首；"瑟调曲"有王褒《饮马长城窟行》1首、《墙上难为趋》1首，萧岑《棹歌行》1首，尚法师《饮马长城窟行》1首，共4首。

"横吹曲辞"仅"汉横吹曲"一种，只有王褒《出塞》1首；"琴曲歌辞"亦仅辛德源《成连》1首；"杂曲歌辞"有庾信《舞媚娘》1首、《步虚词》10首，王褒《陵云台》1首、《高句丽》1首，共13首。

其中，北周本土文人创作并留存下来的乐府诗仅见赵王宇文招、尚法师和徐谦3人作品。赵王宇文招有《从军行》1首，徐谦有《短歌行》1首，尚法师有《饮马长城窟行》1首，共3首。

北周由南入北文人中乐府诗歌留存的有庾信、王褒和萧㧑3人，然而入北以后继续创作乐府诗的只有庾信和王褒。入北后，庾信有《燕歌行》1首、《从军行》1首、《舞媚娘》1首、《步虚词》10首，共13首；王褒有《从军行》第2首、《远征人》1首、《饮马长城窟行》1首、《墙上难为趋》1首、《出塞》1首、《陵云台》1首、《高句丽》1首，共8首。

历仕齐、周、隋或周隋之间的文人中，在北周创作乐府诗歌并留存下来的只有李德林、辛德源和萧岑3人。其中，李德林、辛德源历仕北齐、北周、隋朝，萧岑生活于周、隋之间。李德林有《相逢狭路间》1首，辛德源有《成连》1首，萧岑有《棹歌行》1首，共3首，作于北周。

北周恢复礼制的活动促进了与其相关的乐府诗的创作，不少模仿汉魏乐府旧题，尽管文人乐府诗在整个北周诗坛并不占据主导地位，而且言志作品较少，但毕竟影响不小，而且多位地位不同的本土文人参与到乐府诗创作中，形成北周乐府诗作者成分多元的特点，也恰好体现了北周礼乐建设的影响。

三、音乐文化背景下的北周乐府诗创作

1. 宫廷乐府诗音节韵律。这里主要以郊庙歌辞为例，如《周祀圜丘歌》第一首《昭夏》，七言八句，均押平声韵。《隋书·音乐

志》曰:"周祀圜丘乐:降神奏《昭夏》。""紫微斜影照徘徊"描绘降神迎神时的天地光影,增加神秘色彩;"神光来下风肃然"、"连珠合璧重光来,天策暂转钩陈开"直言神仙下来时神光乍现、光芒四射、四宇寂静的情状。从伴奏乐器上来说,"孤竹之管云和弦"一句则知《昭夏》降神曲既有管乐器又有弦乐器;从伴奏音乐上来说,则可能属丝、竹合奏乐或丝、竹协奏乐,就前者来说应该属于单音音乐,就后者来说应该使用"和弦",不管怎样,至少可知北周祀圜丘所用的雅乐主要借鉴梁陈的"清商乐";从歌辞演唱上来说,以多人合唱或一人主唱、多人和声为主,前四句属主歌部分,第五、六句属过渡句,后两句属副歌部分;从节奏上来说,共分为8小节,1句1小节,每小节7个字,前2小节每小节5拍,属于混合拍子,后6小节每小节4拍,属于复拍子。

《周祀方泽歌》第一首《昭夏》:"报功阴泽,展礼玄郊。平琮镇瑞,方鼎升庖。调歌丝竹,缩酒江茅。声舒钟鼓,器质陶匏。列耀秀华,凝芳都荔。川泽茂祉,丘陵容卫。云饰山罍,兰浮泛齐。日至之礼,歆兹大祭。"① 四言十六句,前八句押平声韵,后八句押仄声韵,倒数第三、四句转押平声韵。从伴奏乐器上来说,"调歌丝竹"与"声舒钟鼓"两句说明不但有拨弦乐器、吹奏乐器,还加入了打击乐器。从伴奏音乐上来说,丝、竹主要奏清商雅乐,而另外组合进去的钟、鼓,则有军乐之声,特别是鼓,不排除胡鼓的可能,因此可能还混入胡乐,不管怎样其音乐当为合奏雅乐。从乐曲形式来说,当属 A+B(a+b)+A 的复三段式,前两句和后两句各为一个二句式乐段,中间一个乐段又可划分为两个六句式乐段。从歌辞演唱上来说,以多人合唱或一人主唱多人和声为主。从节奏上来说,共分为16小节,1句1小节,每小节2拍。

《周宗庙歌》第一首《皇夏》:"肃肃清庙,岩岩寝门。敔器防

---

① (南宋)郭茂倩编.乐府诗集 [M].上海:上海古籍出版社,1998:39.

满，金人戒言。应巾悬鼓，崇牙树羽。阶变升歌，庭纷象舞。闲安象设，缉熙清奠。春鲔初登，新蒎先荐。僾然入室，俨乎其位。凄怆履之，非寒之谓。"①四言十六句，不押韵。从乐曲形式上来说，当属 A+B（a+b）+A 的复三段式，前四句和后四句各为一个四句式乐段，中间一个乐段又可划分为两个四句式乐段。从节奏上来说，共分为 16 小节，1 句 1 小节，每小节 2 拍。

《周大祫歌》第一首《昭夏》："律在夹钟，服居苍衮。杳杳清思，绵绵长远。就祭于合，班神于本。来庭有序，助祭有章。乐舞六代，宾歌二王。和铃以节，修革斯锵。齐宫馈玉，郁鬯浮金。洞庭钟鼓，龙门瑟琴。其乐已变，惟神是临。"②四言十八句。前六句大致押仄声韵，后十二句押平声韵。从乐曲形式上来说，当属 A+B 的二段式，前八句为一个乐段，后八句为一个乐段。从伴奏乐器上来说，出现了中途变换的情况，第一个乐段主要以鸣钟为主，第二个乐段则融入铃、鼓、瑟、琴，构成了拨弦乐器与打击乐器的组合。从伴奏音乐上来说，第一个乐段主要是钟乐，其特点是舒缓悠长，第二个乐段乐音渐趋铿锵急促，金木合鸣，乐章主要奏演六代乐并配以六代舞。从歌辞演唱上来说，第一个乐段以一人主唱、多人和声或无和声为主，第二个乐段以多人合唱为主。从节奏上来说，共分为 18 小节，1 句 1 小节，每小节 2 拍。

而《周祀五帝歌》则是一首大型歌舞乐曲，由 12 支曲组成，分为三大段：首段合第一首《皇夏》，是为序曲，不歌不舞；次段合第二首《皇夏》，是为中序，以歌为主；末段歌舞并作，侧重于舞，由《青帝云门舞》《配帝舞》《赤帝云门舞》《配帝舞》《皇帝云门舞》《配帝舞》《白帝云门舞》《配帝舞》《黑帝云门舞》和《配帝舞》组成。从诗中"管犹调于阴竹，声未入于春弦"两句来看，所用乐

① （南宋）郭茂倩编.乐府诗集［M］.上海：上海古籍出版社，1998：119—120.

② （南宋）郭茂倩编.乐府诗集［M］.上海：上海古籍出版社，1998：122.

器主要是管弦乐器，有现代交响乐的特点。总的来看，又可称为唐大曲的雏形。

通过对这些诗歌的分析，发现其主要运用四、五言体式，这显然受到《周礼》雅乐与南朝雅乐创作范式的影响；在常规四、五言体式之外，七言体式出现得较为频繁，而且还有三言、六言、八言的杂言体，据此来看，这些诗歌的创作显然受到了少数民族音乐的影响，即所谓"周、齐杂胡戎之伎"①，"协鲜卑之音"②。

2. 文人乐府诗的音节韵律。如庾信的乐府诗"平调曲"《燕歌行》，共七言二十八句。从乐曲形式上来说，当属 A+B+A 的三段式，前六句为一个乐段，3 解，每两句为 1 解；后十句为一个乐段，2 解，前六句为 1 解，后四句为 1 解；中间十二句为一个乐段，5 解，前四句为 1 解，后八句每两句为 1 解。从歌辞演唱上来说，以女生部单人独唱为主，一唱三叹，乐调凄楚。从节奏上来说，全曲整体呈现慢—快—慢的节奏，弱—强—弱的力度，具体分为 28 小节，1 句 1 小节，每小节 4 拍，即强—弱—次强—弱的拍子特点，全曲由复拍子组成。其"杂曲歌辞"《舞媚娘》则是乐府古辞，原本为五言，庾信将其改为六言八句。因为用六言四句诗歌配合的《回波乐》曲调首先在北朝创制，故这首六言八句诗明显受到《回波乐》等胡乐的影响。《舞媚娘》上继曹植乐府《妾薄命行》以六言诗写宫廷宴饮的歌舞场面的传统，下开唐代"六言歌辞尤大用于艳曲及酒筵著辞两面"的先声。

王褒的乐府诗，如其"平调曲"《从军行》第 2 首，五言十六句，押平声韵。从乐曲形式上来说，当属 A+B+A 的三段式，前四句为一个乐段，2 解，每两句为 1 解；中间八句为一个乐段，8 解，一句为 1 解；后四句为一个乐段，3 解，前两句一句 1 解，后两句为 1 解。从歌辞演唱上来说，以男声部合唱为主，乐调雄浑激扬。

---

① （南宋）郭茂倩编. 乐府诗集［M］.上海：上海古籍出版社，1998：2.

② （唐）魏徵等. 隋书·音乐志上［M］.北京：中华书局，1973：287.

从节奏上来说，全曲整体呈现慢—快—慢的节奏，具体分为 16 小节，1 句 1 小节，每小节 3 拍，即强—弱—弱的拍子特点。其《远征人》为《从军行》第 2 首前四句，即"黄河流水急，驱马送征人。谷望河阳县，桥渡小平津"①，摘出来以后全曲节奏变缓，抒情性增强，有后世学堂乐歌的味道。"瑟调曲"《饮马长城窟行》五言十八句，除首句押仄声韵外，均押平声韵，曲调高远，音声凄凉。《墙上难为趋》前十句为五言，中四句七言，后六句五言，押平声韵。"杂曲歌辞"《陵云台》五言十八句，押平声韵；《古曲》五言八句，押平声韵；《高句丽》六言六句，押平声韵。在"萧萧易水生波，燕赵佳人自多。倾杯覆碗灌灌，垂手奋袖娑娑。不惜黄金散尽，只畏白日蹉跎"② 中，叠字的运用和揭示人生哲理的语句，再配上当时不多使用的六言句式，使歌词颇有民歌的味道。"横吹曲辞"中《出塞》五言八句，押［u］组韵，押平声韵，曲调高远，音声凄凉。

其他文人也有乐府诗创作。赵王宇文招的《从军行》，七言四句，首句入韵，押平声韵，曲调急促，音声凄凉。徐谦的《短歌行》，五言八句，前四句押平声韵，后四句转押仄声韵，乐曲舒缓，抒情性较强。李德林的《相逢狭路间》，五言三十句，押平声韵；首四句"天衢号九经，冠盖恒纵横。忽逢怀刺客，相寻欲逐名"作为开场；从"我住河阳浦，开门望帝城。金台远犹出，玉观夜恒明"③ 四句开始进入主歌部分；整首乐曲结构严整，叙事性较强。尚法师的《饮马长城窟行》，五言八句，押平声韵，乐调高亢，乐曲激扬。萧岑的《棹歌行》，五言六句，押仄声韵，韵脚不固定，曲调舒缓，抒情性较强。辛德源的《成连》，五言八句，押平声韵，属女声部独唱曲，以单件管乐器或弦乐器伴奏，以唱为主，音调凄

---

① （南宋）郭茂倩编.乐府诗集［M］.上海：上海古籍出版社，1998：392.

② （南宋）郭茂倩编.乐府诗集［M］.上海：上海古籍出版社，1998：824.

③ （南宋）郭茂倩编.乐府诗集［M］.上海：上海古籍出版社，1998：405.

婉，抒情性较强。

整体而言，北周文人在乐府诗歌创作方面用平声韵的比例大大增加，在接受胡乐以及创作近代曲辞方面作出了不小的贡献。

余 论

在礼仪制度方面，北周宇文泰仿效周制，建立起以传统汉礼为主、杂以胡风的礼仪制度，并推行开来。尽管后来宇文氏子孙和北周大臣子弟们并未完全恪守宇文泰旧制，但隋礼的建立还是借鉴了北周礼仪制度。

在音乐制度方面，北周依托南朝雅乐，融入胡声、旧曲，建立起宫廷音乐，并仿效周制，以乐配礼；同时沿袭魏制，建立了乐署乐官。这一时期，由于征战、婚聘、迁徙、贸易等因素的影响，北周及周边地域民族交流频繁，促进了各地、各族、各种音乐的传播和相互融合。在北周短暂统一北方以后，北狄乐、西域音乐、外国音乐、中原旧乐、南朝音乐、吴歌、西曲、鼓吹曲、杂曲音乐等实现了初步融合，为隋代七部乐的建立奠定了基础。特别是这一时期的龟兹乐，在北周完成了新、旧乐的融合以后，到隋代发展为宫廷七部乐、九部乐中最重要的一部，一直延续到唐代十部乐。其乐律最初八十五调，经苏祗婆摘选为五旦二十八调，郑译又合以七音八十四调，之后不但演变为隋唐燕乐的二十八调，而且影响了宋教坊的十八调、北曲的十二宫调和南曲的十三宫调，可以说对后世雅乐、俗乐和戏剧音乐均产生了深远影响。

总的说来，胡乐通过正式制定礼乐制度的过程，很自然融入华乐。又胡乐与南朝的清乐以及各种新兴的俗乐结合起来，到唐代形成燕乐，也推动隋唐"近代曲辞"的兴盛。

北周乐府诗的创作摆脱不了乐府观、乐府传统、礼乐建设的影响。就乐府观而言，北周君臣制礼作乐的举措，在提升其诗乐造诣的同时也影响了乐府观，增强了乐府诗的创作意识。就乐府传统而言，从汉乐府呈现出文人化的趋势，到魏乐府实现了从无主名到有主名的转化，发展到北周则几乎实现了文人化，乐府民歌已很少见。就礼乐建设而言，在北魏时期，乐府诗的音乐来源极为广泛；到北周时期，乐府诗创作一方面承袭北魏传统，一方面学习南朝经验，又受到礼乐制度建设的影响，与宫廷乐舞的关系变得更为密切。在语言、体式上都更加接近音乐表演形态，在旧乐府体制的继承、新乐府体制的建立和模拟古乐府方面都呈现出了新特点。可以说北周乐府诗的创作推动了北周、隋朝诗歌的革新，为初唐近体诗律的完善定型铺垫了基础。

北周的文学思想及其影响

第一节
颜之推文学理论渊源及其对北周文学的关照

颜之推历仕梁、北齐、北周及隋四朝，"三为亡国之人"，他的一生经历了由南北分裂至隋统一的过程，其自身亦是由南入北，直到隋统一全国。作为南北朝时期我国著名的文学家，其洞悉南北文学之短长，并将自己的理论和实践经验倾注于《颜氏家训》一书中。本节试图通过对《颜氏家训·文章》篇进行较全面深入的分析，以期明确颜之推的主要文论思想；同时结合时代背景以及作者自身的经历，说明其文论产生的理论渊源。

一、颜之推离乱的人生经历

颜之推字介，琅琊临沂人。西晋末年，九世祖颜含随琅琊王司马睿南渡，居于建康，是"中原冠带随晋渡江"的百家之一。其祖父颜见远，史称"博学有志行"（《梁书·文学传》）；颜之推的父亲颜协曾任湘东王萧绎的王国常侍、镇西将军府谘议参军等职，有"博涉群书、工于草隶"之誉。颜之推生于梁武帝中大通三年（531），于江陵度过自己的童年和少年时代，七岁时他开始接受启蒙教育，十二岁成为湘东王萧绎的门徒，十九岁出仕，在梁统治的地区生活了 24 年。公元 554 年，西魏军队攻破江陵，颜之推被俘北上。556 年，颜之推投奔北齐，累官至黄门侍郎，在北齐度过了 21 个春秋。577 年，周武帝平齐，颜之推随至长安。之后又相继仕北周、隋，约在隋开皇十余年卒，年六十余。①其数次经历陵谷之变，三次被俘，三度成为亡国之人。其间有意南归故国而不得，只好举家冒险逃奔至北齐。在北齐的二十年是他一生中相对安定的时期，他利用任职文林馆之便，得以博览群书，学问大长。北周军队攻灭北齐，颜之推被遣送到长安，又被授以御史上士。隋文帝杨坚取代北周之后，颜之推被太子召为学士。入隋后，他完成了《颜氏家训》的撰写工作。

颜之推一生历仕四朝，三为亡国之人，饱尝离乱之苦，曾写过一篇《观我生赋》，对亡国丧家的变故，以及"一生而三化"的无可奈何的情状，作了痛苦的陈述，且道："向使潜于草茅之下，甘为畎亩之民，无读书而学剑，莫抵掌以膏身，委明珠而乐贱，辞白璧以安贫，尧舜不能辞其素朴，桀纣无以污其清尘，此穷何由而至？兹辱安所自臻？"②悲愤之情，溢于言表。

颜之推是我国南北朝时期著名思想家、教育家、文学家。正如范文澜先生所评价的，颜之推"是当时南北两朝最通博最有思想的学者，经历南北两朝，深知南北政治、俗尚的弊病，洞悉南学北学的短长"，③当时的各种学问，他几乎都钻研过，并且提出自己的见解。他的理论和实践对于后人颇有影响，《颜氏家训》是他对自己一生有关立身、处世、为学经验的总结，被后人誉为家教典范，影响很大。

二、家训之祖——《颜氏家训》

中古社会的南北朝时期，门阀制度开始由盛转衰，士族面临着衰落的历史命运。凭文化起家的士族深知文化传家的重要意义，为了保持家族门第长盛不衰，他们竭力进行文化垄断，特别注重对子

---

① 参见缪钺.读史存稿·颜之推年谱［M］.北京：三联书店，1963.

② （清）严可均.全上古三代秦汉三国六朝文·全隋文［M］.北京：中华书局，1958：4090.

③ 范文澜.中国通史简编·第二编［M］.北京：人民出版社，1964：228.

孙后代的教育训诫，渴望家族人才代出，兴旺发达。与此同时，在一个政治动荡、社会不安的时代，文化传家更是保全身家的最稳妥方式。父兄长辈要使自己的子弟能在社会动乱中安身立命，就必须把切合实际的处世之道和知识艺能传授给他们。《颜氏家训》正是在这样的历史背景下产生的。

在中国历史上，家训一类文献起源甚早，而在文体上洋洋洒洒写成专著者，则以颜之推所著的《颜氏家训》为开山之作。颜之推"生于乱世，长于戎马，流离播越，闻见已多"，入隋以后，本着"务先王之道，绍家世之业"的宗旨，结合自己的人生经历、处世哲学，写成《颜氏家训》一书。《颜氏家训》全书七卷，包括《序致》《教子》《兄弟》《后娶》《治家》《风操》《慕贤》《勉学》《文章》《名实》《涉务》《省事》《止足》《诫兵》《养生》《归心》《书证》《音辞》《杂艺》《终制》等二十篇。各篇内容涉及的范围相当广泛，但主要是以传统儒家思想教育子弟，讲如何修身、治家、处世、为学等，其中不少见解至今仍有借鉴意义。如他提倡学习，反对不学无术；认为学习应以读书为主，又要注意工农商贾等方面的知识；主张"学贵能行"，反对空谈高论，不务实际等。他鄙视和讽刺南朝士族的腐化无能，认为那些贵族子弟大多没有学术，只会讲究衣履服饰，一旦遭乱，除辗转沟壑，别无他路可走。对于北朝士族的腆颜媚敌，他也深致不满。他往往通过插叙自身见闻，寥寥数语，便将当时社会的人情世态，特别是士族社会的谄媚风气，写得淋漓尽致。如《教子》篇云："齐朝有一士大夫，尝谓吾曰：'我有一儿，年已十七，颇晓书疏，教其鲜卑语及弹琵琶，稍欲通解，以此伏事公卿，无不宠爱，亦要事也。'吾时俯而不答。异哉，此人之教子也！若由此业自致卿相，亦不愿汝曹为之。"语言朴实而生动，士大夫的心态跃然纸上。此书"述立身治家之法，辨正时俗之谬"，比较全面地展示了颜之推饱经乱世忧患后的人生经验和思想风貌，反映了他对人情世风、文化学术的深刻反思和独到见解，是一部流传广、影响深的家训名著。

《颜氏家训》成书于隋文帝灭陈以后、隋炀帝即位之前（约公元 6 世纪末）。自成书以来，在我国漫长的封建社会里，一直被视作家教范本，广为流布，经久不衰。究其原由，主要是书中内容基本适应了封建社会中儒士们教育子孙立身、处世的需要，提出了一些切实可行的教育方法和主张，以及培养"治国有方、营家有道"之人才等新观念，继承和发展了儒家以"明人伦"为宗旨的"诚意、正心、修身、齐家、治国、平天下"的传统教育思想。正由于此，历代统治者对《颜氏家训》非常推崇，甚至认为"古今家训，以此为祖"，因而广为征引，反复刊刻，虽历经千余年而不佚。流传至今的主要刊本有宋淳熙七年（1197）台州公库本，明万历甲戌（1574）颜嗣慎刻本和程荣《汉魏丛书》本，清康熙五十八年（1719）朱轼评点本、雍正二年（1724）黄叔琳刻节钞本、乾隆四十五年（1780）卢文弨刻《抱经堂丛书》本、文津阁《四库全书》本。今人王利器撰有《颜氏家训集解》，并附各本序跋、颜氏传及其全部佚文，最为完备。

作为中国传统社会的典范教材，《颜氏家训》直接开"家训"的先河，是我国古代家庭教育理论宝库中的一份珍贵遗产。颜之推并无赫赫之功，也未列显官之位，却因一部《颜氏家训》而享千秋盛名，由此可见其家训的影响深远。被陈振孙誉为"古今家训之祖"的《颜氏家训》，是中国文化史上的一部重要典籍，这不仅表现在该书"质而明，详而要，平而不诡"[1]的文章风格上，以及"兼论字画音训，并考正典故，品第文艺"的内容方面，而且还表现在该书"述立身治家之法，辨正时俗之谬"[2]的现世精神上。因此，历代学者对该书推崇备至，视之为垂训子孙以及家庭教育的典范。纵观历史，颜氏子孙在操守与才学方面都有惊世表现，光以唐朝而言，像注解《汉书》的颜师古，书法为世楷模、闪耀千年的颜

---

① 王利器.颜氏家训集解（增补本）[M].北京：中华书局，1993：614.

② 晁公武：《郡斋读书志》卷三上。

真卿，以身殉国、震烁千古的颜杲卿等人，都令人对颜家有深刻印象，更足证其祖所立家训之效用彰著。即使到了宋元两朝，颜氏族人也仍然入仕不断，令明清两代的人钦羡不已。从总体上看，《颜氏家训》是一部有着丰富文化内蕴的作品，它不仅在家庭伦理、道德修养方面对我们今天有着重要的借鉴作用，而且对研究古文献学，研究南北朝历史、文化有着很高的学术价值；同时，作者在特殊政治氛围（乱世）中所表现出的明哲思辩，对后人有着宝贵的认识价值。

《颜氏家训》对后世有重要影响，特别是宋代以后影响更大。宋代朱熹之《小学》，清代陈宏谋之《养正遗规》，都曾取材于《颜氏家训》。不唯朱陈二人，唐代以后出现的数十种家训，莫不直接或间接地受到《颜氏家训》的影响，所以，明人王三聘说"古今家训，以此为祖"（《古今事物考》）。另外，《颜氏家训》多次重刻，历千余年而不佚，更可见其影响深远。历代学者对《颜氏家训》评价很高，如明人袁衷曰"六朝颜之推家法最正，相传最远"（《庭帏杂录》），清人王钺云"北齐黄门颜之推《家训》二十篇，篇篇药石，言言龟鉴，凡为子弟者，可家置一册，奉为明训，不独颜氏。"（《读书丛残》）从这些学者对《颜氏家训》的评价，我们也可以看出《颜氏家训》在中国古代的影响及其地位。

纵观我国关于颜之推与《颜氏家训》的研究情况，仅相关学术论文，就有2000多篇。总体说来，研究主要表现在以下几个方面：一是对《颜氏家训》的家庭教育思想、儿童教育和早期教育等方面进行阐述，多以《勉学篇》作为重点进行研究，相关论文有：华中师范大学徐媛所写的《〈颜氏家训〉教育思想研究》；兰州大学韩敬梓的《〈颜氏家训〉家庭教育思想研究》等等。二是着重研究《颜氏家训》所体现的十六国北朝时期各种思想，同时分析作者的思想矛盾，相关论文有：山西师范大学卓志峰的《颜之推思想研究》；赖井洋、赵军政的《颜之推两教一体初探》；陈东霞《试论〈颜氏家训〉中的儒家思想》等。三是针对《颜氏家训》所涉及的语言学问题进行研究，诸如名词、副词、同义词等方面的研究，主要论文有：尚晓菲的《从〈颜氏家训·音辞〉看颜之推的语言观及贡献》；三峡大学郭艳芳的《〈颜氏家训〉副词研究》等等。四是从大文化的角度分析《颜氏家训》与南北朝文学、家族文学的关系，以及其文学思想等方面的研究，主要论文有：中国社会科学院孙红梅的《颜之推文学思想研究》，江南大学陈天旻的《〈颜氏家训〉与颜氏家族文化研究》，王允亮的《颜之推与南北文学交流》等，论著颇多。

由此，不难发现研究者对颜之推与《颜氏家训》的不同侧面几乎都有所论及，不同的学者从自己所学专业方向来对颜之推与《颜氏家训》进行分析解读。但是从文学理论的角度对其文论思想进行深入分析的则较少，主要有程时用的《〈颜氏家训〉的文学解读》、钱国旗的《〈颜氏家训〉及其文学史意义》、秦元的《〈颜氏家训〉家族文学观念初探》、周振海与贾甚杰的《从〈颜氏家训·文章篇〉看颜之推的文学功利观》、黄去非的《试论颜之推的文章观》，以及徐中原的关于颜之推的和谐文论思想的研究。但是这些文章并没有对其源流进行深入分析，没有论述其对某一朝文学的影响。在此，笔者试图对《颜氏家训·文章》篇进行梳理，进而分析其与北朝文学的渊源关系。

三、颜之推的文学理论观

颜之推的文章观，上承曹丕、挚虞、刘勰、萧统，下启王通、李谔，历来颇受文论家的重视，在中国古代文论史上占有一席之地。在其著作《颜氏家训》中，《文章》篇集中地反映了他的文学思想。通过全面分析《文章》篇，能够发现其中有不少卓越的文学见解和进步的文学思想。在文论盛兴的南北朝时期，《文章》篇具有一定地位，特别是在文学理论较贫乏的北朝，更有其特殊的意义和价值。

颜之推在《文章》篇中，通过论述南北朝时期的作家作品，反映了当时的文学观点和他自己的文学主张。颜之推很重视文学，他批评扬雄视文学为雕虫小技的说法，并从个人立身修养的角度说明文学（包括学问、口辩、作文等文化修养）的重要性。对于文学的功用，颜之推并不狭隘地把它归结为服务于政治教化的实用功能，他也肯定文学具有愉悦耳目、陶冶性灵的审美功能，同时在自己的写作实践中表现出了较强的文学审美功能。他的文章内容真实，文笔平易近人，具有一种独特的朴质风格，对后世的影响也颇为深远。

关于《颜氏家训·文章》的分析，不少文章已有论及。如程时用《〈颜氏家训〉的文学解读》一文，分别从"文章原出五经""调和古今、融合南北""致用与娱情相结合""立身与为文合一"四个方面来说明其文论主张。钱国旗的《〈颜氏家训〉及其文学史意义》一文，将颜之推的文学理论主张分为文章的功用、文人的德行、文学的创作以及文体的改革四个方面来进行分析。同时，还有一些文章就颜之推文论主张的某一方面来进行说明。如陶启君《〈颜氏家训·文章〉篇文学思想述评》，就文学创作来进行分析。周振海、贾甚杰《从〈颜氏家训·文章〉篇看颜之推的文学功利观》，主要探讨该篇中体现出的实用主义文章观，具体表现为为官处世的社会功用论、抑气克情的文章创作论和重理轻文的文章本质论。蔡雁彬《从家训的性质看颜之推的文学理论——读〈颜氏家训·文章〉篇札记》，主要是从家训文学这一特定形式，分析了颜之推的文学理论思想等等。本节立足《颜氏家训·文章》篇文本，结合诸多学者的观点，试图对颜之推的文学理论主张，作一个较为全面的梳理。分别从文学的渊源、文学的功用、文学的创作以及文学批评四个方面进行解读，以期能够对《文章》篇有一个更为全面更为深刻的认识，为以后的分析奠定基础。

（一）文学原出五经之起源论

魏晋南北朝文学在中国文学发展史上具有继往开来的重要地位。从文化思想方面说，南朝以老庄玄学思想为指导，北朝则以儒家思想为正统。正是由于这种分野，南方文学思想重在缘情，而北方文学思想则重在宗经。颜之推在北方生活了四十余年，和南朝后期的轻艳文风相比，北朝崇尚的"雅正"与质朴的文风更能为尊儒崇经的颜之推所接受和发扬。故而在论述文章的起源时，颜之推认为诸体文章源出五经。

《文章》篇开宗明义曰："夫文章者，原出五经：诏、命、策、檄，生于《书》者也；叙、述、论、议，生于《易》者也；歌、咏、赋、颂，生于《诗》者也；祭、祀、哀、诔，生于《礼》者也；书、奏、箴、铭，生于《春秋》者也。"①（下同）文章的根源是什么，这是探讨文学理论必须面对的首要问题。著名文学理论家刘勰在此之前就将文体之源头追溯至五经："故论、说、辞、序，则《易》统其首；诏、策、章、奏，则《书》发其源；赋、颂、歌、赞，则《诗》立其本；铭、诔、箴、祝，则《礼》总其端；纪、传、盟、檄，则《春秋》立其根。"②

通过比较，不难发现《颜氏家训·文章》的这一段文字与《文心雕龙·宗经》篇虽稍有出入，但立意基本相同。刘勰认为作文必须宗法五经，以儒家圣人之道为准绳。论文体俱出于经典，究其目的，除了矫正当时离经叛道、艳侈浮靡的文风之外，还有对文学价值的高度推崇。《文心雕龙·原道》开篇就说"文之为德也大矣，与天地并生者"，认为文本于道，是至高无上的道的体现。五经是人文的典范，"经"是"人文之元"。因此，归依于"经"的"文章"地位也是至高无上的，正如曹丕所说："盖文章，经国之大业，不朽之盛事！"（《典论·论文》）颜之推接受刘勰的观点，其对文章源流的关系论断，既是他儒家思想意识的具体表现，也是对当时过多地强调文章娱情功能的一个矫正。关于这一点，之后再做详

① 王利器.颜氏家训集解（增补本）[M].北京：中华书局，1993：237.
② 刘勰著，陆侃如、牟世金译注.文心雕龙·宗经 [M].济南：齐鲁书社，1995：11.

细论述。但二者不同的是，《颜氏家训》作为一部家训著作，在论述文章之时，同样体现着其家训的思想传统，家训的本旨是应世之用、明哲保身。就《文章》篇而言，其目的并不在于阐释文章的价值地位，而是说明文章只是"得以自资"的一艺而已。在《颜氏家训·勉学》一篇中有这样的叙述："夫明《六经》之指，涉百家之书，纵不能增益德行，敦厉风俗，犹为一艺，得以自资。"也正因为"家训"的性质，在上述列举的文体中，颜之推显然更推崇政治应用文体，即文章。对那些无济世用的"陶冶性灵"之作，也就是我们现在所说的"纯文学"，则主张"行有余力，则可习之""勿强操笔"。由此也可见颜之推对各种文体的取舍态度。

（二）经世治用与陶冶性灵并重的文学功用论

颜之推阐明文章之源俱在经典，与当时北方重视经学的文化传统以及南北朝后期由玄而儒的风气转变有着必然的联系，同时也与他本人对儒家思想的接受密切相关。由于颜之推尊崇儒家经典，他因此视"典正"为作文的最高标准，故而非常看重文章的道德教化功能，这与他在《涉务》《勉学》等篇中所表现的经世致用思想相吻合。文章源于五经，乃经国之大业，必然要承担社会教化的职责，这是文章体裁还没有完全细分的历史发展过程中肩负的首要功能。身处浮躁的文坛之中，颜之推明确指出文章必须体现实用价值："朝廷宪章，军旅誓诰，敷显仁义，发明功德，牧民建国，施用多途。"文章必须担当经世治国的作用，这和《左传》"立言不朽"、曹丕"文章乃经国之大业"的观点是一脉相承的。颜之推身体力行，创作《颜氏家训》，其目的就是为了"提示子孙"，这本身便与儒家经世致用的现实精神吻合。颜之推在处世与创作中始终坚持中庸之道，不偏不倚，他在突出文章的社会功能时，也并没有抛弃文章的娱情作用："至于陶冶性灵，从容讽谏，入其滋味，亦乐事也。行有余力，则可习之。"

颜之推在《文章》篇中对陶冶性情的文学作品给予了很多关注，批评扬雄视诗赋为雕虫小技的论调："或问扬雄曰：'吾子少而好赋?'雄曰:'然。童子雕虫篆刻,壮夫不为也。'余窃非之曰:虞舜歌《南风》之诗,周公作《鸱鸮》之咏,吉甫、史克《雅》《颂》之美者,未闻皆在幼年累德也。孔子曰:'不学《诗》,无以言。'自卫返鲁,乐正,《雅》《颂》各得其所。大明孝道,引《诗》证之。扬雄安敢忽之也? 若论'诗人之赋丽以则,辞人之赋丽以淫',但知变之而已,又未知雄自为壮夫何如也? 著《剧秦美新》,妄投于阁,周章怖慑,不达天命,童子之为耳。"在这里颜之推通过圣人对诗赋的重视,批评了扬雄轻视诗赋的观点。《文章》篇又云:"齐世有席毗者,清干之士,官至行台尚书,嗤鄙文学,嘲刘逖云:'君辈辞藻,譬若荣华,须臾之玩,非宏才也;岂比吾徒千丈松树,常有风霜,不可凋悴矣!'刘应之曰:'既有寒木,又发春华,何如也?'席笑曰:'可哉!'"他认为文学正如"春华",所以也不能忽视它对于个人立身修养的功用。颜之推作为一位忠实的折中论者,对文学功能的认识,虽重"敷显仁义,发明功德",但也不废"陶冶性灵"。

从颜之推对一些具体作品的评论中,也可以看出他对于文学的审美功能的感受和认识。《文章》篇写道:"王籍《入若耶溪》诗云:'蝉噪林逾静,鸟鸣山更幽。'江南以为文外断绝,物无异议。简文吟咏,不能忘之,孝元讽味,以为不可复得,至《怀旧志》载于《籍传》。范阳卢询祖,邺下才俊,乃言:'此不成语,何事于能?'魏收亦然其论。《诗》云:'萧萧马鸣,悠悠旆旌。'毛《传》曰:'言不喧哗也。'吾每叹此解有情致,籍诗生于此耳。"兰陵萧悫,梁室上黄侯之子,工于篇什。尝有《秋诗》云:'芙蓉露下落,杨柳月中疏。'时人未之赏也。吾爱其萧散,宛然在目。颍川荀仲举、琅邪诸葛汉,亦以为尔。而卢思道之徒,雅所不惬。"[1]

当时南北两地审美情趣各异。王籍的诗句"蝉噪林逾静,鸟鸣山更幽",南朝人甚是喜爱,以为其达到了极致;颜之推作为由南

① 王利器.颜氏家训集解(增补本)[M].北京:中华书局,1993:295—296.

入北的文人，也引《诗》为证，叹其"情致"；而北朝文人如卢询祖、魏收等却不以为然。同样的，对萧悫"芙蓉露下落，杨柳月中疏"二句，颜之推"爱其萧散，宛然在目"，荀仲举、诸葛汉亦为入北之南人，所以对此诗也颇为欣赏；而当时高齐的北人则皆"未之赏"，更有卢思道之徒，"雅所不惬"。王籍、萧悫的诗歌均代表了当时南方的诗风，颜之推能够感受到诗句中所蕴含的耐人寻味的情致，体会其审美作用。在这里，可以了解到当时南北文风明显的不同，并且能够明确地看出，颜之推既重视文章经世致用的功能，同时对于文学的审美也较为认可，二者不可偏废。

（三）文质并重、克己抑气的文学创作观

颜之推在明确了文学的渊源与功用之后，提出了一个令人困惑的现象，即文学成就较高的人往往结局不幸。在《颜氏家训·文章篇》中，他列举了 35 个这样的不幸文人："然而自古文人，多陷轻薄：屈原露才扬己，显暴君过；宋玉体貌容冶，见遇俳优；东方曼倩，滑稽不雅；司马长卿，窃赀无操；王褒过章《僮约》；扬雄德败《美新》；李陵降辱夷虏；刘歆反复莽世；傅毅党附权门；班固盗窃父史；赵元叔抗疏过度；冯敬通浮华摈压；马季长佞媚获诮；蔡伯喈同恶受诛；吴质诋忤乡里；曹植悖慢犯法；杜笃乞假无厌；路粹隘狭已甚；陈琳实号粗疏；繁钦性无检格；刘桢屈强输作；王粲率躁见嫌；孔融、祢衡，诞傲致殒；杨修、丁廙，扇动取毙；阮籍无礼败俗；嵇康凌物凶终；傅玄忿斗免官；孙楚矜夸凌上；陆机犯顺履险；潘岳干没取危；颜延年负气摧黜；谢灵运空疏乱纪；王元长凶贼自贻；谢玄晖侮慢见及。凡此诸人，皆其翘秀者，不能悉记，大较如此。至于帝王，亦或未免。自昔天子而有才华者，唯汉武、魏太祖、文帝、明帝、宋孝武帝，皆负世议，非懿德之君也。自子游、子夏、荀况、孟轲、枚乘、贾谊、苏武、张衡、左思之俦，有盛名而免过患者，时复闻之，但其损败居多耳。每尝思之，原其所积，文章之体，标举兴会，发引性灵，使人矜伐，故忽于持操，果于进取。今世文士，此患弥切，一事惬当，一句清巧，神厉九霄，志凌千载，自吟自赏，不觉更有傍人。加以砂砾所伤，惨于矛戟，讽刺之祸，速乎风尘，深宜防虑，以保元吉。"① 颜氏所探讨的是，文人们的巨大文学成就与失检的行为的不一致，这个问题，曹丕、刘勰都曾论及，但颜氏对此做了更深入的分析，并从作家的创作中来追寻影响其命运的线索。他认为，他们的悲惨结局是由于个性的招摇与放纵，文学的成功使他们自傲，致使他们缺乏生存所必需的审慎和节制。

针对如何进行文学创作的问题，《文章》篇论述较多，主要有关于文章内容与形式的关系、继承与发展的问题以及针对作家个体才能与学养的论述，等等。《文章》言："凡为文章，犹人乘骐骥，虽有逸气，当以衔勒制之，勿使乱流轨躅，放意填坑岸也。"② 在这段文字里，颜氏认识到作家进行文学创作应该有"逸气"。这里的"气"，指作家所具备的气质、修养，就是说文学作品要抒发作者的思想感情，这正体现了我国传统"言志""缘情"、重表现的美学思想。南北朝文论中的"气""情""风""意"，往往是相同的概念。刘勰《文心雕龙·风骨》说："结言端直，则文骨成焉，意气骏爽，则文风清焉。"又说："情与气偕。"《才略》曾评刘桢"情高以会采"，"情高"故有"逸气"。作家、艺术家在进行艺术构思、谋篇布局的过程中，必得调养志气，志气饱满而刚健，文章的辞藻自然就光辉一新。而且作家的气质会影响其情感的抒发，故颜氏强调作家要有"逸气"。文学作品的审美作用，往往是以情动人、以情化人，情感甚至成为文学作品的生命力。颜氏的独到之处，在于他主张文学创作既要以抒发情感为要，又要"以衔勒制之"。一方面，"衔勒制之"，是针对时弊而发，当时浮艳文风的倡导者萧纲就提倡"文章且须放荡"（《与当阳公大心书》）。而萧纲这一论点的提出，是有其时代背景的。魏晋时期，许多人生活放荡，因为魏"尚

---

① 王利器. 颜氏家训集解（增补本）[M]. 北京：中华书局，1993：237.
② 王利器. 颜氏家训集解（增补本）[M]. 北京：中华书局，1993：266.

通脱"，"通脱即随便之意，此种提倡影响到文坛，便产生大量想说什么就说什么的文章"（鲁迅《魏晋风度及文章与药及酒的关系》）。魏文帝《与吴质书》说："公干时有逸气，但未遒尔"，此之"未遒"，谓有时至流乱轨迹也。如此"通脱"带来了"文学的自觉时代"，但也因为放荡的时风影响到浮艳文学的盛行，故颜氏针对萧纲的论点，提出要"以衔勒制之"，充分体现颜氏积极进步的文学思想和政治思想。另一方面，我们还可看出，颜氏既主张文学作品要以抒情为主，要继承和发扬我国重表现的传统美学思想，同时又要限制在一定的范围之内。当然这不免流露出儒家"以理节情"的传统思想。同时我们也应看到，中国古代文艺的抒情，主要是一种有理性的、有节制的抒情，而且这犹如一根红线，贯穿古代文论的始终，成为中国古代文艺的金科玉律。颜之推在此既主张文章要有"逸气"，作者要通过文学作品抒情畅怀，同时又要伴随着理智。真正的艺术是不会完全背离理性的，中国古代重视的是情、理结合，以理节情的平衡。而颜氏所主张的也正是如此。

首先对于文章内容与形式的关系，颜之推主张文质并重，既重视内容又关注形式。《文章》篇言："文章当以理致为心肾，气调为筋骨，事义为皮肤，华丽为冠冕。今世相承，趋末弃本，率多浮艳。辞与理竞，辞胜而理伏；事与才争，事繁而才损。放逸者流宕而忘归，穿凿者补缀而不足。时俗如此，安能独违？但务去泰去甚耳。必有盛才重誉，改革体裁者，实吾所希。"[1]他认为文章的思想内容最重要，如同人之心肾，是里面的东西，实质的东西。至于典故（事义）、辞藻（华丽）如同人的皮肤冠冕，是外表装饰的东西。但是当时文人却注重用典之新巧，辞藻之华丽，而忽略甚至损害了思想内容，产生了"辞胜而理伏""事繁而才损"之弊，结果所写的文章多空洞无物，味同嚼蜡。同时，颜之推也认识到文章的内容与形式应该是统一的。文中引用席毗、刘逖的例子进行说明：

① 王利器.颜氏家训集解（增补本）[M].北京：中华书局，1993：267.

"齐世有席毗者，清干之士，官至行台尚书，嗤鄙文学，嘲刘逖云：'君辈辞藻，譬若荣华，须臾之玩，非宏才也；岂比吾徒千丈松树，常有风霜，不可凋悴矣！'刘应之曰：'既有寒木，又发春华，何如也？'席笑曰：'可哉！'"通过这段话可以看出，颜之推很赞赏刘逖的回答，松木的确是宏才，但"又发春华"，从而更加完美。文章自然应注重"理致""气调"，但"事义""华丽"也不可少。颜氏以"寒木"比之文章的内容，"春华"喻文章的形式，寒木又发春华确是锦上添花，文章内容与形式的统一，定成优秀作品。在此虽然是颜氏引他人之言，但同样体现了他对文学内容与形式关系的看法。

其次是关于继承与发展的问题。南北朝时期，世人对文章的创作持两种偏激的态度，要么是厚古薄今的"保守派"，要么是厚今薄古的"新变派"。北朝排斥浮艳文风，苏绰主张完全复古，并身体力行写作一些古体文，但他的理论和实践没有成功。颜之推根据自己对文学创作的把握，权衡古今文章之得失，比较古今文章之优劣，主张"改革文体""兼采古今"。《文章》篇云："古人之文，宏材逸气，体度风格，去今实远；但缉缀疏朴，未为密致耳。今世音律谐靡，章句偶对，讳避精详，贤于往昔多矣。宜以古之制裁为本，今之辞调为末，并须两存，不可偏弃也。"[①]要改革当世浮艳文风，就要"以古之制裁为本，今之辞调为末"，形成一种兼采古今的新文体。因为"古人之文，宏材逸气，体度风格，去今实远"，此为古文之所长也。所谓"古人之文"，与裴子野"制作多法古，与今文异体"（《雕虫记》）是一致的，概指魏晋以前先秦两汉的文章。而"今世音律谐靡，章句偶对，讳避精详"，又是今文之优点，是古文之所缺乏者。在这里，颜氏看到了今文"贤于往昔"、讲究艺术形式美的进步因素。这较之当时或以后一些批评者全盘否定六朝之文要高明得多。颜之推的这个观点，不但是对古今文章的批评

---

① 王利器.颜氏家训集解（增补本）[M].北京：中华书局，1993：268.

接受，也是对当时文风的矫正，为文人创作指明了方向，具有重要的现实意义和实用价值。颜之推由南入北，既深受南朝文化的熏陶，又受到北方儒学的感染，所以从创作实践来看，他身体力行，融合南北文风，反映了社会从分裂走向融合的发展要求，反映了文化合流的发展趋势。他的创作实践也体现了他这种思想，《颜氏家训》从六朝之文和秦汉散文中吸取了有益的营养，既有对偶、典故，也常参用经史古语、古词，在当时的创作中具有特殊风格。

其三，颜之推在《文章》篇中，对文学创作的主体也做了相关的论述。文中说："学问有利钝，文章有巧拙。钝学累功，不妨精熟；拙文研思，终归蚩鄙。但成学士，自足为人。必乏天才，勿强操笔。吾见世人，至无才思，自谓清华，流布丑拙，亦以众矣，江南号为詅痴符。近在并州，有一士族，好为可笑诗赋，诮撇邢、魏诸公，众共嘲弄，虚相赞说，便击牛酾酒，招延声誉。其妻，明鉴妇人也，泣而谏之。此人叹曰：'才华不为妻子所容，何况行路！'至死不觉。自见之谓明，此诚难也。"① 首先，颜之推认识到文学创作的过程不同于其他社会科学活动。其他社会科学活动主要靠抽象思维，需要"累功"，勤学苦练，而文学创作既需要有各方面知识的积累，更需要特殊的思维方式即形象思维。换言之，颜之推对文学创作中作家的天分十分重视，他认为学问和文章不同，学问渊博可以做学者，而写作则要依靠天才。这里的天才实际上是指作家的艺术才能，而这种艺术才能也并非每个文人都有，而且不可能靠研精覃思获得。这种思想实际上已经开启了严羽的"诗有别材，非关学也；诗有别趣，非关理也"（《沧浪诗话·诗辨》）之说的先河。颜之推强调天才的另一个意思，是指文学创作必须依靠作家的灵感，所以说"必乏天才，勿强操笔"。这和《文心雕龙》的《神思》《养气》篇中某些观点相似。颜之推文章是"标举兴会，发引性灵"的产物，即是指灵感，亦是对其天才论的补充。从文学发展的角

① 王利器.颜氏家训集解（增补本）[M].北京：中华书局，1993：254.

度看，先秦文学仅是经、史的附庸，至南北朝，诗歌、散文、辞赋等文学都摆脱经、史的束缚，从附庸的地位独立出来，文学按照自己的发展规律而发展，这与学术思想相对解放分不开。曹丕尚"通脱"，带来文学独树一帜，与儒、玄、史学并列。颜之推在这里将"学问"与"文章"分而别之，把文学创作与学术活动分离开来，并概括出它们各自的特点，从而突出了文学创作的特殊性。

在这里，颜之推还认识到文学创作过程中作家素养的特殊性和重要性。他指出"文章有巧拙"，而且"拙文研思，终归蚩鄙"，文章之拙与巧自与作者本身的创作能力有关，当然这种能力不同于其他社会科学活动的能力，而是作家所具有的特殊创作技巧、敏捷的才思等等。优秀的作家能在作品里"巧拙相半"。《诗眼》云："老杜诗凡一篇皆工拙相半，古人文章类比。"作家的气质修养终会直接影响到作品是巧是拙。他在文中进而讥讽那些本来"至无才思"，却要"自谓清华"，结果只能"流布丑拙"的平庸之辈。他还嘲笑那种"好为可笑诗赋"的"并州一士族"，"才华"不为妻子所识，至死不觉悟，毫无自知之明。颜氏对拙而不工的文人是十分鄙视的，他认为如果作家不能创作新颖的文章，则"勿强操笔"。①

颜之推还从三个方面说明了写作难的问题。《颜氏家训·文章》篇云："凡诗人之作，刺箴美颂，各有源流，未尝混杂，善恶同篇也。陆机为《齐讴篇》，前叙山川物产风教之盛，后章忽鄙山川之情，殊失厥体。其为《吴趋行》，何不陈子光、夫差乎?《京洛行》，胡不述赧王、灵帝乎?""自古宏才博学，用事误者有矣；百家杂说，或有不同，书傥湮灭，后人不见，故未敢轻议之。今指知决纰缪者，略举一两端以为诫。《诗》云：'有鸁雉鸣。'又曰：'雉鸣求其牡。'毛《传》亦曰：'鸁，雌雉声。'又云：'雉之朝雊，尚求其雌。'郑玄注《月令》亦云：'雊，雄雉鸣。'潘岳赋曰：'雉鸁鸁以朝雊。'是则混杂其雄雌矣。《诗》云：'孔怀兄弟。'孔，甚也；怀，

---

① 王利器. 颜氏家训集解（增补本）[M]. 北京：中华书局，1993：254.

思也，言甚可思也。陆机《与长沙顾母书》，述从祖弟士璜死，乃言：'痛心拔脑，有如孔怀。'心既痛矣，即为甚思，何故方言有如也？观其此意，当谓亲兄弟为孔怀。《诗》云：'父母孔迩。'而呼二亲为孔迩，于义通乎？《异物志》云：'拥剑状如蟹，但一螯偏大尔。'何逊诗云：'跃鱼如拥剑。'是不分鱼蟹也。《汉书》：'御史府中列柏树，常有野鸟数千，栖宿其上，晨去暮来，号朝夕鸟。'而文士往往误作乌鸢用之。《抱朴子》说项曼都诈称得仙，自云：'仙人以流霞一杯与我饮之，辄不饥渴。'而简文诗云：'霞流抱朴碗。'亦犹郭象以惠施之辩为庄周言也。《后汉书》：'囚司徒崔烈以银铛锁。'银铛，大锁也；世间多误作金银字。武烈太子亦是数千卷学士，尝作诗云：'银锁三公脚，刀撞仆射头。'为俗所误。"文章地理，必须惬当。梁简文《雁门太守行》乃云：'鹅军攻日逐，燕骑荡康居，大宛归善马，小月送降书。'萧子晖《陇头水》云：'天寒陇水急，散漫俱分泻，北注徂黄龙，东流会白马。'此亦明珠之额，美玉之瑕，宜慎之。"① 概括起来讲就是：一、"凡诗人之作，刺箴美颂，各有源流，未尝混杂，善恶同篇也"；二、"自古宏才博学，用事误者有矣，百家杂说，或有不同，书傥湮灭，后人不见，故未敢轻议之"；三、"文章地理，必须惬当"。颜之推在提出这三个问题时还列举了大量的事例来说明作文不易的道理。他提出的三个问题归结为一点，就是写作前的知识储备问题。要写作，就必须积累大量的知识，无论典章制度、风土人情、天文地理、人伦礼制，都应当有所涉猎，这样，写作时才不至于出现这样或那样的毛病。否则，即使是陆机、潘岳、昭明太子这样有才华的作家，在写作中都不可避免要出现失误。

颜之推在《文章》篇里还提出了"典正"这一概念。他说："吾家世文章，甚为典正，不从流俗。梁孝元在蕃邸时，撰《西府新文》，讫无一篇见录者，亦以不偶于世，无郑、卫之音故也。有

---

① 王利器.颜氏家训集解（增补本）[M].北京：中华书局，1993：292.

诗赋铭诔书表启疏二十卷，吾兄弟始在草土，并未得编次，便遭火荡尽，竟不传于世。衔酷茹恨，彻于心髓！操行见于《梁史文士传》及孝元《怀旧志》。"① "典正"是典范端正的意思，即颜之推自己说的"不偶于世，无郑、卫之音"。而他所引用的沈约关于文章写作的观点，也是对"典正"做进一步的解释，他说："沈隐侯曰：'文章当从三易：易见事，一也；易识字，二也；易读诵，三也。'邢子才常曰：'沈侯文章，用事不使人觉，若胸臆语也。'深以此服之。祖孝征亦尝谓吾曰：'沈诗云"崖倾护石髓"，此岂似用事邪？'"（同上）

沈约提出的这"三易"似乎向来不大为文论家们所注意，但它确实是沈约作为大文章家的甘苦之谈，所以颜之推特别推重它。所谓"易见事"，是指文章不用僻典；所谓"易识字"，是指文章不用僻字，这两点是针对当时的流俗而言的。所谓"易读诵"，则是指文章要讲究音节的抑扬顿挫（具体表现为讲究字的平仄，这是周颙和沈约以前的文人所未能注意到的）。要而言之，不论是"典正"，还是"三易"，都是颜之推关于文章创作论的观点。

与此同时，颜之推还强调指出"学为文章，先谋亲友，得其评裁，知可施行，然后出手；慎勿师心自任，取笑旁人也。自古执笔为文者，何可胜言，然至于宏丽精华，不过数十篇耳。但使不失体裁，辞意可观，便称才士；要须动俗盖世，亦俟河之清乎！"② 这一方面是说，写作本身还有一个借鉴别人不断加工琢磨的过程。文章也需要取长补短、精益求精；另一方面，也说明了颜之推为文亦小心翼翼，体现其安身立命、明哲保身的儒家思想。

另外，《文章》篇有言："不屈二姓，夷、齐之节也；何事非君，伊、箕之义也。自春秋已来，家有奔亡，国有吞灭，君臣固无常分矣；然而君子之交绝无恶声，一旦屈膝而事人，岂以存亡而改

---

① 王利器.颜氏家训集解（增补本）[M].北京：中华书局，1993：269.

② 王利器.颜氏家训集解（增补本）[M].北京：中华书局，1993：257.

虑？陈孔璋居袁裁书，则呼操为豺狼；在魏制檄，则目绍为蛇虺。在时君所命，不得自专，然亦文人之巨患也，当务从容消息之。"①或可将此解释为关于文德问题的论述。

这段话指出，有时文章不是代言作者意志的体现，而是文章的真正作者，即法定作者意志的体现。所以陈琳事袁绍时，在官渡之战前夕，作《为袁绍檄豫州》，檄文处处将袁曹对比着写，极力夸饰袁绍的仁德和武勇过人，渲染曹操的罪恶和不堪一击，及至陈琳归曹后则又作檄骂袁绍，并非陈琳本人的价值观发生了巨大变化，而是"时君所命，不得自专"。由此可以看出，在一定的时代背景之下，文学不一定是作者自己意志的体现，所谓抒己情，达己意，而是一种不得已而为之的状态。在这里，作者考虑到文德的问题，即在世道混乱、社会动荡的现实之下，文人如何处理自己的创作与现实利益的关系。

综上所述，可以看出：颜之推既强调文学的社会功用，同时也注重文学的审美价值；虽以儒家文学观来衡量历代作家作品，但并不偏废文学作品的艺术形式；在论述文学创作时，主张文质并重且以质为根本，对"天才""兴会"等的论述也进一步强化了文学自身所具有的审美特征。

四、对南北文学理论的吸收

西晋灭亡，晋室南渡，南北政权更迭频繁，形成了南北长期对峙的局面。南北朝时期，南北文学存在着明显的差异，这种差异不仅是地理条件、自然环境对文学的影响，更重要的是经济、政治和文化传统对文学的影响和作用。从文化思想方面说，南朝以老庄玄学思想为指导，北朝以儒家思想为正统。由于这种分野，南方文学重在"缘情"，而北方文学重在宗经。从艺术格调来说，北方有一种苍茫壮大的情思，南方则表现为鲜艳明丽的色彩。魏徵在《隋

---

① 王利器. 颜氏家训集解（增补本）[M]. 北京：中华书局，1993：258.

书·文学传序》中曾概括南北文学鲜明对立的情况："江左宫商发越，贵于清绮；河朔词义贞刚，重乎气质。气质则理胜其词，清绮则文过其意。理深者便于时用，文华者宜于咏歌。此其南北词人得失之大较也。"① 因此，重情尚文和贵理尚质分别是南北文学的主要分野。但是，南北政权的对峙并未造成文化的隔绝，"过江名士"和南北往来，促进了南北文学的融合，在文风上表现出了一种新的理想文学的朦胧影子。

如前所述，颜之推生于南朝，后入北，《颜氏家训》成书于隋。由于从小受到南朝文化思想的影响，颜之推的文学思想有以北朝为主而兼有南朝色彩的特点。颜之推的文学思想和文学批评集中体现在他的《颜氏家训·文章》篇中，在其他篇章、书卷中也有少量涉及。此处，仅以《文章》篇作为考察对象来进行分析。

（一）文论观点中对南朝文学思想的吸纳

齐梁两代值得注意的文学现象有：一是诗体发生了重大变革，四声八病说的运用和永明体的确立。文学在追求华美，强调清新明丽、圆融和谐的同时，出现了注重文字声律、讲究声律的"永明体"。《南史·陆厥传》云："约等文章皆用宫商，将平上去入四声，以此制韵，有平头、上尾、蜂腰、鹤膝。五字之中，音韵悉异；两句之内，角徵不同，不可增减。世呼为'永明体'。"② 其特点是追求诗歌节奏的匀称美。这一时期，诗人们试图建立比较严格的、声调和谐的诗歌格律，并且在辞藻、用典、对偶等方面作出新的探索。二是在皇帝和太子周围聚集了一批文人，形成三个文学集团，分别以南齐竟陵王萧子良，梁代萧衍、萧统和萧纲为中心。梁、陈两代，浮靡轻艳的宫体诗成为诗歌创作的主流。《隋书·经籍志》谓："梁简文之在东宫，亦好篇什，清辞巧制，止乎衽席之间；雕琢蔓藻，思极闺闼之内。后生好事，递相仿习，朝野纷纷，

---

① （唐）魏徵. 隋书［M］. 北京：中华书局，1974：1730.

② （唐）李延寿. 南史［M］. 北京：中华书局，1975：1195.

号为'宫体'。"① 此段话简要地点明了其产生的时间、题材及写作的特点，以及其时的规模和影响。它主要是以艳丽的词句表现宫廷生活，多咏物题材，女性亦是描写的对象等等。这样，我们可以看出，整个南朝文学具有一种追求文学的艺术形式、内容轻巧、风格清绮的特征。

颜之推初仕梁，而后才至齐到周，自然而然对南朝文风有一定的继承，表现在《颜氏家训·文章》篇中。

首先，是在论述文学的功用时，对文学的审美趣味即娱乐功用的肯定，《文章》篇中对王籍诗的"情致"和何逊诗的"清巧"，都有会心的标举。对萧悫《秋诗》中"芙蓉露下落，杨柳月中疏"二句，更是"爱其萧散，宛然在目"，这种对清新自然的诗歌意境的赏爱，表现出很高的鉴赏水平，也从客观上承认了文学的审美愉悦功能。同时，对扬雄认为辞赋是"童子雕虫篆刻，壮夫不为也"的议论提出批评，也表现了颜之推对艺术形式的重视，体现出他受南朝文学影响，对艺术形式的追求从未放弃。

在《颜氏家训·书证》中，他曾批评"近代文士"作《三妇诗》，失古乐府原意，且"又加郑卫之辞"，"大雅君子，何其谬乎?"流露出对梁朝轻艳之作的不满。他对六朝以来的绮靡文风提出尖锐的批评："今世相承，趋末弃本，率多浮艳。辞与理竞，辞胜而理伏；事与才争，事繁而才损。放逸者流宕而忘归，穿凿者补缀而不足。"可以看出颜之推也认识到南朝文学的缺陷，但他对南朝文学并未简单否定，他认为："至于陶冶性灵，从容讽谏，入其滋味，亦乐事也。行有余力，则可习之。"亦是看到了文学作品具有"陶冶性灵"的审美作用。

其次是关于文学的创作论。颜之推主张文质并重，其中对文的重视，便是接受了的南朝文学思想。就艺术形式而言，南朝文学由追求辞采的艳丽，追求声律的美，发展到探讨文学的特质问题，从

① （唐）魏徵等.隋书［M］.北京：中华书局，1974：1090.

而较自觉地追求作品形式的美。颜之推对作品的内容和形式作过比较辩证的论述："文章当以理致为心肾，气调为筋骨，事义为皮肤，华丽为冠冕。"① 所谓"理致""气调"，指作品中蕴含的思想感情；"事义"与"华丽"则就作品的用典用事及文采辞藻而言。前者犹如人的内脏筋骨，后者好比外貌服饰，两者显然应是主次与本末的关系。他对文学的特征还是有着清醒认识的，"气调为筋骨"，体现了对文章总体风貌的重视，认为文章应当具有生动活泼、劲健有力之气。文章文辞的日趋精美，艺术技巧的日益提高是文学发展的趋向，这是值得充分肯定的。

同时，颜之推论述文章应当古今并用，"古人之文，宏材逸气，体度风格，去今实远；但缉缀疏朴，未为密致耳。今世音律谐靡，章句偶对，讳避精详，贤于往昔多矣。宜以古之制裁为本，今之辞调为末，并须两存，不可偏弃也。"② 其中说到今文"音律谐靡，章句偶对，讳避精详"，便是对声律诗的赞同，是对四声八病确立的肯定，体现出颜之推对于今世之文，特指南朝文学取得的艺术成就的继承与发展。

（二）文论观点中对北朝尚用思想的融汇

如前所述，魏晋南北朝从文化思想方面说，南朝以老庄玄学思想为指导，北朝则以儒家思想为正统。正是由于这种分野，南朝文学重在缘情，而北朝文学则重在宗经。因此，北朝文学强调文章的经世致用，文学创作存在重功利、重实用的思想倾向。西魏宇文泰为了改革文章华靡之弊，还用行政命令来改革文风，统一用《大诰》的文体作为准则，其目的就是要彻底把个人情感抒写和文采辞藻的追求从文学写作中排除出去。所以，总体看来，北朝文学不像南朝那样强调文学的抒情作用，而是重视发挥文学的社会功用。北朝文学内容充实，感情强烈，笔力刚劲，重视追求一种苍凉劲健之

① 王利器.颜氏家训集解（增补本）[M].北京：中华书局，1993：267.
② 王利器.颜氏家训集解（增补本）[M].北京：中华书局，1993：268.

美，风格显得平实犷野、刚健有力。颜之推在北方生活了四十余年，和南朝后期的轻艳文风相比，北朝崇尚的"雅正"与质朴的文风更能为颜之推所接受和发扬。

注重文章的社会功利目的，在《颜氏家训·文章》篇中有充分的阐释。周振海、贾甚杰《〈颜氏家训·文章〉篇看颜之推的文学功利观》一文对此做了充分的说明。此处以文本为基础，再结合其他而进行论述。颜之推首先强调一切文体与儒家著作的联系："夫文章者，原出五经：诏命策檄，生于《书》者也；序述论议，生于《易》者也；歌咏赋颂，生于《诗》者也；祭祀哀诔，生于《礼》者也；书奏箴铭，生于《春秋》者也。朝廷宪章，军旅誓诰，敷显仁义，发明功德，牧民建国，施用多途。"[①] 这段论述强调文章与儒家经典的联系，指出了儒家经典著作的根本特征是"敷显仁义，发明功德，牧民建国，施用多途"，即经世致用，服务于政治教化的实用功能，因此，文学创作必须以此为原则。

当然，颜氏的经世致用观，是既有别于汉儒的以政教为本的文学观，也不同于魏晋以来的推崇文学审美的文学观。在强调文学的功利性之外，他通过圣人重视诗赋的言辞，肯定了诗赋虽非"牧民建国"所急需，但足可"陶冶性灵"，固不可废。在此基础之上，他所推崇的理想状态便是"寒木"、"春华"，在前文中已有论述，此不多言。

从文学观的角度看，颜之推将文学的价值置于社会功用的框架之下，是在实用主义的理论视域下审视文学，自然在经史实学之下。他只在强调文学的理致风骨、文人的清干之才的基础上才会欣赏文学。由此，便不难理解为什么颜之推会将文人的"损败居多耳"也归咎于文学"标举兴会，发引性灵"的审美个性了。

由此出发，在论述文章的创作时，也是本着立身为本、克己抑气的态度，颜之推主张文学创作应该是节情、节气，故言："凡为

---

① 王利器．颜氏家训集解（增补本）[M]．北京：中华书局，1993：237．

文章，犹人乘骐骥，虽有逸气，当以衔勒制之，勿使流乱轨躅，放意填坑岸也。"① 即便是评论他人，也须注意节制："江南文制，欲人弹射，知有病累，随即改之，陈王得之于丁翼也。山东风俗，不通击难。吾初入邺，遂尝以此忤人，至今为悔；汝曹必无轻议也。"（同上）颜氏认为，文学固然可以"陶冶性灵，从容讽谏"，但"情与气偕"的创作特性，施之于作家立身处世的现实，则往往不易做到"发乎情，止乎礼"，以至于"使人矜伐，损败居多"了。在这里，颜氏又回到了儒家中和之美、温柔敦厚的诗教原则中来。传统文论中性情对创作的能动作用被逆向推导了，人与文的合一，进一步发展为立身与为文之道的合一，充分体现了北朝文学思想对颜之推的影响。

颜之推关于文章的本质、内容与形式，有精当的论述："文章当以理致为心肾，气调为筋骨，事义为皮肤，华丽为冠冕。"② "理致""气调""事义"即为作品中蕴含的思想和情感，或者后人所谓的"意""主题"。"华丽"则是作品的用典用事及文采辞藻等。前者犹如人的内脏筋骨，后者好比外貌服饰，二者轻重一目了然。

重内容轻形式的文论观古已有之，直至现在也依然被广泛接受。在颜之推的思想体系和文论框架中，"理致"实为儒家的入世之学。因此，颜之推所重的内容并非创作论中与"形式"相对的概念范畴，而是有具体指向的"崇儒""宗经""尚用"。联系颜之推以后的文论（包括诗论）可以看出，他的观点和白居易的"诗者，根情，苗言，华声，实义"（《与元九书》）是一致的，和桐城派主将刘大櫆的"故义理、书卷、经济者，行文之实，若行文自另是一事"（《论文偶记》）也是一致的。

同时，在承认当代文章于章句对偶、声律和谐的优势之外，更加强调古代文章于体度风格等方面的优势，他主张的是以古为本、调和今古和以实为主、华实并茂的思想，也正是熔南北文风为一炉

---

①② 王利器. 颜氏家训集解（增补本）[M]. 北京：中华书局，1993：267.

的一种重要表现。

结　语

综上所述，"三为亡国之人"的颜之推，在立身扬名的理想追求和谨小慎微、如履薄冰的纠结冲突中，痛苦地选择了贵学务实的传家箴言。而他之所以不惜笔墨地将其学术观点和研究成果写入家训，其主要目的并非学术研究本身，而是为了通过家学传承实现文化传家，进而维持和振兴家族门第。因此《文章》篇中反映的文学观不免流于世俗和功利，对中国文学的实用主义创作观和功利主义欣赏观起到了一定的消极作用。

在南北朝文学发展中，不论是北方人向南方人学习和借鉴，还是南朝文学向北朝文学渗透，都是缘于南北文学特征迥异、分野明显，存在发展的互补空间或者互补的可能性。也是受地理、社会和文化环境的不同基因所影响。南方以"清绮"为贵，北方则推"气质"为重。然"气质则理胜其词，清绮则文过其意。理深者便于时用，文华者宜于咏歌，此其词人得失之大较也"，① 则"若能掇彼清音，简兹累句，各去所短，合其两长，则文质彬彬，尽善尽美矣"。② 由南北文学的发展轨迹来看，正是印证了如此的发展期待。近代刘师培的《南北文学不同论》写道："梁陈以降，文体日靡。惟北朝文人，舍文尚质。崔浩、高允之文，咸硗角自雄。温子升长于碑版，叙事简直，得张、蔡之遗规；卢思道长于歌词，发音刚劲，嗣建安之逸响。子才、伯起，亦工记事之文，岂非北方文体固与南方不同哉！自学山、总持，身旅北方，而南方轻绮之文，渐为北方所崇尚。又初明、子渊，身居北土，耻操南音，诗歌劲直，习为北鄙之声，而六朝文体亦自是稍更矣。隋炀诗文，远宗潘陆，一洗浮荡之言，惟隶事研词，尚近南方之体。杨、薛之作，简符隋炀，吐音近北，后摛藻师南。故隋唐文体，力刚于颜、谢，采绵于

①② （唐）李延寿. 北史 [M]. 北京：中华书局，1974：2782.

潘、张，折衷南体北体之间，而别成一派。唐初诗文，与隋代同，制句切响，言务纤密。虽雅法六朝，然卑靡之音，于焉尽革。"① 这是近代以来对南北文学精神、特征及其融合、发展的经典之论。

从客观而言，颜之推的《颜氏家训》在理论上已经初步显示出调合南北的文学思想，从其关于文学的功用、创作方面均可看出。《颜氏家训》虽为告诫子孙之书，但颜之推调和南北的文学思想对文学的健康发展是有重要影响的，从理论上肯定了清绮与贞刚的南北文风逐渐融合的趋向，为唐代文学创作和文学思想的发展提供了理论依据。当然，南北文风中积极因子的完全融合，还是需要时间的，"文质半取，风骚两挟"的恢弘气象是要到唐人那里才能实现的。

北周至隋唐相承的古文思想

北周文学复古思潮对以后的复古文风影响深远。在整个中国文学史上，以儒家思想为指导，主张诗言志、文以载道、追求社会功利性的文学创作从未中断过。自西魏、北周到唐代，由于种种现实原因，文学追求社会功利性的要求不断凸显，形成了以儒家思想为核心、以复古为号召的古文思潮，并对以后的文学思想产生深远影响。本节拟从社会历史视角探讨唐代古文思想之源流，进而论证从北周到唐代的古文思想，在承前启后、贯穿整个古代文学史中儒家尚用文学观的重要地位。

纵观中国古代文学史，儒家思想作为中国文化的主流思想，对文学的影响是从未间断的，其核心问题，实质上就是文与道的关系问题。关于文道关系的辩论，在中国文学史上是常见的，这也进一步体现了儒家思想的深远影响。然而时代不同，文与道的侧重也有所不同：六朝重文轻道，唐代文道并重，两宋重道轻文。重道体现在散文的创作中，便是古文运动的开展。推究古文思想本源，不难发现从北周到唐代的古文思想是一脉相承的。

一、西魏北周复古思想的多源性

魏晋南北朝散文逐步走上了骈俪化的过程，到齐梁时代达到顶峰。散文的骈俪化，原是文学逐步追求艺术化的结果，亦是两汉以来散文与辞赋发展的必然结果。六朝时代，大多数士族文人以写作骈辞俪句来显示自己的学养，这样就造成了只顾形式而忽略内容的现象，使文学走上了畸形发展的道路。面对这种状况，首先是西魏、北周的统治者对其进行了改革。

北魏灭亡后，分裂为东魏、西魏，其中东魏地处中原，包括山东、山西等经济发展较好、文化程度较高的地区；而西魏地处西北，是一个自然环境恶劣、经济很不发达的多种民族地区，在这种条件下，民众多有务实精神。在文化层面，西魏北周的统治者为了与东魏、北齐以及江左的南朝相抗衡，巩固自己在关陇一带的统治，以行政命令提倡"复古"，推行与华丽文风相抗衡的质朴适用的文风。质朴尚用与当地民风吻合，也与时下西魏北周国力萎弱须艰苦创业的国策一致。

就此问题，陈寅恪先生曾在《隋唐制度渊源略论稿》中指出："宇文泰凭藉六镇一小部分之武力，割据关陇，与山东、江左鼎足而三，然以物质论，其人力财富远不及高欢所辖之境域，固不待言；以文化言，则魏孝文以来之洛阳至继承者邺都之典章制度，亦岂荒残僻陋之关陇所可相比……故宇文苟欲抗衡高氏及萧梁，除整军务农、力图富强等充实物质之政策外，必应别有精神上独立有自成一系统之文化政策，其作用既能文饰辅助其物质即整军务农政策之进行，更可以维系其关陇辖境以内之胡汉诸族之人心，使其融合成为一家，以关陇地域为本位之坚强团体。此种关陇文化本位之政策，范围颇广，包括甚众，要言之，即阳傅（附）周礼经典制度之文，阴适关陇胡汉现状之实而已。"[1] 正如陈寅恪先生所言，推行"关陇文化本位政策"乃是在三方鼎立形势下，为了配合关陇物质本位政策，加强关陇地域的独立性，凝聚关陇集团势力。在这一政策的支撑下，文学复古思想的产生便是自然而然的事情。无论苏绰以何种方式推行文风改革，"关陇文化本位政策"无疑是其文学

---

[1] 　陈寅恪. 隋唐制度渊源略论稿 [M]. 北京：中华书局，1963：90—92.

思想兴起的内在原因和推动力量。以上古三代至周代作为标准，乃是因"假借关陇之地本姬周旧土，可以为名号，遂毅然决然舍弃摹仿不能及之汉魏以来江左、山东之文化，而上拟周官之古制。苏绰既以地方性之特长创其始，卢辩复以所习于礼制竟其业者，实此之由也"。①

西魏、北周之际文学复古思想的兴起与衰落都与政治有密切关系。复古思想的兴起以"文质革变"的思维作为根据。大统十一年（545）苏绰受命撰《大诰》即曰："惟天地之道，一阴一阳；礼俗之变，一文一质。爰自三五，以迄于兹，匪惟相革，惟其救弊，匪惟相袭，惟其可久。惟我有魏，承乎周之末流，接秦汉遗弊，袭魏晋之华诞，五代浇风，因而未革，将以穆俗兴化，庸可暨乎。"②明显表示是时代政局的需求。

关于文质革变的论述，建安时期的阮瑀、应场著有《文质论》，均有相关的讨论。魏晋之交，名士夏侯玄在答司马懿《时事议》中也说："文质之更用，由四时之迭兴……时弥质则文之以礼，时泰侈则救之以质。"③泰始七年（271），晋武帝司马炎策问贤良郗铣等时，同样关注"文质之变，其理何由？……因革之宜，又何殊也？"④同时，六朝批评家亦有关于文质范畴的讨论。沈约《宋书·谢灵运传论》中说："至于建安，曹氏基命，二祖陈王，咸蓄盛藻，甫乃以情纬文，以文被质。"⑤与沈约同时的著名文学理论家刘勰在《文心雕龙·情采篇》中说："圣贤书辞，总称文章，非采而何？夫水性虚而沦漪结，木体实而花萼振，文附质也。虎豹无文，则鞟同犬羊，犀兕有皮，而色资丹漆，质待文也。"⑥即是将

①　陈寅恪.隋唐制度渊源略论稿［M］.北京：中华书局，1963：94.

②　（唐）令狐德棻等.周书［M］.北京：中华书局，1971：393.

③　（晋）陈寿.三国志［M］.北京：中华书局，1982：297.

④　（唐）房玄龄等.晋书［M］.北京：中华书局，1974：1439.

⑤　（梁）沈约.宋书［M］.北京：中华书局，1974：1778.

⑥　范文澜.文心雕龙注［M］.北京：人民文学出版社，1958：537.

文质作为核心观念用于文学批评。钟嵘《诗品》论曹植五言诗也说"情兼雅怨，体被文质"[1]。在这些文论家的视野中，文质成了衡量文章的基准因素，文质协调被视为文学的理想形态。此外，袁济喜、李俊认为，"文质之变"话题在魏晋兴起之初即隐含着一种基本倾向，即末世之文胜于质。因此，乱世之中批评"文"之过剩乃是"文质论"中最为流行的立场，而这一点很容易与末世之文学批评相扣合。史家叙述苏绰《大诰》产生的背景是"自有晋之季，文章竟为浮华，遂成风俗，太祖欲革其弊"，从中可以看出苏绰思想与当时流行的观念存在着某种呼应。从刘勰《文心雕龙》提出宗经、征圣之说，以及辨析文体的方式来看，苏绰的复古思想似乎正是受这种文体溯源"五经"的思想影响，而这一点同样也是魏晋文学批评的基本思路之一。

苏绰之所以能够推动文学复古思想展开，除了在文化上寻求独立之外，其实还暗含着转换西魏内部"山东士人群体"政治认同的目的。

魏孝武帝入关之时，一批山东士人也随之入关。如卢辩、柳庆、周惠达、唐瑾、赵肃、徐招、薛憕等人，这些人都曾是草创西魏朝廷制度的主要人员，都与北魏后期洛阳文化有很大的关系，他们或在礼乐方面，或在制度方面，于西魏草创时期就有所贡献。这样似乎可以说，西魏初期的文化目标是努力重建北魏洛阳时期的文化，在文学思想取向上便具有一致性。但问题是，关中的权力核心并不是元魏，魏孝武帝入关后不久就与实际掌权者宇文泰集团产生了裂痕，孝武帝虽然不久即去世，但追随孝武帝入关的山东士人与宇文泰集团的隔阂仍然存在，所以在苏绰改革之时，以卢辩为代表的"山东士人群体"并未参与，改革之事全部由苏绰主办。这一史实表明苏绰与卢辩等所代表的两个群体确实存在思想分歧。而苏绰所欲变革的对象也正是西魏草创时期由入关"山东士人"创建的文

---

[1] 曹旭.诗品笺注［M］.北京：人民文学出版社，2009：56.

物制度。就文学层面而言，苏绰与其所变革的对象实际上是指向两个不同的权力中心。

苏绰推行政治改革的目的在于将权力集中到宇文泰周围，他向宇文泰陈说"帝王之道"和"申韩之道"，实际上就是帮助宇文泰理清这一认识，并指出实现途径，从而获得宇文泰的信任。而此前西魏草创的制度都是以北魏为模板，其中心实际上是魏帝而非宇文泰。因此，宇文泰若想实践"帝王之道"，必须借助一种合理的途径将此种认同加以转换，为自己所用。苏绰建构新的文风否定旧的文风，实际上正是实现这一任务的必然选择。这样，苏绰文风复古所欲革除的对象就是入关的"洛阳后进"，也就是入关"山东士人"所秉持的北魏后期的洛阳文学风习。

同时，南朝文坛也有复古的倾向。魏晋南北朝由于战乱等现实因素，使得南北文化在一定程度上相互影响，相互交流。这样，随着北周势力范围的不断扩大，北方质朴的文风、复古的思想也自然而然影响着南方的文坛。如梁代裴子野作《雕虫论》，对文章注重藻饰表示极大的不满，其反对"摈落六艺""非止乎礼仪"的文风，对当时"深心主卉木，远致极风云""巧而不要，隐而不深"的颓废文风进行批评。他的作品清新秀美，质朴无华，体现"复古"笔法。如他所作《喻虏檄文》："朕谓其君是恶，其民何罪，矜此涂炭，用寝兵草。今戎丑数亡，自相吞噬，重以天旱，弥年谷价腾踊，丁壮死于军旅，妇女疲于转输，虐政惨刑，曾无惩政。"① 文章一气呵成，真实反映战争给人民带来的痛苦，笔力刚劲，与堆砌典故的骈体文差别甚大，颇有秦汉遗风。同时他主张作品应做到"劝美惩恶""止乎礼仪"；对繁文要"删撮事要"。如他对《宋书》删繁就简，将其压缩成二十卷的《宋略》；当他成为皇帝的秘书时，起草公文也是直陈政事，不尚丽靡之词，摒弃了形式主义。这也说

---

① （清）严可均. 全上古三代秦汉三国六朝文 [M]. 北京：中华书局，1958：3262.

明在骈文盛行的齐梁时代，已有文人对浮靡文风的危害有所认识，并萌发了复古的思想。同时，刘勰在其著作《文心雕龙》里也提出文学应该"宗经""征圣""明道"的主张。他在《原道》篇中言："道沿圣以垂文，圣因文而明道。"《序志》篇言："唯文章之用，实经典枝条，五礼资之以成，六典因之致用，君臣所以炳焕，军国所以昭明，详其本源，莫非经典。"在此，他们指出了文学应具有内容与作用：或止乎礼仪，或本乎先圣经典。他们的这一思想与当时盛行的骈文思想相对，而与其后进行的古文运动的思想基本相一致。

二、隋承周制的复古思想

隋初以儒家思想为核心，继续推行复古政策。北周隋王杨坚以外戚的身份篡位而建立隋朝，起初，隋朝的政治、经济、文化都沿用北周的制度。隋文帝杨坚励精图治，积极发展经济，壮大实力，而后灭掉陈朝一统全国，结束了长达265年之久的南北分裂局面。但统一后的全国实则是由不同的经济区域和不同的文化观念所构成的聚合体。因此，就急需确立一种大家都能认可的文化思想，从而更好地发展经济、统治国家。儒家学说在这样的背景下便成为隋朝初年的文化核心，在隋承周制的基础上而略作调整。由于统治者杨坚目睹了北魏、东西魏、梁陈的相继灭亡，所以更加明白艰苦朴素的重要，提倡返璞归真、去雕为朴、务从节俭的作风。一时间崇尚简朴的社会风气成为主流，也推进了儒学占领文化阵地的步伐。

在这样的社会文化背景之下，文学受儒学指导而掀起了复古主义的风潮。就历史现象而言，文学在一定程度上是对社会生活、国家兴亡的反映。这样，改变近百年来浮华靡艳的文风，确立儒家文化的主导地位，便成为隋朝初年文学思想的当务之急。开皇四年由李谔上书而推行了一次"复古"运动。李谔在《上书正文体》中言："江左齐梁，其弊弥甚。贵贱贤愚，唯务吟咏。遂复遗理存异，寻虚逐微，竞一韵之奇，争一字之巧。连篇累牍，不出月露之形；

积案盈箱，唯是风云之状……良由弃大圣之轨模，构无用以为用也。"① 批判了南朝齐梁以来的不良文风，并指出当今文学的弊病，要求尊崇古典。隋文帝开皇四年，即下诏公私文翰并宜实录，其时泗州刺史司马幼之以文表华艳而被治罪，在政坛和文坛影响甚大。这样，隋初的文学便呈现出风格简朴、内容清丽朴实的特点，在文学复古主义思潮的指导下，同北方原来的文化精神相一致，延续了北朝文学积极务实的作风。

隋唐之际，王通（私人教育家，死后，门下弟子私谥为"文中子"）自称是儒家正统的继承人，明确表示排斥异端，复兴儒学。王通以儒家文学观为主干，同时又摒弃了北朝学者的一些偏激和过于实用化的观点，在儒家文学思想中起到了承上启下的重要作用。王通继承儒家思想的文学观，首先是关于文学的本体论，认为文学出于性情，其言"诗者，民之性情也"②，把诗看做是反映民情的手段，继续"诗言志"的道路。其次是文学的功用，王通主要看重文学的政治教化作用。他首先强调"《诗》以正性"（《述史》），认为诗"可以讽，可以达，可以荡，可以独处。出则悌，入则孝，多识治乱之情"（《天地》），学诗可以提高人的言语、认识、道德的水平，可以"成诸己"（《立命》）。这与"兴观群怨"说是基本一致的。同时，诗能匡扶时政、教化世人，其《续诗》有"四名""五志"之说："一曰化，天子所以风天下也。二曰政，蕃臣所以移其俗也。三曰颂，以成功告于神明也。四曰叹，以陈诲立诚于家也。凡此四者，或美焉、或勉焉、或伤焉、或恶焉、或诫焉，是谓五志。"（《事君》）这与《毛诗序》中"上以风化下，下以风刺上"、"经夫妇、成孝敬、厚人伦、美教化、移风俗"之说正相吻合。第三是文学风格论，王通认为："言文而不及理，是天下无文

---

① （清）严可均. 全上古三代秦汉三国六朝文［M］. 北京：中华书局，1958：4135.

② （隋）王通《中说》卷十"观朗篇"，张沛译注，上海古籍出版社，2011：244.

也。"(《王道》)要求"学者博诵云乎哉，必也贯乎道；文者苟作云乎哉，必也济乎义"。(《天地》)强调文以贯道，欣赏简约、典则的文风。最后是关于作家的论述，认为德比文更为重要："古君子志于道，据于德，依于仁而后艺可游也。"(《事君》)王通沿续儒家文德合一的传统观点。同时把"德"与"道"联系起来，认为"至德其道之本"，"要道其德之行"(《王道》)，故他论作家之德有一套自己的标准："仁者吾不得而见也，得见智者斯可；智者吾不得而见也，得见义者斯可矣。如不得见，必也刚介乎。"(《王道》)①

由此看来，王通以儒家之道为总纲，又以其为指归，吸收北朝儒学文化，建立一套比较系统的"道"体文论，其较好地阐发了儒家的文学观，对于连接先秦两汉和中唐两宋儒家文论起着桥梁作用。

三、唐代古文思想的变迁

（一）初盛唐时期文人对文风的改革

唐朝初期骈文依旧盛行，但已经发生了一些新的变化，如"初唐四杰"王勃的《滕王阁序》、卢照邻的《释疾文》、骆宾王的《代李敬业传檄天下文》和杨炯的《王勃集序》等作品均在华丽的辞采、工整的对偶外注入生机与活力，从而表现得情文并茂。在骈文逐步走向平易化的过程中，人们也不断认识到其弊端，如杨炯批判龙朔文风是"争构纤微，竞为雕刻"，"骨气都尽，刚健不闻"。同时，陈子昂在诗歌领域提出复古的主张，标举"汉魏风骨"，反对"采丽竞繁，而兴寄都绝"的作品，并进行了大量实际的创作，对文风的转变具有促进作用。

唐玄宗开元时期，苏颋、张说号称"大手笔"，他们在骈文写作中主张"崇雅黜浮"，运散入骈，对骈文做了进一步的改造。天

---

① 参见尤炜、李蔚《略论王通的文学思想》，该文分别从文学本体论、文学功能论、文学风格论、作家论四个方面，分析王通儒家本位的文学观。

宝中期以后，元结、李华、萧颖士、孤独及、梁肃、柳冕等人继起，复古的思想进一步高涨起来。他们提倡复古宗经，研习经典，以儒家思想为依据来创作。萧颖士在《赠韦司业书》中主张文章必须尚古的概念，强调了文章应取法于魏晋以前的古人之文："仆平生属文，格不近俗。凡所拟，必希古人，魏晋以来，未尝留意。又况区区咫尺之判，曷足牵丈夫壮志哉！……有碧天秋霁，风琴夜弹，良朋合坐，茶茗间进，评古贤，论释典。"① "仆有识以来，寡于嗜好，经术之外，略不婴心。……除经史老庄之玩，所未忘者。……评古贤，论释典。"② 他在《为邵翼作上张兵部书》也说："仆幼闻礼经，长习篇翰，多举大略，不求微旨。"③ 可以看出他的宗经思想的特点。关于文以载道的思想，主要体现在他的《江有归舟序》中："猗！尔之所以求，我之所以诲，学乎，文乎？学也者，非云征辨说，摭文字，以扇夫谈端，辁厥词意。其于识也，必鄙而近矣。所务乎宪章典法，膏腴德义而已。文也者，非云尚形似，牵比类，以局夫俪偶，放于奇靡。其于言也，必浅而乖矣。所务乎激扬雅训，彰宣事实而已。"④ 李华也重视"尚古""宗经""载道"的思想，但与萧颖士稍有不同。首先他把尚古的观念用于评价人品，其《元鲁山墓碣铭并序》云："可谓与古同辙，自为名家者也。"⑤ 其次，李华的宗经思想重点在于六经的传统。关于载道思想，李华在《赠礼部尚书清河孝公集序》中言："文章本乎作者，而哀乐系乎时。本乎作者，六经之志也；系乎时者，乐文武而哀幽厉也。宣于志者曰言，饰而成之曰文。有德之文信，无德之文诈。皋陶之歌，史克之颂，信也；子朝之告，宰嚭之词，诈也，而

① 董诰等.全唐文［M］.北京：中华书局，1987：3267.

② 董诰等.全唐文［M］.北京：中华书局，1987：3277.

③ 董诰等.全唐文［M］.北京：中华书局，1987：3271.

④ 彭定求等.全唐诗［M］.北京：中华书局，1999：2209.

⑤ 彭定求等.全唐诗［M］.北京：中华书局，1999.

士君子耻之。"①李华在此强调了道德的重要性，并指出了德行与言语、政事、文学的关系，综合而言，表现了他们追求上古之风、希望由文返质的文学观。独孤及是唐代古文运动的先驱之一，在古文运动中起着重要作用。他提倡宗经复古，文质并重，强调作家道德修养，主张化骈为散，不但提出了系统的古文观，而且创作了许多富于现实针对性、极具革新风貌的散文，为中唐古文运动高潮的到来打下了坚实的基础。他在《赵郡李公中集序》中评价李华的文章为"大抵以五经为泉源"，"非夫子之旨不书"，是文章中兴的开启者；同时他强调"先道德而后文学"，推崇两汉的文章。其门人梁肃在《毗陵集后序》中言：孤独及认为"荀、孟朴而少文，屈、宋华而无根，有以取正，其贾生、史迁、班孟坚云尔"。梁肃的文论思想深受孤独及的影响，认为"文之作，上所以发扬道德，正性命之纪；次所以财成典礼，厚人伦之义；又其次所以昭显义类，立天下之中"。强调文章的教化作用，并在此基础上提出"气能兼词"的论点。他在《补阙李君前集序》中说："文本乎道，失道则博之以气，气不足则饰之以辞。盖道能兼气，气能兼辞，辞不当则文斯败矣。"强调了文章的内容、骨气，从而有力地批判了骈文的浮靡文风。刘冕以儒道为文学思想的根本，他在《谢杜相公论房杜二相书》《答荆南裴尚书论文书》《与滑州卢夫人论文书》等文章中，一方面强调文学的社会功用，"文章之道，不根教化，别是一枝耳。当时君子，耻为文人"。"君子之儒，学而为道，言而为经，行而为教"；另一方面否定所有无教化意义的文学作品，"屈宋以降，则感哀乐而亡雅正；魏晋一还，则感声色而亡风教；宋齐以下，则感物色而亡兴致。教化兴亡，则君子之风尽。"②归根结底，仍是倡导复古的思想。

① 董诰等.全唐文［M］.北京：中华书局，1987：3196.
② 袁行霈.中国文学史·第二卷［M］.北京：高等教育出版社，2003：302—303.

总而言之，复古思想在韩愈、柳宗元之前已趋完善，并且他们所主张的精神与韩柳基本一致。所不足的是他们在创作实践中都没有完全脱去骈文家的风气，这样其理论主张就带有空言明道的性质，虽有所建树，但还是不能改变一代之文风。同时，可以肯定的是，他们提出的"宗经复古""以文明道"等观点都为其后韩柳的古文运动做了充分的理论准备。

（二）中唐古文运动

1. 唐朝中期古文运动开展的现实基础

在唐代中期，古文运动之所以能够如火如荼地进行，一方面是由于自北朝以来复古思想的发展，另一方面则是由于当时的社会现实、时代背景所致。唐代中期，藩镇割据，战乱不断，人民的生活本来就很困苦，再加上德宗在位的二十五年里，有卢杞、裴延龄、李齐运、李实等权奸当道。据历史记载，卢杞容貌丑陋，生性阴险，而德宗因为喜欢他的辩才，将其提升为宰相。他为了立威，残害忠良，肆意增加苛捐杂税，使人民饱受苦难，朝堂内外怨声载道。除此之外，释道两教的盛行也是促使古文运动发生的一个重要原因。唐初，佛道二教都很盛行，太宗比较尊崇道教，当时道士、女冠的社会地位高于僧尼，但太宗对佛教也不加抑制，反而大力支持佛经的翻译工作；高宗、武后时期，佛教益盛；玄宗时，虽然淘汰僧尼，但是民间信仰已经无法制止；其后经肃、代、德、顺诸帝，佛教越来越盛。而道教在唐代是皇室所尊崇的，其中一个很重要的原因是唐代皇帝大多喜欢服食丹药，以求长生不老，而丹药都是由道士所炼制，所以很得皇帝宠信。当时，全国的道观多达一千八百六十余所，道教之盛可以想见。在这样的情况下，有识之士目睹国家多难，而朝野上下亦不奋进，旷废正业，所以他们便强烈要求排斥佛老，主张恢复儒家积极的入世精神。并且，自北魏以来，佛教寺院便不负担国家赋税，部分人为了减轻赋税负担，便投靠寺院，致使政府赋税减少。世俗地主从自身利益出发，便和僧侣地主产生极大的矛盾。这就促使以韩愈为代表的世俗地主以复兴儒学来抨击佛教，也推动、促使了"文以载道"的古文运动的开展。

2. 韩愈、柳宗元的古文思想

韩愈、柳宗元将古文运动推向高潮，完成了文章由骈到散的过程，重新树立起儒家文艺思想的大旗。

韩愈是唐代倡导古文运动最有力、实践最积极、成就也最突出的人，同时他又是儒家道统的大力宣扬者。他所倡导的古文运动和儒学复古主义相联系，最集中地表现在他的"文以载道"和"文道合一"的主张中，如"愈之志在古道，又甚好其言辞"（《答陈生书》），"愈之所以志于古者，不惟其辞之好，好其道焉耳"（《答李秀才书》），"读书以为学，缵言以为文，非所以夸多而斗靡也；盖学所以为道，文所以为理耳"（《送陈秀才彤序》）。这些都说明韩愈学习和创作古文，主要是为了倡导并恢复魏晋以后日渐衰落的儒家道统。韩愈特别强调作家道德修养，将它视为写好文章的关键。如其在《送陈秀才彤序》中说："苟行事得其宜，出言得其要，虽不吾面，吾将信其富于文学也。"这也是对六朝时期作者普遍不大重视道德修养的批判。同时，韩愈反复强调内容的重要性，如"本深而末茂，形大而声宏"，"养根而竢其实，加其膏而希其光，根之茂者其实遂，膏之沃者其光烨"。并且他所强调的内容，是与其道统观念分不开的。在强调内容第一的同时，韩愈也很重视文辞的形式美，所谓"辞不足不可以成文"。这样，韩愈从强调作者的道德修养及表现辞采的重要性出发，进一步发挥了孟子的"养气说"，认为文章之好坏，和作者主观的感情气势有着直接的联系，他将气势与语言的关系，比作水与物的关系，作了形象的说明："气，水也；言，浮物也，水大而物之浮者大小毕浮。气之与言犹是也，气盛，则言之长短与声之高下者皆宜。"（《答李翊书》）在这里也同时说明了古文写作的特点：文学作品要"文从字顺"、"唯陈言之务去"，①要求语言的自然，根据作者感情气势的变化而用语遣词，只要感情

---

① 袁行霈.中国文学史·第二卷［M］.北京：高等教育出版社，2003.

和气势"沛然"充分，言之长短高下都会相宜，这分明是针对骈体文的偶行对仗、矫揉造作的束缚而言的。韩愈自己就是以浑浩流转的气势、文从字顺、精炼而富有新意的语言进行文学创作的杰出能手。

柳宗元的古文思想集中体现在其《答韦中立论师道说》一文中，其主要思想与韩愈基本相同。他主张不求文采的华丽，而求"明道"。他的"明道说"提出时间略晚于韩愈。他所追求的"以辅时及物为道"与韩愈的"文以载道"说在根本上没有多大差别，最主要的不同在于他们二人的"道"的具体内容不是完全相同。柳宗元的"道"含有更多的现实内容，所涉及的范围也比韩愈要宽泛。他说"道之及，及乎物而已矣"，就是要使道及物，对社会人民有用。正因为如此，与"文以明道"相关，柳宗元更加看重文学的社会功能，主张作品应当"有益于世"，反对"务采色、夸声音以为能"的无用之文。

唐代古文运动是在继承前人复古思想的基础上，逐步完成文章由骈到散、由纤巧无力到古朴苍劲的变化，并且重新确立起儒家文学的道统观念，最终成为我国散文发展史上一个重要的转折点，开创了散文发展的新传统。韩愈、柳宗元以及韩派弟子不仅在理论上奠定了散文创作的基础，更为可贵的是他们在创作实践上做出了典范，使散文得以真正发挥其作用。

（三）晚唐及以后古文思想的变化

晚唐是唐王朝最为动荡的时段，政治极其腐败，经济日益凋敝，悲痛与失望的阴影自然而然地在文人心中产生。他们的作品早已失去了盛唐时期的奔放，也没有中唐时期韩柳的豪情和匡时救世的情怀，文人们渐渐摆脱了令人失望甚至绝望的世事，常常表现出旷达的心境，但更多的是无奈的表现。该时期咏古、苦吟、情爱的诗文大行其道，代表作家有杜牧、贾岛、孟郊、李商隐等。此时的李唐王朝屡次遭受农民起义的冲击，这对文人士大夫的心灵无疑造成沉重的打击，儒学思潮依然是时代的主流思想，但士大夫已经没有坚定的信念，后起的古文家就不得不把古文引上狭小、琐细的道路，使古文逐渐沦为少数士人抒写生活情趣的工具。虽然亦有反映现实生活的文章，但整体上终究还是呈现出没落的态势。这样，形式主义的骈文又大行其道。

所以，唐代"古文运动"的任务远没有完成，直至北宋初期，柳开、王禹偁等又标榜韩柳古文，公然反对晚唐五代的浮靡文风。到了北宋中期，由于新的现实条件的影响，以欧阳修为首，再一次掀起了古文运动，使韩柳古文成为新的传统。这次古文运动的影响一直波及明代，唐顺之、归有光等的古文，以及清代"桐城派"的古文，均是对以韩柳为首的唐宋古文新传统的直接继承和发展。

余　论

儒家思想注重文学的社会功效，对中国古代文学的影响从未间断过。从春秋末期孔子提倡"仁"的学说，到战国时期孟子"仁政""民贵君轻"思想的完善，使儒家思想初步与社会政治相结合。至西汉武帝时期，董仲舒以儒学为基础，以阴阳五行为框架，兼采诸子百家，建立起以"天人感应""君权神授"为核心的新儒学，儒家思想至此成为维护封建统治的政治思想。汉代文学与经学互动，文人追求立功扬名，希望主圣臣贤。魏晋时期，玄学、佛学相继盛行，多用老庄思想解释儒家的经典，主张君主无为等思想，但同时儒学并未中断，而是处于缓慢的发展时期。当时的代表人物如何晏、王弼和竹林七贤等，他们均是在追求政治建树无果的背景下，开始谈玄论道的，而儒家思想早已扎根于他们的灵魂深处。再如刘勰《文心雕龙》中关于文学本源的论述，围绕原道、征圣、宗经展开，均体现了儒家思想对文学观念的深刻影响。唐代社会开明，儒释道三教并行。初唐陈子昂在诗歌领域提出复古的主张；盛唐杜甫等诗人热心关注现实，努力发挥文学的社会功用；中唐诗文大家韩愈更是从维护封建统治出发，用儒家的天命论和封建纲常来反对佛道观念，推行古文运动，体现了儒家思想的相承。宋元时期儒家思想进一步发展，进一步吸收佛教和道教思想，形成新儒学即理学。理学以儒家思想为基础，堪称有宋一代主要的哲学思想，朱熹则是理学思想的集大成者，他继承了北宋哲学家程颢、程颐的思想，进一步完善和发展了客观唯心主义的理学体系，后人称之为"程朱理学"，其核心思想是："理"是宇宙万物的本源，是第一性的，"气"是构成宇宙万物的材料，是第二性的；"天理"和"人欲"是对立的，人欲是一切罪恶的根源，因此必须"存天理、灭人欲"。这一思想的影响表现在文学方面，首先是宋代古文对唐代古文的继承与发展，其次是诗歌政治功用与议论成分明显加强。明代王阳明反对朱熹把心与理视为两种事物的观点，创立与朱熹相对立的主观唯心主义理论即心学，其实质仍是一种新儒学。明代初期台阁体、前后七子、唐宋派文人的诗文创作，均存在一定的复古倾向。清代反映儒家正统文学观念的是桐城派，桐城派作文是讲求"义法"的，"义"即是文章中所载之"道"，也就是姚鼐所谓"义理"。

故而在整个中国文学发展史上，以儒家思想为指导，主张诗言志、文载道，追求社会功利性的文学创作是延续的。特别是在魏晋南北朝之后，文学走上了自觉发展的道路，其一方面追求纯文学的艺术技巧，另一方面积极关注现实，发挥文学兴观群怨的社会功效。此后，这两种追求在文学史上呈现出此消彼长的状态。而自西魏、北周到中唐，由于种种现实原因，文学追求社会功利性的要求不断凸显，这样就以儒家思想为核心，逐步推行复古，最终在中唐完成古文运动。所以，北周到唐代的古文思想，承前启后，是贯穿整个古代文学史中儒家尚用文学观的重要环节。

北周文学的多元文化元素

　　魏晋南北朝是一个动荡的时期，北方诸多民族迁徙混战，多民族文化交流频繁。北周作为北朝时代的终点，有着非常复杂的文化环境。以往对北周文学最基本的研究，多为文献的编辑校对以及文学史的系统整理，然后就是对北周一些作家作品所做的个案研究。有关北周文学和儒释道之间互相影响的研究，多是融汇在北朝文学的研究之中，往往只是做简略的论述。本章试对北周文学的多元文化元素作一探讨。

　　北周为了强邦兴国的需要，遵循周礼，推行儒学，启用世族文人。但是关陇直通西域，自汉魏以来就是佛教传入中土的必经之地，信佛之风源远流长。北周一朝寺院林立，僧尼众多。土生土长的道教几乎和佛教一起在这块大地生根发芽，在民众和统治阶层中产生重要影响。又宇文皇族具有本族文化，据《北史·魏本纪第一》记载，鲜卑"统幽都之北，广漠之野，畜牧迁徙，射猎为业。淳朴为俗，简易为化，不为文字，刻木结绳而已。"① 他们信奉萨满，游牧迁徙，民风粗犷剽悍。虽然经过北魏孝文帝的汉化改革，到北周之时已经汉化很深，但是民族文化的基因还是深深地存在于血液之中。北周文学就存在于上述复杂的文化环境中，多重民族文化交织，儒佛道思想共融。儒佛道共存的现实背景构成了北周文学成长的土壤，它们的融汇影响了文学创作者的思想基础和思考方式，拓展了文学创作者的取材内容。北周文学无论是从内容、语言抑或形式和风格上，都和儒、佛、道有着不可分割的密切关系。

概言之，北周遵照周礼，推崇礼仪教化，以儒学治国，同时社会上的佛道信仰也极其浓厚，影响到了北周社会的各个阶层。北周文学就在这种文化环境中发展起来并有着承上启下的意义。北周文学的佛道情怀体现在其作品中的佛道因素以及佛道传教对当时文体的影响。儒释道在北周出现合流，这种儒释道共存的社会思潮对北周文学的内容、风格、形式都产生了重要的影响。同时南北文化的交流也影响了北周文学的进程，促使北周文学向着更完备的方向发展。总而言之，在多重文化合流中不断走向完备的北周文学，对隋唐盛世文学的到来也有着不可忽视的奠基作用。

---

① （唐）李延寿.北史［M］.北京：中华书局，1974：1.

第一节
北周文学的儒学传承

　　北周遵照周礼，推崇礼仪教化，以儒学治国，同时社会上的佛道信仰也极其浓厚，影响到了北周社会的各个阶层。北周文学就在这种文化环境中发展起来并有着承上启下的意义。北周文学的儒学传承直接体现在诏奏文翰和抒情诗文中的儒家思想书写，以及致用尚质的文风的形成。

　　北周文学是在儒释道共存的历史文化背景中成长发展起来的，但北周文学从起步到鼎盛，受儒释道三者的影响却不是等量齐观，其中以儒学的影响最为深刻。儒学作为最悠久的中国文化精神的代表，是统治者治理国家的首选。这种以政治力量推衍开来的精神，构成了历代文人学士文化结构和精神结构的底色。同样这种自幼开始的文化濡染，也深深地影响到了文学创作。

一、关陇的儒学传统与北周立国思想

　　关陇地区从两汉以来就是儒学传承的重地。两汉大力经营关陇，设置河西四郡（酒泉郡、武威郡、敦煌郡、张掖郡），并实行移民实边政策，从中原迁去大量汉族人口。在这些外迁的人口中，就包括一些有着良好儒学和仕宦背景的家族。到东汉初年，已经有一部分实力壮大，成为当地的"大姓"。西晋时期其势力扩大到整个河陇地区，甚至辐射到关中地区。皇甫重、皇甫商为安定大族，其活动范围不但超出安定本郡，而且突破陇右，扩展到关中；游楷为金城大族，其活动范围却主要在陇右；张轨是陇右名族；金城麹允作为长安临时政府的宰辅，更是以关中、陇右为主要活动范围；而皇甫谧等学者的影响则是全国性的。这些士家大族在文化方面固守家学渊源，是汉家文化的坚定维持者。

陈寅恪在《崔浩与寇谦之》一文中曾言："中原经五胡之乱，而学术文化尚能保持不坠者，固有地方大族之力，而汉族学术文化变为地方化与家族化矣。故论学术，只有家学可言，而学术文化与大族盛门常不可分离也。"① 这些大族在十六国时期以家学的力量影响了关陇地区的儒学传承。

前秦、后秦、西秦等政权都依靠河陇大族势力维持统治。前秦苻坚时期，特别重视文教，修废职，继绝世，礼神祇，立学校。后秦姚苌下令置学官，通过考试录用人才，姚兴继位后，更积极地招纳"三秦俊异"。《隋书·经籍志》云："其中原战争相寻，干戈是务，文教之盛，苻、姚而已。"②

前凉创立者为安定张氏，西凉创立者为陇西李氏。前凉初建之时，大量内地学者流亡河西，备受张轨礼遇。西凉李暠以敦煌和陇右大姓作为西凉政权的核心，兴儒学，敦教化。南凉、北凉也都在此兴儒学，敦教化。南凉宗室秃发鲜卑当时还处于原始部落阶段，为了适应形势，加强统治力量，他们大力起用"秦雍世门""西州德望"，加速政权的封建化。北凉卢水胡沮渠蒙逊也依靠河陇大族势力来维持统治。五凉政权在凉州地区的儒学传承，使许多中原学术世家的学术专长在凉州土地上发扬光大。史家也说："凉州自张氏以来，号为多士。"

公元 439 年，北魏灭北凉，统一北方。北魏把很多河陇大族强制迁往京师平城。深厚的文化底蕴使他们在北魏宽阔的历史大潮中

① 陈寅恪.金明馆丛稿初编［M］.三联书店，2001：110.
② （唐）魏徵.隋书［M］.北京：中华书局，1973：907.

发挥了重要作用。有学者深刻指出，河陇士人对北魏鲜卑族的文化转型发挥了关键性的作用。此后北魏汉化，"文治"构成了汉化的核心，就是用一系列儒家的典籍思想作为统治的基石。北魏孝文帝亲自动手写诏令，作诗赋，和汉族文人学士相比并不逊色。整个北魏的儒学传承是在一个稍微长久的稳定政治环境中推行的。

从两汉开始，关陇地区就是儒学传承的重地，依靠世家大族的力量将关陇地区打造成了保存儒学的文化重镇，形成了渊源深厚的儒学文化传统。

西魏北周的建立和北魏的分裂有着密不可分的关系，直接导致北魏分裂的就是六镇军事起义。北魏初年，为了防御柔然，在平城（今山西大同）以北建筑了一道二千余里的长城。后来，又在沿边要害之处设立了一些军事据点，镇压被征服的高车和其他少数民族，来拱卫平城。这些军事据点，历史上称为镇，其中最著名的就是六镇军事集团驻地。六镇统兵的将领，全是鲜卑的贵族，他们当时受到政府的优待，被认作"国之肺腑"。但是在北魏孝文帝迁都洛阳之后，戍守北边的鲜卑将士的地位一天一天低落，矛盾不断升级，导致了六镇起义。

北周创立者宇文泰，其先为匈奴族人，后迁居北魏六镇之一的武川镇（今内蒙古武川县北），为当地豪族。北魏末年镇压六镇起义的主要将领贺拔岳，是尔朱荣手下主要战将，拥兵关陇，对北魏末年政权的统一与分裂有重要影响，后被高欢所害。宇文泰统其旧部，被将领拥为统帅。北魏孝武帝讨伐高欢失败后逃奔关中，宇文泰收容了他。不久孝武帝被宇文泰所杀，宇文泰拥立文帝，建立西魏（公元 535 年）。面对关陇大地深厚的儒学文化传统，宇文泰需要选择一个最现实也最有效的"文化工具"来迅速地巩固自己的统治。宇文泰选择的是关陇文化本位政策。何为关陇文化本位政策呢？陈寅恪先生在《隋唐制度渊源略论稿》中提出："范围颇广，包括甚众，要言之，即阳傅周礼经典制度之文，阴适关陇胡汉现状之实而已。"①北周"依《周礼》建六官，置公、卿、大夫、士，并撰次朝仪，车服器用，多依古礼，革汉、魏之法"②，国号为周。史称"卢景宜学通群艺，修五礼之缺，长孙绍远才称洽闻，正六乐之坏。由是朝章渐备，学者向风"③。恢复周礼，以儒治国，传承儒学是以国家的名义确定的，地位无可撼动。

对于这种选择的原因，拙作《北朝民族文学叙论》曾有所探讨："一是儒学能够统一百姓思想，为民族政权制造更多的顺民，有利于形成一个君君、臣臣、父父、子子的有序社会，可以将家天下更广泛的运用，创造一个臣忠民顺的社会环境。二是儒学讲究以共同文化为共同种族的划分标准，文化中心制标准有利于淡化少数民族政权非正宗中原血统的问题，平服汉族百姓的民族情结、反抗情绪，最大程度上为统治扫清民族属性方面的障碍。"④于是在宇文泰统治西魏的22年间，儒学盛行，讲经成风。关陇地区本身就是儒学传承的重地，通过北周的发展，"虽遗风盛业，不逮魏晋之辰，而风移俗变，抑亦近代之美也"⑤。

北周的儒学传承广泛而且深入，在政治力量的保驾护航之下，国家的各阶层都采取了积极的行动。

1. 在国家的政治制度上确立儒学的基本地位

北周初建，对于入主中原的少数民族统治者来说，当务之急莫过于先取得华夏正统文化的认同，并取得承继者的资格。《北周六典·前言》中说道："西魏相宇文泰对西魏中央政府组织形式的这种改组，曾套上了浓厚的复古色彩的外衣，即采用了西周的六官制度，来改组政府。"⑥就是依照《周礼》建立一整套适合政权需要的典章制度和官制。这种尊周制、建立儒家的治国体制的举措，不

① 陈寅恪.隋唐制度渊源略论稿.[M].北京：中华书局，1963：90.

② （唐）令狐德棻.周书[M].北京：中华书局，1971：404.

③⑤ （唐）令狐德棻.周书[M].北京：中华书局，1971：806.

④ 高人雄.北朝民族文学叙论[M].北京：中华书局，2011：324.

⑥ 王仲荦.北周六典[M].北京：中华书局，1979：1.

仅得到了关陇地区汉族士大夫的支持，更表明西魏北周是继承华夏文化典章制度的正宗传人。因此，"及太祖受命，雅好经术。求阙文于三古，得至理于千载，黜魏晋之制度，复姬旦之茂典……虽遗风盛业，不逮魏晋之辰，而风移俗变，抑亦近代之美也"。①及至556年，西魏被北周所代，宇文泰之子宇文觉称帝，依然延续着六官制度。可见儒学是国家以政治的态度确立的，地位无可撼动。

自此之后从方方面面实现以儒治国的方针。北周孝闵帝宇文觉有《祠圜丘诏》（元年正月壬寅）："予本自神农，其于二丘，宜作厥主。始祖献侯，启土辽海，肇有国基，配南北郊。文考德符五运，受天明命，祖于明堂，以配上帝，庙为太祖。"②国之大事，在祀与戎，首先表现在祭祀上对天地和先祖的重视。

明帝宇文毓有《改称京兆诏》（三月庚申）："三十六国，九十九姓，自魏氏南徙，皆称河南之民。今周室既都关中，宜改称京兆人。"又有《造周历诏》（武成元年五月戊子）："皇王之迹不一，因革之道已殊，莫不播八政以成物，兆三元而为纪。是以容成创定于轩辕，羲和钦若于唐世，《洪範》九畴，大弘五法。《易》曰：'泽中有火、革，君子以治历明时。'故历之为义大矣。但忽微成象，象极则差；分积命时，时积斯舛。开辟至于获麟，二百七十六万岁，晷度推移，余分盈缩，南正无闻，畴人靡记。暑往寒来，理乖攸序，敬授民时，何其积谬。昔汉世巴郡洛下闳善治历，云：'后八百岁，当有圣人定之。'自火行至今，木德应其运矣，朕何让焉。可命有司，傍稽六律，仰观七曜，博推古今，造我周历，量定以闻。"③这两篇诏书是对地名和历法的钦定。国家建立

---

① （唐）令狐德棻.周书［M］.北京：中华书局，1971：806.

② （清）严可均.全上古三代秦汉三国六朝文·全后周文［M］.北京：中华书局，1958：3887.

③ （清）严可均.全上古三代秦汉三国六朝文·全后周文［M］.北京：中华书局，1958：3888.

之初，从祭祀、征战、都城设置到历法规定，都是一代帝王关心的事情，这是一个国家正常运转的基石。

2. 诸位帝王都身体力行地学习儒家经典

北周的几位帝王一脉相承地推崇儒学。《周书·文帝下》："十年夏五月，太祖入朝。秋七月，魏帝以太祖前后所上二十四条及十二条新制，方为中兴永式，乃命尚书苏绰更损益之，总为五卷，班于天下。于是搜简贤才，以为牧守令长，皆依新制而遣焉。数年之间，百姓便之。"① 宇文泰命将新制颁于天下，以儒治国，教化百姓，颇有成效。"太祖受命，雅好经术。求阙文于三古，得至理于千载，黜魏晋之制度，复姬旦之茂典。"② 对于儒家典籍深入钻研，对于以前的文章也细心琢磨，体会其中所蕴含的修身齐家治国之道，努力提升自己的素质。

孝闵帝宇文觉规定，皇族子弟凡受业于师者，皆要以儒家礼仪行事，"自谯王俭以下，并束修行弟子之礼"③。明帝宇文毓即位之初，"集公卿已下有文学者八十余人于麟趾殿，刊校经史。又捃采众书，自羲、农以来，讫于魏末，叙为《世谱》，凡五百卷"④。麟趾殿的建立本身就是对儒家精神的推崇。周武帝申三年之制，行三老之礼，又根据周礼造《三云舞》，以备六代乐，希望用儒家的礼乐来教化百姓，移风易俗。

即使荒淫残暴如周宣帝，在思想上也非常崇儒。史书说他多次"幸露门学，行释典之礼"，又追封孔子，立庙祭祀。《追封孔子诏》（大象二年三月丁亥）云："盛德之后，是称不绝，功施于民，义昭祀典。孔子德惟藏往，道实生知，以大圣之才，属千古之运，载弘儒业，式叙彝伦。"盛赞孔子的大才，"可追封为邹国公，邑数准

---

① （唐）令狐德棻.周书［M］.北京：中华书局，1971：28.
② （唐）令狐德棻.周书［M］.北京：中华书局，1971：806.
③ （唐）令狐德棻.周书［M］.北京：中华书局，1971：814.
④ （唐）令狐德棻.周书［M］.北京：中华书局，1971：60.

旧，并立后承袭，别于京师置庙，以时祭享"。①整个北周，从最高统治者本身开始，都在身体力行地践行着儒家的精神。

3. 重视国家办学和教育，给予儒士非常高的礼遇

北周初年，统治者广泛搜罗儒学著作，成绩显著。《隋书·经籍志》载："后周始基关右，外逼强邻，戎马生郊，日不暇给。保定之初，书止八千，后稍加增，方盈万卷。周武平齐，先封书府，所加旧本，才至五千。"②从八千至万卷已显示北周统治者对儒家书籍搜寻之勤了，后来又东灭北齐，先封书府，其重视儒学典籍的搜求与保存之功是不可抹煞的。北周明帝在位时，还对当时保存的文献典籍作过大规模的整理工作。"集公卿已下有文学者八十余人于麟趾殿，刊校经史。又捃采众书，自羲、农以来，讫于魏末，叙为《世谱》，凡五百卷"③。

北周不仅在中央设有太学，而且在州县也设有州县学，地方学校的设置，使文化得到普及，所谓"文教远覃，衣儒者之服，挟先王之道开黉舍，延学徒者比肩，励从师之志，守专门之业，辞亲戚，甘勤苦者如市"④。文化普及也使鲜卑族汉化和封建化的过程更为加快，当时上层统治者的汉文化水平已相当可观。

北周的统治者一方面大量招揽精通儒经的汉族士人，一方面抓紧用儒学培养皇族子弟。北周时颇重太学，武帝天和二年（567）立露门学，并"选良家子任太学生，以勤苦著称。……每月集御前，令与大儒讲论"⑤。

《隋书·经籍志三》中说："儒者，所以助人君明教化者也。圣人之教，非家至而户说，故有儒者宣而明之。"⑥儒士，是国家宣扬

① （清）严可均．全上古三代秦汉三国六朝文·全后周文［M］．北京：中华书局，195：3898.
② （唐）魏徵．隋书［M］．北京：中华书局，1973：908.
③ （唐）令狐德棻．周书［M］．北京：中华书局，1971：60.
④ （唐）令狐德棻．周书［M］．北京：中华书局，1971：806.
⑤ （唐）魏徵．隋书·辛义公传［M］．北京：中华书局，1973：1681.
⑥ （唐）魏徵．隋书［M］．北京：中华书局，1973：999.

儒家精神的重要宣讲者。对于饱读儒家经籍的儒者，北周朝廷给予很高的礼遇。

卢诞，"范阳涿人也，本名恭祖"，"诞幼而通亮，博学有词采"。宇文泰让自己的子孙都师承儒学大师，诏曰："经师易求，人师难得。朕诸儿稍张，欲令卿为师。"太祖又以"诞儒宗学府，为当世所推，乃拜国子祭酒"①，给予很高的礼遇。

沈重，"字德厚，吴兴武康人也。性聪悟，有异常童。弱岁而孤，居丧合礼。及长，专心儒学，从师不远千里，遂博览群书，尤明《诗》《礼》及《左氏春秋》"，可见他是一个饱读儒家经典的儒士。高祖以沈重经明行修，派柳裘赴梁征之，并致以自己的亲笔书信。保定末年，"诏令讨论五经，并校定钟律。天和中，复于紫极殿讲三教义。朝士、儒生、桑门、道士至者二千余人。重词义优洽，枢极明辩，凡所解释，咸为儒者所推"。保定六年，又让他在"露门馆为皇太子讲论"②。

熊安生，"常乐阜城人也。少好学，励精不倦。初随陈达受《三传》，又从房虬受《周礼》，并通大义。后事徐遵明，服膺历年。东魏天平中，受《礼》于李宝鼎，遂博通《五经》。然专以《三礼》教授。弟子自远方至者千余人。……所撰《周礼仪疏》二十卷、《礼记义疏》四十卷、《孝经义疏》一卷，并行于世"。"及高祖入郑，安生遂令扫门。家人怪而问之，安生曰：'周帝重道尊儒，必将见我矣。'""俄而高祖幸其第，诏不听拜，亲执其手，引与同坐。"③高祖没有敷衍君臣之礼，却执手同坐，足见北周统治者对儒士的敬重。

上述人物都是北周时期饱读儒家经典的儒学大家，而北周的皇族宗室对其都给予了很高的礼遇，让其享受国家的俸禄并参政议

---

① （唐）令狐德棻.周书［M］.北京：中华书局，1971：807.

② （唐）令狐德棻.周书［M］.北京：中华书局，1971：808—810.

③ （唐）令狐德棻.周书［M］.北京：中华书局，1971：812—813.

政，进入最高教育系统宣讲自己的儒学修为。

4. 臣子和世家大族都是儒家精神的践行者

苏绰是北周开国功臣，是秉承儒家精神的臣子代表。《周书》载："苏绰字令绰，武功人，魏侍中则之九世孙也。累世二千石。父协，武功郡守。苏绰少好学，博览群书，尤善算术"，"太祖方欲革易时政，务弘强国富民之道，故绰得尽其职能，赞成其事，减官员，置二长，并置屯田以资军国"①。苏绰在宇文泰立国之初，提出的治国方案有六条：其一，先治心；其二，敦教化；其三，尽地利；其四，擢贤良；其五，恤狱讼；其六，均赋役。治心、治身都是儒家修身齐家治国平天下的现实操作。敦教化就是想让儒家精神成为整个国家的统一精神。于是太祖"甚重之，常置诸座右。又令百司习诵之。其牧守令长，非通六条及记账者，不得居官"②。可见，宇文泰对这一系列建议的认可程度是很高的。

关陇地区的累世巨姓、世家大族也都是儒家精神的信奉者、执行者。韦瑱，"字世珍，京兆杜陵人也。世为三辅著姓。……幼聪敏，有凤成之量，闾里咸敬异之。笃志好学，兼善骑射"③。梁昕"字元明，安定乌氏也。世为关中著姓。"……"昕少温恭，见称州里。""昕性温裕，有干能。历官内外，咸著声称"④。韦瑱和梁昕出自世家大族，为闾里所敬，见称州里，而且为官温良能干，是儒家精神的践行者。

辛庆之，字庆之，陇西狄道人，世为陇右著姓，"以文学征诣洛阳，对策第一，除秘书郎"，可见其学问深厚。其"位遇虽隆，而率性俭素，车马衣服，亦不尚华侈。志量淹和，有儒者风度"。特为当时所重。"又以其经明行修，令与卢诞等教授诸王。"⑤他饱

---

① （唐）令狐德棻. 周书［M］. 北京：中华书局，1971：381—382.

② （唐）令狐德棻. 周书［M］. 北京：中华书局，1971：391.

③ （唐）令狐德棻. 周书［M］. 北京：中华书局，1971：693.

④ （唐）令狐德棻. 周书［M］. 北京：中华书局，1971：695—696.

⑤ （唐）令狐德棻. 周书［M］. 北京：中华书局，1971：697—698.

读经书，身为诸王之师，但行事简朴，又有度量。

关陇地区进入稳定时期后，从最高统治者到世家，都选择了对儒家精神的肯定，儒学的政治地位不断巩固并且迅速上升。《周书·武帝上》记载："十二月癸巳，集群臣及沙门、道士等，帝升高座，辨释三教先后，以儒教为先，道教为次，佛教为后。"① 儒家在三教之中排在第一位，其政治地位不可撼动。

总而言之，北周儒学传承的延续，是儒家精神不断深入人心的过程。随着其政治地位的巩固与提高，必将渗透到社会的各个领域，也必然影响到北周的文学领域，因为文学大体是政治的镜子。儒学以一种文化结构的底色濡染北周文坛文人的创作。

二、北周文学的儒学传承

北周文学乃是一个时代之文学，和这个时代的社会思潮有着千丝万缕的关系。北周以儒治国，兴儒学，敦教化，这种政治层面的儒学传承必将体现在北周文学作品中。

北朝歌谣云"我是虏家儿，不解汉人歌"（《乐府诗集·横吹曲辞五·折杨柳歌辞》），可见当时鲜卑文化对于汉家文化的抵触心理。拙作《北朝民族叙论》曾对照《先秦汉魏晋南北朝诗》，统计出北朝入隋的鲜卑宗室文人中现存有诗作的诗人约有二十余人，诗作三十余首。这些鲜卑宗室文人的诗作内容广泛，有生活感悟，有人生感叹，有花前月下，有寂寂萧条，有向往林泉，有招募贤良等等。西魏北周以军旅和感伤诗为创作主体。"北朝少数民族文人诗以精简的数量在内容上涵盖了历代诗歌的绝大部分主题。艺术技巧上，它虽然不及南朝诗歌成熟与样式繁多，但在三十余首诗中可以看出，同原汁原味的北朝民歌相比，无论从创作感情上还是艺术技巧上都透露出了文人化、士大夫化特征。"② 文人化、士大夫化的特

---

① （唐）令狐德棻.周书［M］.北京：中华书局，1971：83.
② 高人雄.北朝民族文学叙论［M］.北京：中华书局，2011：314.

征是西魏北周儒家文化推行的结果，鲜卑宗室文人诗中体现出的与北朝民歌截然不同的特质，可见作为国家统治精神而推行的以儒家精神为核心的汉文化对其产生了重要的影响。北周的儒学传承客观上来说是统治者选择的一种维护统治的手段，但是在迫于现实而选择并执行这个手段的同时，对整个国家的发展和统治者自身的文化思考方式以及北周文学都产生了重要的影响。

（一）诏奏文翰的儒家安邦思想

北周文人有大量的散文创作，这些散文创作大多为应用性文体。比如宇文氏，现在可以考证的有文章留存者共 10 人，存有 129 篇散文，其多为应用文，包括诏、书、敕、册、表、序、记、奏、令、赐、玺书、制书等。其他大臣留传的也多为上书、奏、表等。在这些诏奏文翰中处处可见儒学理念的浸染。

儒家认为文学应该为政治教化服务，就像《诗大序》中所说："治世之音安以乐，其政和；乱世之音怨以怒，其政乖；亡国之音哀以思，其民困。故正得失，动天地，感鬼神，莫近于诗。先王以是经夫妇，成孝敬，厚人伦，美教化，移风俗。"这段话集中而系统地表达了儒家支配下的中国传统文学观，将文学作为施行"文治"的直接工具。"朝廷的诏令敕制，官员的章表奏启，以及碑铭、赞颂、檄文、祝辞乃至对策、判文之类应用性文字，都曾被视为正宗的文学。"① 这些为政治服务的应用性文字也颇有兼具实用和审美的佳品，体现着中国语言的智慧美。而儒家思想中最本质的东西，如提倡礼乐、仁义、孝道、德治教化以及"君以民为本"，都可以在其中见到踪影。

而宇文一族作为北周的统治者，可以说是儒学传承最直接的推动者和践行者，其文章中所体现的儒家思想也最为直接和典型，所以对其诏奏文翰中的儒家思想进行分析有着重要的意义。

---

① 赵晶.浅谈儒学对中国文学的影响［J］.北京林业管理干部学院学报，2002（3）.

对君臣大义的思考，重视君臣之间的关系，多体现儒家的安邦思想。宇文泰的作品多为书信，而其内容多是对臣子功绩人品的肯定和赞扬，旨在招贤纳士。这些文章没有用典，没有洋溢恣肆的感情，多的是一种朴实之情。比如《答李远》："公勋德兼美，朝廷钦属，选众而举，何足为辞。且孤之于公，义等骨肉，岂容于官位之间，便致退让，深乖所望也。"①对于臣子的选任以"勋德兼美"为标准，这样的良臣才有助于社稷江山，有助于教化百姓。说其众望所归，不要辜负国家和皇族大臣的期望，更见对贤良之臣的重用。君臣肝胆，有社稷的重托，说来也只是克制的"孤之于公，义等骨肉"。

再如《与唐永书》："闻公有二子曰陵曰瑾，陵纵横多武略，瑾雍容富文雅，可并遣入朝，孤欲委以文武之任。"②这封写给唐永的信，篇幅短小，目的直接，字数寥寥，但是仍然可见对唐永儿子的喜爱赏识。唐陵多武略，唐瑾多文才，"孤欲委以文武之任"，亦可见宇文泰在招贤纳士方面的知人善任。

孝闵帝宇文觉留存的散文多为诏书，言辞简单明了，文章质朴无华。《诛赵贵诏》（二月丁亥）："朕文考昔与群公洎列将众官，同心戮力，共治天下。自始及终，二十三载，迭相匡弼，上下无怨。是以群公等用升余于大位。朕虽不德，岂不识此。是以朕于群公，同姓者如弟兄，异姓者如甥舅。冀此一心，平定宇内，各令子孙，享祀百世。"寥寥数语，说明君臣大义。直白的语言中蕴含了对于君臣戮力同心的向往。但是话锋一转，接着道："而朕不明，不能辑睦，致使楚公贵不悦于朕，与万俟几通、叱奴兴、王龙仁、长孙僧衍等阴相假署，图危社稷。事不克行，为开府宇文盛等所告。及其推究，咸伏厥辜。兴言及此，心焉如痗。但法者天下之法，朕既

---

① （清）严可均. 全上古三代秦汉三国六朝文·全后周文［M］. 北京：中华书局，1958：3886.

② （清）严可均. 全上古三代秦汉三国六朝文·全后周文［M］. 北京：中华书局，1958：1090.

为天下守法，安敢以私情废之。《书》曰：'善善及后世，恶恶止其身。'其贵、通、兴、龙仁，罪止一家，僧衍止一房，余皆不问。惟尔文武，咸知时事。"①

事实与期待总有出入，对于不臣之人甚为痛心，但是国法不容私情，同时劝诫其他人引以为戒。感情隐忍，目的直接。

再看孝闵帝宇文觉的《举贤良诏》（八月甲午）："帝王之治天下，罔弗博求众才，以乂厥民。今二十四军，宜举贤良堪治民者，军列九人。被举之人，于后不称厥任者，所举官司，皆治其罪。"②宇文泰也有《大统十一年春三月令》："古之帝王，所以外建诸侯，内立百官者，非欲富贵其身而尊荣之，盖以天下至广，非一人所能独治，是以博访贤才，助己为治。"③一个国家的繁荣昌盛，有赖于各方面人才的涌现和辅佐。用诏书的形式来确认人才的重要性，选才任能，不拘一格。字里行间充满了君臣戮力同心，共治天下的愿望。

明帝宇文毓《大渐诏》更是把这种拳拳之心写得入木三分："……令朕缵承大业，处万乘之上，此乃上不负太祖，下不负朕躬，朕得启手启足，从先帝于地下，实无恨于心矣。所可恨者，朕享大位，可谓四年矣，不能使政化循理，黎庶丰足，九州未一，二方犹梗，顾此怀恨，目用不瞑。唯冀仁兄冢宰，洎朕先正、先父、公卿大臣等，协和为心，勉力相劝，勿忘太祖遗志，提挈后人，朕虽没九泉，形体不朽。今大位虚旷，社稷无主，朕儿幼稚，未堪当国。鲁国公邕，朕之介弟，宽仁大度，海内共闻，能弘我周家，必此子也。夫人贵有始终，公等事太祖，辅朕躬，可谓有始矣；若克念世

---

① （清）严可均.全上古三代秦汉三国六朝文·全后周文 [M].北京：中华书局，1958：3887.

② （清）严可均.全上古三代秦汉三国六朝文·全后周文 [M].北京：中华书局，1958：3888.

③ （清）严可均.全上古三代秦汉三国六朝文·全后周文 [M].北京：中华书局，1958：3886.

道艰难,辅邑以主天下者,可谓有终矣。哀死事生,人臣大节,公等思念此言,令万代称叹。"①

这篇诏书和其他诏书明显不同,洋溢着真实的感情,虽然没有华丽的辞藻,但是其中所蕴含的那份对于家国、子孙的留恋和殷殷期盼之情,读来仍然让人为之动容。"所可恨者,朕享大位,可谓四年矣,不能使政化循理,黎庶丰足,九州未一,二方犹梗,顾此怀恨,目用不瞑。唯冀仁兄冢宰,洎朕先正、先父、公卿等,协和为心,勉力相劝,勿忘太祖遗志,提挈后人,朕虽没九泉,形体不朽。""葬日,选择不毛之地,因地势为坟,勿封勿树。且厚葬伤生,圣人所诫,朕既服膺圣人之教,安敢违之,凡百官司,勿异朕此意。"生命虽然走向尽头,但是内心牵挂的仍然是国家社稷;对于自己葬礼简朴的安排,更显示出一位仁君的风范。整篇文章质朴真挚,在无尽的沉痛中娓娓道来。他在生命垂危之时,仍然痛心自己没有多少功绩,希望臣子们能戮力同心帮助未来的君主,自己虽死犹生。虽然马上就要离开人世,依然惦念社稷,儿子尚幼,把自己的生死置之度外,其爱国的心情可见一斑。

史书记载宇文毓"博览群书,善属文,词采温丽"。说起他在文学上的造诣,几乎可以和北魏的孝文帝相提并论。宇文毓有多篇诏文传世,大都篇幅短小,其中文学性最强、篇幅最长的一篇是《大渐诏》。卢思道《后周兴亡论》称誉他曰:"从容文雅,亦守文之良主焉。"② 又如《周书》所评:"帝宽明仁厚,敦睦九族,有君人之量。"③

儒家讲求治国要爱民如子,民本、爱民思想在文章中也处处可见。如宇文泰的《潼关誓》:"与尔有众,奉天威,诛暴乱。惟尔

---

① (清)严可均.全上古三代秦汉三国六朝文・全后周文 [M].北京:中华书局,1958:3889.

② (清)严可均.全上古三代秦汉三国六朝文・全隋文 [M].北京:中华书局,1958:4112.

③ (唐)令狐德棻.周书 [M].北京:中华书局,1971:60.

众士，整尔甲兵，戒尔戎事，无贪财以轻敌，无暴民以作威。用命则有赏，不用命则有戮。尔众士其勉之。"① 大统三年，他率李弼等十二将东伐，在潼关鼓舞士气，作此鼓舞士气的文字，有鼓舞，有戒律，赏罚分明，铿锵有力。"无贪财以轻敌，无暴民以作威"，在作战中不准掳掠平民财物，不准伤及无辜，爱护百姓之心可见。

武帝宇文邕诏书《大赦诏》云："民生而静，纯懿之性本均，感物而迁，嗜欲之情斯起。虽复云鸟殊世，文质异时，莫不限以堤防，示之禁令。朕群临万宇，覆养黎元，思振颓纲，纳之轨式。比因人有犯，与众弃之，所在群官有愆过者，咸听首露，莫不轻重毕陈，纤毫无隐。斯则风行草偃，从化无违，导德齐礼，庶几可致，但上失其道，有自来矣。陵夷之弊，反本无由，宜加荡涤，与民更始。可大赦天下。"② 全文用骈句起始，说明人性本善的道理。接下来论述统治万民应该以身为范，教化万民以德行为重，因此大赦天下。整篇文章论述严密，观点显明，且充分显示了儒家的以德治国、爱护万民的精神。

儒家讲求孝道，自古就有"父母在，不远游，游必有方"之说。对于讲究"亲亲"的儒家来说，对于父母双亲的尊敬爱护是孝道思想的重要部分。这种对父母的深爱之情在文章中也深有体现。晋国公宇文护，是宇文泰兄长的少子，也是北周的权臣，"齐主以护既当权重，乃留其母，以为后图。仍命人为阎作书报护"，而"护性至孝，得书，悲不自胜，左右莫能仰视"。③ 因此有《报母阎姬书》一文，以情取胜，为人好评。

因为政治原因，这封书信也有公文的政治公用，但是写得情深

---

① （清）严可均. 全上古三代秦汉三国六朝文·全后周文 [M]. 北京：中华书局，1958：3886.

② （清）严可均. 全上古三代秦汉三国六朝文·全后周文 [M]. 北京：中华书局，1958：3893.

③ （唐）令狐德棻. 周书 [M]. 北京：中华书局，1971：169、171.

意重，就阎姬所述之事，饱含感情地一一叙答："而子为公侯，母为俘隶，热不见母热，寒不见母寒，衣不知有无，食不知饥饱，泯如天地之外，无由暂闻。昼夜悲号，继之以血，分怀冤酷，终此一生，死若有知，冀奉见于泉下尔。"① 写尽了不能尽孝的悲伤之情，只得说如果今生无缘黄泉之下也要侍奉母亲大人。最后写道："草木有心，禽鱼感泽，况在人伦，而不铭戴。有家有国，信义为本。伏度来期，已应有日。一得奉见慈颜，永毕生愿。生死肉骨，岂过今恩，负山戴岳，未足胜荷。二国分隔，理无书信，主上以彼朝不绝母子之恩，亦赐许奉答。不期今日，得通家问，伏纸呜咽，言不宣心。蒙寄萨保别时所留锦袍表，年岁虽久，宛然犹识，抱此悲泣。至于拜见，事归忍死，知复何心！"看到母亲寄来的锦袍，仿佛母亲在身边，常常抱着痛哭。至纯至孝之心，溢于字里行间，是南北朝不可多得的真情佳品。钱基博评价说："一味情真，字字滴泪，而精神恺恻，为北朝第一篇文字，足与李密《陈情表》并垂千古。然李表全以质意胜，却正于质处具风度；宇文亦以质意胜，则转于质处见道变；一则意尽迫切，而辞则优游缓节；一则笔极紧健，而意则历乱多端；李表之气舒，宇文之情激。"②

这些诏书文翰写尽了对良臣的重任，对战争中百姓的拳拳体恤之情，对万民的特赦，对奢华生活的排斥和对简朴生活的大力提倡，以及对母亲的无限热爱。君臣大义、体恤万民、崇尚简朴、以孝为先这些本来就是儒家精神所提倡的。北周诏奏文翰中所蕴含的儒家思想正是西魏北周以儒治国推行儒教的政策体现。

（二）抒情诗文的志士节操

除皇族文人的诏奏文翰外，北周还有很多出自臣子之手的诗歌和散文，也洋溢着浓厚的儒家精神，他们将自己的爱国之心、守节

---

① （清）严可均.全上古三代秦汉三国六朝文·全后周文［M］.北京：中华书局，1958：3900.

② 钱基博.中国文学史［M］.北京：中华书局，1993：247.

之情以及立功之志，用文字的形式书写出来，也是北周文学的重要组成部分。

颜之推在《颜氏家训·文章》中指出："朝廷宪章，军旅誓诰，敷显仁义，发明功德，牧民建国，施用多途。"①视文章为经国之大业、不朽之盛事。而北周统治者用儒家思想来治理国家，上行下效，蔚然成风。所以在当时的文官武将中，建立功业、积极入世是一种发自内心的想法，契合时代的风尚。将这种对于国家的责任感写进自己的作品中，是当时北周诗文的重要特色。

北周文人以诗文明志，浓墨重彩地表现了自己建功立业的决心，处处洋溢着豪迈的爱国之情。

高琳是北周的一员大将，"字季珉，其先高丽人"。高琳作为家国重臣，战功赫赫："武成初，从贺兰祥征吐谷浑，……又从柱国豆卢宁讨稽胡郝阿保、刘桑德等，破之。二年，文州氐酋反，诏琳率兵讨平之。"②高琳回朝后，帝王宴请大臣，命高琳赋诗言志。高琳当即作《宴诗》一首，末章云："寄言窦车骑，为谢霍将军。何以报天子，沙漠静妖氛。""帝大悦曰：'猃狁陆梁，未时款塞，卿言有验，国之福也。'"③窦车骑即东汉的窦宪，和帝时为车骑将军，出塞三千余里，击破北匈奴，登燕然山，刻石记功，纪汉威德。霍将军即西汉抗击匈奴的名将霍去病。作者追忆二人的丰功伟绩，衬托自己出师平定叛乱、报答天子的坚定心情。整首诗对仗工整，追昔思今，勾勒出强烈的忠君报国之情。

王褒，"字子渊，琅琊临沂人。仕梁。历吏部尚书、右仆射。荆州破，入周，授车骑大将军。明帝即位，笃好文学，褒与庾信才名最高，特被亲待，加开府仪同三司。……建德中卒，年六十四。有集二十一卷"。④王褒作为由南入北的著名文人，其诗作也充满

---

① 颜之推.颜氏家训 [M].上海：上海古籍出版社，2006：160.
② （唐）令狐德棻.周书 [M].北京：中华书局，1971：496—497.
③ （唐）令狐德棻.周书 [M].北京：中华书局，1971：497.
④ 逯钦立.先秦汉魏晋南北朝诗 [M].北京：中华书局，1983：2329.

了建功立业的进取精神,《高句丽》云:"萧萧易水生波,燕赵佳人自多。倾杯覆碗灌灌,垂手奋袖婆娑。不惜黄金散尽,只畏白日蹉跎。"① 诗中感慨颇多,矛盾的主要方面还不在纵情享乐,而是害怕光阴虚掷,年华逝去,却无所立,从侧面展示了王褒内心对于事业的期望。其《关山篇》云:"从军出陇阪,驱马度关山。关山互掩蔼,高峰白云外。遥望秦川水,千里长如带。好勇自秦中,意气多豪雄。少年便习战,十四已从戎。辽水深南渡,榆关断未通。"② 在关山、高峰、白云、秦川、长水的宏大意象之中,建构了一个雄浑粗犷的西北天地。而在这样的一番天地中描绘了秦中的意气豪杰,这从戎的少年,充满了斗志昂扬的情怀。《入塞》:"戍久风尘色,勋多意气豪。建章楼阁迥,长安陵树高。度冰伤马骨,经寒坠节旄。行当见天子,无假用钱刀。"③ 诗中所描述之人虽然风尘仆仆,但是功勋卓著,意气豪迈。《从军行》:"黄河流水急,骢马远征人。谷望河阳县,桥渡小平津。年少多游侠,结客好轻身。代风愁枥马,胡霜宜角筋。羽书老警急,边鞍倦苦辛。康居因汉使,庐龙称魏臣。荒戍唯看柳,边城不识春。男儿重意气,无为羞贱贫。"④ 王褒善写边塞的苦寒,以戍边的艰辛来彰显自己建功立业的理想。

庾信,字子山,南阳新野人,梁中书令肩吾子。仕梁。入周,封临清县子,除司水下大夫,出为弘农郡守,迁司宪中大夫,进爵义成县侯,授洛州刺史,征为司宗中大夫。大象初,以疾去职。隋开皇元年卒,年六十九。有集二十一卷。庾信的《奉和永丰殿下言志诗十首》,是与梁永丰侯萧扬的唱和诗,诗中反复表白的是建功立业、显身扬名的强烈愿望。如"立德齐今古,资仁一毁誉"(其一),"帐幕参三顾,风流盛七舆"(其二),"大夫伤鲁道,君子念殷墟"(其三)。尤其是第八首:"弱龄参顾问,畴昔滥吹嘘。绿槐

---

① ③ 逯钦立.先秦汉魏晋南北朝诗 [M].北京:中华书局,1983:2333.

② 逯钦立.先秦汉魏晋南北朝诗 [M].北京:中华书局,1983:2329.

④ 逯钦立.先秦汉魏晋南北朝诗 [M].北京:中华书局,1983:2330.

垂学市，长杨映直庐。连盟翻灭郑，仁义反亡徐。还思建邺水，终忆武昌鱼。"①诗中追忆早年出入禁闼，享誉承恩，虽然身经离乱，仍旧系念江南。除了故国之思外，还表达了建功立业、有所作为的情志。在六十句的言志抒怀长诗《和张侍中述怀》②中，我们看到屈仕敌国的庾信悲凉与自责的心态意绪："操乐楚琴悲，忘忧鲁酒薄"，"惟有丘明耻，无复荣期乐"，而诗的结尾几句却流露出对未来的热切期望："生涯实有始，天道终虚橐。且悦善人交，无疑朋友数。何时得云雨，复见翔寥廓。"对有朝一日重振旗鼓，翱翔于蓝天充满了真切的向往，诗中用世之志表露无遗。

于谨，字思敬，小名巨弥，河南洛阳人。孝闵受禅，进封燕国公，迁太傅、大宗伯，保定中为三老，天和二年授雍州牧，明年卒，赠雍州刺史，谥曰文。有檄文《传梁檄》存世："告梁文武众官：夫作国者，罔弗以礼信为本。惟尔今主，往遭侯景逆乱之始，实结我国家以为邻援，今忽背德，党贼高洋，引厥使人，置之堂宇，傲我王命，扰我边人。我皇帝龚天之意，弗敢以宁，分命众军，奉扬庙略，凡众十万，直指江陵。"③这篇檄文是在南攻之时所作，如果抛开战争的因素，"凡众十万，直指江陵"一句，写尽了开疆拓土的豪迈之情。于谨另有《射江陵城内书》："今者行兵，不贪城隍土地，不贪子女玉帛，志存救弊，济此生民，广访民人，择善而立。梁朝士庶，尚未相领解，蚁聚穷城，寂无求问，寻此异卜，良用致惑。"在这篇文章中，于谨指出此番进军的目的，不掳掠土地和财物，目的是解救万民于水火，最重要的是为国家做贡献。

孟康（"诗纪云：《初学记》云隋康孟，然隋无赵王，故列于此。"④）有《咏日应赵王教诗》："金乌升晓气，玉槛漾晨曦。先泛

---

① 逯钦立.先秦汉魏晋南北朝诗［M］.北京：中华书局，1983：3389.

② 逯钦立.先秦汉魏晋南北朝诗［M］.北京：中华书局，1983：2371.

③ （清）严可均.全上古三代秦汉三国六朝文·全后周文［M］.北京：中华书局，1958：3904.

④ 逯钦立.先秦汉魏晋南北朝诗［M］.北京：中华书局，1983：2411.

扶桑海，返照若华池。洛浦全开镜，衡山半隐规。相欢承爱景，共惜寸阴移。"①徐谦《短歌行》："穷通皆是运，荣辱岂关身。不愿门前客，看时逢故人。意气青云里，爽朗烟霞外。不羡一囊钱，惟重心襟会。"②这两首诗都表现出一种豁达的情态，强调珍惜时间，不计荣辱，建功立业，以社稷的荣耀为重。

韦孝宽，名叔裕，以字行，恭帝初以大将军平江陵，封穰县公，还拜尚书右仆射，赐姓宇文氏，复镇玉壁。孝闵受禅，拜小司徒。明帝初，参麟趾殿学士。大象初，除徐州总管行军元帅，卒赠太傅，谥曰襄。有《上武帝疏陈平齐三策》："其第一策曰：臣在边积年，颇见间隙，不因际会，难以成功……其第二策曰：若国家更为后图，未即大举，宜与陈人分其兵势……其第三策曰：窃以大周土宇，跨据关、河，蓄席卷之威，持建瓴之势……"③。三策谆谆道来，讲如何平齐统一北方，爱国之心可见至深。

周宣帝宇文赟是北周的一个昏庸皇帝，"荒淫日甚，恶闻其过，诛杀无度。既酗饮过度，尝中饮，有下士杨文佑、白宫伯、长孙览，求歌曰云云。郑译奏之，帝怒，命赐二百杖而致死。"④士人杨文佑的《为周宣帝歌》云："朝亦醉，暮亦醉，日日恒常醉，政事日无次。"⑤周宣帝自称天元皇帝，在位二年，大象二年卒，年仅二十二岁。周宣帝是一个行乐皇帝，有歌曰"自知身命促，把烛夜行游"，经常痛饮达旦，不理政事。杨文佑作为臣子，面对荒淫无道的君主，宁死也要劝诫皇帝以江山社稷为重。

在诗作中再现当时儒学传承的盛况，类似自然主义的现实描写，流露出对当时国家政策的肯定，并且在作品中表现其对儒家伦

① 逯钦立.先秦汉魏晋南北朝诗［M］.北京：中华书局，1983：2411.
② 逯钦立.先秦汉魏晋南北朝诗［M］.北京：中华书局，1983：2412.
③ （清）严可均.全上古三代秦汉三国六朝文·全后周文［M］.北京：中华书局，1958：3908.
④ 逯钦立.先秦汉魏晋南北朝诗［M］.北京：中华书局，1983：2343.
⑤ 逯钦立.先秦汉魏晋南北朝诗［M］.北京：中华书局，1983：2344.

理思想的推崇。庾信的诗歌中有一首《预麟趾殿校书和刘仪同诗》：
"止戈与礼乐，修文盛典误。壁开金石篆，河浮云雾图。芸香上延
阁，碑石向鸿都。诵书征博士，明经拜大夫。璧池寒水落，学市旧
槐疏。高谭变白马，雄辩塞飞狐。月落将军树，风惊御史乌。子云
犹汉简，温舒正削蒲。连云虽有阁，终欲想江湖。"① 麟趾殿是明帝
宇文毓用来校订书籍的地方，这首诗记录了当时的史实，兵事休
止，重视礼乐，熟读经书可以任职博士并拜为大夫，体现了北周统
治者对于儒学的重视。

　　庾信对儒家伦理思想颇为推崇，表现在以仁义礼智信的儒家伦
理观念作为评价人物的标准。其作有《拟连珠》四十四首，从头至
尾，假喻达旨，评论人事物理，特别标榜儒家的忠信仁义。如"盖
闻君子无其道，则不能有其财；忘其贫，则不能耻其食。是以颜回
瓢饮，贤庆封之玉杯；子思银珮，美虞公之垂棘。"②（其四十）以
颜回之乐道安贫对比庆奉、虞公之不义且富，明确赞扬君子乐道。
庾信入北以后写有大量墓志碑铭一类文体的作品，更集中体现了庾
信评价人物莫不取法儒家伦理的标准。如《周大将军司马裔神道
碑》称颂司马裔"资忠履孝，蕴义怀仁，直干千寻，澄波万顷"，
标榜其"孝家忠国，扬名显亲"，《周柱国大将军长孙俭神道碑》中
说长孙俭"五常蕴智，六气资德，……直心于物，水火恬然；无负
于天，雷霆不惧"。这些亦可见庾信对儒家伦理思想的推崇。

　　这些文臣武将在诗文的写作中，多把国家的安危放在自己的心
中，常以儒家建功立业、怀志报国、忠孝仁义来要求自己和评价别
人，爱国之心的书写和儒家的忠君意识遥遥呼应。

　　（三）致用尚质的文学观念

　　西魏北周立国之时，在文化上选择的是关陇文化本位政策。陈

---

① 　逯钦立.先秦汉魏晋南北朝诗［M］.北京：中华书局，1983：2373.
② 　（清）严可均.全上古三代秦汉三国六朝文·全后周文［M］.北京：中华
　　书局，1958：3939.

寅恪先生在《隋唐制度渊源略论稿》中指出："范围颇广，包括甚众，要言之，即阳傅（附）周礼经典制度之文，阴适关陇胡汉现状之实而已。"① 这种文化政策提出的背景和作用，陈寅恪先生也作了具体的论述："宇文泰凭藉六镇一小部分之武力，割据关陇，与山东、江左鼎足而三，然以物质论，其人力财富远不及高欢所辖之境域，固不待言；以文化言，则魏孝文以来之洛阳至继承者邺都之典章制度，亦岂荒残僻陋之关陇所可相比，故宇文苟欲抗衡高氏及萧梁，除整军务农、力图富强等充实物质之政策外，必应别有精神上独立有自成一系统之文化政策，其作用既文饰辅助其物质即整军务农政策之进行，更可以维系其关陇辖境以内之胡汉诸族之人心，使其融合成为一家，以关陇地域为本位之坚强团体。"② 这种文化政策旨在对抗强大的北齐和萧梁，推行以儒治国，维系关陇地区各阶层的人心。其推衍开来，除了政治层面的各种制度，在文学创作上就表现为抵制骈俪浮华的文风，提倡质朴尚用的文风。

致用尚质的文风本身就符合儒家的诗教观。儒家强调文学为政治服务，刘勰《文心雕龙·原道》中就有"因文而明道"之说，认为文来源于道，道由圣人所发现，文学的职能在于阐述六经中蕴含的儒家圣人之道。"盖文章，经国之大业，不朽之盛事。年寿有时而尽，荣乐止乎其身，二者必至之常期，未若文章之无穷。"这是曹丕在《典论·论文》中指出的观点，认为文章可以治理国家，并且是不朽的盛事，在荣华和生命都走向终点的时候，文章可以流传。由南入北的颜之推接受这种观点，在《颜氏家训·文章》中指出："朝廷宪章，军旅誓诰，敷显仁义，发明功德，牧民建国，施用多途。"③ 认为文章是君子立于世上所不可或缺的，"夫明六经之道，涉百家之书，纵不能增益德行，敦励风俗，犹为一艺，得以自资，父兄不可常依，乡国不可常保，一旦流离，无人荫庇，当自求

---

①② 陈寅恪.隋唐制度渊源略论稿.[M].北京：中华书局，1963：90.
③ （隋）颜之推.颜氏家训[M].上海：上海古籍出版社，2006：160.

诸身而。"① 颜之推的功利性观点更加明显。

文章的功利性和实用主义，直接导致"为用而文"，反对单纯追求形式上"以辞为工"，不注重思想内容的华靡雕琢的文风，提倡质朴的文风。这和儒学倡导的"中和之美"、"温柔敦厚"一脉相承。《隋书·文学传序》中说"江左宫商发越，贵于清绮；河朔词义贞刚，重乎气质"②，用对比的方式说出了南北文学不同的特质，南朝文学贵在清细绮丽，北朝文学重在雄健磊落。北周又地处关陇，民风质朴无华，这些都影响了北周的文风。自此北周文学形成了致用尚质的文学观念，而这种观念的形成和国家的文化政策也息息相关。

西魏北周推行关陇文化本位政治政策的过程，也就展开了文风上的变革。《周书》里有这样的记载：文帝时，有人献上一只白鹿，臣子们都想上书表示庆贺。尚书苏绰对柳庆说："近代以来，文章华靡，逮于江左，弥复轻薄。洛阳后进，祖述不已。相公柄民轨物，君职典文房，宜制此表，以革前弊。"③ 柳庆瞬间写就，而且文质并兼。这篇文质彬彬的佳作受到了苏绰的大力赞扬，同时也向众人昭示了苏绰或者说西魏北周统治者对于文学创作的态度，提倡文质兼具、质朴尚用的文章。

之后不久，宇文泰就命苏绰做大诰，借鉴《尚书》的写作方法，正式阐述了自己的文学主张："黄帝若曰：惟天地之道，一阴一阳；礼俗之变，一文一质。爰自三五，以迄于兹，匪惟相革，惟其救弊，匪惟相袭，惟其可久。惟我有魏，承乎周之末流，接秦汉遗弊，袭魏晋之华诞，五代浇风，因而未革，将以穆俗兴化，庸可暨乎。"④ 形成了大诰体的文学样式，正式倡导质朴实用的文风，

---

① （隋）颜之推.颜氏家训［M］.上海：上海古籍出版社，2006：160.

② （唐）魏徵.隋书［M］.北京：中华书局，1973：1450.

③ （唐）令狐德棻.周书［M］.北京：中华书局，1971：370.

④ （清）严可均.全上古三代秦汉三国六朝文［M］.北京：中华书局，1958：3789.

"自是之后，文笔皆倚此体。"① 不久苏绰离世，真正完成这场文风之变的是卢辩和宇文泰，前后持续了十几年时间。

卢辩作为继承苏绰遗志、完成北周初年复古改革之人，其公文创作大有大诰体之风，如《为安定公告谕公卿》："呜呼，我群后暨众士，维文皇帝以襁褓之嗣托于予，训之诲之，庶厥有成。而予罔能革变厥心，庸暨乎废，坠我文皇帝之志。呜呼！兹咎予其焉避。予实知之，矧尔众人之心哉。惟予之颜，岂惟今厚，将恐来世以予为口实。"② 句式古旧，语言拗口，旨在表达人臣忠君爱国之大义。

西魏北周的复古思潮，要求文章模拟"大诰体"，形成了"师古"的形式和内容。随着时间的推移，北周国力日盛，北齐和萧梁的威胁日益降低，国力强盛之后，不再需要战战兢兢刻意模仿一些远古的东西。因此，明帝之后公文有了变化，除了不变的质朴，更增加了作者主体的个人情感。北齐、北周毗邻而建，交流不可避免；由南入北的大臣不断进入北周，带来了南方的不同文化。所以，交流、学习、融合才是适应时代发展的文化发展途径。

北周的散文，确切的说是朝廷的公文渐渐地脱离大诰体，开始有了文辞的讲究和个人感情的融入，功利实用性有所降低。比如史书评价周明帝宇文毓"善属文，词采温丽"③，还评论宇文招"博涉群书，好属文，学庾信体，词多轻艳"④，但是无论怎么变化，北周文章中所蕴含的言之有物、贞刚淳厚的核心没有动摇，一直贯穿始终的仍然是致用尚质的文学观念。

北周致用尚质的文学观念和儒家思想是相互呼应的，这都是北周推行以儒治国留下的痕迹。

---

① （唐）令狐德棻.周书［M］.北京：中华书局，1971：391.
② （清）严可均.全上古三代秦汉三国六朝文［M］.北京：中华书局，1958：3910.
③ （唐）令狐德棻.周书［M］.北京：中华书局，1971：60.
④ （唐）令狐德棻.周书［M］.北京：中华书局，1971：202.

结　语

北周遵照周礼，推崇礼仪教化，以儒学治国。北周文学的儒学传承直接体现在诏奏文翰、抒情诗文中，表现为致用尚质的文风。关陇文化本位政策的主要内容是儒学传承，这就使得本来就"号有华风"的关陇地区再次成为儒学传承的重地。这种自上而下的倡导自然也使儒学思想深入人心。

第二节

佛道文化促进北周文学的繁荣

　　北周一代佛道的宗教信仰也甚为浓厚，作为战乱时期人们精神上的慰藉品，也在社会思想文化领域占据重要地位。北周思想兼容，以儒为主，佛道为辅。

　　除了重视汉族儒家传统文化外，魏晋南北朝各个政权对外来文化也注意吸收，尤其是佛教文化，几乎成为儒学之外的另一支主流文化思想。佛道信仰思想在北周各阶层中也占据着重要的地位。而道教作为中国土生土长的宗教，因"上云羽飞天，次称消灾灭祸"（《魏书·释老志》）的功能，不仅吸引了广大贫苦人民，也受到统治者的青睐。到了北魏时期，北方道教信仰氛围极为浓厚。《隋书·经籍志》录有唐以前所存佛、道经典 2329 部，其数量不容小觑。

一、北周的佛道信仰

　　（一）北周佛道信仰的历史社会背景

　　魏晋南北朝时期，朝代更迭频繁，各族统治者都企图"长生世上"，并希望能有神奇法术来帮助自己维护统治，他们构成了宗教信仰的上层社会。皇室宗族之外，由于高门士族及其各类依附人口不服役，不纳赋，因而贫苦农民的赋役负担特别严重，农民为了逃避赋役，逃入寺院为僧尼，构成了宗教的民间社会。长期的天灾人祸，更加重了广大群众对宗教所宣扬的"羽化飞天"或者"轮回"之类的幸福生活的憧憬。因此佛教、道教在当时的统治阶级和被统治阶级中，都得到了广泛的传播。

十六国北朝时期，北方佛教的兴盛程度就已经超过了南朝。因为佛教是外来宗教，从某种程度来说更符合少数民族统治者入主中原的心理状态。《高僧传》记载："（石）虎下书曰：'度议云：佛是外国之神，非天子诸华所可宜奉。朕生自边壤，忝当期运，君临诸夏。至于飨祀，应兼从本俗。佛是戎神，正应所奉。'"[1] 北方不少世家大族，如清河崔氏、范阳卢氏、荥阳郑氏、陇西李氏、河间邢氏、河东柳氏以及北魏的鲜卑贵族，均信奉佛法。当时佛教盛行，尤其在北魏后期，修建寺院之风大盛，洛阳城内外建有许多寺院。城中最大的是永宁寺，寺中建有九级浮屠，为当时洛阳城中最高的建筑物。城西专门招待各国僧侣的永明寺，有房屋 1000 余间，可接待来自各国的僧人 3000 余人。当时无论是在南方还是北方，僧尼都有免除赋役的权利。北朝僧尼犯法，不受国家法律制裁，以寺院内律处理。根据《历代三宝记》记载，北齐与北周对峙时期，北齐境内共有寺庙三万所，僧尼 200 万；北周境内共有寺院 1 万所，僧尼 100 万。

对于当时道教的传播，蒋维乔在《中国佛教史》中指出："我国信仰道教之风，由来已久，实人民思慕神仙所致，其起源虽不可得知，而为国人宗教思想发展之初步，可断言者。大抵思慕神仙之思想，广行于无智人民之间，乃最古之一种宗教信仰。"说出了道教发展之初，在民间和贫苦大众关系密切。道教从民间发展到统治上层是有一个过程的："史称秦始皇酷慕神仙，令徐福入海求不死之药，亦莫能知其究竟。至于北伐匈奴，西征天山，东至朝鲜，南及两越，武功文事，号称极盛之汉武帝，亦崇信神仙；卒因道士之

---

① （梁）释慧皎撰，汤用彤校注. 高僧传·神异上 [M]. 北京：中华书局，1992：352.

故，敢多行失政而不顾。于是神仙之教，在昔之为无智人民所迷信者，今则有权势之帝王，亦为所动；而道教势力，乃日愈大。其成为稍具形式之宗教者，实始于后汉之张道陵；后世称张天师，推为创立道教之祖；盖道陵在西蜀鹤鸣山传道，乃东汉末叶，与佛教传来时期，不相远也。"① 在这个过程中帝王对于长生不老的追求起了重要的推动作用。

道教"消灾灭祸"的说教对于下层民众，有着很大的吸引力。汉末原始道教起源于民间，同农民反抗封建统治相结合，因而产生了太平道和五斗米道。汉末农民起义被镇压之后，原始道教变为两个流派：其中一个流派在人民群众中继续传播，以符水治病为噱头，作为组织发动起义的工具；另外一派道教则成为地主阶级的宗教，专门炼丹修仙。北魏太武帝拓跋焘时，有道士寇谦之"清整"道教，明确提出道教应辅佐北方太平真君（指太武帝）统治中原人民。北魏太武帝拓跋焘改元太平真君，"亲至道坛，受符箓，备法驾，旗帜尽青，以从道家之色也。自后诸帝，每即位皆如之"②。周武帝宇文邕也信道，并亲受道教符箓，著道士衣冠，集道俗议灭佛法事（《广弘明集》卷八），并讨论三教秩序，认为"三教以儒教为先，佛教为后，道教最上，以出于无名之前，超于天地之表故也"③，因而朝野上下道教氛围浓郁。可知无论佛教还是道教，在北朝的政治生活和文化思想方面，都占有重要地位。

（二）北周各阶层与佛道之间的交往关系

从北魏后期开始，由于尔朱荣叛乱、六镇军人的起义，北方社会动荡不安。《隋书》的《李礼成传》《长孙晟传》中说道：其时"贵公子皆竞习弓马，被服多为军容"，"周室尚武，贵游子弟咸

---

① 蒋维乔著.中国佛教史［M］北京：团结出版社，2005：58.
② （北齐）魏收.魏书［M］.北京：中华书局，1974：3053.
③ （梁）僧佑、（唐）道宣.弘明集、广弘明集［M］.上海古籍出版社，1991：124.

以相矜"。① 说明西魏北周初年社会崇尚的是尚武精神，全民尚武，其实适应了战争的需要。而战争其实就暗示了不稳定的环境。在这样的环境中，为了统治的需要和内心的寄托，北周各阶层寻求宗教的慰藉，实在情理之中。

1. 北周皇室宗族和佛道之间密切的交往

西魏文帝（535—551）及宇文泰都好佛，文帝曾建立大中兴寺，并尊释道臻为魏国大统，道臻大立科条，以兴佛法。宇文泰也提倡大乘，尝命沙门昙显等撰《菩萨藏众经要》及《百二十法门》，作为讲述的资料。

北周孝闵帝在位不到半年，明帝在位四年，二人皆在位日浅，对于社会上的佛道二教采取的是宽容支持的态度。明帝宇文毓有《修起寺诏》："制诏：孝感通神，瞻天冈极，莫不布金而构祇园，流银而成宝殿，方知鹿苑可期，鹤林无远。敢缘雅颂，仰藉庄严，欲使功侔天地，兴歌不日。可令太师晋国公总监大陟岵、大陟屺二寺营造。"② 诏令晋国公营造寺庙，可见对于宗教的支持态度。当时名僧昙延、道安称为玄门二杰，来游关中的南方学僧有亡名、僧实、智炫等。

起初，北周武帝曾招僧玮禅师，在长安天保寺宣讲，武帝亲自前去聆听，还使后妃公卿受十善戒。后来周武帝亲道远佛，都是因为道士张宾及卫元嵩。当时有一个谶语"黑人当王"，比如其父宇文泰名黑泰，就成为了北周的开国帝王。宇文泰为了防止谶语再现，令朝廷之内所有黑色改为皂色。同样周武帝对此谶语深信不疑，张宾和卫元嵩就利用了这种心理，指出佛教法衣为黑，是不祥之教，道教为黄老之教，所以必须排斥佛教，立道教为国教，方可永葆皇位。于是周武帝开始了排佛之举。天和四年（570）三月

---

① （唐）魏徵. 隋书［M］. 北京：中华书局，1973：1316—1329.
② （清）严可均. 全上古三代秦汉三国六朝文·全后周文［M］. 北京：中华书局，1958：3889.

十五日，使文武官召集僧儒道两千余人，论三教优劣，议其废兴，当时持议纷纷，没有最终决断，这是周武帝最初的排佛行动。二十日，令再集议，武帝曰："儒道二教，国所常遵；佛为外国新来之教。"四月，又举行第三次集议，且命司隶大夫甄鸾评论道佛二教。鸾撰《笑道论》三卷奏之，嘲笑道教肤浅，"帝大不快，焚书殿庭"。后来释道安撰《二教论》十三篇，论佛道二教优劣，奏之，"佛徒抗议，虽若斯之甚，帝终不为所动，其意以为仅废佛教，未免偏颇，恐遭物议；乃于建德三年（575），举道佛二教并废之"。①一时间，"关陇佛法，诛除略尽"②。

周武帝灭北齐之后，不到一年就逝世了。其子宣帝即位，在位仅仅一年，静帝立。宣帝时道林请求兴佛法，帝许之。先建陟岵寺于东西二京，置菩萨僧，祈求国家平安。菩萨僧者，未许剃度之有发僧也。《安置沙门敕》（大象元年二月）一文，正式而又明确地表明了静帝的立场："佛法弘大，千古共崇，岂有沈隐，舍而不行。自今已后，王公已下，并及黎庶，并宜修事，知朕意焉。"③

在诸位皇帝之外，宇文氏的其他皇族宗室也和佛道有着千丝万缕的联系。晋公宇文护有写给高僧亡名的书信《遗释亡名书》和《又与释亡名书》，在信中赞叹了高僧的气节，堪和伯夷、叔齐相比。亡名，俗姓宋，南郡人，本名阙殆，事梁元帝，官爵未详，梁亡出家，为夏州三藏，宇文护迎还咸阳，不知所终。这位由南入北的佛教人士留有《答宇文护书》一封。

滕王宇文逌为道经写的序言《道教实花序》，反映了宇文逌的道教思想。序文写了道教的产生和玄幻："混成元胎，先天地而生，玄妙自然，在开辟之外。可道非道，因金箓以诠言，上德不德，寄玉京而阅说。高不可揆，深不可源，之而彰三光，舒之而绵六

---

① 蒋维乔著.中国佛教史［M］.北京：团结出版社，2005：68.
② 蒋维乔著.中国佛教史［M］.北京：团结出版社，2005：67.
③ （清）严可均.全上古三代秦汉三国六朝文·全后周文［M］.北京：中华书局，1958：3899.

合。"① 充满了神仙色彩，竭力宣扬道法的高深。

2. 北周臣子和佛道之间的密切交往

大臣卢光，"字景仁，小字伯，范阳公卢辩之弟也。性温谨，博览群书，精于《三礼》，善阴阳，解钟律，又好玄言"②，是一位饱读经书的儒士。受北周礼遇的卢光，"性崇佛道，至诚信敬"。有一次和太祖在檀台山狩猎，在狩猎即将结束的时候，"太祖遥指山上谓群公等，曰：'公等有所见不？'咸曰：'无所见'。光独曰：'见一桑门。'太祖曰：'是也。'即解围而还。令光于桑门立处造浮屠，掘基一丈，得瓦钵、锡杖各一。太祖称叹，因立寺焉"③。这个故事充分说明卢光信佛之深。卢光对道家也有研究，撰有《道德经章句》一书，刊行于世。

作为由南入北的大臣，王褒、庾信和佛道的关系也甚为密切。王褒作《周经藏愿文》，为北周国运昌隆祈福。庾信作《秦州天水郡麦积崖佛龛铭》，其中提到"昔者如来追福，有报恩之经；菩萨去家，有思亲之供。敢缘斯义，乃作铭曰"④；又作《陕州弘农郡五张寺经藏碑》，可见庾信对佛教如来、菩萨的故事甚为熟悉。庾信有和炅法师与侃法师的唱和诗，他们交往密切，私交甚笃。

当时周武帝灭佛，宠信的道教人士就是张宾、卫元嵩二人。他们巧妙地利用"黑人当王"的谶语，把握住了帝王的心理，使周武帝采取灭佛的政策，以致于"自后实行破佛者凡三年，关陇佛法，诛除略尽"。卫元嵩，俗姓卫，河东人，梁末出家，居成都野安寺。周平蜀，入关，师事亡名，天和二年上书，赐爵蜀郡公，后竟废佛

① （清）严可均.全上古三代秦汉三国六朝文·全后周文［M］.北京：中华书局，1958：3903.

② （唐）令狐德棻.周书［M］.北京：中华书局，1971：807.

③ （唐）令狐德棻.周书［M］.北京：中华书局，1971：808.

④ （清）严可均.全上古三代秦汉三国六朝文·全后周文［M］.北京：中华书局，1958：3940.

还俗，有《元包数》五卷。司隶大夫甄鸾是佛教人士，受周武帝之命评论道佛二教，撰写《笑道论》三卷奏之，嘲笑道教肤浅。释道安撰写《二教论》十三篇，论佛道二教优劣，奏之。二人上书评论佛道，是当时佛道二家激烈争斗的政治表现。

3. 北周社会的造像行为

在魏晋南北朝时期我国南北方的一些地区，有许多以造像活动为中心的佛教团体，盛行捐资造像以求功德，这也反映了当时动乱的社会给人民所带来的不安心理，北周时期遗存的造像碑也创历代之最。造像大多以合邑的形式完成，因为对于一般的平民大众，造设华美的造像碑耗资太大，难以承当，但同时又要表示对佛的崇奉供养，只能通过集体组织的力量来完成。

严可均辑录的《后周文》记录了有关造像的文章，多供奉释迦像，求得生生世世的安稳。王瓯生《造像记》："保定四年岁次甲申十月乙卯朔十五日己巳，佛弟子王瓯生敬造石像一堪，上为天龙八部，下为人王帝主，七世父母，见在父，过去母，合门大小，年一已上，百岁已来，恒愿在西方供养无量寿佛，复为一切法界众生，生生世世，侍佛闻法。"①

王妙晖亦有《造释迦像记》："盖大范攸寂，非一念无以显其原；妙理澄湛，非表像何以畅其旨。是故影迹双林，□苍生离合，□蚁□沙，知善□可崇。邑子五十人等，宿树兰柯，同兹明世，爰托乡亲，义存香火，识十恶之徒炭，体五道之亲苦，既沈处婆娑，实思宏愿，金渴家资，共成良福。遂于长安城北，渭水之阳，造释迦石像一区，永光圣宅。"造像的目的是："愿周皇帝延祚，常登安乐；晋国公忠孝，庆笮无穷；又邑子□者，值佛闻法；见在眷属，恒与善居，将来道俗，世世同修。使如来福业，不坠于今奕；藉因之感，终美于去在。武成二年岁次庚辰二月癸未朔八日辛丑。像主

---

① （清）严可均. 全上古三代秦汉三国六朝文·全后周文 [**M**]. 北京：中华书局，1958：3973.

王妙晖。"①（碑拓本。下有曹妃等姓名六十八人，不录。案：是月癸未朔，八日庚寅，碑作辛丑误。）造像之后，必须将所造之像安置好，有的还需长期供养。

在北朝战乱的大环境背景下，从北魏开始佛道之风兴盛，北周的各阶层人士和佛法道法、佛道中人都有联系，佛法和道法也对当时社会的方方面面产生了重要的影响，是广大人民精神支柱层面的重要组成部分。

二、北周文学的佛道情怀

在这样纷乱的时代，社会各阶层都在感叹生命易逝，宗教信仰无疑是一种精神上的温情关怀，让他们在那里寻找安慰。道教是在中国传统文化基础上形成的民族宗教，它以道家和神仙家的文化哲学为主要价值导向，因此，修真悟道、羽化登仙是其最终目的，亦是其最高境界。而佛教的佛法无边、因果报应、精神不灭、生死轮回等教义也深深影响着文学创作。宗教文化以其宗教仪式的神圣感、教义的思辩性、天马行空的想象和繁丽的语言，对当时的北周文学产生了深刻的影响。

（一）北周文学作品中的佛道信仰

1. 和宗教有直接关系的诗文

比如直接描写宗教场所和寺庙道观环境的诗歌，充满了仙气弥漫的宗教情调。

北周文士和宗教人士交往密切，他们经常出入寺庙道观，书写这些地方的自然人文景观，这在诗歌散文的题目上就可以一见端倪。如王褒的《明庆寺石壁诗》《云居寺高顶诗》《咏定林寺桂树》，庾信的《奉和同泰寺浮屠诗》《和从驾登云居寺塔》。其中道观和寺庙都是这些文士常去的地点，明庆寺、云居寺、定林寺、同泰寺只

---

① （清）严可均．全上古三代秦汉三国六朝文·全后周文［M］．北京：中华书局，1958：3989．

不过是北周众多寺庙的冰山一角。

萧㧑《和梁武陵王遥望道馆诗》曰："神境流精阙，仙居紫翠房。今有寻真地，逦迤丽通庄。九柱含虹重，三台饰夜光。金辉碧海桃，玉笈紫书方。拂筵青鸟集，吹箫白凤翔。履归堪是燕，石在讵非羊。烟霞四照芒，风月五名香。于兹喜临眺，愿得假霓裳。"① 王褒的《过藏矜道馆诗》云："松古无年月，鹄去复来归。石壁藤为路，山窗云作扉。"② 这两首诗都描绘了道馆仙境般美丽缥缈的环境。庾信的《入道士馆诗》："金华开八景，玉洞上三危。云袍白鹤度，风管凤凰吹。野衣缝蕙叶，山巾篸笋皮。何必淮南馆，淹留攀桂枝。"③ 诗人描写了道馆的神奇境界、道士们古拙的装扮，以及道馆里美妙的音乐。

还有就是和宗教人士的唱和诗歌，这种交游本身就是和宗教的直接接触。庾信的《奉和同泰寺浮屠诗》《奉和赵王游仙诗》《至老子庙应诏诗》《奉和阐二教应诏诗》《奉和法筵应诏诗》《和从驾登云居寺塔》都是和宗教活动相关的，而且都是和皇族宗室一起，可见社会各阶层都深受佛法道法影响。庾信还有《送灵法师葬诗》：

> 龙泉今日掩，石洞即时封。玉匣摧谈柄，悬河落辩锋。香炉犹是柏，麈尾更成松。郭门未十里，山回已数重。尚闻香阁梵，犹听竹林钟。送客风尘拥，寒郊霜露浓。性灵如不灭，神理定何从。④

这首送葬诗感情低沉哀婉，更多的是对一个朋友离去的不舍。"郭门未十里，山回已数重"，刻画了深山之中的道馆，仙气弥漫。虽

---

① 逯钦立.先秦汉魏晋南北朝诗［M］.北京：中华书局，1983：2328.

② 逯钦立.先秦汉魏晋南北朝诗［M］.北京：中华书局，1983：2343.

③ 逯钦立.先秦汉魏晋南北朝诗［M］.北京：中华书局，1983：2388.

④ 逯钦立.先秦汉魏晋南北朝诗［M］.北京：中华书局，1983：2384.

然法师离开了，但是"香炉犹是柏，麈尾更成松"，法师的经义故事像松柏一样长在，将会和着香阁渺渺的诵经声永远流传。

《和旻法师游昆明池诗二首》：

> 游客重相欢，连镳出上兰。值泉倾盖饮，逢花驻马看。平湖泛玉舳，高堰歌金鞍。半道闻荷气，中流觉水寒。
>
> 秋光丽晚天，鹢舸泛中川。密菱障浴鸟，高荷没钓船。碎珠萦断菊，残丝绕折莲。落花催斗酒，栖乌送一弦。①

这两首诗追忆了和旻法师游昆明池的往昔。"值泉倾盖饮，逢花驻马看"，"落花催斗酒，栖乌送一弦"，赏花饮酒骑马唱歌，充满了温馨的感觉。

《和侃法师三绝诗》：

> 秦关望楚路，灞岸想江潭。几人应落泪，看君马向南。
>
> 客游经岁月，羁旅故情多。近学衡阳雁，秋分俱渡河。
>
> 回首河堤望，眷眷嗟离绝。谁言旧国人，到在他乡别。②

这三首诗弥漫的就是依依不舍之情了，哀伤和思念见于字里行间。这三组和宗教中人的唱和诗，是文人和宗教中人在诗歌上的交流，也足见庾信和他们之间的友谊之深。

作为由南入北的大臣，王褒和庾信在北周受到礼遇，他们作为文学和儒学的大家，对佛道之说也有着自己的见解。王褒作《周经藏愿文》："盖闻九河疏迹，策蕴灵丘，四彻中绳，书藏群玉。亦有青丘紫府，三皇刻石之文；绿检黄绳，六甲灵飞之字。岂若如来秘藏，譬彼明珠，诸佛所师，同夫净镜。鹿苑四谛之法，尼园八犍之

---

① 逯钦立.先秦汉魏晋南北朝诗［M］.北京：中华书局，1983：2386.

② 逯钦立.先秦汉魏晋南北朝诗［M］.北京：中华书局，1983：2401.

文，香山巨力，岂云能负？以岁在昭阳，龙集天井，奉为云云，奉造一切经藏。始乎生灭之教，讫于泥洹之说。论议希有，短偈长行，责首银函，玄文玉匣。陵阳饵药，止观仙字，关尹望气，裁受玄言。未有龙树利根，看题不遍，斯陀浅行，同座未闻。尽天竺之音，穷贝多之叶。灰分八国，文徙罽宾；石尽六铢，书还大海。仰愿过去神灵，乘兹道力，得无生忍，具足威仪。又愿国祚遐长，臣民休庆，四方内附，万福现前，六趣怨亲，同登正觉。"① "经藏内"是佛教大藏经的一个名词，按照现代术语来归纳其内涵，应当属于图书馆学范畴，具体指安置大藏经（早期叫"一切经"）的书库，简称"藏内"。"内"字，乃是"纳"字的同音借用字，"经藏内"者，收纳、容纳大藏经的地方的一个专有名词，它的另一个简称是"经藏"。周经藏，就是北周佛教经典收纳整理的地方。王褒所作《周经藏愿文》即为这个地方所写的祈祷祝愿之文，"仰愿过去神灵，乘兹道力，得无生忍，具足威仪。又愿国祚遐长，臣民休庆，四方内附，万福现前，六趣怨亲，同登正觉"，对国家和人民都寄予了美好的愿望。

庾信作《秦州天水郡麦积崖佛龛铭》，其中说"昔者如来追福，有报恩之经；菩萨去家，有思亲之供。敢缘斯义，乃作铭曰"②，可见庾信对佛教如来、菩萨的故事甚为熟悉。又作《陕州弘农郡五张寺经藏碑》云："弘农五张寺者，南阳张元高寓居此地。昔者千金之族，见徙五陵，大姓之民，移家六郡，盖其流也。元高五子，负荷遗训，离经辨志，并是成名，入室生光，咸能显德，加以尊承慧业，敬受法门，兄弟同居，共舍为寺。伽蓝肇建，即以五张为名。是知城居赵信，仍名赵信之城；殿入萧何，即号萧何之殿。加

---

① （清）严可均. 全上古三代秦汉三国六朝文·全后周文 [M].北京：中华书局，1958：3918.

② （清）严可均. 全上古三代秦汉三国六朝文·全后周文 [M].北京：中华书局，1958：3940.

以象马无吝，衣裘是舍；春园柳路，变入禅林，蚕月桑津，回成定水。平舆虽盛，岂可独擅二龙，扶风最良，不得专称五马。"① 作为世家大姓，张氏一族不仅熟悉儒家经典，还敬受佛法，共同建立五张寺。"乡俗耆老，依然此别。属兹法事，须余制文，聊以课虚，为铭云尔"，可见不仅庾信深受佛法的影响，当时的乡里也属心法事。

2. 宗教气息浓厚，旨在传教的宗教说教诗歌

这些诗歌直接体现了佛教的教义、道教的理论，其内容完全是宗教内容的诗歌化，有着顿悟和看空的宗教韵味。比如逯钦立《先秦汉魏晋南北朝诗·北周诗卷六》录有释亡名的《五苦诗》。亡名，俗姓宋，名阙，南郡人，事梁元帝，深见礼待。梁亡，远客岷蜀，有集十卷。历史上怂恿周武帝灭佛的卫元嵩就是亡名的徒弟。五苦诗，顾名思义就是写人生的各种痛苦，分别是《生苦》《老苦》《病苦》《死苦》《爱离》。生老病死是人生一世不可避免的事情，生别离也是人生的无奈，亡名在这五首诗中表现了佛家四大皆空的思想，"终成一聚土，强觅千年名"（《生苦》），"甘肥与妖丽，徒有壮时心"（《老苦》），深刻地写出了人生的短暂和老大徒伤悲的无奈。《病苦》更是写尽了人生起伏、是非成败都是酒后的笑谈，"拔剑平四海，横戈却万夫。一朝休枕上，徊转仰人扶。壮色随肌减，呻吟与痛俱。绮罗虽满目，愁眉独向隅。"到最后也只是"可惜凌云气，忽随朝露终。长辞白日下，独入黄泉中。池台既已没，坟陇向应空。唯当松柏里，千年恒劲风"（《死苦》）②。

道教诗歌中也有类似的诗歌，写人生在世的无常。《三徒五苦辞》③ 相对于释亡名的《五苦诗》，二者内容相似，都写人生在世的痛苦，"愚夫不信法，罪痛常自婴"（之二）；写时光的倏忽易逝，

---

① （清）严可均. 全上古三代秦汉三国六朝文·全后周文［M］. 北京：中华书局，1958：3942.

② 逯钦立. 先秦汉魏晋南北朝诗［M］. 北京：中华书局，1983：2434.

③ 逯钦立. 先秦汉魏晋南北朝诗［M］. 北京：中华书局，1983：2440.

"比当披幽迹，倏欻年已老"（之七），"终始待劫数，福尽天地倾"（之一）。相比于《五苦诗》，道教"五苦诗"的语言思辩性和哲理意味稍逊，说教气息相当浓，几乎就是直白的劝人入教，"若欲度斯患，归命太上经"（之二），"上圣畏是故，寻道是斯福"（之五），"吾故及弱龄，弃世以学道"（之七）。无论如何，释亡名的《五苦诗》和道教的诗歌都是旨在宣扬自己的宗教思想，渗透着浓浓的宗教意味。

3. 化用佛道典故的诗歌

这些诗歌引用、化用佛道的典故，扩大了诗歌的取材内容，增强了诗歌的灵动性和思辩性。

庾信作为由南入北的文学大家，在其知识结构中，具有丰厚的道教文化成分，这是形成他思想学养的一个重要内容，也是影响他人格的一个因素。所作诗篇中有十八首典出东晋葛洪的《神仙传》，如"道士封君达，仙人丁令威。煮丹于此地，居然未肯归"（《和宇文内史春日游山》）①。封君达服黄精五十余年，又入乌鼠山，服食水银，百余岁时往来乡里，视之年如三十许。常骑青牛，闻人有疾病者，便予药治之，应手皆愈。不以姓字语人，世人见其乘青牛，故号为青牛道士。"白石仙人芋，青林隐士松。北梁送楚孙，西堤别葛龚"（《任洛州酬薛文学见赠》）②，化用了焦先经常服食白石（像煮土芋那样煮熟了吃）的典故。

在《道士步虚词十首》③中更是大量出现《神仙传》典故："坏机仍成机，枯鱼还作鱼"（其六），用了葛仙翁以丹书符活鱼的典故；"凫留报关吏，鹤去画城门"（其七），用了王乔、丁令威的典故；而"鳞洲一海阔，玄圃半天高。浮丘迎子晋，若士避卢敖。经餐林虑李，旧食绥山桃。成丹须竹节，刻髓用芦刀。无妨隐士去，

---

① 逯钦立.先秦汉魏晋南北朝诗［M］.北京：中华书局，1983：2355.

② 逯钦立.先秦汉魏晋南北朝诗［M］.北京：中华书局，1983：2357.

③ 逯钦立.先秦汉魏晋南北朝诗［M］.北京：中华书局，1983：2349—2351.

即是贤人逃"（《道士步虚词十首》其十），全诗都用典，前半首用《神仙传》和《列仙传》的典故，描写了传说中的神仙境界和仙人们的惬意生活，后半首用了两个《神仙传》中的典故，推崇中古盛行的"地仙"隐遁思想。《陪驾幸终南山和宇文内史》："玉山乘四载，瑶池宴八龙。龟桥浮少海，鹄盖上中峰。飞狐横塞路，白马当河冲。水奠三川石，山封五树松。长虹双瀑布，圆阙两芙蓉。戍楼鸣夕鼓，山寺响晨钟。新蒲节转促，短笋箨犹重。树宿含樱鸟，花留酿蜜蜂。迎风下列缺，酾酒召昌容。且欣陪北上，方欲待东封。"① 这首诗中用神话典故歌颂周明帝像周穆王、秦始皇一样西登昆仑、东封泰山，微有奉承之意。

庾信与赵王宇文招也过从甚密，唱和诗在集子中共有十余首，而近一半是仙道诗，如《奉和赵王游仙》《奉和赵王隐士》。第一首诗连用八个《神仙传》中的典故，描写了神仙世界的生活和山中迷人的景色，表达对神仙的热烈向往之情。第二首诗前半用了十个关于隐士的故事，表现隐士的生活和高洁的情操，后半则生动描绘了山中奇异的景致，曲折表达了甘于寂寞隐遁的情怀。

王褒《和张侍中看猎诗》："还登宣曲观，更猎黄山围。"②《三国志·魏书·三少帝纪》云："于陵云台曲中施帷，见九亲妇女，帝临宣曲观，呼怀、信使入帷共饮酒。"宣曲观大致位置可推断在洛阳，是以前皇族招待来使的地方，在全国信徒心中有着很高的地位。《和从弟祐山家诗二首》其一："空林鸣暮雨，虚谷应朝钟。仙童时可遇，羽客屡相逢。"其二："结交非俗士，仙侣自招携。"③ "仙童"、"羽客"是道教文化中常见的名词，得道的真人所居住的地方，必有仙童、仙女为侍应，职责是服事大仙，"仙童时可遇"，足见这个地方的仙风道骨，在安静的山中居住着道教的神

---

① 逯钦立.先秦汉魏晋南北朝诗［M］.北京：中华书局，1983：2354.

② 逯钦立.先秦汉魏晋南北朝诗［M］.北京：中华书局，1983：2337.

③ 逯钦立.先秦汉魏晋南北朝诗［M］.北京：中华书局，1983：2338.

仙。羽客，也称为"羽士"、"羽人"，以鸟羽比喻仙人飞升上天，引伸为神仙方士，进而专指道士。道士作为博大精深的道教文化的主要传播者和形象代言人，在日常社会生活中也是引人注目的角色。"羽客屡相逢"，是说这座深山之中，有很多得道之人，行路之中很容易遇见，还表现了山景幽深和仙风道骨。

无论是因为交往密切而对寺庙道观的题词和人文自然环境的刻画，还是文人和宗教中人的唱和诗，抑或是直白的说教诗和化用宗教典故的诗歌，都表明北周诗歌和散文的内容，无论在浅层次上的题目架构和意象形成，还是在思想基调的铺演上，都和佛道信仰密切相关。

（二）佛道传教对文体的影响

一种宗教的创立，总是应该具备三个条件：一要有创始人，二要有经书，三要有传教活动。传教活动是宗教延续的保证，主要目的是将宗教的教义传布给自己的信徒。佛教和道教在北周发展迅速，教化的对象也越来越趋向广大民众。为了传教的需要，他们将教义仪式通俗化处理，形成了以说唱和舞蹈为主的传播方式。而这种传教方式对文体产生了很大影响，当时佛教的俗讲从某种程度上影响了北朝小说的创作，而道教传教直接刺激了道教歌谣和步虚词的发展。

1. 对志怪类小说的影响

随着佛教的发展，民间受众越来越多，深奥、枯燥的佛教经文很难被广大民众接受，抽象的教义教理更不容易被他们理解。在这种情况下，佛教采取更接近广大民众、容易为广大民众接受和理解的方式进行宣传，因此，寺院不仅有定期举行的俗讲，而且也常常有各种歌舞表演。如《洛阳伽蓝记》记述北魏洛阳寺院的歌舞：景乐寺"至于大斋，常设女乐，歌声绕梁，舞袖徐转，丝管寥亮，谐妙入神……召诸音乐，逞伎寺内，奇禽怪兽，舞抃殿庭"（《洛阳伽蓝记·景乐寺》）；长秋寺"四月四日，此像常出，辟邪师子，导引其前。吞刀吐火，腾骧一面；彩幢上索，诡谲不常。奇伎异服，冠于都市"(《洛阳伽蓝记·长秋寺》)。① 这种说唱表演的方式极大地促进了佛教的传教，使佛教教义更深入人心。俗讲的文词和表演的唱词充满浓厚的生活气息，想象怪诞，语言浅显、口语化，内容多充满宗教宣传色彩。这一切都影响了北朝志怪小说的创作。正如鲁迅《中国小说史略》中所说："中国本信巫，秦汉以来，神仙之说盛行，汉末又大畅巫风，而鬼道愈炽；会小乘佛教亦入中土，渐见流传。凡此，皆张皇鬼神，称道灵异，故自晋迄唐，特多鬼神志怪之书。"②

颜之推一生波折，由北齐入北周，其志怪小说《冤魂志》作于晚年，其实也是北周文学的宝贵财富。《冤魂志》引经史来验证报应，充满了浓厚的宗教色彩。在《冤魂志》中，颜之推不满足于佛教的来世报应，而欲见害人者于现世受到报复，比如："梁武昌太守张绚，尝乘船行。有一部曲，役力小不如意，绚便躬捶之。杖下臂折，无复活状，绚遂推江中。须臾，见此人从水而出，对绚扶手曰：'罪不当死，官枉见杀，今来相报。'即跳入绚口。因得病，少日而殂。"③ 由此可以看出，颜之推宣扬的是佛教"三报"中的"现报"说，善有善报，恶有恶报。《冤魂志》中多是此类故事，故事想象奇特怪诞，曲折离奇，宗教色彩非常浓厚。

2. 道教歌谣与步虚词的发展

道教在传教过程中，其升坛做法仪式称为斋醮。其法为设坛摆供、焚香、化符、念咒、上章、诵经、赞颂，并配以烛灯、禹步和音乐等仪注和程式，以祭告神灵。而其宗教功能主要是通过斋法和外在的仪轨对道士进行精神引导，从而获得宗教体验，完成心性的修炼，进入道教所追求的境界。在这种仪式中所吟诵的赞颂词章，旨在宣传道家思想，其想象瑰丽，音调和谐，充满着热烈的宗教情怀。

---

① （北魏）杨衒之.洛阳伽蓝记.卷一［M］.上海：上海古籍出版社，1958：52.
② 鲁迅.中国小说史略·六朝鬼神志怪书（上）［M］.上海：上海古籍出版社，1998：24.
③ （隋）颜之推撰，罗国威校注.冤魂志［M］.成都：巴蜀书社，2001：83.

北朝道教思想的活跃从现存道教歌谣中可见一斑。北周道教歌谣明显增多，而道教歌谣的演唱性和道教仪式中赞颂词章有着密切的关系。这些歌谣无一例外都在解释和宣扬道教的教义。无名氏作有《青帝歌》《白帝歌》《赤帝歌》《黑帝歌》《黄帝歌》，歌颂的是道教的五位神仙，分别代表春天、秋天、夏天、冬天、土地。歌谣将神灵带来的四季变化写得生动可见："东望重拜手，苍帝玉皇君。灵风鼓橐籥，育物布元春。云龙辔严驾，玉衡拥琼轮。枯萌泛霈及，大惠无不均。……"① 把春天的到来写成是青帝来到人间，一路凌风驾车，人间就春光一片，宣扬其法力无边，想象力极其丰富。除此之外，多具有很重的说教意味，旨在吸引人入教。"大贤慎兹诫，忍性念割情。愚夫不信法，罪痛常自婴。吾念世无己，今故重告明。若欲度斯患，归命太上经。"②（《三徒五苦辞》其二）用大贤和愚夫做对比，指出世上所有的人都逃脱不了生死命苦，而要想减轻苦痛，不如"归命太上经"。要么就是描绘地狱的恐怖："北都泉曲府，中有万鬼群。但欲遏人算，断绝人命门。"（《第一欲界飞空之音》）万鬼上身，极为恐怖，也只有求助于道教。北朝大量的道教歌谣虽然艺术程度不高，但是其音调的和谐性，对于神仙境地的极力描绘和对宗教的狂热感情，为道教的另一种配合仪式的道教经文——步虚词提供了艺术上的借鉴。

步虚，是道教斋仪中使用的一种经韵乐章和韵腔，所谓"道士讽诵经章，嘹亮声律也"③，属于道教科仪。关于其起源，一说出自《洞玄灵宝玉京山步虚经》，称其由太极左仙公葛真人葛玄传于葛洪，配合步虚声韵的道教经文，称为"步虚词"。唐吴兢《乐府古题要解》云："步虚词，道家曲也，备言众仙飘渺轻举之美。"④ 步

---

① 逯钦立.先秦汉魏晋南北朝诗［M］.北京：中华书局，1983：2436.
② 逯钦立.先秦汉魏晋南北朝诗［M］.北京：中华书局，1983：2440.
③ 李叔还.道教大辞典［M］.杭州：浙江古籍出版社，1987：393.
④ （唐）吴兢.乐府古题要解（下），丛书集成新编·文学类［M］.第81册，新文丰出版社，2008.

虚词在内容上不离神仙之事，在形式上属于曲调一类。

《先秦汉魏晋南北朝诗·北周诗》中，录有仙道家无名氏所作的《步虚词》十首，充满了道教徒的宗教热情，描绘了道家圣地的飘渺空灵和法事的隆重繁丽。其一："稽首礼太上，烧香归虚无。流明随我徊，法轮亦三周。玄愿四大兴，灵庆及王侯。七祖生天堂，煌煌耀景敷。啸歌观大漠，天乐适我娱。齐声无上德，下仙不于俦。妙想明玄觉，诜诜乘虚游。"① 写出了仪式的繁复和得道升天之后的内心狂喜。诗中还描写了生动绚丽的幻想画面和气氛热烈的坛场情景。仙界高耸入云，远离尘俗，光明灿烂，龙凤天兽自由翱翔奔走，所谓"岂幽天宝台，光明焰流日"，"飞龙脚榻吟，神凤应节鸣"。坛场道乐阵阵，香花四散，正是"香花随风散，玉音成紫霄"，抒发了虔诚的宗教情感。当道士心存"太上"，在云步穿行中产生精神幻觉、恍若飞升上界之时，生发出一种超越世俗、俯视凡间的心理满足，如"八天如指掌，六合何足辽"；当他们沉浸于修炼功课而获得永恒生命的幻想中时，更发出了"永享无期寿，万椿何足多"的激昂之音。这些诗歌让我们触摸到纯粹的宗教热情和对飞升求仙的强烈愿望。

而庾信所创作的道士步虚词更别有一番韵味。他的《道士步虚词十首》其六："无名万物始，有道百灵初。寂绝乘丹气，玄明上玉虚。三元随建节，八景逐回舆。赤凤来衔玺，青鸟入献书。坏机仍成机，枯鱼还作鱼。栖心浴日馆，行乐止云墟。"② 这首诗运用大量典故，热烈赞美了道家哲学和道教法术的神通，渲染了道教节日唱步虚词的快乐氛围，最后表达了对道士们栖心仙境的美慕之情。

庾信《道士步虚词十首》其一云："中天九龙馆，倒景八风台。云度弦歌响，星移空殿回。"其三云："五香芬紫府，千灯照赤城。凤林采珠宝，龙山种玉荣。夏簧三舌响，春钟九乳鸣。"其四云：

① 逯钦立.先秦汉魏晋南北朝诗［M］.北京：中华书局，1983：2438.
② 逯钦立.先秦汉魏晋南北朝诗［M］.北京：中华书局，1983：2349.

"回云随舞曲，流水逐歌弦。"庾信用他的妙笔描绘了灵幻迷恍的仙境，让人仿佛听到曼妙动听的步虚声，憧憬着长生不老的梦。

作为文人，庾信的步虚词并不单单是描绘纯粹的宗教幻想，或者歌咏单一而又澎湃的宗教热情，而是将文字提炼浸染，转化出耐人寻味的文学意境，并在其中灌注深厚的思想意蕴。

庾信步虚词值得特别注意的地方，就是对求仙热情表现得不是太多，而是含蓄地揶揄讽刺了帝王热衷游仙、妄想长生的行为。如第九首"汉武多骄慢，淮南不小心"，这一典故言淮南王刘安自少尊贵，众仙伯奏其不敬，最终只得散去仙人之传说，语出《神仙传》。帝王、王侯尚且难以修成正果，何况他人呢？言外之意正在这里。至于"蓬莱入海底，何处可追寻"，则明言求仙的虚妄了。

庾信的步虚词还表达出对人生和自然的思索，其中"海无三尺水，山成数寸尘"一句，出自《神仙传》。写王方平约见麻姑，麻姑有"东海三为桑田"之说。沧海桑田、世事变幻之感是人类共有的一种心理意识，此虽借用了道教的传说故事，实际上表现的是一种理性的思考，同时流露出无法把握人生的惆怅情绪。在庾信的笔下，过滤了笼罩在道教典故上的神秘色彩，更加突显了文化的意义。

3. 游仙诗

北周如此浓厚的道教氛围，必然促进神仙怪异之说的流布，除了道教歌谣和文人步虚词的发展，随之出现了一批受道教影响的文学体式，如游仙诗。这些诗歌弥漫着令人心醉神荡的神仙之境，充斥着变幻万端的怪异之谈，浪漫的想象与炽热的情感交织其中。

游仙诗即是歌咏仙人漫游的诗。魏晋以后，不仅道教中人创作游仙诗，文人亦相继创作游仙诗，一时"仙诗缓歌，雅有新声"（刘勰《文心雕龙·明诗》）。游仙诗源于《楚辞》的《离骚》《远游》。关于游仙诗，唐人李善说："凡游仙之篇，皆所以滓秽尘网，锱铢缨绂，餐霞倒景，饵玉玄都。"（《文选》卷二一郭璞《游仙诗》注）正像诗的题目所显示的，游仙诗一般表现人们远离尘俗，进入天上仙界游赏的诗境，同时也把憧憬仙界、向往长生不老的愿望寄寓在里面。

庾信《游山诗》(一作《游仙》)："聊登玄圃殿，更上增城山。不知高几里，低头看世间。唱歌云欲聚，弹琴鹤欲舞。涧底百重花，山根一片雨。婉婉藤倒垂，亭亭松直竖。"① 这首诗非常契合游仙的意境，可以设想，一位得道高人登上玄圃殿，既而登上增城山，一层更上一层，可以穷千里之目，低头俯瞰苍茫的人世间。在这样的高山之上，飘飘乎如羽化而登仙，琴声与歌声和着白云与仙鹤。这时再看周围，深涧之中的各色鲜花，山脚的一阵急雨，以及倒垂的长藤和挺拔的青松，这一切组成了一幅远离尘世的仙境图，作者远离尘世喧嚣的心情跃然纸上。

庾信的另一首游仙诗是《奉和赵王游仙诗》："藏山还采药，有道得从师。京兆陈安世，成都李意期。玉京传相鹤，太乙授飞龟。白石香新芋，青泥美熟芝。山精逢照镜，樵客值围棋。石纹如碎锦，藤苗似乱丝。蓬莱在何处，汉后欲遥祠。"② 这种诗歌上的唱和，可知北周赵王也至少有游仙诗歌一首，可惜没有留存。东晋葛洪《神仙传》卷三记载："陈安世者，京兆人也。为灌叔平客，禀性慈仁。……安世道成，白日升天。""李意期者，蜀郡人也，传世识之，云是汉文帝时人也，无妻息。……意期少言语，人有所问，略不对答，蜀人有忧患，往问吉凶，自有常候，但占意期颜色，若欢悦，则百事吉，惨戚，则百事恶。邓艾未到蜀百余日，忽失意期所在。后入瑯琊山中，不复出也。"在山中采药修行，得道成仙还是需要法师指点，陈安世和李意期都是得道成仙之人。《魏书·释老志》云："道家之原，出于老子。其自言也，先天地生，以资万类。上处玉京，为神王之宗，下在紫微，为飞仙之主。"③ 玉京就是

---

① 逯钦立.先秦汉魏晋南北朝诗 [M].北京：中华书局，1983：2355.
② 逯钦立.先秦汉魏晋南北朝诗 [M].北京：中华书局，1983：2362.
③ （北齐）魏收.魏书 [M].北京：中华书局，1974：3048.

道家传说元始天尊居住的玉京山（昆仑山），其山在诸天中心之上，巅峰之处有座由金、玉、宝石雕琢而成的辉煌宫殿——玉虚宫；太乙，太乙真人，道教十二金仙之一，昆仑山玉虚宫玉清元始天尊门下，有法宝九龙神火罩等。诗歌描写道教圣地昆仑山的生活，"白石香新芋，青泥美熟芝。山精逢照镜，樵客值围棋"，充满了飘渺的梦幻感。蓬莱是继西方神地昆仑山之后的东方仙境，虽然无处可寻，但在上述描写的仙境中也无需再寻，只是怀着最深的感情向远处致祭行礼。

以上所述可见北周文学与佛道二教的关系密切。佛道二教的不断兴盛以及受众的不断增多和教义的深度推广，直接影响了创作者的日常活动和思维方式。取材宗教故事和化用宗教典故，使北周文学内容不断丰富，想象更加奇特。宗教的传播影响了北周文学文体的衍生和成熟，并且给了创作者在现实之外的另一种精神栖息地，这一切都使北周文学充满了佛道的宗教情怀。

第三节

北周文学与南朝文学的交流

受南北不同的地域民族文化特点、政治环境及文人际遇之影响，南北朝文学在情感抒写上经历了各自不同的发展历程，但在各自的发展中，由于南北互聘使者、僧人间的往来、民族的迁徙、文人群体的迁移、文学作品互赠互赏等多方面的交流，文人情感意识和文学情感抒写呈现出南北合流趋向。在南北合流过程中由南入北的文人起到了不容忽视的作用。

一、由南入北的文人庾信在北周文坛的意义

作为由南入北的文人，庾信在北周文坛独占鳌头，被誉为"穷南北之胜"、"集六朝大成"。庾信仕梁，体现出来的多是纯文人的气质，文风纯然绮丽。《周书·庾信传》说："既有盛才，文并绮艳，故世号为徐庾体焉。当时后进，竞相模范。每有一文，京都莫不传诵……寻兼通直散骑常侍，聘于东魏。文章辞令，盛为邺下所称。"庾信出生于一个儒学底蕴非常深厚而又儒文并重的家庭之中，"幼而俊迈，聪敏绝伦，博览群书，尤善《春秋左氏传》"。[①]早年就深受儒家经典的熏陶。但是，他所显示出来的仍然是纯文人气质。就他个人身份而言，既非沉潜学术的经生，也非经纶世务的儒

---

① （唐）令狐德棻.周书［M］.北京：中华书局，1971，733.

者，而是舞文弄墨、驰骋文坛的文人。作为文人，日常生活就是侍宴侍游，奉和应制，正所谓"居承平之世，不知有丧乱之祸；处廊庙之下，不知有战阵之急"。其《奉和山池》云："乐宫多暇豫，望苑暂回舆。鸣笳陵绝限，飞盖历通渠。桂亭花未落，桐门叶半疏。荷风惊浴鸟，桥影聚行鱼。日落含山气，云归带雨余。"① 作为奉和之作，无所谓个人真情实感的流露，纯然是描摹细致、精美清新的篇章，这也是南方绮丽文风的最好注脚。庾信的入北，最大的意义就是南方文化的北上。

《北史·文苑传》概括地指出："江左宫商发越，贵于清绮；河朔词义贞刚，重乎气质。"② 这是南北文风的差异，其实也是南北文化的差异。就文学发展的不平衡状况而言，确实是南方优越，北方滞后。在南北接触中作用最大的，其实就是迁入北方的文士。宇文氏政权注意任用南人，不惜强留，庾信、王褒被强留北方，终身未归，这是分裂时代才有的特殊人生。不过，如此刻骨铭心的苦楚遭遇，竟嫁接出兼具南北之长的文学硕果，似乎是历史给予的一种补偿。

庾信入北之后，国破家亡、旅居他乡的经历，以及北周朝野上下对于儒家价值体系的认同和推崇，使其隐藏于内心的儒家文化价值取向开始醒觉。注目社稷江山、现实政治，反思梁朝败亡历史，谋求在现实的仕途中有所作为，相对而言，唯务吟咏的文士特质有所淡化，儒士意识逐渐强化。相应的，庾信入北后的风格的改变，最为突出的是由萧梁时期的纯然绮丽而变为沉雄苍凉的风格，文风沉郁质朴。而这种改变对后世的影响是巨大的。

最能体现这种沉郁苍凉的是《哀江南赋》，取意于宋玉《招魂》："目极千里兮伤心悲，魂兮归来哀江南。"以及屈原《招魂》："目极千里兮伤春心，魂兮归来哀江南。"庾信的士大夫情怀被激

---

① 逯钦立.先秦汉魏晋南北朝诗［M］.北京：中华书局，1983：2354.

② （唐）李延寿.北史［M］.北京：中华书局，1974：2773.

发，进而在神圣的历史使命感和强烈的现实责任感驱使之下构造出泣血之作。如描写江陵陷落时百姓流离失所的凄苦情状："水毒秦泾，山高赵陉。十里五里，长亭短亭。饥随蛰燕，暗逐流萤。秦中水黑，关上泥青。于时瓦解冰泮，风飞电散。浑然千里，淄渑一乱。雪暗如沙，冰横似岸。逢赴洛之陆机，见离家之王粲。莫不闻陇水而掩泣，向关山而长叹。况复君在交河，妾在青波。石望夫而逾远，山望子而逾多。才人之忆代郡，公主之去清河。栩阳亭有离别之赋，临江王有愁思之歌。别有飘摇武威，羁旅金微。班超生而望返，温序死而思归。李陵之双凫永去，苏武之一雁空飞。"① 这段文字借助于萧条昏暗、荒芜苍凉之景，又罗列出众多的典故，渲染出一股浓重的去国离乡之悲。《哀江南赋》集中、典型地显示出庾信作为儒家士大夫关注国运兴衰的入世情结，可以看作是其由纯文士气质向儒文兼备转化的鲜明标志。

《拟咏怀诗》② 其七："榆关断音信，汉使绝经过。胡笳落泪曲，羌笛断肠歌。织腰减束素，别泪损横波。恨心终不歇，红颜无复多。枯木期填海，青山望断河。"其十："悲歌度燕水，弥节出阳关。李陵从此去，荆卿不复还。故人形影减，音书两俱绝。遥看塞北云，悬想关山雪。游子河梁上，应将苏武别。"文风沉郁质朴，沉雄苍凉，从其沉哀悲怨的情调中可以看到对于江陵陷落、君臣被戮的凄惨情状的无比痛惜。

庾信作为当时的文坛领袖，和当时北周文坛的文人都有交往，其盛名和文风对北周的文学创作有着显著的影响。《周书·赵僭王招传》就明确地说："学庾信体，词多轻艳。"滕王宇文逌《庾信集序》更是模仿庾信的骈文，雕章琢句，文辞华美。而这其实可以看作南方文化对北方文坛的影响。

---

① （清）严可均. 全上古三代秦汉三国六朝文［M］. 北京：中华书局，1958：3924.

② 逯钦立. 先秦汉魏晋南北朝诗［M］. 北京：中华书局，1983：2367.

北周皇室和世家大族都是儒家精神的崇奉者，儒家的精神理念是一种深厚的积淀。自苏绰大诰之后，文坛文体多为质朴醇厚的应用文体，达君命，使四方，经国家，纬社稷。庾信的到来，使北周文坛出现了一种类似膜拜的集体倾倒，而这种向纯文人的学习，无形中创造了一种历史的巧合，将北周文学推向更完备的境地。

北周明帝宇文毓，在位四年，有集十卷，是一个热爱文学的皇帝。《周书·明帝纪》载："幼而好学，博览群书，善属文，词采温丽。及即位，集公卿以下有文学者八十余人，于麟趾殿刊校经史。又捃采众书，自羲、农以来，讫于魏末，叙为《世谱》，凡五百卷云。所著文章十卷。"[①] 存世的作品有大量的散文，但诗歌仅有三首。其中一首是清新明丽的小诗《和王褒摘花》："玉碗承花落，花落碗中芳。酒浮花不没，花含酒更香。"[②] 描摹了花落碗中的过程，酒与花的彼此承接和交融，用嗅觉上的审美结束全诗。整首诗清丽明快，完全没有齐梁绮丽无力的感觉。

真正体现周明帝宇文毓文学功力和沉郁豪迈文风的是五言律诗《过旧宫诗》："玉烛调秋气，金舆历旧宫。还如过白水，更似入新丰。秋潭渍晚菊，寒井落疏桐。举杯延故老，今闻歌大风。"[③] 宇文毓在夏州出生，也就是在今天的陕西横山县西，在其继承大统的第二年就游历同州（今陕西大荔），在这次游历中途经故居，写了这首诗。诗歌首联点明天气、地点和隐形的人物，秋高气爽之时，和臣子们到达曾经居住的地方。在这里内心感慨万千，想起白水，这是宇文泰曾经大阅兵的地方，明帝曾经亲临现场，记忆犹新；想起新丰，是汉高祖刘邦定都关中后，为了排遣思乡之苦而仿照故乡丰邑修筑的城市，两个地方，都是一代帝王叱咤人生的体现。流水的响声和秋菊的清香将回忆拉回眼前，菊花怒放的身影倒映在潭水中，不远处的梧桐黄叶悠然落下，黄叶和菊花形成映

---

① （唐）令狐德棻.周书［M］.北京：中华书局，1971：60.
②③　逯钦立.先秦汉魏晋南北朝诗［M］.北京：中华书局，1983：2324.

衬，肃杀和生机并存，勾画出一派别有生机的晚秋风景。尾联诗人效仿汉高祖刘邦，衣锦还乡，宴请故人，且酒且歌，把酒言欢。诗人将汉高祖刘邦的典故引进诗中，以汉高祖自比，整首诗的目的在于夸示自己的功德，洋溢着自豪和骄矜的气概，豪迈之气溢于字里行间。

赵王宇文招，字豆庐突，武成初封赵国公，历大司马，进爵为王，隋文帝迁周鼎，宇文招欲图之。大象二年，谋泄见害。好属文，学庾信体。庾信与宇文招交往唱和甚多，有《奉和赵王途中五韵诗》《上益州上柱国赵王诗二首》《奉报赵王出师在道赐诗》《和赵王送峡中军诗》《奉和赵王游仙诗》《奉和赵王隐士诗》等等。庾信盛赞宇文招的诗歌"风流盛儒雅，泉涌富文采"，"落落词高，飘飘意远。文异水而涌泉，笔非秋而垂露"（《上益州上柱国赵王诗二首》）。

虽然《周书》认为宇文招的诗歌学庾信体，有轻艳之说，但是宇文招诗作大多亡佚，今仅存《从军行》一首，颇多慷慨悲凉之气，其诗云："辽东烽火照甘泉，蓟北亭障接燕然。水冻菖蒲未生节，关寒榆荚不成钱。"[1] 烽火、亭障传达出边塞和战争的浓烈气息，慷慨悲凉的感觉迎面而来。在这样的环境中，严寒使得菖蒲没有生长，榆树上连榆钱都没有，苦寒的气候条件，凋敝的民生景象，将一个老军人的征战生活描述得入木三分。整首诗对仗工整，沉郁顿挫，慷慨中夹杂着悲凉。

北方本土文人李昶认为："文章之事，不足流于后世，经邦致治，庶及古人。"[2] 看重经邦致世，似乎不以文章为意，而实际上他的诗却有意追求文采，与南朝文人无异。如《奉和重适阳关》："衔悲向玉关，垂泪上瑶台。舞阁悬新网，歌梁积故埃。紫庭生绿草，丹榭染碧苔。金扉昼常掩，珠帘夜暗开。方池含水思，芳树结风

---

① 逯钦立.先秦汉魏晋南北朝诗［M］.北京：中华书局，1983：2344.

② （唐）令狐德棻.周书［M］.北京：中华书局，1971：867.

哀。行雨归将绝，朝云去不回。独有西陵上，松声薄暮来。"① 这首诗没有明示奉和的对象，似是奉和赵王宇文招或滕王宇文逌之作。整首诗充满了今昔对比的感慨，新网、故埃、苔藓，说明沧桑巨变的突然和无能为力。白天常掩的门扉和夜晚独自垂挂的珠帘，只能映衬着水声、风声、雨声和来去无声的流云。最后用松林间的夕阳结尾，似乎阵阵松声在耳。对仗工整，词语讲究，虽说有意学习，却无绮丽懒散之气，给人一种低沉的孤独感，文人气质相当明显。

庾信诗歌创作有"实动性灵""含吐性灵"之说，就是强调诗歌创作关乎人之性情，展示人的心灵奥秘与精神境界，是诗歌重要的功能和审美价值。在庾信北上之前，北周文坛的文学创作尤其是诗歌创作几乎无人问津，再加上北周推行儒学，整个文坛实用气息过度浓厚。而齐梁间诗人的作品又绮丽精致，没有真实情感，缺乏生命力。纯文人气质和儒士情愫的结合，也就是儒文并举，是对当时文学发展的一种推动。

庾信从萧梁出仕北周，在巨大的变故之前，内心的儒士情愫被激发，开始以儒家准则要求自己、检讨自己。在此之外，北周推崇儒学的大环境，更加深了庾信的儒士情愫和文风的改变。从萧梁时期的纯然绮丽变为沉雄苍凉，其实是对创作的推动，因为期间融入了自己的真实而又深沉的情感。此时的庾信对北周的文坛产生了影响，在庾信体的绮丽之外，更多的还是苍凉沉郁的文风的影响。北周文人在纯儒学之外，又接受了文人的影响，走向儒文兼备。北方本土士人气质由好儒向慕文转化，儒士气质弱化，文人气质强化，这中间贯穿了庾信的巨大影响。庾信和北方本土士人之气质呈反向改变而又目标一致，共同趋向于儒文兼备。庾信的到来，其实就是南北方文化交流的主线。这种在儒学影响下的变化和融合，是对当时北周文学的重大影响。

---

① 逯钦立.先秦汉魏晋南北朝诗 [M].北京：中华书局，1983：2325.

二、入北齐梁萧氏在北周诗坛的意义

南朝齐代中兴到陈朝太建年间，齐梁宗室文人有四十余位先后投奔北魏、东西魏、北齐和北周，其中入西魏、北周的达 60% 以上，有的从北齐又入北周。他们在南朝多修儒学文，形成了中和的人文姿态。时值北朝统治者倡导儒学，北魏宣武帝下诏考订雅乐律令，营缮国学，北周明帝崇尚文儒，北周武帝以儒教为先。入北萧氏的儒雅正合北朝的政治文化需求，而普遍得到重用，拥有较高的社会地位。萧氏文人在文学上推崇真挚沉敛，风格清典浑雅，也迎合了北朝诗坛崇尚南朝学养的文化需求。

（一）入北萧氏及其著述考略

由南入北的齐梁宗室文人数量较多，入北后绝大多数受到礼遇和重用，有较高的社会地位，他们的文学活动也势必产生较大影响。据《魏书》《周书》《北齐书》等记载，入北萧氏共有 41 人：萧宝夤、萧烈、萧权、萧凯、萧综（赞）、萧正表、萧广寿、萧㧑、萧济、萧圆肃、萧大圜、萧大封、萧詧、萧岿、萧琮、萧铉、萧钜、萧獠、萧岩、萧岌、萧岑、萧瓛、萧璩、萧璟、萧珣、萧场、萧瑀、萧欣、萧翼、萧明、萧方智、萧庄、萧祇、萧放、萧退、萧慨、萧泰（世怡）、萧宝（子宝）、萧该、萧吉、萧悫。其中萧宝夤、萧烈、萧权、萧凯、萧综 5 人是南齐宗室，其余 36 人为南梁宗室。入北魏有萧宝夤、萧烈、萧权、萧凯、萧综 5 人；入东魏、北齐有萧正表、萧广寿、萧明、萧方智、萧庄、萧祇、萧放、萧退、萧慨、萧泰、萧悫 11 人；入西魏、北周 25 人。其中萧凯先入北魏后卒于东魏；萧泰先入北齐后归北周；萧明、萧方智、萧庄虽归附北齐，但居建邺承梁制；萧詧、萧岿、萧琮、萧铉、萧钜、萧獠、萧岩、萧岌、萧岑、萧瓛、萧璩、萧璟、萧珣、萧场、萧瑀、萧欣、萧翼，虽归顺西魏、北周，却居江陵承梁制。这样，从严格意义上来说，萧明、萧詧等人并未入居北土，不应属于"由南入北"之人，但考虑到他们归附以后与北方王朝交流频繁，自然会对北朝的文学、文化产生影响，故这里也将其摄入。另外，萧正表之兄萧正德也曾入北魏，但"朝廷以其人才庸劣，不加礼待"，① 不久又南归，这里不予列入。

　　这 41 人中，有文章著作传世的有萧宝夤、萧综、萧㧑、萧圆肃、萧大圜、萧詧、萧岿、萧欣、萧祗、萧放、萧悫 11 位；有诗传世的有萧综、萧㧑、萧祗、萧放、萧悫 5 人。据逯钦立辑校《先秦汉魏晋南北朝诗》载，萧综尚存诗 2 首、萧㧑 5 首、萧祗 2 首、萧放 2 首、萧悫 17 首。为明晰了解萧氏文人的文化修养及文学创作情况，制表如下：

由南入北齐梁宗室情况简表

姓名	出生	（入北）地位	德行	文史修养	著作情况
萧宝夤	萧鸾第六子	封齐王 尚南阳 长公主	居处有礼 志性雅重		奏表 陈启四篇
萧烈	萧宝夤长子	尚建德公主			
萧权	萧宝夤次子				
萧凯	萧宝夤少子	娶长孙稚女	无礼		
萧综	萧宝夤兄 萧宝卷子	封丹阳王 尚寿阳 长公主	至孝 轻薄 俶傥	机辩 有文才	存诗两首
萧正表	萧衍弟临川 王萧宣达子	封吴郡王 授太子太保	性理短暗		
萧广寿	萧正表子				
萧㧑	萧衍弟安 成王萧秀子	封黄台郡公 授太子少傅 麟趾殿文学 博士	仁恕礼让	博观经史 雅好属文	参撰《世谱》 诗赋杂文数 千言
萧济	萧㧑子	袭公爵 除记室参军		颇好属文	

---

① （北齐）魏收. 魏书［M］. 北京：中华书局，1974：1326.

续表

姓名	出生	（入北）地位	德行	文史修养	著作情况
萧世怡	萧衍弟鄱阳王萧恢子	封义兴郡公入麟趾殿		颇涉经史	
萧子宝	萧世怡子	袭公爵除丞相府典签	美风仪名重一时		
萧圆肃	萧衍孙武陵王萧纪子	封棘城郡公授太子少傅入麟趾殿	风度淹雅	敏而好学	文集十卷《文海》四十卷《广堪》十卷《淮海乱离志》四卷
萧大圜	萧纲子	封始宁县公滕王迫友授麟趾殿集学士	少有成人之性心安闲放	敏悟好学四岁能诵《论语》	文集二十卷《梁旧事》三十卷《寓记》三卷《士丧仪注》五卷《要决》两卷
萧大封	萧纲子	封晋陵县公			
萧詧	萧统第三子	封为梁主	俭素孝义不好声色	幼而好学善属文尤长佛义	文集十五卷内典《华严》《般若》《法华》《金光明》义疏四十六卷
萧嶚	萧詧长子	追谥孝惠太子	幼聪敏有成人之量		
萧岿	萧詧第三子	继父位	仁义忠孝有君子之量	机辩有文学	著有文集《孝经》《周易义记》《大小乘幽微》
萧岩	萧詧第五子	封安平王拜太傅	性仁厚善于抚接		
萧岌	萧詧第六子	封东平王除侍中	性淳和	幼而好学	
萧岑	萧詧第八子	封吴郡王除太尉	性简贵		

姓名	出 生	（入北）地位	德 行	文史修养	著作情况
萧　琮	萧岿子	封东阳王 立为太子	偶傥不羁	博学有才	
萧　瑒	萧岿第三子	封义兴王	幼有令誉	能属文	
萧　璆	萧岿子	封晋陵王			
萧　璟	萧岿子	封临海王			
萧　珣	萧岿子	封南海王			
萧　玚	萧岿子	封义安王			
萧　瑀	萧岿子	封新安王			
萧　铉	萧琮子	襄城通守			
萧　钜	萧琮弟之子	继为梁公	多行淫秽		
萧　欣	萧衍弟安成康王萧秀孙炀王萧机子	袭父封尚书令卒赠司空	幼聪警	博综坟籍为一时文宗	有集三十卷著《梁史》百卷
萧　该	萧衍弟鄱阳王萧恢孙			性笃学通经大义尤精《汉书》	
萧　吉	萧衍兄宣武王萧懿孙			博学多通	有书表奏序四篇《金海》三十集《乐谱》二十卷《太一立成》一卷《宅经》六卷等
萧　翼	萧岿宗室	被重用			
萧　明	萧衍长兄长沙王萧懿子	立为梁主			
萧方智	萧明之王亲	立为太子			
萧　庄	萧明之王亲	继位梁主			
萧　祇	萧衍弟南平王萧伟次子	封清河郡公授太子少傅待诏文林馆	少聪敏美容仪	学博才高	存诗两首

姓名	出　生	（入北）地位	德　行	文史修养	著作情况
萧　放	萧祗子	袭公爵待诏文林馆	以孝闻	性好文咏	存诗两首
萧　退	萧衍弟鄱阳王恢子	金紫光禄大夫待诏文林馆			
萧　慨	萧退子	司徒从事中郎待诏文林馆	深沉有礼	乐善好学	
萧　恝	梁宗室上黄侯萧晔子	太子洗马待诏文林馆			有集九卷

由上表可见，入北萧氏或立为王，或授以官爵，在北朝多较高社会地位。他们绝大多数修儒有礼，性格仁厚，爱好文学。

（二）萧氏中和的人文姿态与复古风气

入北萧氏受复古之风影响，修儒学文，形成折中调和的人文姿态，正迎合了当时北朝政治文化需求，所以入北萧氏普遍受到重用，委以高官，在北朝拥有较高的社会地位，他们的文学风格具有较大的影响力。

南朝风气渐由尚玄转入复古，受当时复古之风的影响，形成了折中调和的文学观，我们从诗风的渐变之中不难看出。随着晋室南渡，建安文学的慷慨悲凉和西晋文学的忧患意识也传承过来。然而由于“八王之乱”及般若、老庄学说盛行，东晋人不愿直接展露情感，热衷谈玄，将“家国之愤”寄寓平淡之中。宋永初到齐永明，改朝换代，北方少数民族侵扰频繁，文人们亲历变乱，“感于哀乐，缘事而发”，这时的文学以感伤苍凉的色彩为主。如鲍照的“羽檄起边亭，烽火入咸阳”，“箫鼓流汉思，旌甲被胡霜”（《代出蓟北门行》），“红颜零落岁将暮，寒光婉转时欲沉”、“心非木石岂无感，吞声踯躅不敢言”（《拟行路难》）；江淹的“杳杳长役思，思来使怀浓”（《陆东海谯山集》），“愁生白露日，思起秋风年。窃悲杜衡暮，揽涕吊空山"、"酒至情萧瑟，凭樽还惘然。一闻清琴奏，歔泣方留连"(《无锡县历山集》)，"戚戚忧方结，结忧视春暮"(《池上酬刘记室》)，此外，江淹还在《别赋》中"黯然销魂"，在《恨赋》中"饮恨而吞声"。

从齐永明到永元年间，由于南朝山水秀丽，民风婉致，加之涅槃学说盛行，文学情感由浓烈直切转为柔媚婉转，且杂以清新欢愉或淡淡忧伤。沈约的"及尔同衰暮，非复别离时"、"梦中不识路，何以慰相思"(《别范安成》)，范云的"孤烟起新丰，归雁出云中。草低金城雾，木下玉门风。别君河初满，思君月屡空"(《别诗》)，以及沈约的《愍衰草赋》、谢朓的《游后园赋》《临楚江赋》，均隐含着淡淡的伤感。沈约的"归海流漫漫，出浦水溅溅。野棠开未落，山樱发欲然"(《早发定山》)，谢朓的"鱼戏新荷动，鸟散余花落"(《游东田》)，流露出清新、喜悦。另外，谢朓的"天际识归舟，云中辨江树。旅思倦摇摇，孤游昔已屡"(《之宣城郡出新林浦向板桥》)，"余霞散成绮，澄江静如练。喧鸟覆春洲，杂英满芳甸。去矣方滞淫，怀哉罢欢宴。佳期怅何许，泪下如流霰。有情知望乡，谁能鬓不变?"(《晚登三山还望京邑》) 在清新欢愉中有挥之不去的淡淡忧伤。

从齐中兴到梁大同以前，处于萧衍实际掌权时期。萧衍"少而笃学，洞达儒玄"，"造《制旨孝经义》《周易讲疏》，及六十四卦、二《系》《文言》《序卦》等义，《乐社义》《毛诗答问》《春秋答问》《尚书大义》《中庸讲疏》《孔子正言》《老子讲疏》凡二百余卷，并正先儒之迷，开古圣之旨"，"修饰国学，增广生员，立五馆，置《五经》博士……"① 南梁大兴文教，士馆林立，四方郡国，趋学向风。在梁初形成了一股复古之风，并出现了包括"(裴)子野与沛国刘显、南阳刘之遴、陈郡殷芸、陈留阮孝绪、吴郡顾协、京兆韦棱……吴平侯萧劢、范阳张缵"② 等在内的一个复古派集团，他

---

① （唐）姚思廉.梁书·本纪第三［M］.北京：中华书局，1973：96.

② （唐）姚思廉.梁书·列传第二十四［M］.北京：中华书局，1973：443.

们"尚'典'而'不尚丽靡'、'制作多法古，与今文体异'"①，强调作文要"成于心"②，此时代表性理论著作是裴子野的《雕虫论》。刘跃进先生认为，这股复古之风一直延续到梁代中期③，这一时期出现了影响深远的《文心雕龙》《诗品》《文选》等，受当时复古之风的影响，形成了折中调和的文学观。该时，文学情感上推崇真挚沉敛，风格上追求清典浑雅。如柳恽的《江南曲》："汀洲采白蘋，日落江南春。洞庭有归客，潇湘逢故人"；吴均的《答柳恽》："清晨发陇西，日暮飞狐谷。秋月照层岭，寒风扫高木"；"一见终无缘，怀悲空满目"；《山中杂诗》："山际见来烟，竹中窥落日。鸟向檐上飞，云从窗里出"；王籍的《入若耶溪》："蝉噪林愈静，鸟鸣山更幽。此地动归念，长年悲倦游"④，何逊的《临行与故游夜别》："复如东注水，未有西归日。夜雨滴空阶，晓灯暗离室"。

从梁大同以后到陈祯明年间⑤，南北文学交流加强，南朝文人在总结前代和当代文学的前提下，强调打破礼的束缚，寻求彻底解脱和自我愉悦。加之生活中的忧患与现实的无聊，或与猎艳心理相结合，情感日趋世俗化。大量的文学作品开始抒写闺闱艳情，甚至代人言情，无病呻吟，文学情感轻佻浮薄。如萧绎《春歌》："春林花多媚，春鸟意多哀。春风复多情，吹我罗裳开"，又有《艳歌篇》

---

① 萧华荣.中国诗学思想史［M］.上海：华东师范大学出版社，1996：87.
② （唐）姚思廉.梁书・列传第二十四［M］.北京：中华书局，1973：443.
③ 刘跃进.昭明太子与梁代中期文学复古思潮［A］.俞绍初、许逸民.中外学者文选学论集［C］.北京：中华书局，1998：447—461.
④ 据王镇远云："此诗系王籍为湘东王（萧绎）谘议参军时所作……萧绎于天监十三年（514）封湘东王，'初为宁远将军、会稽太守'（《梁书・元帝纪》）。王籍随往会稽，遍游郡内山水，此诗即其时所作。"古诗海［M］.上海：上海古籍出版社，1992，370.
⑤ （唐）魏徵《隋书・文学传》："梁自大同之后，雅道沦缺，渐乖典则，争驰新巧。简文、湘东，启其淫放，徐陵、庾信，分路扬镳。其意浅而繁，其文匿而彩，辞尚轻险，情多哀思。格以延陵之听，盖亦亡国之音乎？周氏吞并梁、荆，此风扇于关右，狂简斐然成俗，流宕忘返，无所取裁。"

十八韵、《荡妇秋思赋》等；李义府《堂词》："春风别有意，密处也寻香。"吴均《鼓瑟曲有所思》："知君亦荡子，贱妾亦娼家。"鲍泉《敬酬刘长史咏名士悦倾城》："上客徒留目，不见正横陈。"萧纲《戒当阳公大心书》："立身先须谨重，文章且须放荡"。与此同时，南方文学哀婉的传统、宫体诗以悲为美的情感基调、身逢末世的忧患和现实失意的悲凉，以及北朝悲壮之风的影响，使文学情感在低回婉转之中显现出较为真挚、悲凉的色彩。如萧纲《金闺思》："游子久不返，妾身当何依。"《夜望单飞雁》："天霜河白夜星稀，一雁声嘶何处归？"《秋闺夜思》："非关长信别，岂是良人征？九重忽不见，万恨满心生。""夕门掩鱼钥，宵床悲画屏。"徐陵《别毛永嘉》："嗟余今老病，此别空长离。白马君来哭，黄泉我讵知。"阴铿《江津送刘光禄不及》："泊处空余鸟，离亭已散人。林寒正下叶，钓晚欲收纶。"《晚出新亭》："大江一浩荡，离悲足几重。"又如萧纲《答张缵谢示集书》"或乡思凄然，或雄心愤薄"，萧绎《金楼子·立言》"吟咏风谣，流连哀思"等等，这些作品都显示出深沉的抒情色彩，情感低沉悲凉。

　　齐梁萧姓文人的儒雅深受北朝青睐。入北萧氏主要集中在齐中兴到陈太建年间，正是南朝复古时期。这些文人在南朝受复古之风影响，修儒学文，形成了折中调和的人文姿态，文学情感上推崇真挚沉敛，风格上追求清典浑雅，即使抒写闺闱艳情的宫体诗，也往往在低回婉转的情感抒发中显现较为真挚悲凉的色彩。此时，北方正处在北魏宣武帝景明至北周静帝大象时期，政局不稳，变故多发。先后有咸阳王元禧谋反、彭城王元勰被鸩杀、汾州山胡刘龙驹反、中山王元熙并其子弟被斩、破六韩拔陵聚众造反、元法僧造反、尔朱荣乱政、尔朱兆叛乱、尔朱世隆造反、北魏分裂、侯景叛乱、孝静帝被杀、宇文护干政、卢昌期叛乱等等。面对纷乱的局面，北朝统治者多重务实，推重礼法，为文尚质朴。如北魏宣武帝下诏考订雅乐律令、营缮国学；西魏苏绰上书建言务存质朴；北齐文宣帝诏令郡国敦述儒风，国子生研习《礼经》；北周明帝率为恭俭，崇尚文儒，集文学之士刊校经史，北周武帝以儒教为先，且北齐、北周均建立郊祀制度。可以说这个时期北朝也形成了浓郁的复古氛围。这样入北萧氏的儒雅风格恰巧迎合了北朝尤其是北周的政治与文化需求，在北朝普遍获得了较高的地位。

（三）入北萧氏诗歌"缘情"特质及其在北朝诗坛的影响

1. "诗缘情"的发展

"缘情"，就其概念而言，"缘"是"原由、依据的意思"①；"情"，则范围较广，从情感色彩而论，既有消极之情，又有积极之情，更有中性之情。从情感触发源来看，有感物之情（这里的"物"，指作为审美对象的自然属性），感时之情（指社会环境和政治事件所触发的情感），感事之情（指所遭遇的个人性的事件，如婚丧嫁娶、仕途升迁、生老病死等所触发的情感），更有感悟之情（指修道参禅、味玄入定、吐纳心游等富有宗教活动的情感），此外还有感怀之情（指个人偏于情绪化的精神活动）。就其理论命题而言，可上溯到《诗大序》的"吟咏情性"，到曹魏时期王弼的"有情"说②和嵇康、阮籍的"任情"论③，再到西晋陆机明确提出"诗缘情"。其理论影响之大，波及明代李贽的"童心说"、公安三袁的"性灵说"、清代王士禛的"神韵"说，以及近代王国维的"意境"说等等。就其创作实践而言，"沿波于屈、宋者为六朝绮语"④，"以底于徐、庾、卢、薛极矣"⑤，"上下二千余年，刻骨镂

---

① 蒋寅. 古典诗学的现代诠释［M］. 北京：中华书局，2003：210.

② 萧华荣指出："王弼则认为圣人同凡人一样，也有'五情'……为情的合法性开了一扇窗牖。"详见萧华荣.《中国诗学思想史》. 上海：华东师范大学出版社，1996：57—58.

③ 嵇康的《释私论》中云"越名教而任自然"，其《难自然好学论》又云"人性以从欲为欢：抑引则违其愿，从欲则得自然"。

④ （清）纪昀. 纪晓岚文集［M］. 第一册，云林诗钞序. 石家庄：河北教育出版社，1995：198.

⑤ 详见（明）梅鼎祚《鹿裘石室集》卷二三《六朝诗乘》卷首，明天启梅氏刊本.

心，千汇万状"①。

魏晋玄学开启了人们的思辨能力，到南朝有关文学美学的探讨越来越多，刘勰《文心雕龙》、钟嵘《诗品》等应运而生。周颙翻译佛经发现了四声，继而沈约提出了四声八病说，在声律的规范下，永明体诗出现，最终使得骈体文、宫体诗大盛，达到了诗歌对于形式美追求的最高潮，标志着诗歌的审美意义已普遍为人们所认知。"诗缘情而绮靡"，则使"缘情"说成为美学领域时尚的艺术追求。在这种文艺思想下出现的玄言诗，有人误以为玄言诗无情，其实玄言诗也是在缘情，只是它所缘之情少去了一般人的共同感受，多了个人的哲学思索，因此与读者难以产生共鸣，玄言诗毕竟成为诗歌创作的另一个方面的缘情追求。受玄言诗启发，宫体诗的缘情也多了一份审美哲理的思辩。

以"诗缘情"为参照，既可看出南北诗风的差异，也可窥察南北诗歌发展的不同进程。《诗经》时代的"饥者歌其食，劳者歌其事"②，注重的是诗歌的现实性，形成了"诗言志"的传统，到建安时期其仍占据主流地位，诗歌创作体现的是面向现实。北朝民族文人的创作更多遵守"诗言志"的要求，而且诗风质朴，诗歌创作审美还处于言志阶段。可知史家所言的北朝"章奏符檄，则灿然可观；体物缘情，则寂寥于世"③，与南朝自西晋以来一脉相承的"赋体物而浏亮，诗缘情而绮靡"（陆机《文赋》）的文风显然有着差异。北魏文风多致用尚实，继北魏之后的北周文学渐趋华丽，诗歌也由"言志"向"缘情"迈出了一大步，文风之变显然受到南朝文风影响。在文学史上，不仅王褒、庾信由南入北对北周文学产生了重要影响，而且入北的齐梁宗室文人也对北朝尤其是北周文学产生重要影响。

---

① （清）纪昀. 纪晓岚文集［M］. 第一册，云林诗钞序. 石家庄：河北教育出版社，1995：198.

② 详见《春秋公羊传·宣公十五年》"寡乎什一"条，汉代何休"解诂"。

③ （唐）令狐德棻等. 周书［M］. 北京：中华书局，1971：743.

2. 入北萧氏缘情诗特质探释

考察入北萧氏的诗作，不仅可以辨明萧氏诗作的"缘情"特征，亦可进一步窥知"诗缘情"对北朝诗坛潜移默化的积极影响。我们按萧氏诗歌情感色彩的不同，分为生命之感、愉悦情感及厌憷心绪等诸方面来考察。

（1）生命意识的感悟

首先，浓烈的生命意识，在萧氏诗中有深刻体现。入北萧氏历经战乱，对人生体悟有独到之处。他们于诗作中或抑隐或显露，或轻描或重墨，随着情感的波动都有所体现。

萧综，梁武帝萧衍第二子，投奔北魏，封高平郡公、丹阳王，作《听钟鸣》《悲落叶》等诗，饱含了背井离乡、人生无托、生命流逝的悲苦之感。《听钟鸣》云：

> 历历听钟鸣，当知在帝城。西树隐落月，东窗见晓星。雾露朏朏未分明，乌啼哑哑已流声。惊客思，动客情，客思郁纵横。翩翩孤雁何所栖，依依别鹤半夜啼。今岁行已暮，雨雪向凄凄。飞蓬旦夕起，杨柳尚翻低。气郁结，涕滂沱，愁思无所托，强作听钟歌。①

据《洛阳伽蓝记》记载，洛阳城东建阳里"有土台，高三丈，上作二精舍"，"有钟一口，撞之闻五十里"，"萧衍子豫章王综来降，闻此钟声，以为奇异，造《听钟歌》三首传于世"。（《洛阳伽蓝记》卷二）② 萧综由南入北，抵达洛阳，感慨良多。夜深人静，钟声历历分明。昔在梁今在魏，"当知在帝城"，钟声让他确知已身在北魏帝城洛阳了。人生的巨大转折，萌生强烈的人生感触。只见

---

① 逯钦立.先秦汉魏晋南北朝［M］.北京：中华书局，1988：2213—2214.
② 《梁书·萧综传》载有《听钟鸣》，与此版本不同，此采《洛阳伽蓝记》所载。

"西树隐落月，东窗见晓星。雾露朏朏未分明，乌啼哑哑已流声"，西面的树梢掩映着落月，启明星已在东方闪耀，在雾气朦胧中已有乌鸦哑哑鸣叫。这凄凉空寂的景色，蕴含着作者沉重的心情。萧综处心积虑要离开梁朝，一旦到了北魏，新来乍到，夜半钟声还是引起许多思绪。沉沉夜色，漫漫迷雾，也许是前途茫茫的感受；落月晓星，鸦声阵阵，兴许是内心忧虑的外流。"惊客思，动客情，客思郁纵横。""客思""客情"正是离乡之感，由景而生，愁思郁结，盘旋胸次。"翩翩孤雁何所栖，依依别鹤半夜啼"，作者以孤雁自喻，离群北飞如何安身？"别鹤"喻指离别的夫妻，表露作者对留在南朝的妻子的思念。萧综是八月之后到洛阳，"今岁行已暮，雨雪向凄凄"是联想岁尾年末，将是飘雪凄冷之境；而眼前是"飞蓬旦夕起，杨柳尚翻低"，诗人借"蓬草""杨柳"表示飘忽不定的人生和起伏不定的悲哀。最后结语"气郁结，涕滂沱，愁思无所托，强作听钟歌"，直接表露泪流不止、痛苦至极的情感。将闻钟声引发的悲哀之情层层剖出，情感的流线清晰悠长。诗人将寄身异地的孤寂、凄凉、迷惘细笔画出，全诗溢满悲悯之情。从"听钟鸣"到"强作听钟歌"，所思所愁又都在钟声笼罩下，随着一次又一次的钟响，一刻又一刻的时光流逝，诗人更觉彷徨，这是生命意识的喟叹。再看《悲落叶》：

> 悲落叶，联翩下重叠，重叠落且飞，纵横去不归。长枝交荫昔何密，黄鸟关关动相失。夕蕊杂凝露，朝花翻乱日。乱春日，起春风，春风春日此时同。一霜两霜犹可当，五晨六旦已飒黄。乍逐惊风举，高下任飘飏。悲落叶，落叶何时还？凤昔共根本，无复一相关。各随灰土去，高枝难重攀。

"春秋代序，阴阳惨舒，物色之动，心也摇焉。"（《文心雕龙·物色篇》）萧综于萧萧秋风之中，以落叶为喻，表达自己的情感。萧综母为齐东昏侯萧宝卷宠妃吴景晖，齐亡为梁武帝萧衍所得，不久生下萧综，萧综亦自认是东昏侯的遗腹子。秋气袭来，落叶联翩而下，无根无柢，随风飘落，象征诗人的命运。在梁武帝代齐过程中，齐东昏侯萧宝卷死于非命，齐和帝萧宝融为巴陵王，齐湘东王萧宝晊及其弟宝览、宝宏，邵陵王宝攸，晋熙王宝嵩，桂阳王宝贞，均遭杀戮，鄱阳王萧宝夤被迫奔魏。凡此种种，都似秋日纷纷凋落的树叶。今日的落叶，昔日的绿荫，于是回顾往昔"长枝交荫昔何密，黄鸟关关动相失"，密密枝叶交相覆盖，鸣叫的黄莺掩映其间。再由叶及花，春风冶荡，春光融融，夕蕊凝露，借这些美好的春光，寓意南齐曾经兴旺的时光。"一霜两霜犹可当，五晨六旦已飒黄"，终于秋霜降临，鲜花绿叶都凋零枯黄，这象征萧衍运用种种谋划灭了南齐建立梁朝。"五晨六旦"暗指南齐二十四年历经七帝，最高统治集团内部互相残杀，几乎没有宁静时刻，灭亡是历史的必然。"乍逐惊风举，高下任飘飏"，若诗人自况，萧梁代齐，使自己失去尊贵地位，犹如飘落的树叶，"夙昔共根本"的南齐皇族现四散飘零，如落叶随灰土，全诗以落叶托物比兴，慨叹生命难以自主的悲哀。

再如萧㧑《孀妇吟》："寒夜静房栊，孤妾思偏丛。悲生聚绀黛，泪下浸妆红。蓄恨萦心里，含啼归帐中。会须明月落，那忍见床空。"① 萧悫《秋思诗》："清波收潦目，华林鸣籁初。芙蓉露下落，杨柳月中疏。燕帏绁绮被，赵带流黄裾。相思阻音息，结梦感离居。"② 前首闺怨诗，是失去丈夫的孀妇独守空闺的内心嗟叹，不再有企盼丈夫归来的煎熬，有的只是缘自丈夫早逝的悲哀，将在漫长的日子里独守空闺，静等青春消散、死亡来临的"孤独寂寞愁"。借抒写孀妇内心的悲哀怨恨，表达诗人的现实所感：连年征战，致使无数青壮男丁横尸疆场，灾荒饥馑，造成累累白骨暴露于野，战乱中人的生命何其脆弱，生者也是何其悲哀。《秋思诗》则以敏感

---

① 逯钦立.先秦汉魏晋南北朝诗［M］.北京：中华书局，1988：2328.
② 逯钦立.先秦汉魏晋南北朝诗［M］.北京：中华书局，1988：2279.

的诗心细腻地捕捉自然界和生活中的幽微变化、琐屑细节，随指点染出满诗的凉意，梦绪悠悠，心思难解，是对流离独居、亲人难聚的凄凉人生的真实抒写。

早期北朝文人诗坛，很少对个体生命意识的抒写，也很少展露人生遭际的内心感受。北地著名诗人温子升《白鼻騧》"少年多好事，揽辔向西都。相逢狭斜路，驻马诣当垆"，写贵族少年的放浪、热情与豪侠；《捣衣》诗"长安城中秋夜长，佳人锦石捣流黄"，写思妇之情，委婉蕴藉，乃至对唐代李白《子夜吴歌》（"长安一片月，万户捣衣声。秋风吹不尽，总是玉关情"）不无深刻影响，但终究不是作者一己情愫之抒发，此诗抒情特色与曹丕《燕歌行》泛写思妇之情是一致的。《春日临池》云："风光动春树，丹霞起暮阴。嵯峨映连璧，飘摇下散金。徒自临濠渚，空复抚鸣琴；莫知流水曲，谁辩游鱼心。"前四句写景，后四句抒情，对仗工整，辞采华美，抒情色彩类似阮籍《咏怀》，表现怀抱无从实现的悲哀。北朝早期诗歌的抒情色彩，类似于魏晋时期的文人特色，对自我生命意识的表现尚少。

到北魏后期，这种含有浓烈生命意识的缘情之作开始出现。北朝皇室诗人一方面受入北诗人的影响，另者现实生活的变迁加深了生命体悟。如济阴王元晖业的《感遇诗》："昔居王道泰，济济当群英。今逢世路阻，狐兔郁纵横。"曾经天下太平、精英满朝、身居高位，如今却世事变迁、奸佞当道、仕路遇阻，这种今昔的巨大反差致使作者哀愁浓重，悲愤难言。中山王元熙《绝命诗二首》其二："平生方寸心，殷勤属知己。从今一销化，悲伤无极已。"在生命行将结束之际，回首平生踌躇满志，为国为知己戮力同心，一片赤诚，不想如今招致杀身之祸，那种功业未成的失落，知己难酬的怅惘，以及生命将逝的悲哀与恐惧一同涌上心头。孝庄帝元子攸的《临终诗》："权去生道促，忧来死路长。怀恨出国门，含悲入鬼乡。隧门一时闭，幽庭岂复光。思鸟吟青松，哀风吹白杨。昔来闻死苦，何言身自当。"面对死亡的忧惧与苦痛，对生命短促、转瞬凋零的深重叹息是如此的真切。北周宣帝宇文赟的《歌》"自知身命促，把烛夜行游"，化用汉末诗歌"生年不满百，常怀千岁忧。昼短苦夜长，何不秉烛游"①，表现出人生短暂、及时行乐的心绪，隐含着对延续生命的无限渴望。北魏后期诗人尤其是皇室诗人，历经世事变迁，以诗歌形式表述对人生、生命的感慨，虽然与入北文人的诗相比，缘情的细腻性与委婉性是有差异的，但是注重生命意识的表达是相同的。所以说以上入北萧氏与同期略后的北朝皇室的诗作，在情感抒发的真挚性与内敛性方面表现出了极为相近的特点，同样表现出面对人生命运的无奈、忧苦和委屈认命，而又不失君子品性的儒化风度。不同的是萧氏抒情多委婉细腻，北朝诗人多直率明了。

（2）愉悦情感的体验

愉悦情感的体验，作为人之常情不可或缺。人生经历中或多或少都有愉悦与轻松的情感体验，这种情感体验同样在诗人笔下流出。然而入北萧氏生平多苦难，诗人的愉悦情感体验多在宗教关怀下实现。如萧撝《和梁武陵王遥望道馆诗》②：

> 神境流精阙，仙居紫翠房。今有寻真地，逶迤丽通庄。
> 九柱含虬重，三台饰夜光。金辉碧海桃，玉笈③紫书方。
> 拂筵青鸟集，吹箫白凤翔。履归堪是鹭，石在讵非羊。
> 烟霞四照蕊，风月五名香。於兹喜临眺，愿得假霓裳。

此应和诗，较少阿谀之气，诗人在写实与想象中，将远处的道

---

① 详见《文选》卷二十九《古诗十九首》第十五。
② 逯钦立.先秦汉魏晋南北朝诗 [M].北京：中华书局，1988：2328.据《梁书》载。梁武陵王即指梁武帝萧衍第八子，萧绎之弟萧纪。
③ "玉笈"指玉饰的书箱。如《汉武帝内传》有："侍女还，捧五色玉笈凤文之蕴，以出六甲之文。"沈约《桐柏山金庭馆碑铭》云："启玉笈之幽文，贻金坛之妙诀。"

馆写成了人间仙境，这种极言其事的描写不仅仅是为了奉承，也寄予了诗人内心的真实情感，因能"临眺"到"仙境"而喜悦不已。"仙境"的美好激发了诗人从道修真、登天游仙的想法。《上莲山诗》①："独迈青莲岭，超奇紫盖峰。挂流遥似鹤，插石近如龙。沙崩闻韵鼓，霜落候鸣钟。飞花满丛桂，轻吹起修筎。石蒲今尚有，采摘更相逢。"此为游山赋景之作，观察仔细，想象奇特。诗人游览胜景，摒弃杂念，心态安闲，全身心融入自然的五光十色之中，极耳目之娱，用心感受自然的律动，倾心体悟自然的味道，于"沙崩""霜落"间感受清风徐徐，又有"飞花"飘洒，桂树清芬，竹影摇曳，"石蒲"幽香，在这美好的环境中蓦然遇见"采摘"之人，那种人与景的浑然交融，直教人有恍若仙境之感。

又如萧悫《奉和济黄河应教诗》："大蕃连帝室，骖驾奉皇猷。未明驱羽骑，凌晨方画舟。津城度维锦，岸柳夹缇油。钟声飏别岛，旗影照苍流。早光生剑服，朝风起节楼。滔滔细波动，裔裔轻舮浮。回桡避近碛，放舳下前洲。全疑上天汉，不异谒蓬丘。望知云气合，听识水声秋。从君何等乐，喜从神仙游。"②对途中的环境进行了浓墨重彩的描绘，笔调清新明快，洋溢出从游的欢乐与喜悦。《屏风诗》："秦皇临碣石，汉帝幸明庭。非关重游豫，直是爱长龄。读记知州所，观图见岳形。晓识仙人气，夜辨少微星。服银有秘术，蒸丹传旧经。风摇百影树，花落万春亭。飞流近更白，丛竹远弥青。逍遥保清畅，因持悦性情。"③题画兼及游仙，就屏风画面遥驰想象，将悠远的历史与画屏中的山岳联系起来，希冀长生。观画中山岳，似仙人炼丹、服药、诵经，花木葱茏，环境清幽。在这一时空相接的境况下，诗人自言服药养生，追天慕地，极于逍遥，清明畅达，满心逸悦。《听琴诗》："洞门凉气

---

① 逯钦立.先秦汉魏晋南北朝诗［M］.北京：中华书局，1988：2329.

② 逯钦立.先秦汉魏晋南北朝诗［M］.北京：中华书局，1988：2276.

③ 逯钦立.先秦汉魏晋南北朝诗［M］.北京：中华书局，1988：2277.

满，闲馆夕阴生。弦随流水急，调杂秋风清。掩抑朝飞弄，凄断夜啼声。至人齐物我，持此悦高情。"① 表达出与前一首相近的情感，通过听琴辨音来怡情悦性，表达出服丹修真的至人之乐。《春日曲水》写上巳日游春曲水的场面，亦有一股喜悦的意趣流淌其间。萧放《冬夜咏妓诗》："佳丽尽时年，合瞑不成眠。银龙衔烛烬，金凤起炉烟。吹篪先弄曲，调筝更撮弦。歌还团扇后，舞出妓行前。绝代终难及，谁复数神仙？"② 对吹弹歌舞场面进行描绘，画面清艳，却不淫靡，表达出享受生活、及时行乐的快意之感。

入北萧氏表现惬意之情的诗作虽不多且不典型，但这种缘情抒写的风格，对北朝诗坛不会不产生影响，这种情感在北周诗坛多有呈现。北周明帝宇文毓有《和王褒咏摘花》："玉碗承花落，花落碗中芳。酒浮花不没，花含酒更香。"虽是一首唱和诗，却写得清新工巧，颇具匠心，极见生活情趣。诗中句句言花，却句句不俗，在花与碗、酒的互动中，表露出作者的愉悦之情。又如滕王宇文逌的《至渭源诗》："源渭奔禹穴，轻澜起客亭。浅浅满涧响，荡荡竟川鸣。潘生称运石，冯子听波声。斜去临天半，横来对始平。合流应不杂，方知性本清。"对渭源的环境进行了精心的描绘，那种川鸣涧响、波声回荡的自然天籁，透过诗语，直入人心。这种自然的逸趣源自作者的一颗美好而敏感的诗心，全诗清新欢悦，清淡有思。

对比入北萧氏与北朝皇室的这些诗作，不难见出其"缘情"特质中的诸多相承之处。然而略有不同的是，萧氏诗是在抒写游景悟道中得到的愉悦之情，宇文氏缘情诗多一些现实生活情趣的愉悦。这是诗人身份、所处环境及心情的不同使然。

（3）怨忿心绪的抒发

人有喜怒哀乐，怨忿烦厌的心绪难以回避。入北萧氏的"缘

---

① 逯钦立.先秦汉魏晋南北朝诗［M］.北京：中华书局，1988：2279.
② 逯钦立.先秦汉魏晋南北朝诗［M］.北京：中华书局，1988：2259.

情"之作自然会将这种情绪付诸笔下。如萧㧑《日出行》:"昏昏隐远雾,团团乘阵云。正值秦楼女①,含娇酬使君。"②写使君骄奢淫逸、青楼行乐,环境昏暗,香雾缭绕,使君昏昏沉沉、醉眼蒙眬,秦楼女子团团围坐、莺声燕语、吹奏弹唱、伴酒陪侍,一片淫靡之象。在这春情欢乐的表象之外,诗人实则寓有深意:使君不思进取,留恋青楼,纸醉金迷,诗人作为一位有志图强的王亲贵族,对使君之流贪欢享乐的行为表现出不满和厌恶。《劳歌》:"百年能几许,公事罢平生。寄言任立政,谁怜李少卿。"③诗人感于生命短暂,自己一生官场奔波,本希望勤政为民,建立功业,却事与愿违。诗人自问,当自己像李陵滞留匈奴一样,投身仕北之后,谁还能理解他的初衷。全诗表达了诗人政治生活中的无奈和投北之后的苦闷之情。

这种烦厌怨怼的心绪在北朝皇室的诗作中亦可找到,如节闵帝元恭的《诗》中写道:"朱门久可患,紫极非情玩。颠覆立可待,一年三易换。时运正如此,惟有修真观。"④虽然身居上位,荣极一时,但这并非是永不更变的,相反树大招风,荣华易逝,如果对地位名利看得过重,执著于荣华的追求,便会引起种种斗争变乱甚至为此送命。诗人显然已经对争名逐利、征伐变乱的现实生活感到了烦厌,这种烦厌背后是他对人世贵贱变换、生命转瞬即逝的彻悟。

在入北萧氏和北朝宗室的诗作中,烦厌怨怼是其共同的"缘情"特征,然而又同中有异,萧氏的诗作多拘于烦厌怨怼的情绪,只停留在这个层面言说,反倒是北朝的诗作打破了情绪的局限,已经不再拘于这种消极情绪,开始寻求超脱。

---

① "秦楼"又名"凤楼",据(汉)刘向《列仙传》记载,秦穆公女弄玉好乐,萧史善吹箫作凤鸣,秦穆公以弄玉妻之,为之作"凤楼"。二人吹箫,凤凰来集,后乘凤飞升而去。

②③ 逯钦立.先秦汉魏晋南北朝诗 [M].北京:中华书局,1988:2328.

④ 逯钦立.先秦汉魏晋南北朝诗 [M].北京:中华书局,1988:2210.

三、南北诗风交流及在北周诗坛的意义

　　齐梁宗室文人群体的入北促进了北朝诗歌"缘情"特质的发展，在北朝尤其是北周诗坛占据重要地位。在入北萧氏现存的 28 首诗作中，一多半作于南朝，这些诗作的集体北流，在北朝诗坛获得了极大的关注，引起了北朝诗坛在诗歌理论方面的批评争鸣和诗歌创作方面的学习模仿。萧氏诗人不仅于生命意识的抒写对北朝文人自我人生价值的思考有所影响，而且愉悦体验之作发挥了诗歌怡情悦性的功能，烦厌怨忿诗作对生活中细腻的情绪含蓄吐露，也在北朝诗坛产生深刻影响。此外，还有其他一些情感抒写，诸如萧悫《春庭晚望诗》于暮春晚景中借飞花来隐隐表露惜春意绪，《和司徒铠曹阳辟疆秋晚诗》借自然枯落而生发感兴，表露出田园归隐的情志。凡此种种情绪的抒写丰富了北朝诗坛"缘情"的多样表达。

　　语言句式作为表情达意的载体，对"诗缘情"特质的构建亦发挥重要影响。入北萧氏的诗作中多为五言，句式有四句、八句、十句、十二句、十六句和二十句，此类诗歌的北传推动了五言诗在北朝的流行，如北周明帝宇文毓的《贻韦居士诗》《和王褒咏摘花》，滕王宇文逌的《至渭源诗》等皆通用五言。还需指出的是，这些诗作中有一些体式接近五言近体，全诗五言四句或五言八句，如《日出行》《劳歌》《嬬妇吟》等，这类诗歌不但影响了北朝的诗歌创作，如北周明帝宇文毓的《过旧宫诗》为五言八句，赵王宇文招的《从军行》为七言四句，而且也为唐代近体诗的出现积累了创作经验。

　　影响是相互的，萧氏文人入北后不可能不受北地文化的影响。入北萧氏表述生命之感的悲苦之作大致都作于入北以后，带有明显的北地色彩，无论在选景造境还是情感抒写上都受到北朝诗歌的影响，也为北朝诗歌实现"缘情"的南北合流提供了范本。后代对这些诗作评价都比较高，特别是萧悫的《秋思诗》，在北朝当时就受到极高的评价，说明在诗坛的影响之大，对当时北朝文人诗歌创作发挥了不容忽视的影响。而在语言句式的选择上，萧综的《听钟

鸣》《悲落叶》，以五言句为主，杂以三、七言句；萧悫的《春日曲水诗》以五言句为主，杂以六、七言句，通过句式的长短变化，加强感情抒发，突出景物描摹的动态变化，明显受到了北朝诗歌的影响，如北魏彭城王元勰的《应制赋铜鞮山松诗》："问松林，松林经几冬？山川何如昔，风云与古同。"就是三、五言交杂。孝明帝元诩的《幸华林园宴群臣於都亭曲水赋七言诗》："化光造物含气贞，恭己无为赖兹英。"就是运用七言。此外，在入北萧氏现存诗中尚有《和崔侍中从驾经山寺诗》《奉和悲秋应令诗》《和回文诗》等8首应和诗，《临高台》《上之回》《飞龙引》等6首其他类诗作，这些诗主要写景、咏物，多说理、言志，绝少情感抒发，"缘情"色彩淡薄。这类诗歌有的作于南朝，有的作于北朝，但其能留存至今，说明在北朝流传似是不争的事实。这类诗歌的流传与北朝注重应用说理文章和言志诗歌的创作不无关系，可以说它们的流行已突破了"诗缘情"的范畴，为后世说理诗和言志诗留下了可资借鉴的经验。

总之，出于社会政治的种种原因，南朝齐梁宗室文人有四十余位投奔北朝，其中直接入西魏、北周者达60%以上，另有一部分又从北齐入北周。齐梁宗室文人入北主要集中在齐中兴到陈太建年间，他们经历了南朝复古崇儒时期，受南朝复古之风影响，形成了儒雅折中的人文姿态，文学情感上推崇真挚沉敛。而北朝统治者面对纷乱的局面也不得不倡导儒学，北魏宣武帝、北齐文宣帝、北周明帝、北周武帝皆以儒教为先。所以入北萧氏的儒学修养正合北朝尤其是北周的政治文化需求，90%以上在北朝封官受爵，获得较高政治地位。萧氏中和的人文姿态，在文学情感上推崇真挚沉敛，风格上清典浑雅，迎合了北朝诗坛崇尚南朝学养的文化需求，因而萧氏诗歌创作在北朝诗坛具有不可低估的影响力。

诗歌创作经历了由"言志"到"缘情"的发展，南朝较早进入"诗缘情"阶段，分析与比较入北萧氏与北朝后期文人"诗缘情"的创作，可以从一个侧面考察诗歌发展的进程，探讨齐梁萧氏的入北对北朝诗风的影响。入北萧氏诗中的生命意识、喜怨情愫的表达，具有深沉的个体意识，表述或委婉含蓄或细腻深沉，北朝后期尤其是北周文人诗也有类似的情感写照，尽管缘情之作还达不到委婉深细的程度，可是已在缘情上迈进了一大步。这种南北文风的合流趋势，有南北文化交流方方面面的因素，有王褒、庾信的影响，也不能忽视入北齐梁萧氏在北朝尤其是北周诗坛的重要影响。

入北萧氏在"诗缘情"南北合流的过程中所发挥的作用是不容忽视的，然而他们入北后，在原有情感和技法的基础上借鉴融合北地特色，情感饱满真挚，技法多样娴熟，以儒家的价值观规范自我、关注群体和社会，作品的质量得到了提升。这样，他们的创作既参与了"诗缘情"南北合流的实践，又内在地推动了这一合流的进程，促使北朝尤其是北周出现了情感深挚细腻、手法娴熟精工、言词清雅委婉的"缘情"文学作品。

第四节
北周多重文化合流的文学现象

一、儒释道合流

从西魏到北周，思想上实际是兼容的态度，以儒为主，佛道为辅。从立国之本来讲，儒学是基础；从思想上来说，则是儒释道并存的状况。儒释道在北周出现合流是历史的必然。

首先儒释道合流是政治推动的必然。对入主中原的少数民族统治者来说，让儒学成为立国之本，实际上是要取得华夏正统文化的认同，既而取得承继者的资格。所以在政权运作、人才选拔方面，儒家思想占主导地位。但是，战乱中朝不保夕的人们，无论是皇族、士族还是平民，都需要宗教的温情关怀，这是灵魂寻找慰藉的历史规律。这一时期佛、道对下层百姓教导其忍耐、厌世、求长生或寄托来世，而对上层统治阶级则帮助其维护统治，争取其支持以求得自身的发展。所以从维护统治和安定人心的角度来讲，儒释道合流都必然发生。

其次儒释道合流本身是不同思想文化之间发展交流的必然。佛教信奉释迦，不是自然神力一类的神而是人的力量。这和儒家尊崇人文历史、敬仰先贤圣哲的思想大致相同。儒佛关系在南北朝时发生了微妙的变化，这主要表现在从原先外在情感上的抵牾，而逐渐趋向隔膜的消除，后来以至于出现了思想和理论等较深层面上的相互吸收、融合的态势，在这一进程的延续中佛教也日渐中国化。佛教儒化最突出的表现就是佛教学者以儒经释佛，并有学者倡导三教释源。而土生土长的道教和儒学根源于同一文化土壤，二者一开始就有深层次的联系，而且没有所谓的"夷夏之辩"。道教对儒学不存在心理隔膜，所以对儒学的吸收常常表现为一种同根文化的自觉认同。佛道二教虽然一直冲突，但是佛教尊崇释迦的文化和道家想彻底破坏天神迷信之理论不相违背①。所以佛教在消极方面，可与中国道家思想相接近，在其积极方面，可与中国儒家思想相会通。经过魏晋南北朝漫长的交流斗争，儒释道三种文化之间互相吸收、互相借鉴，在北周出现合流是历史发展的必然。

　　北周社会有一大批兼通儒释道的士人，他们也推动了儒释道的合流。考察该时期的历史可以发现，无论是哪个政权（包括众多少数民族政权在内）都是提倡儒学的，在统治阶层周围都有一批儒士，而这些儒士很多钟情于宗教。若对儒、道、佛三家从人的思想性格和入世态度上作简单的分析，那么儒家是积极入世的，强调的是修身、齐家、治国、平天下，归根到底是要入世参政；道教对社会态度冷淡，是一种失落不得志的情形，但似乎仍抱有参与世事的心理，求得长生不死；佛教对世事更为悲观、失望，抛开现实，而寄希望于来世。也正是这种人性心理共同的吸引，许多衰落的儒学世家子弟由儒家转向了佛教或道教，而他们原有的儒学世家的身世也不可能消失，这对于他们的思想和创作都产生了奇妙的影响。

　　颜之推作为熟识儒家经典的儒士，也是一个十足的佛教徒。《辩证论·十代奉佛上篇》称颜之推恭俭笃信；《法苑珠林·传记篇》著录颜之推所撰佛教书《承天达性论》《戒杀训》等。在颜之推这里，儒家思想已融合外来的佛门教义，所谓"内外两教，本为一体，渐极为异，深浅不同。内典初门，设五种禁；外典仁义礼智信，皆与之符。仁者，不杀之禁也；义者，不盗之禁也；礼者，不

---

① "道教"与"道家"的区别，前者是宗教，后者是哲学。

邪之禁也；智者，不酒之禁也；信者，不妄之禁也……归周、孔而背释宗，何其迷也！"（《颜氏家训·归心》）① 这完全透露出其儒佛合一的思想。

作为北周文坛首屈一指的文学大家，庾信自幼熟读经书，也是北周后期道教信仰氛围浓厚的濡染者，有很多唱和统治者宗教姿态的诗作。虽然有一种顺应的低姿态，但是也充满了对现实生活的无力感，隐逸的情怀回荡其中。而这正映照出中国古代文人们在进退之间的选择，常常托意于宗教和自然，借此来思考生命，观照人生，企求超脱，源生于本土文化的老庄思想和神仙道教总是他们的首选。"路有三千别，途经七圣迷。惟有别关吏，直向流沙西。"（《至老子庙应诏》）诗句虽是表达老子传道西方，道教阐扬于极远之地的意思，但我们还看到了庾信透过"别关吏"的典故来表达自己出使西魏而不返的感伤，对老子自由西去的向往，其中所流露的是希望逃脱现实的愿望。而"蓬莱入海底，何处可追寻"（《道士步虚词十首》其九），"逍遥闻四会，倏忽度三关"，"无妨隐士去，即是贤人逃"（《道士步虚词十首》其十），更是可以看到，庾信陶醉于仙隐的目的就是要离开虽然有名但却让他难堪的官场；在北周那样的政治环境下，这似乎是不可能的，因而也只有向虚幻中求了，这实际是非常痛苦而不得已的事情，但是起码它可以稀释心中的痛苦。在庾信的心中，他是把仙道诗歌当成了自己逃脱现世处境的"桃花源"，治疗羁臣之痛的九转灵丹。

王褒信奉因果报应，著《幼训》，里面写道："释氏之义，见苦断习，证灭循道，明因辨果，偶凡成圣，斯虽为数等差，而义归汲引。"② 对于佛家的义理有着自身的见解。滕王宇文逌写过《道教实花序》，这篇骈体序文，反映了宇文逌的道教思想，他也写过《庾

---

① 余正平，梁明译注.颜氏家训·归心 [M].广州出版社，2001：179.
② （清）严可均.全上古三代秦汉三国六朝文 [M].北京：中华书局，1958：3918.

信集序》，文笔优美。

儒释道合流作为北周文化的必然现象，不仅影响了政治的发展、平民的生活，更是在北周文学的方方面面留下了烙印。儒学作为立国之本，是儒士和文士文化结构的底色，而在人生信仰、社会思潮、生活情趣和生活方式方面，时时会融入佛、道。这种儒释道融合的社会背景，对北周的文学有着重要的影响。

首先儒释道合流直接拓宽了北周文学的取材内容，既有儒家思想的感情书写，如勤政爱民，忠君报国，仁义孝悌等，又有佛、道思想情怀及内容的介入。取材内容之广泛使北周文学能更加丰富地表现现实社会，使其文章的生命力增强。其次是对北周文学感情基调的影响。儒学多是对入世的追求，有着昂扬的精神状态，而佛教影响了士人的生活理想和心境，道教则给人一种逃脱成仙的冲动，其实可以说佛道二教给了士人一个精神栖息的宁静家园，使士人能够更真实地倾听自己的内心，让文学作品更有真实的情感张力。再次是对北周文学风格的影响。北周儒学传承直接影响了北周文坛，致用尚质的文学风格一直贯穿北周文坛始终，而佛道二教的存在，使北周文学有了更大的想象空间，奇幻的宗教场景，思辩的宗教精神，天马行空的想象和语言，使得北周文学在致用尚质之外又平添一层瑰丽思辩的色彩。总之，儒释道合流作为北周一代必然的文化现象，对北周文学影响是巨大的。

二、南北文化交流

《朱子语类》中说道："读齐梁间之诗，读之使人四肢皆懒，慢不收拾。"[1] 这是对齐梁之间诗歌繁丽竞发、却无实质情感的总结。北周自国家建立之始就开始以儒家经世致用的观点统治、教化万民，文学作品当中多为应用文体，崇尚实用精神，文质之间，文章

---

[1] （宋）黄士毅编，徐时仪，杨艳汇校，朱子语类·论文上 [M].上海：上海古籍出版社，2016：3242.

的美学意味稍有缺欠。而文学家中所谓的上品正是士人普遍推崇的类型：由纯粹文人进而成为儒文兼备的士人。

《颜氏家训·勉学》中论及南北儒士兼通文史的情形说："学之兴废，随世轻重。汉时贤俊，皆以一经弘圣人之道，上明天时，下该人事，用此致卿相者多矣。末俗已来不复尔，空守章句，但诵师言，施之世务，殆无一可。故士大夫子弟皆以博涉为贵，不肯专儒。梁朝皇孙以下，总卯之年，必先入学，观其志尚，出身已后，便从文史，略无卒业者。冠冕为此者，则有何胤、刘献、明山宾、周舍、朱异、周弘正、贺琛、贺革、萧子政、刘绦等，兼通文史，不徒讲说也。洛阳亦闻崔浩、张伟、刘芳，邺下又见邢子才，此四儒者，虽好经术，亦以才博擅名。如此诸贤，故为上品，以外率多田野闲人，音辞鄙陋，风操蚩拙，相与专固，无所堪能，问一言辄酬数百，责其指归，或无要会。"在颜氏看来，那些好经术、擅文章、儒文兼备者才为"上品"，而南北文化的交流，实际上可以说是擅文章和好经术的更深层次的结合，是在追求"上品"的过程，有利于文学的发展。

三、多重文化合流对隋唐文学的影响

历史像一条长河，从远古而来，向未来而去，中间是更替的朝代、永远的文化和人民。后来者不能断层而独立，总是会有文化的继承和扬弃，乃至崭新的开拓，然后随着时间的流逝，成为下一个后来者的丰厚积淀。隋代北周，全国进入空前的统一，不久就进入中国历史上伟大的盛唐。而西魏北周文学的积淀对隋唐文学盛世的开启也功不可没。

儒释道的冲突与融合在北周拉起了序幕，这种兼容的思维模式在隋唐继续发展，并最终演变成儒释道合流的高潮，深刻影响了隋唐文学。隋代文、炀二帝都曾大力地支持和倡导儒学学说，他们也积极地扶植佛、道二教。三教并立，以儒为主，是隋朝统治者的基本方针。史书记载："隋开皇三年，秘书监牛弘表请分遣使人，搜访异本。每书一卷，赏绢一匹，校写既定，本即归主。"对散落的儒家经典进行大规模的搜集，并且"又于内道场集道、佛经，别撰目录"①。道教在大业中又兴，"道士以术进者甚众"②。相比于道教，佛教得到了更大的弘扬，"开皇元年，高祖普诏天下，任听出家"，以至于"天下之人，从风而靡，竞相景慕，民间佛经，多于六经数十百倍"。③可见当时的佛教地位隆盛。唐代三百年，思想更为兼容。儒学是立国之本，而在思想领域，则是儒释道并存，比如唐王室以老子为祖先，而并列庄子、列子、文子为真人。而这一切都极大地影响了文学的发展。

佛教对唐文学的影响，主要是影响了文人的人生理想和生活情趣，而这一切都反映到作品中。有很多作家是信佛的，作品中有佛教影响的印记。比如"会理知无我，观空厌有形"（孟浩然《陪姚使君题惠上人房》），"有起皆有灭，无睽不暂同"（白居易《观幻》）。而王维就被称为诗佛了，他笃信佛教，受禅宗影响很大。"君问穷通理，渔歌入浦深"（王维《酬张少府》），"行到水穷处，坐看云起时"（王维《终南别业》），而佛教对诗歌最重要的影响就是形成了"唐诗中空寂的境界，明净和平的趣味，淡泊而又深厚的含蕴"④。佛教对唐文学直接的影响，就是出现了大量的诗僧，《全唐诗》中收入的僧人诗作就有2783首。而最广泛的影响就是拓广了文学的体裁，如带有通俗文学性质的俗讲与变文就是这时候出现的新文体。

而道教的存在给唐代的士人们一缕逃入自然的慰藉和对于神仙信仰的寄托。最突出的就是李白，家在蜀中，道教气氛浓郁。附近的青城山和紫云山都是道家圣地，而他也说"家本紫云山，道风未沦落"（《题嵩山逸人元丹丘山居》），还说"十五游神仙，仙游未曾

① （唐）魏徵.隋书［M］.北京：中华书局，1973：908.
② （唐）魏徵.隋书［M］.北京：中华书局，1973：1094.
③ （唐）魏徵.隋书［M］.北京：中华书局，1973：1099.
④ 袁行霈.中国文学史［M］.北京：高等教育出版社，2005：173.

歌"(《感兴八首》其五）。他笔下的泰山、天姥山、莲花山等神仙幻境，如梦如幻。李贺和李商隐也都写过五彩斑斓的神仙世界。

总而言之，儒释道合流的思想模式在唐代进入空前的高潮。唐代的作家们"大多儒释道的思想都有，只是成分或多或少，或隐或显的问题。儒家思想的影响，给唐文学带来了进取的精神，佛教的影响丰富了唐诗的心境表现，道教的影响则丰富了唐诗的想象"①。而唐代文学最高的成就就是诗，甚至可以说是一代文学的标志。而北周文学中由于受佛道传教影响而发展的文体，也在隋唐继续发展。北周志怪小说和道家歌谣步虚词的兴盛，给唐传奇、俗讲和变文做了丰厚的积淀。

隋唐之前，中国呈南北朝并立局面，文化上也是南北有别，但是南北文化之间的交流从来没有停止过。王褒、庾信、颜之推等南朝士人的入北给北周文学带来了巨大的变化，使得北周文学向着质文兼备的方向发展而去。这种融合的脚步在隋唐一直行进，对隋唐文学产生了深刻的影响。

有隋一代，作家基本两分：一是北齐、北周旧臣，如卢思道、杨素等；二为由梁、陈入隋的文人，如江总、虞世基等。前者是北朝质朴诗风的代表，而后者直接带来了南朝绮丽的诗风。其实终隋一代，南北文学的合流仅限于诗风的相互影响，呈现出明显的合而不同的过渡性质。如果说西魏北周的南北文学合流是起始，隋朝的南北文学合流是过渡，那最终会在唐代形成南北文学合流的高峰，呈现出一种整体的新文学风格。而最终这种交流形成了唐诗崭新的情思格调，即"北朝文学的清刚劲健之气与南朝文学的清新明媚相融合，走向既有风骨又开朗明丽的境界。"②

杜甫《戏为六绝句》中称赞"庾信文章老更成，凌云健笔意纵横"，称赞庾信老年诗作更佳，笔力浑厚，意气纵横。而这是历史

---

① 袁行霈.中国文学史［M］.北京：高等教育出版社，2005：174.

② 袁行霈.中国文学史［M］.北京：高等教育出版社，2005：175.

无意中造就的奇迹，因为庾信是北周南北文化交流最重要的人物。杜甫就说"庾信平生最萧瑟，暮年诗赋动江关"(《咏怀古迹》)。唐代人孙元宴也说："苦心辞赋向谁谈，沦落周朝志岂甘。可惜多才庾开府，一生惆怅忆江南。"(《梁八首》)虽然庾信由南入北内心痛苦万千，但是其所参与和影响的南北文化交流和融合，确实推动了北周文学向着"儒文兼备"的"上品"方向发展而去，同时对唐文学有一定的影响。比如明代杨慎就指出："庾信之诗，为梁之冠冕，启唐之先鞭。"(《升庵诗话》)清代刘熙载也指出："庾子山《燕歌行》开初唐七古，《乌夜啼》开唐七律，其他体为唐五绝、五排所本者，尤不可胜举。"(《艺概·诗概》)这种对庾信的推崇，其实可以看做是对文质兼备的"上品"的推崇。

隋唐文学，确切地说唐代文学在我国文学史上有着至高无上的地位，因为它是艺术经验充分积累之后的一次大繁荣，而且为文学的进一步发展开拓出新的领域。无论是唐诗、唐散文、唐传奇，抑或晚唐五代词，都对后世的文学发展做了最深厚的积淀。而这一切都与魏晋南北朝文学的漫长酝酿息息相关。北周作为魏晋南北朝的最后一个朝代，其儒释道初步合流的思想兼容模式和南北文学交流中庾信的开拓性存在，都对隋唐文学的发展有着重要的意义。这一切集体发力，为隋唐文学的全面繁荣起到了奠基的作用。

结　语

魏晋南北朝是一个动荡的时期，朝代更迭，战争相继，北周作为这个时代的终结者，有着承上启下的历史意义。钱穆先生在《国史大纲》里就说："卢辩诸人，卒为北周创建了一个新的政治规模，为后来隋、唐所取法。将来中国全盛时期之再临，即奠基于此。"[①]这与北周一代在多重文化汇合的关陇大地选择实行关陇文化本位的政策息息相关。关陇文化本位政策的主要内容是儒学传承，这就使

---

① 钱穆. 国史大纲［M］. 北京：九州出版社，2011：1315.

得本来就"号有华风"的关陇地区再次成为儒学传承的重地，这种自上而下的倡导使儒学思想深入人心。北周一代佛道的宗教信仰也甚为浓厚，作为战争时期人们精神上的慰藉品，也在社会思想文化领域占据重要地位。北周思想兼容，以儒为主，佛道为辅。

这种兼容的思想模式使得儒释道在北周出现合流，这是思想文化发展到一定阶段的必然。儒释道合流是政治推动、文化内部交流和儒佛道兼通的士人共同努力的结果。同时儒释道合流也影响了政治和士人的文化结构和思想模式。

士人文化结构和思维模式的变化，实际上对文学来说是一件幸事，这意味着拓展或者改变。而文学也是时代的反映，是士人心声的体现。所以北周文学和儒释道三家思想就有密切的关系。就是儒释道作为社会思想的存在影响了创作主体，从而影响了北周文学从内容到风格的方方面面，而北周文学则反映了这种影响。

儒释道合流在北周出现了一个初步的高潮，为北周文学的发展拓展了视野。如果我们把北周文学放在中国古代文学发展的大链条中，就会发现，北周文学的积淀也影响了后来的隋唐文学。北周文学的发展还受到南北文化交流的影响，这是由南入北的士子所带来的最大变化。北周文学的文学特质开始向着"儒文兼备"的方向发展而去。在多重文化合流中的北周文学逐渐呈现出一种更丰富的状态。

隋唐盛世文学的出现，因为它的过于恢弘和盛大，有着太多的政治、历史和文化上的原因。钱穆先生说"将来中国全盛时期之再临，即奠基于此"，这是用历史发展的眼光指出北周对于隋唐盛世的影响。在多重文化合流中不断走向更完备的北周文学对于隋唐盛世文学的到来有着不可抹煞的奠基作用。

参考文献

一、古籍

［1］（晋）陈寿.三国志［M］.上海：上海古籍出版社，1986.

［2］（唐）房玄龄等.晋书［M］.北京：中华书局，1974.

［3］（北齐）魏收.魏书［M］.北京：中华书局，1974.

［4］（唐）令狐德棻.周书［M］.北京：中华书局，1971.

［5］（唐）李百药.北齐书［M］.北京：中华书局，1972.

［6］（南朝梁）沈约.宋书［M］.北京：中华书局，1974.

［7］（南朝梁）萧子显.南齐书［M］.北京：中华书局，1972.

［8］（唐）姚思廉.梁书［M］.北京：中华书局，1973.

［9］（唐）姚思廉.陈书［M］.北京：中华书局，1972.

［10］（唐）李延寿.北史［M］.北京：中华书局，1974.

［11］（唐）李延寿.南史［M］.北京：中华书局，1975.

［12］（唐）魏徵.隋书［M］.北京：中华书局，1974.

［13］（后晋）刘昫.旧唐书［M］.北京：中华书局，1975.

［14］（北宋）欧阳修、宋祁等.新唐书［M］.北京：中华书局，1975.

［15］（北宋）司马光撰，（元）胡三省音注.资治通鉴［M］.北京：中华书局，
1956.

［16］（唐）杜佑撰，王文锦等点校.通典［M］.北京：中华书局，1988.

［17］（南朝梁）释慧皎撰，汤用彤校注.高僧传［M］.北京：中华书局，1992.

［18］（南朝梁）僧祐.弘明集［M］.上海：上海古籍出版社，1991.

［19］（南朝梁）僧祐.出三藏记集［M］.北京：中华书局，1995.

［20］（唐）释道宣.广弘明集［M］.上海：上海古籍出版社，1991.

［21］（唐）欧阳询等编，汪绍楹校.艺文类聚［M］.上海：上海古籍出版社，
1982.

［22］（北宋）李昉等编.太平御览［M］.北京：中华书局，1960.

［23］（北宋）李昉等编.文苑英华［M］.北京：中华书局，1966.

［24］（南宋）郭茂倩.乐府诗集［M］.上海：上海古籍出版社，1998.

［25］（清）严可均辑.全上古三代秦汉三国六朝文［M］.北京：中华书局，
1958.

［26］（清）董诰等编 . 全唐文 ［M］. 北京：中华书局，1983.

［27］（清）彭定求等编 . 全唐诗 ［M］. 北京：中华书局，1960.

［28］（清）郭庆藩辑，王孝鱼整理 . 庄子集释 ［M］. 北京：中华书局，1961.

［29］（北魏）杨衒之撰，周祖谟校释 . 洛阳伽蓝记校释 ［M］. 北京：中华书局，1963.

［30］（北魏）郦道元撰，陈桥驿校证 . 水经注校证 ［M］. 北京：中华书局，2007.

［31］（隋）颜之推撰，王利器集解 . 颜氏家训集解 ［M］. 上海：上海古籍出版社，1980.

［32］（北周）庾信撰，（清）倪璠注，许逸民点校 . 庾子山集注 ［M］. 北京：中华书局，1980.

［33］（南朝梁）刘勰撰，范文澜注 . 文心雕龙注 ［M］. 北京：人民文学出版社，1978.

［34］（南朝梁）钟嵘撰，陈延杰注 . 诗品注 ［M］. 北京：人民文学出版社，1961.

［35］（南朝陈）徐陵编，（清）吴兆宜注，程琰删补，穆克宏点校 . 玉台新咏校注 ［M］. 北京：中华书局，1985.

二、著作

［1］唐长孺 . 魏晋南北朝史论丛 ［M］. 北京：三联书店，1955.

［2］北京大学中国文学史教研室选注 . 魏晋南北朝文学史参考资料 ［M］. 北京：中华书局，1962.

［3］殷孟伦 . 汉魏六朝百三家集题辞注 ［M］. 北京：人民文学出版社，1963.

［4］范文澜 . 中国通史 ［M］. 北京：人民出版社，1978.

［5］王仲荦 . 北周六典 ［M］. 北京：中华书局，1979.

［6］游国恩 . 中国文学史 ［M］. 北京：人民文学出版社，1979.

［7］胡国瑞 . 魏晋南北朝文学史 ［M］. 上海：上海文艺出版社，1980.

［8］王仲荦 . 北周地理志 ［M］. 北京：中华书局，1980.

［9］陈寅恪 . 隋唐制度渊源略论稿 ［M］. 上海：上海古籍出版社，1980.

［10］陈正祥 . 中国文化地理 ［M］. 北京：三联书店，1980.

［11］任继愈 . 中国佛教史 ［M］. 北京：中国社会科学出版社，1981.

［12］任继愈 . 宗教辞典 ［M］. 上海：上海辞书出版社，1981.

［13］王运熙、杨明 . 魏晋南北朝文学批评史 ［M］. 上海：上海古籍出版社，1981.

［14］谭其骧．中国历史地图集［M］.北京：中国地图出版社，1982.

［15］逯钦立．先秦汉魏晋南北朝诗［M］.北京：中华书局，1983.

［16］汤用彤．汉魏两晋南北朝佛教史［M］.北京：中华书局，1983.

［17］萧涤非．汉魏六朝乐府文学史［M］.北京：人民文学出版社，1984.

［18］陈鼓应．老子注释及评价［M］.北京：中华书局，1984.

［19］陈鼓应．庄子今注今译［M］.北京：中华书局，1984.

［20］金汉样．南北朝诗和散文［M］.太原：山西人民出版社，1985.

［21］曹道衡．中古文学论文集［M］.北京：中华书局，1986.

［22］钱锺书．管锥编［M］.北京：中华书局，1986.

［23］余英时．士与中国文化［M］.上海：上海人民出版社，1987.

［24］郭绍林．唐代士大夫与佛教［M］.开封：河南大学出版社，1987.

［25］吕思勉．中国民族史［M］.北京：中国大百科全书出版社，1987.

［26］孙昌武．佛教与中国文学［M］.上海：上海人民出版社，1988.

［27］毛汉光．中国中古社会史论［M］.台北：联经出版事业公司，1988.

［28］万绳楠．魏晋南北朝文化史［M］.合肥：黄山书社，1989.

［29］罗根泽．中国文学批评史［M］.台北：学海出版社，1990.

［30］周一良．魏晋南北朝史论集续编［M］.北京：北京大学出版社，1991.

［31］周伟洲．中国中世纪西北民族关系研究［M］.西安：西北大学出版社，
　　　1992.

［32］曹道衡、沈玉成．南北朝文学史［M］.北京：人民文学出版社，1992.

［33］吴先宁．北朝文学研究［M］.台湾：文津出版社，1993.

［34］林宝撰，岑仲勉校记，郁贤皓、陶敏整理．元和姓纂［M］.北京：中华
　　　书局，1994.

［35］尚定．走向盛唐［M］.北京：中国社会科学出版社，1994.

［36］曾大兴．中国历代文学家之地理分布［M］.武汉：湖北教育出版社，
　　　1995.

［37］罗宗强．魏晋南北朝文学思想史［M］.北京：中华书局，1996.

［38］白翠琴．魏晋南北朝民族史［M］.成都：四川民族出版社，1996.

［39］刘跃进．门阀士族与永明文学［M］.上海：三联书店，1996.

［40］周建江．北朝文学史［M］.北京：中国社会科学出版社，1997.

［41］吴先宁．北朝文化特质与文学进程［M］.北京：东方出版社，1997.

［42］周一良．魏晋南北朝史论集［M］.北京：北京大学出版社，1997.

［43］刘跃进．中古文学文献学［M］.南京：江苏古籍出版社，1997.

［44］曹道衡．南朝文学与北朝文学研究［M］.南京：江苏古籍出版社，1998.

［45］郭英德. 中国古代文人集团与文学风貌［M］. 北京：北京师范大学出版社，1998.

［46］任继愈. 中国道教史［M］. 北京：中国社会科学出版社，1999.

［47］曹道衡、刘跃进. 南北朝文学编年史［M］. 北京：人民文学出版社，2000.

［48］郭预衡. 中国散文史［M］. 上海：上海古籍出版社，2000.

［49］程章灿. 魏晋南北朝赋史［M］. 南京：江苏古籍出版社，2001.

［50］范子烨. 中古文人生活研究［M］. 济南：山东教育出版社，2001.

［51］胡阿祥. 魏晋本土文学地理研究［M］. 南京：南京大学出版社，2001.

［52］钱杭. 血缘与地缘之间——中国历史上的联宗与联宗组织［M］. 上海：上海社会科学院出版社，2001.

［53］王青. 魏晋南北朝时期的佛教信仰与神话［M］. 北京：中国社会科学出版社，2001.

［54］李浩. 唐代三大地域文学士族研究［M］. 北京：中华书局，2002.

［55］刘学智. 儒道哲学阐释［M］. 北京：中华书局，2002.

［56］王仲荦. 魏晋南北朝史［M］. 上海：上海古籍出版社，2003.

［57］李浩. 唐代关中士族与文学［M］. 北京：中国社会科学出版社，2003.

［58］刘惠琴. 北朝儒学及其历史作用［M］. 西安：陕西人民出版社，2003.

［59］曹月堂主编. 中国文化世家·关陇卷［M］. 武汉：湖北教育出版社，2004.

［60］陈寅恪. 唐代政治史述论稿［M］. 北京：三联书店，2004.

［61］侯传文. 佛经的文学性解读［M］. 北京：中华书局，2004.

［62］袁行霈主编. 中国文学史［M］. 北京：高等教育出版社，2005.

［63］谭家健. 中国古代散文史稿［M］. 重庆：重庆出版社，2006.

［64］马长寿. 乌桓与鲜卑［M］. 桂林：广西师范大学出版社，2006.

［65］马长寿. 氐与羌［M］. 桂林：广西师范大学出版社，2006.

［66］陈寅恪、万绳楠. 魏晋南北朝史讲演录［M］. 贵阳：贵州人民出版社，2007.

［67］戴伟华. 地域文化与唐代诗歌研究［M］. 北京：中华书局，2009.

［68］刘光华. 甘肃通史·魏晋南北朝卷［M］. 兰州：甘肃人民出版社，2009.

［69］钱穆. 国史大纲（修订本）［M］. 北京：九州出版社，2011.

［70］高人雄. 北朝民族文学叙论［M］. 北京：中华书局，2011.

三、论文

［1］钱穆. 略论魏晋南北朝学术文化与当时门第之关系［J］. 香港新亚学报，1963（03）.

［2］曹道衡.北朝文学浅说［J］.文史知识，1983（01）.

［3］罗宗强.论唐代大历初至贞元中的文学思想［J］.社会科学战线，1983（03）.

［4］林幹.稽胡（山胡）略考［J］.社会科学战线，1984（01）.

［5］施光明.略论十六国时期凉州地区的文化教育［J］.兰州学刊，1984（02）.

［6］王国炎.魏晋南北朝的儒佛融合思潮和颜之推的儒佛一体论［J］.江西大学学报，1984（04）.

［7］杜斗城.汉唐士族陇西辛氏试探［J］.兰州大学学报（社会科学版），1985（01）.

［8］张庆捷.儒学与北魏政治［J］.山西大学学报，1988（01）.

［9］蒋述卓.北朝文风的苍凉感与佛教［J］.广西师范大学学报，1988（02）.

［10］蒋述卓.北朝质朴文风与佛教［J］.文艺理论研究，1988（01）.

［11］陈朝晖.论北朝儒学及其地位［J］.齐鲁学刊，1989（05）.

［12］力高才、高平.论魏孝文帝迁都洛阳之失误［J］.晋阳学刊，1989（06）.

［13］孔毅.北朝的经学与儒者［J］.西南师范大学学报，1990（03）.

［14］章权才.魏晋南北朝隋唐经学略论［J］.学术研究，1990（03）.

［15］陈朝晖.北朝的经学与儒者［J］.西南师范大学学报，1990（03）.

［16］张国星.北朝文学主潮与文学的式微［J］.社会科学辑刊，1991（03）.

［17］何德章.北魏国号与正统问题［J］.历史研究，1992（03）.

［18］陈朝晖.北魏的儒学与士人［J］.文史哲，1992（04）.

［19］吴先宁.北朝文学研究［J］.文学遗产，1993（01）.

［20］赵文润.西魏北周时期的社会思潮［J］.文史哲，1993（03）.

［21］陈明.北魏前期的汉化与崔浩晚年的政治理想［J］.世界宗教研究，1993（03）.

［22］邱久荣.魏晋南北朝时期的"大一统"思想［J］.中央民族学报，1993（04）.

［23］高人雄.儒、道、释思想与唐代山水田园诗［J］.甘肃社会科学，1995（04）.

［24］周建江.北朝文学的性质与地位［J］.齐鲁学刊，1995（06）.

［25］曹道衡.关于南北朝文学研究问题之我见［J］.文学遗产，1995（06）.

［26］谢祥皓.略论中国儒学发展的基本脉络［J］.理论学刊，1996（01）.

［27］张宏.魏晋南北朝散文的流变及艺术成就［J］.文史杂志，1997（01）.

［28］张天来.魏晋南北朝儒学、家学与家族观念［J］.江海学刊，1997（02）.

［29］韩可弟.宇文三才子——北国诗人宇文毓、宇文招、宇文遒［J］.民族文学研究，1997（04）.

［30］王立.文化涵化中的南北朝文学［J］.辽宁师范大学学报，1998（04）.

［31］李希运.论魏晋南北朝道教的发展及对文学创作的影响［J］.齐鲁学刊，1999（05）.

［32］袁济喜，李俊.再论西魏、北周之际文学复古思想的兴起与衰落——兼论陈寅恪先生之"关陇文化本位政策"［J］.江海学刊，2001（03）.

［33］周建江.论北朝社会对入北南朝士人文学的改造［J］.西北师范大学学报，2001（04）.

［34］霍然.论唐代美学思潮源于北朝［J］.吉林大学社会科学报，2002（01）.

［35］曹道衡.西魏北周时代的关陇学术与文化［J］.文学遗产，2002（03）.

［36］胡阿祥.魏晋时期河西地区本土文学述论［J］.洛阳大学学报，2002（03）.

［37］傅心知.魏晋南北朝时期的儒学［J］.开封大学学报，2003（01）.

［38］胡旭.20世纪北朝文学研究综论［J］.信阳师范学院学报（哲学社会科学版），2003（01）.

［39］王华山.近二十年来十六国北朝儒学研究述评［J］.孔子研究，2003（02）.

［40］阮忠.北朝风习与北朝散文的南化［J］.海南师范学院学报，2003（06）.

［41］刘怀荣.北齐北周及隋代的歌诗艺术考论［J］.齐鲁学刊，2004（01）.

［42］郭应传.魏晋南北朝隋唐儒学发展及其与佛、道关系［J］.船山学刊，2004（01）.

［43］李蹊.北朝散文质朴之气原因再阐释［J］.山西大学学报，2004（05）.

［44］吉定.论北周作家李昶及其作品的价值［J］.民族文学研究，2005（03）.

［45］刘涛.由经学的传承发展看北朝儒学的时代特点［J］.石河子大学学报，2006（03）.

［46］王勇.试论北周儒学思想的发展［J］.大同大学学报（社会科学版），2007（01）.

［47］田照军，萧岚.魏晋南北朝儒学刍议［J］.理论界，2007（04）.

［48］许晓静.由《颜氏家训》看南北朝社会［D］.山西大学学报，2007（06）.

［49］刘跃进.河西四郡的建制与西北文学繁荣［J］.文学评论，2008（05）.

［50］赵殿尚.论萧颖士、李华的文学思想［J］.唐都学刊，2008（06）.

［51］梁静.中古河东薛氏与文学概述［J］.山西大学学报（哲学社会科学版），2009（05）.

［52］沈文凡、孟祥娟.河东薛氏文学家族传论［J］.古籍整理研究学刊，2009（01）.

［53］高人雄.试论北朝文学研究的框架与视角［J］.文学评论，2010（06）.

［54］罗时进.在地域和家族视野中展开清代江南文学研究［J］.苏州教育学院学报，2010（03）.

［55］徐中原.从师古到雕章——西魏北周散文述论［J］.学术交流，2012（02）.

［56］刘育霞.论颜之推思想中的道家因素——以《颜氏家训》为考察中心［J］.河南师范大学学报（哲学社会科学版），2012（03）.

［57］洪卫中.颜之推的中庸处世理念述论——以《颜氏家训》为中心［J］.东北师大学报（哲学社会科学版），2012（09）.

附录

北魏文学的河陇地域文化元素

内容摘要： 从士人流动与文化传承考察，北魏立国之初深受西北河陇地域文化滋养。河陇地区自汉魏以来形成的士族文化，历西晋十六国继续壮大，孕育了一批有影响的学者。北魏立国，大批士族文人迁入北魏政治文化中心，一些著名文人、学者或入朝为官，或延馆讲学，把河陇学术直接植入北魏朝野。北魏文坛主张文章致用，文风趋向质朴；在治学方面推崇儒学，重视史志著述；治学态度秉承史家求实与精审的精神。凡此种种，与西北河陇学术风气关系密切。

关键词： 北魏文学　河陇士族　师承关系　崇尚儒学　重视史志

北魏虽肇起于代北，入主中原后又迁都洛阳，但它的文学根源却与西北地域渊源深厚。考察从人口迁徙流动的史实，北魏文学发轫之初的主导区域特色，不是代北与中原，在北魏文学的发展过程中，首先具有西北河陇学术文化的特质。

由拓跋鲜卑建立的北魏（386—534）王朝，结束了历史上称之为十六国的大动荡大混战时期，使北方社会逐渐走向安定，经济文化逐渐得到恢复与发展，北魏文坛在孝文帝时期也形成了一时的繁荣景象。北魏文坛的复苏，对以后北齐、北周乃至隋唐文学的发展与兴盛，都具有极其重要的意义。又因北魏文学是在经历"五胡乱华"即多民族文化激烈碰撞、交流、融合的文化背景下发展演进的，故此我们说北魏文学具有多重文化元素。从地域文化角度来说，北魏拓跋鲜卑从平城入主中原，其文学势必带有代北鲜卑民族文化和中原传统文化特征，然而不能忽略北魏文学更具有河西与陇右文化传承因素。河西，因在黄河以西而得名，汉武帝设立河西四郡，即敦煌、酒泉、张掖、武威，后又设金城郡（今兰州）称河西五郡；陇右，大致为天水、陇西、陇东等地区。十六国时期是中国历史上大动荡、大混战时期，中原地带更是纷争不绝，连年战火，不仅造成"白骨露于野，千里无鸡鸣"的悲惨景象，学术文化也荡然无存。与中原相比，此时的河西走廊却相对稳定，当地学者们或开馆延学，倡导儒学，或著书立说，弘扬文史，史称"区区河右，而学者埒于中原"[1] 2778（注释号之后的数字为页码，下同）。这种现象，不但与河西地处边远、避免了八王之乱、永嘉之乱等兵燹之祸有关，更与河西地区文化传统有关。自武帝设立河西四郡以来，河西文化有了长足的发展，产生了许多名儒、学者。十六国时期中原板荡，又有不少学者避乱流寓河西，与本土学者共同倡导儒学，使河西一隅文化斐然，人才济济，"子孙相承，衣冠不坠"，"号为多士"[2] 3877之区。至拓跋鲜卑统一北方，建立北魏王朝，河陇学者又将文化的种子播到平城、洛阳。故此，北魏文学的复苏，与河陇学者有密切关系，北魏的文坛风气与河陇地域的文化传统一脉相承。

一、河陇士族及迁徙平城的士人

（一）河陇士族文人

家族与文人之间关系密切。因官学多招收贵胄子弟入学，且大族多有办私学或送子弟入私学的条件，故地方大族多形成某种文化传承。河陇地区自古多文化大族，自秦汉以来，相继出现了天水赵氏、陇西李氏、狄道辛氏、天水隗氏、安定梁氏、安定皇甫氏、武威段氏、敦煌张氏、敦煌索氏、敦煌曹氏、敦煌氾氏、敦煌令狐氏、敦煌盖氏等豪族大姓。他们在秦汉时凭借武功提升了家族地位；东汉以后不断注重文化教育，逐渐由武力强宗向文化世族转型；到魏晋时期，士族文化已十分显著，影响着整个河陇地区，逐渐辐射到关中地区。具体而言，西晋时期出现了皇甫谧、索靖这样全国著名的学者；到十六国时期，河陇大族学者有出自敦煌索氏的索袭[3]1448、索纨[3]2494、索敞[4]1162，敦煌宋氏的宋纤[3]2453、宋繇[4]1152，敦煌张氏的张穆[3]3195、张湛[4]1153，金城赵氏的赵柔[4]1154，金城宗氏的宗敞[3]3148、宗钦[4]1154、宗舒[3]2975，洛阳郭氏的郭荷[3]2454，天水赵氏的赵逸、赵温[4]1145，安定胡氏的胡方回、胡叟[4]1149，武威段氏的段承根[4]1158，武威阴氏的阴仲达，以及敦煌名儒刘昞[4]1160和阚骃[4]1159等等。此外，从中原流寓到河西的江琼、常爽、程骏、杜骥、裴诜等及其弟子们，也加入了河陇学者队伍。由此可知，至十六国时期河陇地区文化大族相继，并未衰退。在先后建立的五凉、三秦、仇池政权统治河西及关陇地区期间，面临政局更迭的特殊环境，河陇大族仍然继续发展强大，对社会政治发展、文化传承起着重要作用。

（二）河陇割据政权对士族文人的重视

前凉张氏、西凉李氏倡导儒学兴国。前凉张氏深信推行儒学为治理国家之要事，开创者张轨出身儒学与仕宦之家，担任凉州刺史期间，"征九郡胄子五百人，立学校，始治崇文祭酒，位似别驾，春秋行乡射之礼"[3]2221，传授儒学，培养人才。西凉创始人李暠世为西洲大姓，"少而好书""通涉经史"[3]2257，他经常以"周礼之教"训诫诸子，并设立"泮宫"，"增高猛学生五百人"，并从儒生中选拔士人，不断充实统治机构。由此亦可见出，不仅汉人政权崇尚儒学，少数民族政权也非常重视儒学。

前秦苻氏倚重文人，在立国之初就倚重汉族士人，至苻坚当政后更加重用汉族士人。他先起用王猛、薛瓒、权翼等为谋士。灭燕后，依据王猛的建议，选拔、重用渤海封衡、李洪，安定皇甫真，北平杨陟、杨瑶，清河房旷、房默、催逞等望族文人[2]3213—3271。平西凉后，选拔、任用金城赵凝，敦煌索泮、宋皓、张烈等西土著姓^{[2] 3272—3306}。其中权翼、皇甫真、索泮、宋皓、张烈都出自河陇著姓。正如史籍所载，符坚平燕、凉，"复魏晋士籍，使役有常闻"，"关陇清晏，百姓丰乐"^{[3] 2895}。

后秦姚兴喜读经书，重视教育。姚兴为太子镇长安时，既常"与中舍人梁喜、洗马范勖等人谈论经书"^{[3] 2975}，即位后更将河陇大儒——天水的姜龛、冯翊的郭高等召集于长安，并招引各地学生到长安求学。

南凉秃发氏、北凉沮渠氏、后凉吕氏皆崇尚文化，重用文士。建立南凉的鲜卑秃发氏最早自漠北迁入河西，至秃发乌孤时，称王已历八代^{[3] 3141}。据《晋书·秃发乌孤传》记载，后秦凉州官吏宋敞在离任前向前来接管姑臧的秃发傉檀举荐了一批"武威宿望"、"秦陇冠冕"、"凉国旧殷"，傉檀大悦。据《晋书·沮渠蒙逊传》记载，北凉政权建立者沮渠氏，世居卢水为豪酋，沮渠蒙逊"博涉群史……梁熙、吕光皆奇而惮之"。略阳氐族吕氏，出自汉武都白马氐族之后。史书说吕光"不乐读书，唯好鹰马"，事实并非如此，如他被派往西域时，"王侯降者三十余国，光入直城（龟兹），大飨将士，赋诗言志。见其宫室壮丽，命参军段业著《龟兹宫赋》以讥之"^{[3] 3055}；后凉建立后，吕光因地制宜，"下令责躬，及崇宽简之政"^{[3] 3058}，从后凉推行的政策也反映出统治者接受汉文化较深。

不仅割据政府崇尚儒学，推行教育，地方名儒也开设私学。汉末以来，官学日渐沦废，学术中心转向家族，河陇地区逐渐形成了私家传承的风气。前凉时期敦煌学者宋纤，不应州郡辟命，隐居酒泉南山中，从各地来求学的弟子多达三千余人^{[3] 2453}。又有酒泉学者郭瑀早年从郭荷学习，精通经学，擅长辩论，"多才多艺，善属文，"隐居临松薤谷，专事著述授业，著录弟子千余人^{[3] 2454}。在西凉和北凉担任国子祭酒的刘昞，最初就是师从郭瑀，他隐居酒泉时也曾开设私馆，纳弟子五百^{[4] 1160}。

（三）世家大族入平城对北魏文化的影响

公元439年（北凉哀王永和七年、北魏太武帝拓跋焘太延五

317

年），北凉王沮渠牧犍出降，北魏灭北凉，对凉州著名的学者和文化人才全方位接受。史载太武帝拓跋焘于"冬十月辛酉，车驾东还，徒凉州民三万余家于京师"[4] 90。当时的京城在平城（即今山西大同），豪右中即有北凉王族和官吏，也有河陇著姓大族。河陇文人大多属于这两大群体。如前所述，不仅前凉、西凉统治者崇尚儒学，重视教育，境内多文士学者，而且前秦、后秦、南凉、北凉等少数民族建立的政权，也崇尚儒学，礼遇文人，境内学者济济。沮渠蒙逊、沮渠牧犍父子汉化程度极高，史载"蒙逊入酒泉，禁侵掠，士民安堵。以宋繇为吏部郎中，委之选举。凉之旧臣有才望者，咸礼而用之"[2] 3737。西凉旧有臣僚中有才干和声望的，也延聘任官。至于牧犍，"尤喜文学"[2] 3877，在其周围罗致了一大批文人学士，其中有阚骃、张湛、刘昞、索敞、宗钦、程俊、胡叟、赵柔等著名文人。北凉亡后，他们中的大部分都去了平城，在北魏王朝大多受到重用，有的延馆授徒，在北魏文坛起着举足轻重的作用。

总之，河陇文化大族历时悠久，士人文化底蕴深厚，十六国割据政权普遍推崇儒学，倡导文化教育，使河陇士族文化继续发展壮大，入魏以后，自然对北魏文坛产生重大影响。

二、从师承关系看北魏文学的河陇文化元素

入魏以后，一些著名河陇学者在北魏教授学生，直接将河陇学术文化传承于北魏后学。他们走出河西关陇融入北魏的历史大潮。如刘昞、阚骃官居乐平王从事中郎之职，张湛"赐爵南浦男，加宁远将军"，索敞任为中书博士，程骏、宗钦、段承根、阴仲达、赵柔均为著作郎，常爽为宣威将军。创立西凉政权的陇西李氏，在北魏时期仍然显赫，著名的人物有李冲、李韶等[4] 886。皇甫氏家族以安定朝那（今宁夏固原东南、甘肃平凉西北一带）为郡望，活跃在历史舞台上，自东汉至魏晋南北朝、隋唐年间，皇甫氏都是一个"累世富贵"的仕宦大族，先后涌现出了大批有影响力的人物，是

河陇大姓世家的一个代表。

刘昞曾隐居酒泉，潜心治学授徒，求学者多达 500 余人；李暠建立西凉后，他被任为儒林祭酒等职。420 年北凉沮渠蒙逊灭西凉，更加器重刘昞，称呼刘昞为"玄处先生"，在西苑专门为其修建富丽堂皇的"陆沉观"，请他在此教授学生，同时授予刘昞秘书郎等要职，负责撰写起居注。沮渠牧犍即位后，尊刘昞为国师，并配备了索敞和阴兴等为助教。北魏太武帝平定凉州，百姓东迁，朝廷久闻刘昞大名，拜授他为乐平王从事中郎。魏世祖下诏让年纪七十岁以上的乡老留在本乡，身边留一子奉养。刘昞当时年老，留身姑臧，一年多后，思乡返归，至凉州西四百里的韭谷窟染疾而终。北魏孝明帝也在诏文中称："昞德冠前世，蔚为儒宗。"[4] 1162 刘昞在经学、文学和史学等方面均取得了成就，由刘昞注释和撰写的著作多达 100 余卷。刘昞的主要著述集中在史学方面，如《略记》《凉书》《敦煌实录》等，但都已佚散不存。另外刘昞注释的书籍包括《周易》《韩非子》《人物志》《黄石公三略》等，《四库提要》称刘昞的注"不涉训诂，惟疏通大意，而文词简古，犹有魏晋之遗"。刘昞虽未直接入魏教授弟子，然其学术传统及再传弟子遍布北魏朝野。

索敞与程骏深受刘昞影响。索敞早年担任刘昞助教，"专心经籍，尽能传昞之业"[4] 1162，进入北魏后仍以儒学见称，曾任中书博士，撰写了《丧服要记》《名字论》等著作。索敞"笃勤训授，肃而有礼。京师大族贵游之子，皆敬惮威严，多所成益，前后显达，位至尚书牧守者数十人，皆受业于敞。敞遂讲授十余年"。[4] 1162 可以说其秉承刘昞的学术传统直接为北魏培养了一批杰出人才。程骏曾直接师事刘昞，"机敏好学，昼夜无倦"[4] 1345，撰有《庆国颂》十六章、《得一颂》一篇，又将刘昞的学术传统变成家学传统，据史载其子程公礼、其孙程畿皆"好学，颇有文才"[4] 1350。

常爽"笃志好学，博闻强识，明习纬候，《五经》、百家多所研综"[4] 1848，进入北魏以后则直接推动了北魏学术风气的复兴。北魏世祖"戎车屡驾,征伐为事,贵游子弟未遑学术"[4]1848,常爽"置馆温水之右,教授门徒七百余人,京师学业,翕然复兴"[4]1848,培养出尚书左仆射元赞、平原太守司马真安、著作郎程灵虬等人,且其"讲肄经典二十余年,时人号为'儒林先生'"[4]1849,写有《六经略注》等。而其家学亦有传承,如其孙常景"少聪敏,初读《论语》《毛诗》,一受便览"[4]1800,入北魏后担任律博士、太常博士等职,"所著述数百篇,见行于世,删正晋司空张华《博物志》及撰《儒林》《列女传》各数十篇云"[4]1808,"朝廷典章,疑而不决,则时访景而行"[4]1803;其曾孙常昶亦颇有学识和文采。

宋繇是李暠异父同母的兄弟,"雅好儒学,虽在兵难之间,讲诵不废,每闻儒士在门,常倒屣出迎,停寝政事,引谈经籍。尤明断绝,时事亦无滞也。"[4]1152—1153他文武全才,饱读诗书,满腹经纶,具备军事才能,而且品格高尚,为人谦逊,非常廉洁。曾辅佐李暠建立西凉,立有大功;之后为沮渠蒙逊所重用,辅佐北凉,亦为功臣;魏平北凉,其随沮渠牧犍至平城,出仕北魏,被魏太武帝拜为河西王、右丞相,赐爵清水公,在北魏文坛颇具影响。

至于陇西李氏家族,更是文人辈出,入北魏后多数身位显赫,有不少注重传授学术。李宝作为李氏家族的重要人物,入北魏后被封为"开府仪同三司、敦煌公"[4]885,其子李冲创立北魏"三长之制"[4]1179,"及议礼仪律令,润饰辞旨,刊定轻重,高祖虽自下笔,无不访决焉"。[4]1181"及改置百司,开建五等,以冲参定典式"[4]1180,且"北京明堂、圆丘、太庙,及洛都初基,安处郊兆,新起堂寝,皆资于冲"。[4]1187曾任侍中、咸阳王师、太子少傅等,赐爵陇西公。其孙李彦"颇有学业。高祖初,举司州秀才,除中书博士。……时朝仪典章咸未周备,彦留心考定,号为称职"。[4]888李虔"太和初为中书学生。迁秘书中散,转冀州骠骑府长史、太子中舍人"[4]889。李辅"解褐中书博士"[4]893,曾孙李詠"起家太学博士"[4]891,李义远曾任国子博士[4]891,李瑜在通直散骑侍郎任上"与给事黄门侍郎王遵业、尚书郎卢观典领仪注"[4]888,李神俊

"汲引后生，为其光价，四方才子，咸宗附之"[4]896—897。

此外，武威段氏家族的段晖曾"师事欧阳汤"[4]1158，仕乞伏炽磐，担任辅国大将军、凉州刺史，入北魏后世祖颇重之；其子段承根好学、机智，有文思，入北魏后被世祖任为著作郎[4]1158。武威姑臧阴氏家族的阴仲达，"少以文学知名。世祖平凉州，内徙代都。司徒崔浩启仲达与段承根云，二人俱凉土才华，同修国史。除秘书著作郎"[4]1163；金城赵氏的赵柔，"少以德行才学知名河右"，"高宗践阼，拜为著作郎"[4]1162；敦煌阚氏的阚骃，"博通经传，聪敏过人"，"注王朗《易传》，学者藉以通经。撰《十三州志》，行于世"[4]1159；金城宗氏的宗钦，"有儒者之风，博综群言"，入北魏后司徒崔浩"识而礼之"，称其为"儒者"、"有俊才"[4]1154。

河陇士族文人对北魏的影响是深远的，首先开启了儒风，带来了北魏文教和政治的新局面。尤其河陇的一批学者进入北魏京城，把河陇地域传统文化带到北魏文化政治中心，再加以直接教授弟子，使关陇地域学风直接植入北魏文坛。

三、北魏文坛的河陇地域学风

（一）儒家尚用文学观

北魏形成了以儒家思想为核心的文学观，《魏书·文苑传》载："夫文之为用，其来日久。自昔圣达之作、贤哲之书，莫不统理成章，蕴气标致，其流广变，诸非一贯，文质推移，与时俱化。"[4]1870毋庸置疑，北魏文学以儒学思想为指导，不同于魏晋以来喜谈老庄，盛行玄学，这与北魏直接传承河陇地域文学风气有关。地处西北的河陇地域，由于地方割据政权的积极倡导，官学及文化世家仍尊奉儒学，认真传授儒学，精心研究儒学，此时的经学著述也相当丰富。诸如十六国时期河陇学者郭瑀著有《春秋墨说》《孝经错纬》等；祁嘉专研《孝经》，写成《二九神经》一书；宋纤更是倾毕生精力，为《论语》作注；阚骃"博通经传"，曾经给王郎所著《易传》作注，其著因功力极深，广为学者推崇，后来成了

"学者赖以通经"[4]1159 的重要著作，又在北凉王沮渠蒙逊的支持下率三十文人整理古籍，典校经籍，刊定诸子，达三千余卷。此外著名学者刘昞也给《周易》等经典作注，这些都说明河陇学人对经学的重视程度。在这种研习经学的氛围下，文学观念上的崇儒倾向是必然之势了。正如《晋书·文苑传》所云："夫文以成化，惟圣之高义；行而不远，前史之格言。是以温洛祯图，绿字符其丕业；苑山灵篆，金简成其帝载。既而书契之道聿兴，钟石之文逾广，移风俗于王化，崇孝敬于人伦。经纬乾坤，弥纶中外，故知文之时义大哉远矣！"[4]2369 指出文学要传圣人之意，方能承担社会教化之重任。魏徵《隋书·文苑传》也指出"文之为用，其大矣哉！上所以敷德教于下，下所以达情志于上。大则经纬天地，作训垂范；次则风谣歌颂，匡主和民。"[5] 儒家思想为核心的文学性质论，导致北朝文学重视传承汉魏文学古风，注重实用价值，故"章奏符檄，则粲然可观；体物缘情，则寂寥于世。"[1]2779 对文学的实用性的观念，也体现在北朝各种文体作品的创作数量上。北朝文人作品从数量而言散文多于诗歌，从各方面的价值而言更是散文重于诗歌。

（二）史传求实精神

东汉王充论文主"真"与"善"，说作文章是"铨轻重之言，立真伪之平，非苟调文饰辞为奇伟之观也"。（《对作篇》）文章是为批判是非，鉴别真伪而作，要担当起一定的社会责任，在尚用的前提下，又提出了"真"，即求实，"疾虚妄"的问题。王充秉笔直书，有力地鞭挞邪人恶行，表彰善人美德，达到劝善惩恶的作用。王充以史论文在十六国时期的河陇地域是实用的。此时江左已有文笔之分了，河陇学者还处于文史哲未分之时。所以河陇学者一面在校注经书，一面又留意史学，包括对古史的纂修。如刘昞编撰《略记》一百三十篇，八十四卷。同时学者也注重对当时当地史志的编写，据不完全记载，当时编写的仅关于凉州的史书就有：张谘撰《凉记》八卷、索绥撰《凉国春秋》五十卷、刘庆撰《凉记》十二卷、刘昞撰《凉书》十卷、索晖撰《凉书》、喻归撰《西河记》二卷；关于后凉历史，有段龟龙撰《凉记》十卷；西凉史有刘昞撰《敦煌实录》二十卷；北凉史《凉书》又称《蒙逊记》，十卷，为河陇文人宗钦入魏后撰，还有魏高道让撰《凉书》十卷；南凉史有佚名撰《拓跋凉史》等等。这些著作几乎都是本土学者撰修，内容真实可信，这些书为后来的《十六国春秋》《晋书》的编写提供了丰富的史料。现在这些书已全部散佚，我们只能从一些著录与引用中看到一些片段，如在《隋书·经籍志》《旧唐书·经籍志》《新唐书·艺文志》等有著录，在《北堂书钞》《初学记》《艺文类聚》《太平御览》等书有较多引用篇幅。

纂写史志既为河陇学者的一大要事，这种史学风气和史官实录精神，入魏以后对北魏文学也产生了重要影响。试看北地三书《水经注》《洛阳伽蓝记》《魏书》，不仅是北朝的杰出作品，也是整个魏晋南北朝时期的杰出作品，它们代表着当时的杰出成就。此三书中《魏书》是史书，传承汉魏以来史家秉笔直书的求实精神。关于舆地史志，我们从敦煌学者阚骃的《十三州志》，可以看出它和《水经注》有过直接关系，在很多地方采录此书内容。《十三州志》虽已散佚，据《十六国春秋》《宋书·氏胡传》《隋书·经籍志》著录，此书为十卷，体例完备，内容精审，编成后流行当世，很受沮渠蒙逊重视，后世刘知幾、颜师古等颇加推崇，颜师古在《汉书·地理志》作注时多加引用，《括地志》《太平寰宇记》等名著也有诸多采用。无疑《十三州志》对《水经注》的撰写起有参照作用。

再看《洛阳伽蓝记》，作为记录洛阳佛教寺庙之志传类著作，同样一丝不苟沿用着史家的求实精神。如"明悬尼寺"条："彭城武宣王勰所立也，在建春门外石桥南。"[6]51 自注曰："穀水周围绕城，至建春门外，东入阳渠石桥。桥有四石柱，在道南，铭云：'汉阳嘉四年将作大匠马宪造。'逮我孝昌三年，大雨颓桥，南柱始埋没，道北二柱，至今犹存。衔之按：刘澄之《山川古今记》、戴延之《西征记》并云晋太康元年造，此则失之远矣。按澄之等并生在江表，未游中土，假因征役，暂来经过，至於旧事，多非亲览，闻诸道路，便为穿凿，误我后学，日月已甚。"[6]51—52 杨衒之熟读史书，有良史之才，考证注释精审，并不惜笔墨，翔实阐释，以正前人记载之误。对于史官妄书的恶劣风气，他也予以尖锐批评，同时还总结出某些规律性的东西。如"建阳里"条："时有隐士赵逸，云是晋武时人，晋朝旧事，多所记录。正光初，来至京师，……又云："自永嘉已来，二百余年，建国称王者，十有六君，吾皆游其都邑，目见其事。国灭之后，观其史书，皆非实录，莫不推过于人，引善自向。符生虽好勇嗜酒，亦仁而不杀，观其治典，未为凶暴。及详其史，天下之恶皆归焉。符坚自是贤主，贼君取位，妄书生恶，凡诸史官，皆此类也。"[6]60—61 凡此均可看出他卓越的才识和一丝不苟的求实态度。

北地的三部奇书，都属志传类著作，是河陇地域文人注重撰志写史，著述大部巨作的治学传统。在撰述中，一丝不苟，认真纪实，也是河陇学者一直秉承的传统学风。

（三）汉魏诗风的传承

"汉魏风骨，晋宋莫传。"（陈子昂《修竹篇序》）自两晋已还，诗歌风气有了极大改变，辞采多玄言，汉魏古朴写实的诗风日渐退却。地处边鄙的河西之地未染玄风，此时诗风仍持直抒胸臆，反映写实的风气，一如建安风骨。试看张骏《薤露行》："在晋之二世，皇道昧不明。主暗无良臣，艰乱起朝廷。七柄失其所，权纲丧典荆。愚猾窥神器，牝鸡又晨鸣。哲妇逞幽虐，宗祀一朝倾。储君缢新昌，帝执金墉城。祸衅萌宫掖，胡马动北坰。三方风尘起，猃狁窃上京。义士扼素腕，感慨怀愤盈。誓心荡众狄，积诚彻昊灵。"[7]876《薤露行》是乐府古题，是为王公贵人送葬的挽歌。曹操曾以《薤露行》写汉末重大历史变故，张骏《薤露行》写晋室覆亡、义士怀愤的重大历史事件，是建安诗歌精神的直接继承。张骏此诗，明朗刚健，悲壮慷慨。而同时期的晋宋诗坛，玄言诗多淡乎寡味，宫体诗多辞采绮丽，张骏《薤露行》别有一番古朴之气。我们在北魏诗、赋中可以见到类似的影子。试看袁翻，《魏书》

和《北史》都说他是北魏时期的有名诗人，现在仅存《思归赋》一篇："望他乡之阡陌，非旧国之池林，山有木而蔽月，川无梁而复深。怅浮云之弗限，何此恨之难禁。……心郁郁兮徒伤，思摇摇兮空满。思故人兮不见、神翻覆兮魂断。断魂兮如乱，忧来兮不散。"[3]1540诗人被贬到一个陌生的地方，所见，所闻，所思，所想，描写得十分细腻、生动感人。思归思，愁归愁，怨归怨，诗人对国事并没有完全忘怀。他还希望再次回到朝廷，为国家干一番事业。"行复行兮川之畔，望复望兮望夫君。君之门兮九重门，余之别兮千里分。愿一见兮导我意，我不见兮君不闻。……愿生还于洛滨，荷天地之厚德。"诗人并没有因为政治上的挫折给个人带来的烦恼而脱离仕途，象南朝的诗人那样，寄情山水，咏歌田园，他还企望能再次回到京都去为国效力，这就是南北诗人的最大区别！赋者古诗之流也，我们从中可窥到河陇诗歌风气的传承。

再看北魏常景诗，常景现存《洛桥铭》一篇和诗四首。史书说，太和末、宣武初，常景一直做下等官，未能升迁，心中愁郁，咏司马相如、王褒、严君平、扬子云四人以自况，发泄其怀才不遇的牢骚和不满。其《咏司马相如》："长卿有艳才，直致不群性。郁若春烟举，皎如秋月映。游梁虽好仁，仕汉长称病。清贞非我事，穷达委天命。"[3]1802《咏扬子云》："蜀江导清流，扬子挹余休。含光绝后彦，覃思邈前修。世轻久不赏，玄谈物无求。当途谢权宠，置酒独闲游。"[3]1802从以上摘录的两首诗，我们可以清楚地看到，诗人的牢骚之深，怨气之大！诗歌语言质朴，崇尚简实。

再看十六国时期酒泉太守马岌铭于石壁的诗："丹崖百丈，青壁万寻。奇木蓊郁，蔚若邓林。其人如玉，维国之琛。室迩人遐，实劳我心。"[3]2453时任酒泉太守的马岌，一次去拜访名儒宋纤不遇，便于石壁上写下了这首诗。此诗采用烘云托月的手法，极写宋纤之人格高洁，同时表现诗人自己思贤若渴的心情，构思巧妙，语言凝练。诗采用四言体，平添一分古朴之气。这种诗风在北魏乃至北周诗坛也有充分体现，如宇文毓的《贻韦居士诗》："六爻贞遁世，三辰光少微。颍阳去犹远，沧州遂不归。风动秋兰佩，香飘莲叶衣。坐石窥仙洞，乘槎下钓矶。岭松千仞直，严泉百丈飞。聊登平乐观，遥想首阳薇。傥能同四隐，来参余万机。"[7] 2323 此诗是宇文毓登基后写给著名隐士韦居士的，诗中对于秋兰为佩、莲叶为衣的隐士生活充满赞美和羡慕之情。他们坐窥仙洞，身形矫健，俨然似世外仙人；他们志节高尚，可比伯夷、叔齐。写此诗目的在于劝说韦居士辅佐朝政，写景烘托却有一脉相承的风格。当然建安、太康两代诗歌不仅有豪侠慷慨之气，同时也出现了大量的游仙诗，这些诗歌有的写求仙得道，服食长生；有的借游仙曲折表达了隐遁避世的向往；有的则是歌咏方外之人高蹈遗世的精神，征召隐士归来。因而十六国、北魏抑或北周的这些诗歌特征，是汉魏诗歌风气的延续。北魏诗风多"建安风骨"、"正始之音"这在拙著《北朝民族文学叙论》多有论及，此处不赘。

结　语

　　地处西北的河陇地域文化为北魏文学铺垫了文化基础，在十六国时期，河陇地区先后建立了前凉、后凉、西凉、南凉、北凉、前秦、后秦、西秦及杨氏仇池等割据政权，但文化大族没有衰退，士族文人在各个政权统治河陇期间，对社会政治和文化传承发展起着重要作用。至北魏统一北方，将河陇的一批学者迁往平城，也将河陇学术文化带到了北魏政治文化中心。来到平城的一些著名学者受到北魏政权的重用，除以官职，也更具有了文化影响力。也有一些学者以传授生徒为业，在培育弟子中，将河陇地域的学风直接植入北魏文坛。所以，纵观北魏文坛，主张文章致用，文风趋向质朴，在治学方面推崇儒学，重视撰写史志著作，治学态度秉承史家求实精神，一丝不苟。在诗歌创作方面多有汉魏风气和正始之音。总之，在探讨北魏文学时，应充分考虑到河西关陇文化元素。

参考文献

［1］（唐）李延寿．北史［M］.北京：中华书局，1974.

［2］（宋）司马光．资治通鉴［M］.北京：中华书局，1976.

［3］（唐）房玄龄等．晋书［M］.北京：中华书局，1974.

［4］（北齐）魏收．魏书［M］.北京：中华书局，1974.

［5］（唐）魏徵，令狐德棻．隋书［M］.北京：中华书局，1973.

［6］（北齐）杨衒之撰，周祖谟校释．洛阳伽蓝记校释［M］.北京：中华书局，2013.

［7］（清）逯钦立．先秦汉魏晋南北朝诗［M］.北京：中华书局，1963.

（原刊于《临沂大学学报》2016 年第 4 期）

　　作者简介：高人雄，石河子大学绿洲学者，西北民族大学文学院二级教授、博士生导师，国家社科基金重大招标项目《全西域文整理与研究》首席专家，有《山水诗词论稿》（上海古籍出版社2005）、《北朝民族文学叙论》（中华书局2011）、《汉唐西域文学研究》（新疆人民出版社2017）等论著五部。

图书在版编目(CIP)数据

多民族文化背景下的北周文学研究/高人雄著. —
上海：上海古籍出版社，2020.5
ISBN 978-7-5325-9616-4

Ⅰ.①多… Ⅱ.①高… Ⅲ.①中国文学－古典文学研
究－北周 Ⅳ.①I206.392

中国版本图书馆 CIP 数据核字(2020)第 069083 号

多民族文化背景下的北周文学研究
高人雄 著
上海古籍出版社出版发行
(上海瑞金二路 272 号 邮政编码 200020)
(1) 网址：www.guji.com.cn
(2) E-mail：guji1@guji.com.cn
(3) 易文网网址：www.ewen.co
常熟文化印刷有限公司印刷
开本 635×965 1/16 印张 21.5 插页 2 字数 289,000
2020 年 5 月第 1 版 2020 年 5 月第 1 次印刷
ISBN 978-7-5325-9616-4
Ⅰ·3488 定价：88.00 元
如有质量问题，请与承印公司联系